T.M. Logan
The Parents – Dein Kind ist weg.
Dein schlimmster Albtraum beginnt.

T.M. Logan

THE
PARENTS

Dein Kind ist weg.
Dein schlimmster Albtraum beginnt.

Thriller

Aus dem Englischen
von Sonja Rebernik-Heidegger

PIPER

Mehr über unsere Autorinnen, Autoren und Bücher:
www.piper.de

Wenn Ihnen dieser Thriller gefallen hat, schreiben Sie uns unter
Nennung des Titels »The Parents« an *empfehlungen@piper.de,* und wir
empfehlen Ihnen gerne vergleichbare Bücher.

Von T.M. Logan liegen im Piper Verlag vor:
Holiday – Sieben Tage. Drei Familien. Ein tödliches Geheimnis.
The Catch – Sie sagt, er sei perfekt. Doch ich weiß, dass er lügt …
Trust Me – Ein Kind. Eine unmögliche Entscheidung. Wem traust du?
The Parents – Dein Kind ist weg. Dein schlimmster Albtraum beginnt.

Wir behalten uns eine Nutzung des Werks für Text und
Data Mining im Sinne von § 44b UrhG vor.

Deutsche Erstausgabe
ISBN 978-3-492-32017-7
Juli 2024
© T.M. Logan 2022
Titel der englischen Originalausgabe:
»The Curfew«, Zaffre/Bonnier Books UK, London 2022
© der deutschsprachigen Ausgabe:
Piper Verlag GmbH, München 2024
Published by Arrangement with LOGAN COMMUNICATIONS LTD.
Dieses Werk wurde vermittelt durch die Literarische Agentur
Thomas Schlück GmbH, 30161 Hannover.
Redaktion: René Stein
Umschlaggestaltung: zero-media.net, München
Satz: Satz für Satz, Wangen im Allgäu
Gesetzt aus der Minion Pro
Druck und Bindung: CPI books GmbH, Leck
Printed in the EU

Für meine großartige Frau Sally,
vom glücklichsten Mann der Welt.
Alles Liebe zum 25. Hochzeitstag!

»Das ist ein weiser Vater,
der sein eigenes Kind kennt.«
William Shakespeare,
Der Kaufmann von Venedig

Loslassen ist schwer.
Vielleicht das Schwerste überhaupt.
Manchmal scheint es gar unmöglich.
Denn manchmal bedeutet Loslassen, alles zu gefährden,
was du liebst. Alles, was du bist.
Aber anders zu handeln würde bedeuten, einen Teil deines
Selbst zu verlieren. Für immer.
Ich weiß nicht, was besser ist.
Ich schätze, deshalb sind wir am Ende hier gelandet.

SONNTAG, 12. JUNI

1

Ich hätte wissen müssen, dass etwas nicht stimmt.

Ich hätte es spüren sollen. Die Spannung und die seltsame Ruhe in der Luft, bevor das Gewitter hereinbricht.

Immerhin war ich sein Vater. Seine erste Verteidigungslinie. Und seine letzte.

Aber in diesem Moment, ein paar Minuten nach drei Uhr morgens, weiß ich nur, dass ich wach im Bett liege.

Vielleicht hat mich ein Geräusch vor dem offenen Fenster aus dem Schlaf gerissen, ein Fuchs oder eine Katze. Mittlerweile ist die Stille in die samtige Dunkelheit des Schlafzimmers zurückgekehrt. Es ist warm, und ich habe selbst die dünne Sommerdecke zurückgeschlagen. Mein stummgeschaltetes Handy liegt auf dem Nachttisch, und das Leuchten des Displays lässt mich beinahe erblinden, als ich nachsehe, ob eine Nachricht von meinem Sohn eingegangen ist.

Es gibt in unserem Haus drei goldene Regeln. Die erste lautet: Schreib uns, damit wir wissen, wo du bist. Dicht gefolgt von: Halte dich an den Zapfenstreich. Und drittens: Bleib immer in der Nähe deiner Freunde. Wir sagen Connor nicht, dass er keinen Alkohol trinken soll, weil es, ehrlich gesagt, sinnlos ist, einem Teenager diesen Rat mit auf den Weg zu geben. Ganz egal, was wir vorgeben, er wird es tun, also kann er auch gleich einen vernünftigen Umgang damit erlernen.

Ich habe keine neue Nachricht von meinem Sohn.

Allerdings schreibt er sonst auch eher meiner Frau.

Laura schläft tief und fest neben mir, und ihr leiser, gleichmäßiger Atem verleiht der Dunkelheit eine angenehme Ruhe. Ich lege das Handy wieder beiseite und schließe die Augen. Eigentlich habe ich von uns beiden den tieferen Schlaf, und Laura ist meistens diejenige, die hört, wenn Connor nach Hause kommt. Sein Zapfenstreich war um zwölf. Früher als bei manchen anderen, später als bei einigen seiner Freunde. An einem normalen Samstag ist es eine Stunde früher, aber es ist das erste Wochenende nach den Prüfungen zum Ende des Schuljahres, und wir haben beschlossen, etwas nachsichtiger zu sein.

Wahrscheinlich ist er schon seit Stunden zu Hause, beruhige ich mich.

Trotzdem kann ich nicht wieder einschlafen. Meine Gedanken nehmen Fahrt auf, drehen sich im Kreis und reißen mich mit sich. Außerdem muss ich auf die Toilette. Die Freuden des Älterwerdens. Ich stehe auf und tappe über den Flur ins Badezimmer.

Auf dem Rückweg fällt mir auf, dass es heller ist, als es sein sollte. Das Licht auf der Veranda wirft Schatten auf das untere Ende der Treppe.

Connor sollte es ausmachen, wenn er nach Hause kommt. Das sagen wir ihm ständig: *Wenn das Licht auf der Veranda aus ist, wissen wir, dass du zu Hause bist, okay?* Dass das Licht noch brennt, heißt also … vermutlich gar nichts. Er hat es sicher bloß vergessen. Sechzehnjährige vergessen solche Dinge.

Ich tappe ins Erdgeschoss und spüre die kalten Fliesen unter meinen nackten Füßen, während ich das Licht ausmache. Nun ist alles dunkel. Ich bleibe einen Moment lang stehen und klammere mich an das vertraute hölzerne Treppengeländer, bis sich meine Augen an die neuen Lichtverhältnisse gewöhnt haben.

Zurück im Obergeschoss, trete ich vor die schmale Wendeltreppe, die unters Dach und zu Connors Zimmer führt, und lausche.

Es ist nichts zu hören.

Er hat bloß das Licht angelassen. Das vergisst er andauernd. Genauso, wie Türen zu schließen, sein Geschirr abzuwaschen, die Toilettenpapierrolle auszutauschen und nasse Handtücher nicht auf seinem Zimmerboden liegen zu lassen. So sind Teenager nun mal.

Aber … ich bin wach, also kann ich sicherheitshalber gleich nachsehen, ob er zu Hause ist.

Ich steige die Treppe hoch, wobei ich die knarrende Stufe kurz vor dem Ende absichtlich auslasse. Unter dem Dach befinden sich zwei Zimmer: ein Gästezimmer und Connors Reich, das etwa zwei Drittel der gesamten Fläche einnimmt.

Die Tür steht einen Spaltbreit offen, und ich drücke sie auf und sehe mich um. Der vertraute Geruch nach sommerlichem Schweiß, Turnschuhen und einem Hauch Deodorant steigt mir in die Nase. Außerdem riecht es nach ungewaschenen Klamotten und dem halb aufgegessenen Sandwich unter dem Bett. Auf dem Boden liegen Jeans, Schuhe, Teller und Becher wild durcheinander und bilden undeutliche Umrisse in der Dunkelheit.

Ich kneife die Augen zusammen und versuche, etwas in den Schatten zu erkennen. Hätte ich bloß nicht die Brille auf dem Nachttisch liegen gelassen. Im nächsten Moment entdecke ich die wohlbekannte Silhouette. Lange Arme und Beine, die unter der Decke hervorstechen, dunkle Haare auf dem Kissen. Kein kleiner Junge mehr, aber auch noch kein Mann. Die Anspannung weicht aus meinem Körper, und Erleichterung macht sich breit. Connor liegt in seinem Bett. *Er ist zu Hause. In Sicherheit.* Natürlich ist er das.

Eine plötzliche Wehmut überkommt mich, als ich daran denke, wie ich ihm jeden Abend eine Gutenachtgeschichte vorgelesen habe und er mir wie ein kleiner Schatten überallhin gefolgt ist. Wir waren unzertrennlich. Fußball spielen im Garten, Videospiele, *Mr. Bean* und *Star Wars* und sämtliche Geschichten von Roald Dahl, bis wir sie alle auswendig kannten. Mittlerweile verbringt er seine Zeit lieber mit seinem Cousin und seinen Freunden und vertraut sich hauptsächlich seiner Mum an, vermutlich, weil sie unvoreingenommener ist. Sie sieht auch seinen Standpunkt und urteilt nicht. Sie nimmt zwar nicht alles stillschweigend hin, aber sie hört zu, ohne ihm ständig ins Wort zu fallen, wie ich es gerne tue. Ich nörgle ständig an ihm rum, und in letzter Zeit sind wir allzu oft wie zwei Schiffe, die einander nachts auf offener See passieren, und es können Tage vergehen, ohne dass wir mehr als ein paar Worte wechseln. Er ist entweder auf seinem Zimmer, schließt sich ins Badezimmer ein, hockt mürrisch und einsilbig am Esstisch oder ist einfach nicht da.

Doch an diesem Sonntagmorgen um neun Minuten nach drei spielt das alles keine Rolle, denn mein Junge ist zu Hause. Er liegt in seinem Zimmer im Bett, wo er hingehört. Alles ist gut. Ich bleibe einen Moment lang in der Tür stehen und betrachte die Umrisse meines schlafenden Sohnes.

Mir ist nicht klar, wie sehr ich mich irre.

Denn ich hätte wissen müssen, dass etwas nicht stimmt. Ich hätte es spüren sollen.

Aber ich tat nichts dergleichen.

Bis es zu spät war.

2

Ich habe schlecht geschlafen und von einer offen stehenden Haustür geträumt. Doch jedes Mal, wenn ich hinging, um sie zu schließen, wurde der Flur immer länger und länger, und die Klinke befand sich immer gerade so außerhalb meiner Reichweite.

Als ich geduscht und angezogen in die Küche komme, ist Laura bereits vom Joggen zurück. Ihre Wangen glühen, sie trägt das Handy am Oberarm und hat die langen, rotbraunen Haare zu einem Pferdeschwanz gebunden. Sie reicht mir eine Tasse Nespresso und nimmt einen Schluck von ihrem Kaffee.

»Das ist ein Doppelter«, sagt sie. »Du siehst aus, als könntest du ihn gebrauchen.«

»Danke.« Der Kaffee ist stark und schwarz, der Koffeinboost erfolgt unmittelbar. »Sehe ich echt so schlimm aus?«

»Aber nicht doch. Du siehst aus wie das blühende Leben.«

»Das bezweifle ich«, schnaube ich. »Hast du gehört, wann Connor letzte Nacht nach Hause gekommen ist?«

Sie setzt sich an den Küchentisch und schlüpft aus ihren Laufschuhen. »Er hat eine Nachricht geschrieben. Du hast geschlafen. Warum?«

»Er wird immer leiser, wenn er sich durchs dunkle Haus schleicht. Ich habe absolut nichts gehört.«

»Weil du wieder mal geschnarcht hast.«

»Hab ich nicht.«

»Ich wollte dir gerade einen kleinen Tritt verpassen, da hast du dich zur Seite gedreht.«

Sie grinst. Wir sind seit mehr als zwanzig Jahren zusammen, aber ich weiß manchmal immer noch nicht, ob sie mich veräppelt. Vor allem morgens. Ich nehme einen weiteren Schluck Kaffee, umfasse den Becher mit beiden Händen und lehne mich an die Frühstückstheke. Laura hat die Doppelflügeltür auf die Terrasse geöffnet, und eine warme Brise trägt den Duft von frisch geschnittenem Gras und Blumen ins Zimmer. Der Himmel ist blau und wolkenlos. Ein weiterer perfekter Sommertag steht bevor.

»Egal«, meine ich schließlich. »Connor war jedenfalls pünktlich zu Hause, sagst du?«

»Ja, er hat um zwölf geschrieben, dass er wieder da ist.«

»Aber du hast nicht *gehört*, wie er zurückgekommen ist?«

Sie wirft mir einen seltsamen Blick zu. »Er hat den Zapfenstreich doch noch nie versäumt. Die Nachricht, dass er zu Hause ist, kam um zwölf. Genau, wie wir es verlangt haben. Ich vertraue ihm.« Sie schüttelt den Kopf. »Das sollten wir *beide*, Andy.«

Unser Cavapoo Toffee trottet mit der Leine im Maul in die Küche und legt sie wie eine Opfergabe vor meinen Füßen ab. Dann setzt er sich mit heraushängender Zunge vor mich und sieht mit seinen großen schokobraunen Augen zu mir hoch, während sein Schwanz langsam über den Küchenboden wischt. Ich kraule die strohfarbenen Locken hinter seinen Ohren.

»Ich weiß«, sage ich an meine Frau gewandt. »Schon klar.

Ich vertraue ihm ja. Aber er hat das Licht auf der Veranda angelassen.«

»Wenn das alles ist, worüber wir uns Sorgen machen müssen, ist es wohl halb so schlimm.«

Dagegen lässt sich nichts sagen. Und ich kann schwer zugeben, dass ich um drei Uhr morgens im Zimmer unseres Sohnes war, um nach ihm zu sehen, denn das würde einigermaßen paranoid klingen. »Wo haben sie sich letzte Nacht eigentlich herumgetrieben?«

»Im Wald am Beacon Hill vermutlich.«

Toffee verschwindet einen Moment lang und kommt im nächsten Augenblick mit einem angekauten Tennisball wieder, den er neben der Leine ablegt.

»Gleich, mein Junge.« Ich kraule ihn unterm Kinn. Ich kenne das Naherholungsgebiet Beacon Hill ganz gut – es ist einer von Toffees liebsten Orten zum Gassigehen –, aber ich war bisher nur tagsüber dort.

»Was, um alles in der Welt, macht man nachts am Beacon Hill?«, will ich wissen, was im Grunde allerdings eine rhetorische Frage ist. Connor und sein Cousin Zac sind noch zu jung, um in einem Pub etwas zu trinken zu bekommen, aber schon zu alt und ruhelos, um den Samstagabend zu Hause zu verbringen. Einige Freunde haben gefälschte Ausweise, aber die sind eher die Ausnahme. Die anderen feiern zu Hause, treffen sich spontan, wenn die Eltern nicht da sind, oder gehen zum Beacon Hill.

Toffee verfolgt mittlerweile jede meiner Bewegungen, und seine Ohren zucken jedes Mal, wenn ich mich unbewusst der Haustür zuwende. Als ich endlich nach seiner Leine greife, stößt er ein einzelnes, zustimmendes Bellen aus. Auf dem Weg durchs Wohnzimmer fällt mein Blick auf unsere Tochter Harriet. Sie sitzt im Schneidersitz in ihrem Gryffindor-Schlafanzug auf dem Sofa, isst Schoko-Pops und trägt wie immer Kopfhörer. Neben ihr steht ihr geöffneter Laptop, auf ihrem Schoß liegt unsere Katze Pablo und streckt die Pfoten in die Luft.

»Harry? Ich gehe mit Toffee raus. Kommst du mit?«

Sie macht keine Anzeichen, dass sie mich überhaupt bemerkt, ihre Kopfhörer dämpfen sämtliche Geräusche. Sie kommt bald ins Teenageralter, aber sie ist immer noch wahnsinnig klein und zart und wurde bereits von allen Mädchen in ihrer Klasse überholt. Noch zeigt sie keinerlei Interesse an Klamotten, Make-up, TikTok oder dem ganzen anderen Kram, an dem Mädchen in ihrem Alter langsam Gefallen finden. Vielleicht kommt das aber auch erst. Im Moment steht sie jedenfalls auf IT, Minecraft und ihre Haustiere, trägt am liebsten Jeans und T-Shirts; sie hat sich von klein auf geweigert, Röcke zu tragen, und schneidet ihre roten Haare jungenhaft kurz, damit sie sich nicht zu sehr einkringeln. Sie scheint glücklich in ihrer Haut, und mehr will ich gar nicht. Meine Frau bezeichnet Harriet als Mysterium, meine Mum nennt sie exzentrisch.

»Harry?«, frage ich erneut, dieses Mal lauter.

Sie hebt den Kopfhörer von einem Ohr und sieht zu mir auf. »Hast du etwas gesagt?«

»Ich gehe raus. Kommst du mit?«

»Ich will Pablo nicht stören«, erklärt sie und streichelt den Bauch des Katers. Jedem anderen hätte er die Hand mit seinen Krallen zerfetzt, aber bei Harriet schnurrt er bloß sanft und drückt den Rücken durch, um noch mehr Streicheleinheiten einzufordern.

Ich deute auf den Laptop. »Was siehst du dir an?«

»So Zeugs. Auf YouTube.«

»*Zeugs.* Klingt interessant.«

»Wenn du es unbedingt wissen willst: Es geht um einen weltberühmten Hacker, der erklärt, wie er in eine streng geheime russische Datenbank eindringen konnte.«

»Oh.« Ich halte an der Tür inne. »Echt?«

»Nein, Dad«, antwortet sie seufzend. »Ist bloß ein TED-Talk.«

Während Harry die Kopfhörer wieder zurechtrückt und das Video weiterlaufen lässt – sie liebt diese Vorträge zu den verschiedensten Themen, die im Internet übertragen werden –, drückt Laura mir eine dicke Scheibe Toast mit Brombeerkonfitüre in die Hand. »Hier hast du dein Frühstück«, sagt sie. »Ich spring unter die Dusche.«

»Danke.« Ich nehme einen Bissen und lege Toffee mit der freien Hand die Leine an. »Wir sind in einer Stunde wieder da.«

Ich gehe die gepflasterte Auffahrt zum Nachbarhaus hoch, in dessen Vorgarten das Gras und der Löwenzahn wuchern. Ich werde irgendwann in den nächsten Tagen mal mit dem Rasenmäher vorbeikommen. Ich klingle, und es folgt eine kurze Pause, während derer das Haus scheinbar die Luft anhält, dann dringt eine dünne Stimme irgendwo aus dem Inneren.

»Wer ist da?«

Ich lehne mich näher an das blau-rote Glas der Eingangstür heran. »Hallo, Arthur, ich bin's nur.«

Eine verschwommene Silhouette schlurft langsam auf die Tür zu, die sich erst nach einiger Zeit knarrend öffnet. Es gab eine Zeit, da waren Arthur und ich etwa gleich groß, doch mittlerweile steht er über seinen Gehstock gebeugt vor mir und sieht zu mir hoch. Der ehemalige Juraprofessor ist seit mehr als zwei Jahrzehnten in Pension, aber seine blassblauen Augen blitzen wie eh und je.

»Guten Morgen, junger Mann.« Trotz der morgendlichen Hitze trägt er eine lange Hose, ein langärmeliges Hemd und einen Pullover.

»Guten Morgen, Arthur«, erwidere ich, und Toffee lässt sich artig neben meinen Beinen nieder. »Wir gehen in den Park, und ich dachte, Chester würde uns gerne begleiten?«

Offiziell ist Arthur einer meiner Patienten, doch wie viele alte Männer geht er ungern zum Arzt, weshalb ich auf diesem Wege ein Auge auf ihn habe. Seine Frau Marjorie konnte ihn noch zu dem einen oder anderen Termin überreden, aber seit ihrem Tod weigert er sich, Hilfe anzunehmen, was die für seine achtundachtzig Jahre üblichen Beschwerden angeht. *Schlaflosigkeit ist Gottes Art, dir zu sagen, dass du das meiste aus der verbleibenden Zeit herausholen sollst*, meint er immer. Weshalb Connor und ich uns angewöhnt haben, nachmittags nach der Arbeit oder nach der Schule Arthurs Hund auf einen Spaziergang zu entführen. In letzter Zeit bin allerdings eher ich für diese tägliche Routine zuständig.

»Haben Sie noch genug Milch, Brot und Tee?«, frage ich und deute in die Küche. »Ich kann Ihnen auf dem Rückweg etwas mitbringen.«

»Nein, ich bin versorgt. Danke, Andrew.«

»Und wie sieht's mit Whisky aus?«, fahre ich grinsend fort.

»Der reicht bis zum Jüngsten Gericht.« Er zwinkert mir zu.

»Oder bis Southend United die Premier League gewinnt. Je nachdem, was zuerst passiert.«

Er wendet sich um, stößt einen Pfiff aus, und im nächsten Augenblick klacken Krallen über den Holzboden. Ein schwarz-weißer Collie trabt schwanzwedelnd auf uns zu. Chester ist größer und älter als Toffee, und die beiden freuen sich wie immer sehr, einander zu sehen.

»Also gut, Chester.« Der Hund setzt sich gehorsam, damit sein Besitzer mit den von Altersflecken übersäten Händen die Leine an seinem Halsband befestigen kann. »Sei ein braver Junge und mach Dr. Boyd keine Schwierigkeiten.«

»Das übernimmt schon Toffee.« Ich greife nach Chesters Leine. »Wenigstens ist er nicht schnell genug, um irgendetwas zu erwischen.«

Wir verabschieden uns, und ich will mich gerade abwenden, als Arthurs dünne Stimme noch einmal an mein Ohr dringt.

»Wie geht es eigentlich Ihrem Jungen?«

»Connor? Sehr gut, danke. Er ist froh, dass die Schule vorbei ist.«

»Er schläft heute vermutlich länger, nehme ich an?«, fährt mein Nachbar beiläufig fort, als wäre es keine große Sache. »Nachdem er gestern so spät nach Hause gekommen ist?«

Er klingt nicht bösartig oder abfällig, aber irgendetwas in seiner Stimme lässt mich innehalten. Als wüsste er mehr als ich.

Entspann dich. Das ist lächerlich.

»Es ist nun mal das erste Ferienwochenende, Arthur«, erwidere ich und ringe mir ein weiteres Lächeln ab. »Die Prüfungen sind vorbei, und niemand muss mehr früh aufstehen.«

Er bleibt im Türrahmen stehen, während ich die Hunde in den Kofferraum lade. Als ich losfahre, hebe ich die Hand zum Gruß.

Auf dem Weg zum Park klingelt mein Handy. Es ist mein Bruder.

»Hey, Rob, wie läuft's?«

Er verschwendet keine Zeit mit Höflichkeiten. »Ist Zac bei euch?«

»Zac? Nein. Ist er nicht …?«

»Hat er nicht bei euch geschlafen?«

»Nein. Stimmt etwas nicht?«

Unsere Söhne standen sich immer schon nahe, sind zusammen aufgewachsen, auf dieselben Schulen gegangen und spielen im selben Fußballteam. Connor, der verlässliche Verteidiger, solide, ernst und keinem Zweikampf abgeneigt. Sein Cousin Zac der wieselflinke Stürmer, schnell und technisch versiert, mit einem Riecher für sich ergebende Torchancen. So unterschiedlich die beiden sind, sie gehören zusammen wie zwei Seiten einer Medaille. Sie sind – auch dem Aussehen nach – wie Geschwister. Nur ohne die Streitereien.

»Das heißt, du hast ihn heute noch gar nicht gesehen?«, fragt mein Bruder. »War er nicht bei euch?«

»Er und Connor waren gestern Abend zusammen unterwegs, aber ich habe Zac heute noch nicht gesehen, nein.«

»Scheiße«, murmelt Rob leise.

Unbehagen steigt in mir hoch. »Was ist denn los?«

Ich höre, wie mein Bruder am anderen Ende der Leitung tief Luft holt und sie zitternd wieder entweichen lässt.

»Zac ist vergangene Nacht nicht nach Hause gekommen.«

3

Ich brauche einen Moment, um zu begreifen, was Rob gerade gesagt hat. Wir sind weniger als zwei Jahre auseinander, und ich habe immer zu ihm aufgesehen. Er ist mein ruhiger, verlässlicher älterer Bruder, der Fels in der Brandung, der immer für mich da ist. Aber jetzt klingt seine Stimme tonlos, und er redet so schnell, dass er sich beinahe verhaspelt.

»Hast du's auf dem Handy probiert?«

»Hältst du mich für blöd, oder was?«, schnauzt er, und die Spannung ist selbst durchs Telefon beinahe greifbar. »Er hat gestern geschrieben, dass sie vielleicht noch am Beacon Hill feiern, aber jetzt klingelt es nur, und niemand geht ran. Als ich heute Morgen aufgestanden bin, waren seine Schuhe nicht da. Ich bin in sein Zimmer, aber das Bett war leer und unberührt. Wann ist Connor nach Hause gekommen?«

Ich überlege, was meine Frau gesagt hat. »Um zwölf.« Ich räuspere mich. »Wie vereinbart.«

»Hat er etwas über Zac gesagt?«

»Ich habe ihn heute noch nicht gesehen.« Ich überlege, ob irgendetwas, was letzte Nacht oder heute Morgen passiert ist, einen Aufschluss über den Verbleib meines Neffen geben könnte. »Ich sage Laura, dass sie Connor wecken und ihn fragen soll. Er taucht sicher wieder auf, Rob. Wahrscheinlich ist er bei jemandem untergekommen und hat vergessen, dir zu schreiben.«

»Ich habe es bei einigen Eltern versucht, aber es hat ihn niemand gesehen. Hast du die Nummern von Isaacs Dad und Wills Mum?«

Ich halte an einer Bushaltestelle. »Laura hat sie vermutlich. Ich sage ihr, dass sie dir die Nummern schicken soll.«

»Ich fahre zum Beacon Hill und sehe mich um.«

»Wir können uns dort treffen, ich bin gerade …«

Doch er hat bereits aufgelegt.

Ich rufe meine Frau an, aber niemand geht ran. Als auch der zweite Versuch erfolglos bleibt, fällt mir ein, dass sie ja duschen wollte. Ich hinterlasse ihr eine Nachricht und bitte sie, sich unter den Eltern umzuhören und Rob die Telefonnummern zu schicken.

»Ich bin am Beacon Hill, um ihm zu helfen. Ruf an, wenn du das hörst. Und weck Connor. Vielleicht weiß er etwas.«

Ich lege auf, wende und mache mich auf den Weg zum Beacon Hill. Als ich die Hauptstraße verlassen habe, geht es eine von Schlaglöchern übersäte Straße am Friedhof vorbei nach oben, wo ich schließlich neben dem schlammbespritzten Mazda meines Bruders parke und die Hunde aus dem Kofferraum lasse. Ich führe sie an der langen Leine, und nach einigen Hundert Metern verlassen wir den asphaltierten Weg und wandern einen ausgetretenen Pfad entlang über ein Weizenfeld. Die hüfthohen Ähren wogen sanft im Wind. Am anderen Ende befindet sich der Eingang zum Wald am Beacon Hill, wo sich die Stämme alter, gewaltiger Eichen, Eschen und Buchen in den blauen Sommerhimmel recken.

Am Eingang teilt sich der Weg. Ein Teil verläuft geradeaus,

der andere geht nach links. Ich entscheide mich für die direkte Variante, und die Hunde huschen vor mir von Baum zu Baum. Es ist kühl und ruhig hier oben, nur ab und zu ist hoch in den Bäumen eine Drossel zu hören. Der Pfad besteht lediglich aus festgetretener Erde, und schon nach wenigen Schritten fühlt man sich wie in einer anderen Welt, weit weg von der Stadt, den Straßen, den Häusern – und von der Normalität. Vermutlich gefällt es den Jugendlichen deshalb so gut hier.

Ich befinde mich bereits tief im Wald, als ich meinen Bruder entdecke.

Er ist neben dem Weg in die Hocke gegangen und stochert in einem abgebrannten Lagerfeuer herum, das immer noch raucht und in dessen Mitte ein dicker Ast steckt, der noch nicht abgebrannt ist. Äste knacken, als ich mich nähere, und er fährt hoch und zu mir herum.

»Hey, Rob«, begrüße ich ihn. »Hast du schon etwas von Zac gehört?«

Er schüttelt den Kopf. »Noch nicht. Hast du mit Connor geredet?«

»Er hat tief und fest geschlafen, als ich weg bin, aber Laura weckt ihn und telefoniert mit den anderen Eltern. Hast du es schon bei den Leuten aus dem Fußballverein versucht?«

»Ich habe es bei allen versucht, die mir eingefallen sind.«

Er wendet den Blick ab und beißt die Zähne aufeinander. Er versucht, stark zu sein, doch seine Stirn ist sorgenvoll gerunzelt, die Augen sind hinter einer Sonnenbrille verborgen, und er hat sich nicht rasiert. Wir sind keine sehr gefühlsbetonte Familie, trotzdem lege ich ihm eine Hand auf die Schulter und drücke sie.

»Es wird alles gut, Rob«, versichere ich ihm. »Ehe du dich versiehst, ist er wieder zu Hause und futtert den Kühlschrank leer. Und du musst mir versprechen, ihm keine große Szene zu machen, okay?«

»Okay«, antwortet er mit belegter Stimme. Seine Schultermuskeln sind zum Zerreißen gespannt.

»Vielleicht schläft er bei einem Freund seinen Rausch aus? Oder bei einem Mädchen?«, überlege ich laut.

»Hat Connor etwa erwähnt, dass Zac eine Freundin hat?«

»Ich wäre der Letzte, mit dem er über so etwas spricht.«

»Ebenfalls. Er macht sofort zu, wenn ich etwas in diese Richtung wissen will.« Rob sieht in die Bäume hoch. »Hat er mal von einer Emily Ruskin gesprochen?«

Ich folge seinem Blick. »Der Name kommt mir bekannt vor. Warum?«

»Zac hat neulich von ihr gesprochen, aber ich weiß nicht mehr, in welchem Zusammenhang. Hast du die Nummer ihrer Eltern?«

Ich schreibe meiner Frau eine Nachricht und leite die Frage an sie weiter. Sie ist viel besser vernetzt, was die Schulbekanntschaften unserer Kinder betrifft. Danach lasse ich die beiden Hunde von der Leine. Toffee zischt sofort schnüffelnd und schwanzwedelnd ins Unterholz, während Chester in meiner Nähe bleibt und aufmerksam nach Eichhörnchen Ausschau hält. Mein Bruder und ich kehren auf den Weg zurück und begeben uns hintereinander immer tiefer in den Wald. Wir suchen nach Hinweisen wie leeren Flaschen oder Dosen, die Teenager eventuell nach einer Party hiergelassen haben.

»Glaubst du wirklich«, frage ich Rob, »dass Zac die ganze Nacht hier draußen war?«

Mein Bruder zuckt mit den Schultern. »Es ist warm, die Nacht kurz und die Schule vorbei.«

»Schon klar, aber hätte er dir nicht zumindest Bescheid gegeben?«

Mein Bruder nimmt die Sonnenbrille ab und putzt sie gedankenverloren mit dem Saum seines T-Shirts, und ich erkenne erst jetzt, wie abgekämpft er aussieht. Er hat dunkle Ringe unter den blutunterlaufenen Augen und ist trotz des schönen Wetters kalkweiß. Er sieht aus, als hätte er die ganze Nacht nicht geschlafen.

Er setzt die Sonnenbrille wieder auf und blickt in die Bäume. »Er war schon einmal hier«, sagt er. »Im April.« Er muss nicht weiterreden, ich verstehe ihn auch so.

Im April. Nach der Beerdigung.

»Über Nacht?«, frage ich leise.

Mein Bruder nickt mürrisch.

»Er hat sich mit Ästen und Zweigen eine Art Verschlag gebaut, dazu ein Messer, einen Schlafsack und etwas zu essen mitgenommen. Um vier Uhr morgens war er schließlich wieder da. Durchnässt und halb erfroren. Ich habe ihm die Hölle heißgemacht, und am Ende haben wir einander angeschrien. Er wollte alleine sein, wo ihn niemand finden kann. Ich dachte, vielleicht …« Er schluckt und ballt die Hände zu Fäusten. »Seit er seine Mum verloren hat, ist er nicht mehr derselbe, Andy. Er redet nicht mit mir und tut, als könnte ihm nichts etwas anhaben. Ich habe keine Ahnung, wie ich zu ihm durchdringen kann.«

»Hast du an der Stelle nachgesehen, wo er damals seinen Unterschlupf gebaut hat?«

Mein Bruder nickt langsam. »Da war nichts.«

»Wir finden ihn, das verspreche ich dir.«

»Was, wenn er nicht gefunden werden will?« Er senkt die Stimme, als hätte er Angst, die Worte laut auszusprechen. »Er könnte überall sein.«

»Hast du es mit dieser Handyortungsapp versucht? Damit kann man sofort den Standpunkt des Geräts feststellen. Ich habe sie schon ein- oder zweimal bei Connor benutzt.« *Ein- oder zweimal.* Oder vielleicht auch öfter.

»Er hat die Ortungsfunktion abgeschaltet. Er fand es freaky, dass ich immer genau weiß, wo er ist. Als wäre ich ein Stalker.«

Ich würde ihn gerne mit Floskeln beruhigen, aber mir ist klar, dass er so etwas nicht will. Er will einfach seinen Sohn zurück. Genau wie ich, wenn ich in seiner Situation wäre.

Wir gehen weiter und rufen dabei Zacs Namen.

»Nachts ist es doch sicher stockdunkel hier«, murmle ich.

»Ich glaube, genau das macht den Reiz aus.« Rob deutet auf eine weitere erloschene Feuerstelle neben dem Weg. »Aber sie haben Feuer gemacht. Und vermutlich ihre Handytaschenlampen benutzt.«

Toffee kommt mit einem Ast aus dem Unterholz, der beinahe doppelt so groß ist wie er selbst. Er legt ihn vor meinem Bruder ab und setzt sich hechelnd. Rob bricht ein kleineres Stück ab und wirft es, woraufhin Toffee sofort wieder losflitzt.

»Ich mache mir Sorgen, Andy. Was, wenn er etwas Dummes angestellt hat?«

Ich greife nach meinem Handy. »Sollen … sollen wir die Polizei rufen?«

»Nein«, erwidert er schnell. »Noch nicht.«

»Dann sehen wir uns noch weiter hier um, okay? Und anschließend überlegen wir, wie wir weitermachen.« Ich deute den Weg entlang. »Du gehst am besten da lang und den Hügel hinauf. Und ich gehe hier lang, dann treffen wir uns am Ende ganz oben.«

»Klingt gut.«

Er macht sich auf den Weg und beginnt schon nach wenigen Schritten, erneut den Namen seines Sohnes zu rufen.

»ZAC!«

Seine tiefe Stimme hallt durch den Wald, wird immer leiser und verklingt irgendwann zwischen den Bäumen.

Wenig später finde ich den Schlüssel.

4

Der Weg teilt sich, und ich gelange auf eine Lichtung. Zwei Holzstämme liegen einander gegenüber, dazwischen entdecke ich mehrere Dosen und Flaschen. Chester trottet hinüber und riecht an der Asche eines weiteren Feuers, in der auch verkohlte Stofffetzen zu erkennen sind. Es ist schon lange eine inoffizielle Tradition, dass die Schüler und Schülerinnen nach Erreichen der Mittleren Reife am letzten Schultag hierherkommen, die Jacken ihrer Schuluniformen ins Feuer werfen und zusehen, wie der dunkelblaue Stoff in Flammen aufgeht.

Es grenzt an ein Wunder, dass sie nicht schon vor Jahren den ganzen Wald abgefackelt haben.

In einiger Entfernung ruft mein Bruder wieder den Namen seines Sohnes. Ich verlasse die Lichtung, schlage mich durch den Wald in seine Richtung und beginne ebenfalls zu rufen.

Toffee bricht erneut schwanzwedelnd aus dem Unterholz und legt einen Stock vor meinen Beinen ab. Er sieht hechelnd zu mir hoch, nach unten auf den Stock und wieder zu mir.

Ich greife nach dem Holzstück, und in diesem Moment fällt mein Blick auf einen roten Gegenstand neben einem Baumstamm, der teilweise von Brennnesseln und violetten Wildblumen verdeckt wird. Es ist ein Schlüsselanhänger in der Form eines Fußballshirts von Manchester United, an dem zwei normal große und zwei kleinere Schlüssel befestigt sind, wie sie etwa zu einem Vorhängeschloss oder einer Schreibtischschublade passen.

Ich nehme den Schlüsselbund an mich und sehe mich um, ob noch etwas herumliegt. Dann werfe ich den Stock für Toffee und gehe weiter.

Connor hat einen Schlüsselanhänger von ManU, und er verliert ihn ständig. Aber warum sollte er ausgerechnet hier sein? Und wie, zum Teufel, ist er gestern Nacht ohne Schlüssel ins Haus gekommen?

Ich finde meinen Bruder auf einer weiteren kleinen, von alten Eichen umschlossenen Lichtung. Er hockt auf dem Boden und hat mir den Rücken zugewandt. Als er mich hört, steht er eilig auf.

»Hast du etwas gefunden?«, fragt er hoffnungsvoll.

Ich strecke ihm den Schlüsselbund entgegen. »Der lag neben dem Weg.«

Rob nimmt ihn mir ab.

»Ich glaube, er gehört Connor«, fahre ich fort. »Keine Ahnung, wie er gestern Abend …«

»Das ist Zacs Schlüsselbund«, unterbricht mich mein Bruder mit tonloser Stimme.

»Sicher?«

Er nickt. Er dreht das rote Shirt, um den Spielernamen und die Nummer zu lesen. »Connor hat Bruno Fernandes. Zac hat Marcus Rashford, weißt du nicht mehr? Sie diskutieren doch ständig, wer besser ist.«

Immer wieder wird mir der seltsame Umstand bewusst, wie sehr das Verhältnis zwischen Connor und Zac dem Verhältnis zwischen mir und meinem älteren Bruder ähnelt. Rob war immer der talentiertere Sportler, selbstbewusster, offener und beliebter bei den Mädchen. Und auch wir haben darüber diskutiert, welche Spieler besser sind. Zac und Connor sind nur einen Monat auseinander und nicht zwei Jahre, aber es scheint, als hätten wir die Dynamik an unsere Söhne weitervererbt.

Rob wischt etwas Erde von dem Schlüsselanhänger. »Wie hätte er ohne seinen Schlüssel ins Haus kommen sollen?«, fragt er leise.

In diesem Moment sehe ich, dass Rob auch etwas in der anderen Hand hält. Es scheint sich um ein weiches weißes Stoffstück zu handeln. Ich deute darauf. »Was ist das?«

Er öffnet die Hand beinahe zögernd und hält das Stoffstück hoch. Es ist ein dünnes weißes Oberteil, eine Art bauchfreie Strickweste, die sicher nicht wärmt, unpraktisch aussieht und vermutlich einem Teenagermädchen gehört. Der ehemals weiße Stoff ist schmutzig und zerknittert, auf einem Ärmel und am Rücken sind rötlich braune Schmieren zu sehen.

»Das habe ich dort hinten gefunden.« Rob deutet auf einen dicken Baumstamm am Rand der Lichtung.

»Das könnte schon seit Wochen hier rumliegen, Rob«, erkläre ich. »Oder sogar schon seit Monaten.«

»Riech mal dran«, sagt er leise.

»Wie bitte?«

»Mach schon.«

Ich zögere einen Moment, dann senke ich den Kopf und schnuppere. Ein intensiver, frischer Duft nach Beeren, Vanille und weißem Moschus steigt mir in die Nase. Er ist noch nicht alt, und er kommt mir irgendwie bekannt vor.

»Das riecht noch frisch, oder?«, fragt Rob. »Vermutlich von letzter Nacht. Vielleicht hattest du recht, und Zac ist mit einem Mädchen nach Hause gegangen.«

Ich lächle beruhigend. Er klammert sich an Strohhalme, aber es ist nicht der richtige Zeitpunkt, um ihn darauf hinzuweisen. »Wo auch immer er ist, wir finden ihn bald.«

Er blickt in den Wald, als könnte sein Sohn jeden Moment daraus hervortreten. Dann steckt er das Oberteil in die Tasche seiner Cargo-Shorts und wirft einen neuerlichen Blick auf sein Handy.

»Du solltest nach Hause«, beschließe ich. »Zac könnte längst dort sein und auf dich warten.«

»Es gibt noch einen Ort, wo ich nachsehen möchte.«

Wir kehren zu unseren Autos zurück, und ich folge ihm mit meinem Wagen in die Stadt, wo wir die Hauptstraße entlangkriechen und nach Zac Ausschau halten. Einmal tritt Rob derart abrupt auf die Bremse, dass ich beinahe in seinen Kofferraum krache, doch die Jugendlichen vor dem Supermarkt sind zu jung. Wir fahren weiter zu McDonald's, parken und betreten den Laden ohne ein weiteres Wort. Es ist genauso viel los wie immer, und wir lassen die Blicke über die jungen Familien, Pärchen, Mädchengruppen und den einen oder anderen jungen Mann schweifen wie zwei Kaufhausdetektive auf der Jagd nach einem Ladendieb.

»Ich dachte echt, er wäre hier«, murmelt Rob. »Er hat gefühlt sein halbes Leben hier verbracht.«

»Fahren wir doch zurück zu dir, und …«

Er geht mit großen Schritten auf einen Tisch zu, an dem vier Mädchen im Teenageralter sitzen. Sie lachen laut, halten die Handys in den Händen und trinken Diätcola. Rob zeigt ihnen sein Handy, und die Belustigung auf ihren Gesichtern weicht Misstrauen und schließlich Schock, als er es einem Mädchen nach dem anderen vor die Nase hält. Sie schütteln alle den Kopf.

Ich stelle mir Connors Reaktion vor, wenn ich als Mann mittleren Alters auf eine Gruppe Mädchen zuginge, ihnen ein Bild von ihm zeigte und fragte, ob sie meinen Jungen gesehen hätten. Solche Dinge verbreiten sich wie ein Lauffeuer. Aber eine brodelnde Gerüchteküche kümmert meinen Bruder scheinbar nicht mehr.

»Die waren im selben Jahrgang«, erklärt er mir, während er die schwere Glastür öffnet, um nach draußen zu treten. »Aber sie haben ihn nicht gesehen.«

Wir fahren zu ihm nach Hause, und er sprintet die Einfahrt hoch und stürzt ins Haus, wo er sofort mit hoffnungsvoller Stimme nach seinem Sohn ruft.

»Zac?« Rob tritt an den unteren Treppenabsatz und ruft erneut.

Es kommt keine Antwort.

Ich bleibe im Flur, während er eilig sämtliche Räume im Erdgeschoss absucht und nicht einmal die Toilette auslässt. Dann läuft er nach oben, und ich höre seine polternden Schritte über mir. Das Haus fühlt sich *leer* an – und das schon seit einer ganzen Weile. Es ist zu groß für die beiden, wie ein übergroßer Mantel auf zu schmalen Schultern. Rob hat es zwar noch nicht angesprochen, aber ich weiß, dass er sich insgeheim vor dem Tag fürchtet, wenn Zac zur Uni geht und er alleine zurückbleibt. Auf dem Schuhregal stehen die Schuhe meines Bruders neben den um zwei Nummern größeren Schuhen seines Sohnes, doch die linke Seite ist leer. Die Schuhe meiner verstorbenen Schwägerin haben eine Lücke hinterlassen, die nicht gefüllt werden kann.

Ich betrachte das gerahmte Bild auf dem Fensterbrett, auf dem Rob, Vanessa und Zac in die Kamera lächeln. Vater und Sohn haben die Mutter in die Mitte genommen. Es wurde an Vanessas fünfundvierzigstem Geburtstag im vergangenen Jahr gemacht. Auf dem Tisch vor ihnen stehen Gläser, Teller und eine Flasche Sprudel. Es war, bevor sie krank wurde. Vor den Behandlungen.

Vor der Chemo, den Bestrahlungen, den Operationen und dem unaufhaltsamen Voranschreiten der Krankheit, die sie von innen aufgefressen hat.

Rob tritt zurück auf die Treppe und sieht, wie ich das Foto betrachte. »Irgendetwas gefunden?«, frage ich.

Er schüttelt den Kopf und kommt frustriert nach unten. Sein Blick huscht von seiner Uhr zu seinem Handy und hinaus in die Auffahrt, wobei er stets darauf achtet, dass er nicht auf das Foto fällt.

Ich deute in Richtung Küche. »Hör mal, wieso gehen wir nicht …«

»Ich schaffe das nicht«, platzt es aus ihm heraus. »Ich ertrage das nicht. Nicht jetzt. Nicht nach allem, was passiert ist.«

Ich lege eine Hand auf seinen Arm und drücke ihn sanft. »Wir werden ihn finden.«

»Er ist alles, was ich noch habe, Andy«, sagt er mit kalkweißem Gesicht. »Ich kann ihn nicht auch noch verlieren.«

5

Rob starrt geradeaus und blinzelt mehrmals hintereinander. Er kann mir nicht in die Augen sehen und scheint genauso überrascht wie ich über das, was er gerade gesagt hat. Als wäre ein Damm in seinem Inneren gebrochen. Er hat seine schlimmste Angst in Worte gefasst.

»Hör mal.« Ich ziehe ihn in eine ungelenke Umarmung, seine Arme hängen zu beiden Seiten herab. »Du wirst ihn nicht verlieren. *Wir* werden ihn nicht verlieren, das verspreche ich dir. Setzen wir uns doch eine Minute lang hin und legen uns einen Plan zurecht.«

Wir gehen in die Küche, und ich reiche ihm ein Glas mit kaltem Wasser. Er hält es gegen die Brust gedrückt, als wüsste er nicht so recht, was er damit anfangen soll.

»Trink«, fordere ich ihn auf. »Und du musst auch etwas essen.«

Ich bestreiche mehrere dicke Scheiben Toast mit Butter und Marmite – die braune Gewürzpaste ist laut unserer Mum einfach das beste Trostessen der Welt –, während er mir alles erzählt, was er über letzte Nacht weiß. Ich hole Stift und Papier, um alle Leute aufzuschreiben, mit denen er bereits gesprochen hat. So können wir besser überlegen, wer noch etwas wissen könnte.

Ich lehne an der Arbeitsplatte, scrolle durch mein Telefonbuch am Handy und nenne Namen, die er notiert. Als Nächstes folgt eine Liste mit Orten, an denen Zac stecken könnte. Parks, Sportstätten und Plätze, wo er sich im Sommer gerne mit Freunden trifft.

Während wir arbeiten, höre ich die ganze Zeit über eine leise Stimme in meinem Kopf, deren Worte ich nicht ganz verstehe. Es ist wie ein Jucken, an das man nicht rankommt.

Connor, der das Licht auf der Veranda anlässt.

Arthurs Bemerkung. *Er schläft heute vermutlich länger, nehme ich an. Nachdem er gestern so spät nach Hause gekommen ist? Ist Mitternacht tatsächlich so spät? Vielleicht, wenn man achtundachtzig ist.*

»Ich verstehe einfach nicht, warum Connor nicht bei ihm ist«, meine ich schließlich und blinzle die Gedanken fort. »Sie machen doch sonst auch alles zusammen.«

Mein Bruder schüttelt den Kopf und kaut lustlos auf seinem Toast herum. »Vielleicht hatten sie Streit.«

»Die beiden? Niemals.«

Aber noch während ich es sage, wird mir klar, dass es gar nicht so unwahrscheinlich ist. Sie sind in diesem Jahr schon einmal aneinandergeraten und haben sich sogar geprügelt, sodass Rob und ich sie voneinander trennen mussten. Beide hatten sich mit hochroten Gesichtern geweigert, sich zu entschuldigen, und behauptet, der andere habe angefangen. Doch nach einer Woche Abkühlungsphase schlossen sie plötzlich einen Waffenstillstand, und im nächsten Moment war alles wieder wie immer. Sie gingen zusammen zur Schule, spielten stundenlang X-Box und Fußball im Park, als wäre nichts passiert. Erst später gelang es Laura, unserem Sohn den Grund für den Streit zu entlocken. Offenbar ging es um ein Mädchen, in das einer der beiden verschossen war.

Rob ist anzusehen, dass er gerade ebenfalls daran denkt. »Ich frage mich, ob der Grund auch dieses Mal ein Mädchen ist«, sagt er und pult an der Haut um seinen Daumennagel, bis er zu bluten beginnt. Mir fällt auf, dass die Haut an sämtlichen Finger schorfig und entzündet ist. »Bist du sicher, dass Connor nie eine Emily Ruskin erwähnt hat?«

»Über solche Sachen redet er nicht mit mir, aber ich frage Laura.«

Ich schreibe ihr, und dieses Mal antwortet sie sofort.

> Tut mir leid, war unter der Dusche. Ich klemme mich jetzt hinters Telefon. Connor hat nie eine Emily R erwähnt.

Ich bitte sie noch mal, Connor zu wecken, und sie schickt ein Daumenhoch. Ich will das Handy schon weglegen, da sehe ich, dass sie erneut schreibt.

> Warte. Meinst du Cathy Ruskins Tochter?

Ich schreibe, dass ich mir nicht sicher bin, und stecke das Handy weg.

Mein Bruder versucht gerade, Zacs in einer roten Manchester-United-Hülle steckendes iPad zu entsperren, doch nachdem er einige Male das falsche Passwort eingegeben hat, ist das Gerät für fünf Minuten blockiert.

Er springt auf, geht zum Küchenschrank neben der Spüle und öffnet ihn. »Scheiße.« Er schließt langsam die Tür.

»Was ist los?«

»Da war eine zu zwei Dritteln gefüllte Wodkaflasche drin. Die ist jetzt weg.« Er schlägt mit der flachen Hand auf die Arbeitsplatte. »Dabei sage ich ihm immer, dass es mir lieber ist, er redet offen mit mir, als Dinge hinter meinem Rücken zu tun.«

»Zumindest weißt du, was er trinkt. Und es ist besser, als Drogen zu nehmen, nicht wahr?«

Ich erinnere mich noch, wie wir beide als Teenager nach unten geschlichen sind, wenn unsere Eltern Gäste zum Abendessen hatten. Wir haben immer die hintersten Flaschen aus dem Barschrank geholt, die nie jemand vermissen würde, und sie heimlich in unser Zimmer geschmuggelt. Ich versuchte, mit meinem Bruder mitzuhalten und nicht zu husten oder mich zu übergeben. Mum und Dad hatten keine Ahnung. *Wie der Vater, so der Sohn.*

Rob lutscht das Blut von seinem Daumen. »Vielleicht waren sie auf einer Party«, sagt er, und ich sehe wieder einen Hoffnungsschimmer in seinen Augen. »Bei irgendjemandem zu Hause. Vielleicht sogar in einer anderen Stadt? Du weißt schon, eine dieser Partys, die sie auf Facebook stellen, und plötzlich kommen wildfremde Leute, und alles ist gratis. Vielleicht versucht er immer noch, irgendwie nach Hause zu kommen.«

»Vielleicht.« Ich bin mir ziemlich sicher, dass Jugendliche im Alter unserer Söhne keinen Bock auf Facebook haben, aber ich bringe es nicht über mich, es ihm zu sagen. »Aber in diesem Fall hätte doch sicher einer seiner Freunde Bescheid gewusst, oder?«

Der Hoffnungsschimmer verblasst.

»Irgendetwas ist hier faul, Andy.«

Ich setze mich ihm gegenüber und reiche ihm ein Taschentuch für den blutenden Daumen. Mein Blick fällt auf ein Bild von Zac. Es ist das neueste Schulfoto, und er trägt eine blaue Jacke und ein weißes Hemd, dessen oberster Knopf offen steht. Die Krawatte sitzt nicht wirklich stramm, er lächelt peinlich berührt, und seine dunklen Haare fallen ihm in Locken in die Stirn, während sie an der Seite kurz geschoren sind. Auf dem Bücherregal in unserem Wohnzimmer steht ein beinahe identisches Foto von Connor.

»Rob, ich frage dich das jetzt einfach, weil du mein Bruder bist. Du bist meine Familie, genau wie Zac.«

»Was fragst du mich?«

»Zac hat doch nicht davon geredet, davonzulaufen, oder? Ich meine, abgesehen von der Nacht am Beacon Hill vor ein paar Monaten?« Als er den Kopf schüttelt, fahre ich leise fort: »Und er hat auch nie davon geredet ... sich selbst zu verletzen?«

»Nein.« Sein Kopf fährt hoch. »Natürlich nicht. Das würde er niemals tun.«

Aber du dachtest auch, er würde niemals alleine eine Nacht fortbleiben, meint die Stimme in meinem Kopf.

»Ich wollte nur sichergehen.«

»Er würde so etwas niemals tun«, wiederholt Rob aufgebracht. »Nicht nach allem, was passiert ist. Nicht, nachdem wir seine Mum verloren haben.«

Ich sehe zu, wie er gedankenverloren seinen Daumen mit dem Taschentuch säubert. Wenn Vanessa – meine verstorbene Schwägerin – jetzt hier wäre, hätte sie bereits die gesamte Nachbarschaft mobilisiert, Millionen Nachrichten an Freunde,

Kollegen, andere Mütter geschickt und alle aufgefordert, ihre Kinder zu wecken und in sämtlichen Gästezimmern, Badezimmern, Schuppen und Garagen nachzusehen, bis Zac aufgespürt und nach Hause zurückgekehrt wäre.

Ich schätze, das weiß mein Bruder ebenfalls, aber er hat die Dinge immer schon gerne selbst geregelt, anstatt andere um Hilfe zu bitten. Er fährt lieber kilometerweit im Kreis, anstatt seine Niederlage einzugestehen und nach dem Weg zu fragen. Also behält er es auch jetzt lieber im kleinen Kreis, als Fremde zu bitten, nach seinem verschollenen Kind Ausschau zu halten.

Was auch immer Laura zu Hause gerade auf die Beine stellt, mein Handy schweigt. Ich bekomme keine Nachrichten und habe immer noch nichts von Connor gehört.

»Hör mal«, beginne ich behutsam. »Wir haben alle angerufen, die uns eingefallen sind, wir waren am Beacon Hill, und Zac geht immer noch nicht ans Telefon. Vielleicht sollten wir wirklich die Polizei verständigen?«

Rob stößt die Luft aus und vergräbt das Gesicht in seinen Händen. Ginge es hier um Connor, hätte ich schon längst mit der Polizei telefoniert. Aber wie vorhin im Wald scheint mein Bruder seltsam zögerlich, wenn es darum geht, die nächste Stufe zu erklimmen. Als wäre es ein schlechtes Omen und würde die schlimmste Befürchtung bestätigen, die keiner von uns anerkennen will. Nicht einmal für eine Sekunde.

»Muss jemand nicht zuerst einmal vierundzwanzig Stunden verschwunden sein?«

»Das sollen die Polizisten entscheiden. Ich kann sie auch für dich anrufen, wenn du möchtest?«

Er sitzt eine gefühlte Ewigkeit zusammengesunken auf

seinem Stuhl und reibt sich die roten Augen. »Nein«, sagt er schließlich, und seine Stimme ist kaum mehr als ein Flüstern. »Ich mache das schon.«

6 Er wählt, und ich ziehe einen Stuhl neben ihn, um mitzuhören. Der Anruf wird nach dem ersten Klingeln von einer ausdruckslosen männlichen Stimme entgegengenommen.

»Notrufzentrale. Mit wem darf ich Sie verbinden?«

Mein Bruder räuspert sich. »Mit der Polizei. Bitte.«

»Einen Moment.«

Es folgt ein Klicken, dann meldet sich eine ältere Frauenstimme.

»Polizei. Wie kann ich Ihnen helfen?«

Rob gibt ihr eine kurze Zusammenfassung: Er hat seinen Sohn zum letzten Mal um acht Uhr abends gesehen. Seitdem hat er nichts mehr von ihm gehört, und er ist auch nicht nach Hause gekommen. Es folgen eine Menge Fragen, die sie vermutlich schon viele Male gestellt hat.

Haben Sie bereits mit allen Freunden gesprochen?

Nein, noch nicht.

Hat Ihr Sohn das schon einmal getan?

Einmal.

Gibt es einen Grund zu der Annahme, dass sich Ihr Sohn in unmittelbarer Gefahr befindet?

Nein.

Besteht das Risiko, dass er sich oder andere verletzt?

Nein.

Benötigt Ihr Sohn dringend Medikamente oder andere medizinische Behandlungen, die ein sofortiges Handeln erfordern?

Nein.

Es folgt eine kurze Pause, in der nur das Klappern einer Tastatur zu hören ist.

»Hallo, sind Sie noch dran?«, will mein Bruder wissen.

»Ich verbinde Sie mit der örtlichen Dienststelle, einen Moment, bitte.«

Rob will etwas erwidern, doch es klickt erneut, und eine weitere Frauenstimme meldet sich. Sie klingt jünger, sehr bedacht und unaufgeregt. Rob versucht, sich die Frustration nicht anmerken zu lassen, als er alles noch einmal erzählt. Er schreitet gestikulierend in der Küche auf und ab, ehe er das Handy an mich weiterreicht. Die Frau am anderen Ende der Leitung bittet mich um meinen Namen, die Adresse und die Telefonnummer, und wieder ist das Klicken der Tastatur im Hintergrund zu hören.

»Ihr Bruder Rob Boyd hat angegeben, dass Ihr Sohn und Zachary letzte Nacht gemeinsam unterwegs waren?«

»Das ist korrekt.«

»Und wann ist Ihr Sohn nach Hause gekommen, Sir?«

Ich zögere. »Um Mitternacht.«

Es ist jetzt das dritte Mal, dass ich das jemandem versichere. Zuerst mir selbst, dann meinem Bruder und schließlich der Polizei. Dreimal habe ich bisher das weitergegeben, was ich für die Wahrheit halte, und jedes Mal gelingt es mir, mich ein wenig mehr davon zu überzeugen. Aber ich verspüre immer noch ein seltsames Unbehagen, während die Polizistin meine Angaben in ihren Computer eingibt, damit sie irgendwo im

System abgespeichert werden können. Vermutlich, um nie wieder hervorgeholt und nach einer vorgegebenen Zeit gelöscht zu werden. Vielleicht wird man sie aber auch zu einem anderen Zeitpunkt lesen, analysieren und zum Teil eines offiziellen Berichts machen.

Ich habe dreimal etwas behauptet, das ich nicht mit Sicherheit weiß. Ich schüttle den Kopf, um den Gedanken zu vertreiben. Es ist keine Lüge.

Die Frau am Telefon wiederholt ihre letzte Frage.

»Tut mir leid«, erwidere ich. »Aber wie war das?«

»Haben Sie bereits mit Ihrem Sohn gesprochen, Sir?«

»Noch nicht. Er schläft noch. Aber meine Frau weckt ihn gerade.«

Ich gebe Rob das Handy zurück. Er notiert die Fallnummer, unter der unsere Angaben im System gespeichert werden.

»Ich fahre nach Hause und rede mit Connor. Melde dich, sobald es Neuigkeiten gibt.«

Mein Bruder nickt. »Und du erzählst mir, was er sagt?«

»Sicher.« Ich lege ihm eine Hand auf die Schulter. »Wir bekommen das hin, okay?«

Doch ich erhalte keine Antwort.

Ich bringe zuerst Chester nach Hause, dann trete ich mit Toffee durch das seitliche Gartentor und mache mich auf den Weg zum Haus. Laura sitzt auf der Bank neben der Hintertür und trägt ein pastellfarbenes Tanktop, Shorts und einen riesigen Strohhut, um die Augen vor der Sonne zu schützen. Sie telefoniert und bittet ihr Gegenüber, sich zu melden, falls er oder sie etwas höre.

Sie legt auf, als Toffee sich in den Schatten unter der Bank fallen lässt. »Gibt es was Neues?«

»Er ist nach wie vor nicht zu Hause. Rob hat die Polizei verständigt.«

»Wie geht es ihm?«

»Nicht gut.« Ich werfe einen Blick durch das Küchenfenster. »Was hat Connor gesagt?«

»Ich war die letzte halbe Stunde am Telefon. Ich habe nach ihm gerufen und gesagt, dass er nach unten kommen soll, aber er reagiert nicht. Ich versuche es gleich noch mal.«

»Ich mach das schon«, erkläre ich.

Ich gehe gerade durch den Wintergarten in die Küche, als die Treppenstufen knarren. Mein Blick fällt auf Connor in einem Hoodie, der viel zu warm für die Jahreszeit ist. *Na endlich.* Er hat mir den Rücken zugewandt und will zur Eingangstür.

»Ah, endlich bist du wach!«, rufe ich. »Ich muss mit dir reden.«

Er dreht sich nicht um, sondern geht weiter auf die Tür zu, als könnte er es nicht erwarten, das Haus zu verlassen.

»Connor, hast du etwas von Zac gehört?« Er reagiert auch dieses Mal nicht. »Geht es dir gut?«

Laura tritt neben mich und legt mir die Hand auf den Arm. »Gib ihm eine Minute, Andy«, sagt sie und wirft mir ihren üblichen Blick zu.

Unser Sohn hat die Haustür erreicht.

Ich gehe zu ihm und lege ihm vorsichtig die Hand auf die Schulter, um auf mich aufmerksam zu machen.

»Connor? Hey, das hier ist echt wichtig. Dein Onkel macht sich große Sorgen um Zac. Er ist letzte Nacht nicht nach Hause gekommen. Wann hast du das letzte Mal von ihm gehört?«

Er dreht sich um und sieht mich an, und einen Moment lang verstehe ich nicht, was ich vor mir sehe. Dann lichtet sich der Nebel.

Aber es ergibt trotzdem keinen Sinn.

Denn der Junge, der mir gegenübersteht, ist nicht mein Sohn.

7

Ich starre ihn blinzelnd an, als hätte ich eine Tür geöffnet und mich im falschen Raum wiedergefunden. Eine Vielzahl an Gefühlen bricht über mich herein. Verwirrung, Einsicht, Erleichterung. Und im Verborgenen auch eine kaum merkliche Beunruhigung.

»Zac?«

Mein Neffe sieht mich unter der Kapuze des Hoodies hervor mit zusammengekniffenen Augen an, als müsste er sich erst an das helle Tageslicht gewöhnen. Sein Gesicht ist kalkweiß.

»Ich muss los«, murmelt er.

»Zac, was machst du hier?«

»Ich muss wirklich los«, wiederholt er und greift nach der Türklinke.

Ich lege eine Hand auf seinen Arm, und er zuckt zurück, als wäre ich ein Fremder.

»Warte kurz.« Ich lockere den Griff, lasse ihn aber nicht los. Ich will nicht, dass er noch einmal verschwindet. »Dein Dad sucht dich schon. Er ist außer sich vor Sorge. Wir haben gerade zwei Stunden versucht, dich zu finden. Wir waren sogar am Beacon Hill. Du musst ihn sofort anrufen und ihm sagen, dass es dir gut geht. Du hast uns eine Höllenangst eingejagt.«

Er zuckt erneut zusammen. »Okay. Klar.«

»Wir haben sogar die Polizei verständigt, Zac.«

Das lässt ihn endgültig erstarren. Er dreht sich erneut zu mir um, und die verbliebene Farbe weicht aus seinem Gesicht.

»Was?«, ruft er. »Warum?«

»Wir hatten keine Ahnung, wo du …«

»Was habt ihr ihnen gesagt?« Seine Stimme wird immer lauter. Panischer.

»Die Wahrheit.« Ich lasse seinen Arm los. »Dass du nicht nach Hause gekommen bist. Was – wie mir jetzt klar ist – nicht ganz stimmt.«

Er senkt den Blick und wirkt mit einem Mal kleinlaut. »Mein Akku war leer«, sagt er leise. »Connor meinte, es macht euch sicher nichts aus, wenn ich hier übernachte. Es tut mir leid.«

»Es macht uns auch nichts aus, darum geht es nicht.« Ich hebe beruhigend die Hände. »Du kannst jederzeit hier schlafen. Aber du musst deinem Dad immer sagen, wo du bist, okay?«

»Okay.«

»Dann hast du also im Gästezimmer geschlafen? Und Connor ist noch nicht wach?«

Zac zuckt nichtssagend mit den Schultern und wendet sich wieder der Tür zu.

»Geht's dir gut?«, frage ich. »Ist alles … in Ordnung?«

Er gibt ein Geräusch von sich, das ich nicht deuten kann, öffnet die Tür und tritt auf die Veranda.

Mein Blick fällt auf seinen Rücken und auf den Hoodie. Die Absolventen haben den Pullover zur Mittleren Reife bekommen, und auf jedem steht der jeweilige Name des Schülers oder der Schülerin. Das Unbehagen wächst, als mir klar wird, dass unter dem Schulwappen der Name meines Sohnes prangt. Die beiden leihen sich tatsächlich ab und zu die Klamotten des anderen, aber es war ein derart seltsamer Vormittag, dass es beinahe absichtlich erscheint. Ein weiterer Versuch, die Erwachsenen in die Irre zu führen.

»Warum trägst du Connors Hoodie?«

Er antwortet nicht.

»Zac?« Ich folge ihm in die Auffahrt. »Lässt du dich wenigstens von mir nach Hause fahren?«

»Es tut mir leid«, sagt er, zieht die Schultern hoch und senkt den Kopf, um dem gleißenden Sonnenlicht zu entgehen. »Alles.«

»Lass ihn, Andy!«, ruft Laura mir beruhigend aus dem Flur hinterher. »Lass ihn gehen.«

Mein Neffe eilt die Straße entlang, und ich sehe ihm nach, bis er um die Ecke verschwunden ist. Er läuft in die richtige Richtung, aber ich überlege dennoch einen Moment lang, mir den Autoschlüssel zu schnappen und ihm zu folgen, damit er auch sicher zu Hause ankommt. Irgendetwas stimmt hier nicht. Normalerweise redet Zac wie ein Wasserfall, wenn wir uns treffen. Heute konnte er nicht schnell genug verschwinden.

Ich spüre eine sanfte Hand auf meinem Arm.

»Wenigstens wissen wir, dass es ihm gut geht«, meint Laura. »Was für ein Tag – dabei ist es noch nicht einmal Mittag. Kommst du wieder mit ins Haus?«

»Er hat gezittert. Als hätte er Angst gehabt.«

Meine Frau zuckt mit den Schultern. »Er wollte sich ungesehen rausschleichen, und wir haben ihn ertappt.«

»Nein, es war mehr als das.« Da war etwas in Lauras Stimme. Etwas Abwehrendes. »Moment mal. Wusstest du, dass Zac hier war?«

»Wie bitte? Natürlich nicht.«

»Du hast gezögert.«

»Du solltest einen Hut aufsetzen, Andy.« Sie hebt eine Augenbraue. »Die Sonne tut dir offenbar nicht gut. Und du musst deinen Bruder anrufen.«

Ich wähle Robs Nummer und überlege, was ich sagen soll. *Tut mir leid, ich weiß, wir haben gerade stundenlang nach deinem Sohn gesucht, aber er war die ganze Zeit bei uns zu Hause und hat geschlafen ...* Das klingt doch mehr als seltsam. Es ist besetzt, also hinterlasse ich ihm eine Nachricht.

Laura lehnt am Treppengeländer und späht nach oben, als würde sie erwarten, dass unser Sohn jeden Moment auftaucht.

»Ich kann es kaum erwarten, Connors Begründung für diese ganze Geschichte zu hören«, meint sie.

Ich nehme zwei Stufen auf einmal und keuche, als ich schließlich vor seiner Tür stehe. »Connor?« Ich klopfe einmal und warte die Antwort gar nicht erst ab, sondern öffne die Tür und trete in das stockdunkle Zimmer.

Das Verdunkelungsrollo ist geschlossen und der schwere Vorhang vorgezogen, nur ein winziger Streifen Tageslicht dringt ins Zimmer. Das Verdunkelungsrollo war vor allem in der Kindheit nötig, als Connor schon beim ersten Licht der Dämmerung wach wurde. Als Teenager hat sich sein Schlafrhythmus um hundertachtzig Grad gewandelt, sodass er mittlerweile das halbe Wochenende verschläft und erst irgendwann wie ein Bär nach dem Winterschlaf aus seiner Höhle schlurft.

Ich warte, bis sich meine Augen an die Dunkelheit gewöhnt haben und ich Bücher und Pokale auf dem Regal über dem Schreibtisch erkenne. Ich tappe ins Zimmer und stolpere über eine Schüssel, die auf dem Boden vergessen wurde. Leise fluchend mache ich den nächsten Schritt und trete auf etwas Weiches. Der Inhalt der Müslischale, vielleicht? Ich hebe sie hoch, und der Geruch nach zwei Tage alter Milch steigt mir in die Nase.

»Connor?«, frage ich leise, doch er rührt sich nicht.

Ich trete an das Doppelbett heran, auf das er im letzten Jahr bestanden hat, weil er seiner Meinung nach zu groß für ein Einzelbett sei. Ich sage erneut seinen Namen, dieses Mal sogar etwas lauter, aber er rührt sich immer noch nicht. Er schläft wirklich sehr tief.

Das Bett ist ein Durcheinander aus Decken und Laken mit dem Körper meines schlafenden Sohnes in der Mitte. Ich will sanft an seiner Schulter rütteln, doch meine Hand sinkt tief in die Decke.

»Connor?«

Meine Brust zieht sich zusammen, als ich die Decke zurückschlage.

Das Bett ist leer.

Die Kissen und verschiedene Klamotten wurden mehr schlecht als recht so angeordnet, dass es aussieht, als würde jemand darin schlafen. Offenbar hatte es jemand eilig, und vermutlich war dieser Jemand Zac, der sich unbemerkt aus dem Staub machen und den Eindruck erwecken wollte, als würde Connor noch schlafen. Doch wir haben ihn erwischt.

Das Unbehagen steigt, mein Herz klopf schmerzhaft schnell.

Hier stimmt etwas nicht.

Ich trete zum Fenster, reiße die Vorhänge zur Seite und rasend schnell das Rollo hoch. Einen Moment lang ist es blendend hell, und Staubkörner tanzen im gleißenden Licht der Mittagssonne. Ich ziehe die Decke noch weiter zurück – auch wenn ich keine Ahnung habe, warum –, dann verlasse ich das Zimmer und öffne die Tür zum Gästezimmer.

Das Gästebett ist unbenutzt.

Ich befinde mich einen Moment lang im freien Fall, und sämtliche Kraft verlässt meine Beine, als mir plötzlich klar wird, was hier los ist. Wir haben den Wald und die Straßen der Umgebung durchkämmt, unsere Freunde angerufen und sogar die Polizei verständigt.

Aber wir haben die ganze Zeit nach dem falschen Jungen gesucht.

8

Als ich wieder nach unten komme, steht Laura in der Küche und deckt den Tisch fürs Mittagessen.

»Was hat er gesagt?«

»Er ist nicht da«, erwidere ich möglichst ruhig. »Er ist nicht zu Hause.«

»*Wie bitte?*« Der letzte Teller rutscht ihr aus der Hand und landet polternd auf dem Tisch. »Bist du sicher, dass er nicht im Badezimmer ist?«

Ich nicke. Wir sehen einander einen Moment lang an, dann hole ich mein Handy hervor, wähle Connors Nummer und hoffe inständig, dass er rangeht und genauso mürrisch, muffelig und einsilbig ist wie sonst. Genau so, wie ein sechzehnjähriger Junge an einem Sonntag sein sollte. *Geh ran, mein Sohn. Geh einfach ran.* Es klingelt sechsmal, bevor sich die Mailbox meldet.

Ich hinterlasse eine Nachricht und versuche, fröhlich und unbeeindruckt zu klingen. So, als wäre alles okay und ich wollte nur mal nachfragen, wie es ihm geht. Ich schlucke die bittere Galle hinunter und rede mir ein, dass tatsächlich alles okay ist. Natürlich ist es das.

Als ich aufgelegt habe, wähle ich die Nummer sofort noch einmal. Sechsmal klingeln, dann die Mailbox.

Laura hat den Blick auf ihr eigenes Handy gerichtet und sucht nach Nachrichten, die sie womöglich übersehen hat.

Ich rufe meinen Bruder an, der sofort abhebt. »Rob, ich bin's. Hast du mit Zac gesprochen? Es geht ihm gut, und er ist auf dem Heimweg. Er sollte jeden Moment da sein.«

»Du hast ihn gesehen?«, ruft er. »Wo? Wann?«

»Hast du meine Nachricht nicht abgehört? Es ist echt schräg, aber offenbar war er die ganze Nacht über bei uns.« Ich erzähle, was passiert ist. Was hätte Zac getan, wenn er mir nicht zufällig beim Verlassen des Hauses über den Weg gelaufen wäre? Hätte er zugegeben, dass er bei uns übernachtet hat? Hätten wir es je herausgefunden, oder hätte er uns eine weitere Lüge aufgetischt?

»Hör zu«, sage ich schließlich. »Ich weiß, es klingt seltsam, aber ich habe keine Ahnung, wo Connor ist.«

»Ich dachte, der wäre zu Hause?«

»Ja, das dachten wir auch, aber … das ist er nicht. Und ich will nur sichergehen, dass es ihm gut geht. Wenn du also etwas aus Zac herausbekommst, wäre das wirklich toll.« Ich bekomme keine Antwort. »Rob? Bist du noch da?«

»Er kommt gerade! Zac kommt gerade die Einfahrt hoch. O Gott sei Dank! Gott sei Dank!« Die Erleichterung in der Stimme meines Bruders ist unüberhörbar. »Andy, darf ich dich zurückrufen?«

»Klar.« Ich stelle mir vor, wie sich Vater und Sohn an der Türschwelle wiedersehen. »Sag Bescheid, wenn du etwas über Connor herausfindest, ja?«

Er legt ohne ein weiteres Wort auf.

»Das ist doch verrückt.« Ich wende mich zu Laura um. »Zuerst Zac und jetzt Connor. Was haben die beiden vor?«

»Wir sollten ihn jetzt erst einmal finden«, erwidert sie. »Über alles andere können wir uns später Gedanken machen. Was wissen wir bis jetzt?«

Meine Beine sind plötzlich weich wie Gummi, als wäre ich einen Halbmarathon gelaufen, und ich lehne mich an die Arbeitsplatte. »Er war um Mitternacht wieder zu Hause, nicht wahr? Du hast gesagt, du hättest ihn gesehen.«

»Nein«, sagt sie langsam. »Ich habe gesagt, er hätte mir geschrieben.«

»Dann hast du ihn also *nicht* gesehen?«

»Ich bin eingeschlafen, okay?« Sie schüttelt den Kopf. »Ich war müde, es war eine lange Woche. Kurz nach Mitternacht bin ich aufgewacht und habe ihm geschrieben und ihn gefragt, ob er schon zu Hause ist. Er hat sofort mit Ja geantwortet.«

»Hast du *nachgesehen*?«

»Natürlich habe ich *nicht* nachgesehen. Ich vertraue unserem Sohn. Und warum bin eigentlich immer ich diejenige, die wach bleiben muss?«

Ich hebe beschwichtigend die Hand. »Ich war um drei Uhr wach und habe nach ihm gesehen. Er lag in seinem Bett. Zumindest war ich der Meinung, dass er es war.« Ich denke an die letzte Nacht zurück, aber es erscheint so weit weg, als wäre es in einer anderen Woche, zu einer anderen Zeit passiert.

»Hattest du deine Brille auf?«, fragt Laura. »Hast du sein Gesicht gesehen?«

Ich schüttle den Kopf. »Ich stand im Türrahmen und sah jemanden im Bett, also dachte ich … Es wäre mir gar nicht in den Sinn gekommen, dass es nicht Connor sein könnte.«

»Und das Gästebett war unbenutzt?«

»Vielleicht ist er irgendwann später doch nach Hause gekommen und frühmorgens wieder fort.« Das klingt nicht einmal in meinen Ohren plausibel.

»Und wo genau hätte er dann hingewollt um die Zeit?«

»Keine Ahnung.«

»Aber wenn das Gästebett unbenutzt ist und wir vorhin nur Zac gesehen haben, bedeutet das …«

»Dass Connor nicht nach Hause gekommen ist.« Das Unbehagen wird immer stärker. »Aber warum dann diese Lüge? Warum hat er gesagt, dass er zu Hause ist, obwohl es nicht stimmte?«

»Warum lügen Teenager?« Laura wirft einen Blick auf die Eingangstür. »Damit sich die Eltern keine Sorgen machen. Warst du nie die ganze Nacht unterwegs, ohne es deinen Eltern zu sagen?«

»Rob war mal bei einem Rave und ist erst um sieben Uhr morgens nach Hause gekommen. Mum war die ganze Nacht wach und ist vollkommen ausgerastet, als er zur Tür rein ist.« Ich erinnere mich noch genau an diesen Morgen. Ich selbst hatte keine Angst um meinen Bruder. Es wäre meinem fünfzehnjährigen Gehirn gar nicht in den Sinn gekommen, dass ihm etwas zugestoßen sein könnte. Ich war bloß froh, dass ich nicht der Grund für Mums Wutausbruch war. »Es blieb das erste und einzige Mal, dass er so etwas getan hat.«

»Vielleicht ist es bei Connor auch so.«

Wir schweigen einen Moment und denken nach, da trifft es mich wie der Blitz. Es ist beinahe Mittag, und wir haben kurz nach Mitternacht das letzte Mal von ihm gehört. Er ist also seit fast zwölf Stunden wie vom Erdboden verschluckt.

Zwölf Stunden irgendwo dort draußen. Vielleicht steckt er

in Schwierigkeiten und wartet verzweifelt darauf, dass wir ihn retten.

»Warum hat Zac überhaupt in Connors Bett geschlafen?«, fragt Laura. »Wollte er ihn decken? Damit wir überzeugt sind, dass Connor zu Hause ist, obwohl er immer noch unterwegs war? Aber warum sollte er das tun?«

Harriet tritt mit einem Hogwarts-T-Shirt, abgeschnittenen Jeans und dem obligaten Kopfhörer um den Hals in die Küche.

»Warum sollte Zac *was* tun?«, fragt sie.

»Nichts, Harry«, erwidere ich verkniffen lächelnd. »Es ist alles okay.«

»Mum?« Harriet schiebt ihre Brille nach oben. »Was ist los? Steckt Connor in Schwierigkeiten?«

»Nein, Schätzchen. Wir müssen bloß mit ihm reden.«

»Ist er nicht in seinem Zimmer?«

»Harry, warum gehst du nicht ins Wohnzimmer und suchst dir einen Film aus, wir kommen gleich …«

»Mein großer Bruder ist also nicht zur vereinbarten Zeit nach Hause gekommen, befindet sich nicht in seinem Zimmer, und ihr habt keine Ahnung, wo er steckt?« Ihre Stimme klingt ausdruckslos – nicht sarkastisch, sondern sachlich. »Mum?«

Laura schenkt ihr ebenfalls ein verkniffenes Lächeln. »So in etwa.«

»Aber wo ist er?« Harriet sieht zwischen uns hin und her. »Geht es ihm gut?«

»Da bin ich mir sicher, Harry.«

»Aber du weißt es nicht.«

Sie legt sich die Finger ihrer linken Hand auf die Lippen. Es ist eine unbewusste Geste, die sie schon als Baby machte. Sie kaut nicht auf den Fingernägeln, sondern lässt sie bloß dort liegen. Es ist eine Angstreaktion, wie mir ein befreundeter Kinderarzt einmal erklärt hat.

»Moment mal«, meint Laura plötzlich stirnrunzelnd. »Woher weißt du, dass dein Bruder nicht zur vereinbarten Zeit nach Hause gekommen ist?«

Unsere Tochter sieht blinzelnd zu ihr hoch und sagt kein Wort.

»Harry?«

»Ich will ihn nicht in Schwierigkeiten bringen.«

»Das tust du nicht.« Laura legt eine Hand auf ihren Arm. »Wir müssen bloß wissen, was du gehört hast. Mehr nicht.«

»Ihr werdet nicht wütend auf ihn?«

»Nein.«

Harriet zuckt mit den schmalen Schultern. »Ich habe ihn gehört, als er ins Haus ist. Er hat mich geweckt.«

Ich sehe meine Tochter an, die immer noch im Türrahmen steht. Keiner klärt sie auf – sie muss nicht wissen, dass sie vermutlich ihren Cousin gehört hat. Dass ihr Bruder gar nicht nach Hause gekommen ist.

»Weißt du noch, wie spät es da war? Gegen Mitternacht, vielleicht?«

Sie sieht mich ernst an. »Nein.« Es folgt ein kurzes, mitfühlendes Kopfschütteln. »Es war neunzehn Minuten nach zwei.«

9

»Harriet«, beginnt Laura vorsichtig. »Warum erzählst du uns nicht, was genau du gehört hast? Dein Dad und ich sind davon ausgegangen, dass dein Bruder kurz nach Mitternacht nach Hause gekommen ist, nachdem er mir eine ...«

»Nein.« Unsere Tochter schüttelt erneut den Kopf. »Das stimmt nicht. Ich habe jemanden um genau neunzehn Minuten nach zwei gehört. Ich habe auf meine LED-Uhr geschaut und weiß noch, wie ich dachte, dass Connor großen Ärger bekommen wird, weil er zu spät ist.«

Laura und ich wechseln einen verwirrten Blick. Beinahe halb drei Uhr morgens. Wie passt *das* ins Bild der letzten Nacht?

»Bist du dir sicher?«, frage ich Harriet. »Manchmal spielen einem die Ohren nachts einen Streich. Das hier ist ein altes Haus, es gibt viel Holz, das sich im Sommer tagsüber aufheizt und sich ausdehnt, und wenn nachts die Wärme langsam entweicht, knackt es oft, verstehst du?«

»Ich weiß, was thermische Expansion ist, Dad.« Irgendwie schafft sie es, zu jung für ihr Alter auszusehen und gleichzeitig viel zu reif zu wirken. Einerseits ist sie so herrlich naiv, andererseits so unglaublich weise. »Ich weiß, was ich gehört habe.«

»Schon gut, schon gut.« Ich nicke. »Das Problem ist, dass wir uns nicht sicher sind, ob es Connor war oder doch Zac. Vielleicht waren sie es auch beide.«

»Zac war hier? Dann glaubt ihr also, dass Connor gar nicht nach Hause gekommen ist?«

»Genau das ist hier die Frage.«

Harry runzelt die Stirn, doch dann hellt sich ihr Gesicht auf. »Ich kann es herausfinden, wenn ihr wollt.«

»Wirklich?«

Sie zuckt mit den Schultern. »Klar.«

Ich wüsste gerne, wie, aber sie hat sich bereits abgewandt und eilt hoch in ihr Zimmer.

Laura und ich greifen erneut nach unseren Handys.

Ich starte die Handyortungsapp und sehe kurz darauf eine Karte unserer Nachbarschaft. Nachdem ich Connors Nummer von der Liste der Handys ausgewählt habe, die mir erlaubt haben, sie zu orten, gehe ich davon aus, dass die Karte sich verändert, doch nichts passiert. Der blaue, pulsierende Punkt befindet sich immer noch direkt in der Mitte. Genau wie unser Haus.

Das kann nicht sein.

Laut der App ist Connor zu Hause, oder zumindest sein Handy. Ich schließe kopfschüttelnd die App und versuche es noch einmal, doch sie liefert wieder dasselbe Ergebnis. Vielleicht gibt es ein Problem mit der App. Oder er hat das Handy hiergelassen und versteckt.

Ich gehe in Connors Zimmer und durchwühle zehn Minuten lang Klamotten, Handtücher, Schuhe und das andere Zeugs, das auf dem Bett und auf dem Boden herumliegt, während ich immer wieder seine Nummer wähle und lausche, ob ich irgendwo das vertraute Vibrieren höre. Doch es ist vergeblich.

Natürlich weiß ich, wie unwahrscheinlich es ist, dass ich sein Handy hier finde. Er hat es rund um die Uhr bei sich. Klar hat er es schon einige Male liegen gelassen – im Bus, bei McDonald's und einmal sogar auf einer Achterbahn im Disneyland Paris –, aber in letzter Zeit nicht mehr.

Ich strecke die Hand nach der obersten Schreibtischschublade aus, halte jedoch im letzten Moment inne. Das ist ein ziemlicher Eingriff in die Privatsphäre meines Sohnes.

Suche ich wirklich nach seinem Telefon oder nach etwas anderem?

Ich weiß, dass hier die Grenze verläuft. Aber ich weiß auch, dass ich sie übertreten werde.

Was, wenn er in Gefahr schwebt?

Ich öffne die erste Schublade gerade weit genug, um einen Blick hineinzuwerfen. Eine halb volle Packung Süßigkeiten, ein platt gedrückter Mars-Riegel, eine alte Armbanduhr, ein nagelneuer Notizblock mit dem Union Jack auf dem Cover, eine braune Geldbörse aus Leder mit zwanzig Pfund darin. Auch in der nächsten Schublade sieht es ähnlich aus. Mein Blick fällt auf Connors Nachttisch. Aber das erscheint mir eine zu große Übertretung. Außerdem wäre es ein Rückschritt, wenn ich sein Handy hier fände. Es würde es nur noch schwerer machen, ihn aufzuspüren.

Und schwerer für ihn, sich bei uns zu melden.

Ich beschließe, dass die App nicht so funktioniert, wie sie sollte, gehe zurück ins Wohnzimmer, sehe unter dem Sofa und hinter den Kissen nach, um mich anschließend wieder an den Eichentisch in der Küche zu setzen, wo ich die App erneut starte. Vielleicht habe ich ein Update oder eine Berechtigung übersehen.

Ich scrolle gerade durch meine Nachrichten, als Laura vom Wohnzimmer aus nach mir ruft. Ihre Stimme ist angespannt. »Andy? Komm schnell her, das musst du dir ansehen.«

Ich eile zu ihr. »Hast du etwas von Connor gehört?«

Sie hält das Handy in die Höhe, doch es ist so weit entfernt, dass ich nichts erkennen kann.

»Das ist eine der WhatsApp-Gruppen für die Mütter aus der Nachbarschaft. Eine hat etwas über letzte Nacht hineingestellt.«

»Über Connor?«

»Nein. Über ihre Tochter. Sie ist auch nicht nach Hause gekommen.«

EMILY ‖ BEACON HILL
Sonntag, 12. Juni, 1:03 Uhr morgens
Achtzehn Minuten vor ihrem Verschwinden

10

Im Wald war alles still.

Still und so dunkel, dass nur noch Schatten in den Schatten zu erkennen waren. So dunkel, dass Emilys Augen sich nicht daran gewöhnen konnten.

So dunkel, dass sie kaum ihre eigenen Hände vor den Augen sehen konnte. Als hätte sich ihr Körper in der Dunkelheit aufgelöst und wäre selbst zur Nacht geworden. Sie hatte nicht bedacht, wie unmöglich es in einer mondlosen Nacht wie dieser sein würde, das zu tun, was sie tun musste. Sie war tagsüber hier gewesen und auch am Abend, aber da waren immer auch noch andere Leute dabei gewesen. Ein Feuer, Handytaschenlampen, Stimmen, Gelächter.

Doch nachts, alleine in der undurchdringlichen Finsternis, schien der Wald wie fremdes, feindliches Land. Sie bereute den Wodka und das Gras bereits. Weil in der Dunkelheit alles so anders war. Alles war komplizierter, hatte sich gegen sie verschworen. Die gewaltigen, unnachgiebigen Bäume starrten böswillig auf sie hinab, es roch nach Erde und verrottendem Holz, und immer wieder gruben sich Dornen in ihre Haut. Das einzige Geräusch war ihr eigener flacher und keuchender Atem.

Emily stolperte weiter, jeder Schritt war eine Herausforde-

rung. Sie dachte an ihren Dad. Wäre er stolz auf sie gewesen?
Oder hätte er zumindest verstanden, warum sie es tun musste?
Ihre Mum sagte immer, dass sie war wie er. Wie der Mann, den
sie niemals kennengelernt hatte. Wäre sie überhaupt hier ge-
wesen, wehrlos und allein im Dunkeln, wenn ihr Dad Teil ihres
Lebens gewesen wäre?

Nein.

Sie schlug sich durch die Brombeersträucher, deren unsicht-
bare Dornen sich in ihrer Jeans verfingen und ihre Hände zer-
kratzten. Es war unumgänglich gewesen, das Handy auszu-
schalten, das nun als nutzloses Stück Plastik in ihrer Tasche
steckte. Doch kein Handy bedeutete keine Taschenlampe. Ihr
Fuß verfing sich, sie schlug mit einem Knie auf dem Boden auf
und unterdrückte einen schmerzerfüllten Schrei. Sie stemmte
sich hoch. Sie war müde. So müde.

Du bist bald da. Geh einfach weiter.

Im Wald war alles still.

Mehr oder weniger.

Sie wollte sich gerade wieder in Bewegung setzen, als sie es
hörte. Da. Ein entferntes Geräusch. Vielleicht ein Tier auf der
Jagd. Ein Fuchs, dessen Zähne sich in zarte Knochen gruben.
Eine Eule, die ihr Opfer in Stücke riss.

Nein, es war etwas Größeres.

Kein Tier. Ein Mensch.

Jemand, der sich langsam und heimlich den Weg durch den
Wald bahnte. Der versuchte, unbemerkt näher zu kommen.

Emily erstarrte. Ihr Atem stockte.

Sie drehte den Kopf in Richtung des Geräuschs, während ihr
Blick verzweifelt in der Dunkelheit hin und her huschte.

Da.

Das gedämpfte Rascheln eines Schrittes.

Er war hinter ihr. Und er kam näher.

Versteck dich. *Sie ging hinter einem Baum in die Hocke.*

Nicht bewegen, nicht atmen. *Sie drückte sich an den Baum, fühlte die raue, zerklüftete Rinde an ihrer Wange. Ein weiterer Schritt, noch näher dieses Mal, und Emily war sich sicher, dass ihr jemand folgte. Hier, an diesem Ort der tausend Schatten. Sie hätte am Feuer und bei den anderen bleiben sollen.*

Sie legte ihre Hände auf die Rinde, um nicht das Gleichgewicht zu verlieren, als ein plötzlicher Schwindel sie packte.

Die Stille war zurückgekehrt, aber sie wirkte angespannt. Gewollt. Als wüsste ihr Verfolger, dass er sein Ziel fast erreicht hatte.

Ein leiser Schritt links von ihr …

Oder war es rechts?

Die Angst packte sie und stieg wie bittere, brennende Galle ihre Kehle hoch.

Emily wollte laufen, doch ihre Füße waren wie festgeklebt, ihr ganzer Körper zu Eis erstarrt. Die Sehnsucht packte sie so plötzlich und war so überwältigend, dass ihr Tränen in die Augen stiegen. Der Wunsch, irgendwo anders zu sein.

Irgendwo, nur nicht hier.

11

Laura gibt mir ihr Handy, und ich scrolle durch die unzähligen WhatsApp-Nachrichten, die seit einer halben Stunde eingegangen sind. Die erste stammt von einer Frau namens Cathy R.

> Hi, Leute! Tut mir leid, dass ich hier mit etwas Privatem ankomme, aber ich bin auf der Suche nach Emily. Sie sollte letzte Nacht bei einer Freundin übernachten, und ich habe gerade erfahren, dass sie gar nicht dort war. Haben eure Kids etwas von ihr gehört/sie gesehen? Ich mache mir echt Sorgen, und vermutlich ist es albern, aber ich will, dass mein Baby nach Hause kommt. Danke euch allen.

Es folgt eine Vielzahl an Antworten, doch niemand hat das Mädchen gesehen oder von ihm gehört.

Emily. Es ist das zweite Mal, dass ich diesen Namen heute höre. Zuerst im Wald von meinem Bruder, und jetzt das. Ich kann mich nicht einmal mehr erinnern, in welchem Zusammenhang Rob sie erwähnt hat. Zac muss wohl irgendwann mal mit seinem Vater über sie geredet haben.

»Kennt Connor diese Emily?«

»Sie war mit ihm in einer Klasse, aber ich weiß nicht, wie viele Fächer sie gemeinsam hatten. Glaubst du, die beiden sind zusammen unterwegs?«

»Entweder das, oder es ist bloß ein merkwürdiger Zufall, dass sie beide die letzte Nacht nicht nach Hause gekommen sind.«

»Wir wissen doch gar nicht, ob Connor wirklich nicht zu Hause war.« Sie blickt auf ihr Telefon, auf dem alle paar Sekunden eine neue Nachricht eingeht. »Soll ich auch nach ihm fragen?«

Normalerweise würde es unser Sohn schrecklich peinlich finden, wenn wir ihn in einer WhatsApp-Gruppe, in der die Eltern der Klassenkameraden vernetzt sind, als vermisst meldeten. Wenn darüber diskutiert und spekuliert würde, was er letzte Nacht gemacht hat und wie verzweifelt seine Eltern versuchen, ihn aufzuspüren. Es würde *das* Thema auf dem Schulhof und darüber hinaus sein. Aber mit jeder Sekunde, die vergeht, entfernen wir uns weiter von der Normalität. Die Leute müssen wissen, dass er ebenfalls vermisst wird.

»Okay«, sage ich schließlich. »Mal sehen, ob jemand etwas weiß.«

Laura schreibt bereits:

> Tut mir leid, Cathy, wir haben ebenfalls nichts von Emily gehört. Das klingt jetzt seltsam, aber wir können Connor auch nicht erreichen. Wir glauben, dass er vielleicht bei jemandem übernachtet hat. Falls jemand etwas weiß oder gehört hat, meldet euch doch bitte! Danke!

Sie schickt die Nachricht ab und fügt mich als Gruppenmitglied hinzu. Dann sitzen wir beide da, starren auf das Handy und warten auf Antworten. Eine Minute lang passiert nichts, dann treffen die ersten Reaktionen ein, wenn auch langsamer und deutlich spärlicher als bei Cathy.

> O nein, das tut mir leid. Ich habe nichts von Connor gehört.

> Ich frage Dylan nachher, er ist beim Fußball mit seinem Dad.

> War er auch auf dieser Geburtstagsparty?

Laura schreibt eine weitere Nachricht.

> Ihr könnt mich jederzeit unter dieser Nummer oder der Nummer meines Mannes erreichen.

Sie stellt meine Nummer in die Gruppe, dann warten wir erneut. Niemand hat einen Hinweis auf Connor oder Emily, bis sich eine Frau namens Emma meldet.

> Charlie war auf Adam Ks Party, aber er meinte, dass einige Leute danach noch weitergezogen sind?

Laura tippt eine Antwort.

Ja, das stimmt. Hat er gesagt, wohin?

Nein, aber offenbar gab es auf der Party
Ärger, und ein paar sind gegangen.
Ich weiß aber leider nicht, wer genau.

Kurz darauf bekommt Laura eine private Nachricht von
Emma, die niemand sonst lesen kann.

Das bleibt UNBEDINGT unter uns, aber
Charlie meinte, es wären jede Menge Leute
ohne Einladung auf der Party gewesen. Die
Eltern kamen erst um eins nach Hause. Es
gab Drogen, Kids sind ohnmächtig geworden,
haben sich übergeben und Sachen zerstört.
Die Nachbarn wollten sogar wegen
Ruhestörung die Polizei rufen!

Die Nachricht endet mit einem Emoji mit erschrocken ver-
zerrtem Gesicht und gebleckten Zähnen. Laura runzelt die
Stirn und tippt eine Antwort.

Klingt grauenhaft. Danke
für die Info, Emma.

Gib Bescheid, wenn dein Junge
wieder sicher zu Hause ist.

Laura schickt ein Daumenhoch und kehrt zur Gruppendis-
kussion zurück. Dort gibt es nichts Neues.

»Wer ist dieser Adam K?«

»Adam King, einer der Alphas.« Als ich die Stirn runzle, fährt sie fort: »So nennt Connor die populären Leute in der Schule.«

»Dann waren Connor und Zac also nicht zu Adam Kings Party eingeladen?«

»Er hat nichts erwähnt. Ich versuche mal, die Telefonnummern von Adams Eltern aufzutreiben.«

Sie versendet noch ein paar Nachrichten, und nach ein paar Minuten wählt sie bereits und geht mit dem Handy am Ohr in den Garten. »Hallo, Mr King? Tut mir leid, dass ich Sie störe ...«

Ihre Stimme wird immer leiser, und ich greife ebenfalls nach meinem Handy und rufe meinen Bruder an. Er meldet sich nach dem ersten Klingeln und klingt vollkommen anders als noch vor ein paar Stunden. Leichter, fröhlicher. Zac hat ihm erzählt, dass Connor und er auf einer Party waren, die sie aber bald verlassen hatten. Danach hatten sie sich noch ein wenig zusammengesetzt und sich unterhalten.

»Er meint, er hätte bei euch übernachtet, weil er seinen Schlüssel verloren hat«, fährt mein Bruder fort. »Connor hätte gemeint, es wäre kein Problem.«

»Er kann jederzeit hier schlafen. Wir wollen nur wissen, wo Connor hin ist.«

»Es tut mir leid, Andy«, sagt Rob, und sein Tonfall verändert sich, als hätte er erst jetzt die Sorge in meiner Stimme bemerkt. »Zac hat nicht viel mehr erzählt. Er war so, wie er nach einer langen Nacht immer ist. Vage und einsilbig. Offenbar ist er davon ausgegangen, dass Connor am Ende auch nach Hause gegangen ist und sie sich am Morgen sehen würden.«

»Das sieht Connor absolut nicht ähnlich. Langsam machen wir uns wirklich Sorgen.«

»Natürlich.« Ich höre, wie er Wasser in den Teekessel laufen lässt. »Warte, da war noch etwas …«

Ich warte gespannt.

»Er meinte, dass sie die Party zu fünft verlassen hätten. Mit einem weiteren Jungen und zwei Mädchen.«

»Wer waren die Mädchen? War eine davon Emily Ruskin?«

»Er hat keine Namen erwähnt.«

»Und ist Connor mit einem der Mädchen los? Oder erst, nachdem sich die Truppe aufgelöst hat?«

»Das hat Zac nicht gesagt.« Ich sehe förmlich vor mir, wie er mit den Schultern zuckt. »Er hat nur erzählt, dass sie nach der Party noch zusammen waren.«

Ich überlege, wie ich die nächste Frage taktvoll formulieren kann, doch am Ende platze ich einfach damit heraus. »Glaubst du, dass er uns etwas verschweigt?«

»Willst du damit sagen, dass er lügt?«

»Ich will nur sagen, dass das alles frustrierend vage ist.«

»Sie sind Teenager und waren Samstagabend aus. Natürlich erzählen sie uns nicht alles bis ins kleinste Detail.«

Ich bitte ihn, Zac ans Telefon zu holen, doch der hat bloß den halben Kühlschrank leer gefuttert und ist danach sofort wieder verschwunden, ohne zu sagen, wohin.

Mein Ohr beginnt zu glühen, genauso wie meine Wangen und schließlich das ganze Gesicht. Ich werfe einen Blick zur Tür, um sicherzustellen, dass Harriet nicht mithört.

»Er weiß doch, dass sein Cousin vermisst wird, oder?« Ich versuche, mir meine Wut nicht anhören zu lassen. »Zac könnte der Letzte gewesen sein, der mit Connor geredet hat.«

»Tut mir leid, Mann, wenn ich gewusst hätte, dass Connor verschwunden ist, hätte ich mir Zac vorgeknöpft und mehr in Erfahrung gebracht. Soll ich rüberkommen?«

»Im Moment will ich bloß mit Zac sprechen.«

»Ich rufe ihn gleich an, dann melde ich mich wieder bei dir.«

Ich warte eine Minute, dann versuche ich es selbst auf Zacs Handy. Es ist besetzt, und ich lande sofort auf der Mailbox. Ich schicke ihm gerade eine Nachricht, als Laura aus dem Garten zurückkommt.

Offenbar bereut Jeremy King die Party zum sechzehnten Geburtstag seines Sohnes bereits. Es seien über hundert Leute gekommen, mehr als doppelt so viele, als eingeladen gewesen seien. Die Drogen und die Beschwerde der Nachbarn erwähnte er nicht. Adam hat mit einigen Freunden im Gartenhaus der Familie übernachtet, und sein Vater war sofort bei ihnen, nachdem er von Emilys Verschwinden gelesen hatte.

»Sie wohnen in einer dieser großen Villen mit riesigem Garten, der direkt an die Felder und Wiesen am Beacon Hill grenzt«, berichtet Laura. »Einige Kids, die bei Adam übernachtet haben, wussten mit Sicherheit, dass Emily auf der Party war. Zumindest zu Beginn. Offenbar hat sie einiges getrunken, wurde irgendwann wütend und ist mit einigen anderen davon. Sie glauben, dass sie zum Beacon Hill wollten.«

»Und Connor?«

Sie nickt und ist kreidebleich im Gesicht. »Connor war einer von ihnen.«

12

Mein Handy klingelt. Es ist ein WhatsApp-Video-call von einer unbekannten Nummer. Ich nehme ihn entgegen, und das Gesicht einer Frau Mitte vierzig füllt das Display. Die langen braunen Haare fallen ihr über die Schultern, hinter ihrer Brille mit dunklem Rahmen blicken mir besorgte Augen entgegen. Ich habe mit Sicherheit noch nie mit ihr gesprochen, aber sie kommt mir irgendwie bekannt vor.

»Hallo?«

»Hi, sind Sie Dr. Boyd?« Sie hält ihr Handy von sich gestreckt und geht durch einen Flur mit hoher Decke. Ihre Stimme hallt ein wenig, die Angst ist ihr anzuhören. »Hier spricht Cathy Ruskin, Emilys Mum. Ich kenne Ihre Frau, aber wir beide sind uns, glaube ich, noch nie begegnet.«

»Wollen Sie vielleicht mit Laura reden?«

»Bei ihr ist besetzt. Aber Sie sind doch Connors Dad, nicht wahr?« Sie fährt sich mit der Hand durch die Haare. »Ich hatte gehofft, dass wir einander helfen können.«

Ich lehne mein Handy an die Obstschale und setze mich an den Küchentisch, dann tauschen wir aus, was wir bis jetzt wissen. Ich erzähle ihr, dass Connor offenbar mit seinem Cousin auf einer Party war und danach mit einigen Leuten zum Beacon Hill ist, darunter auch Emily. Die Tatsache, dass sein

Cousin in seinem Bett geschlafen hat und sich am nächsten Morgen davonschleichen wollte, behalte ich für mich.

Emily wollte eigentlich nach der Party bei ihrer Freundin Olivia übernachten, aber die beiden hatten sich irgendwann aus den Augen verloren, und so ist Olivia alleine nach Hause zurückgekehrt, was allerdings erst aufflog, als Cathy Emily vor einer Stunde abholen wollte.

Cathy ist anzumerken, dass sie sich nur mit Mühe beherrschen kann. Sie ist offenbar jemand, der gerne die Kontrolle hat und den Weg vorgibt – und der sich plötzlich in einem fremden Spiel wiederfindet, dessen Regeln er nicht kennt. Ich spüre sofort eine Verbindung zwischen uns, die der gemeinsamen Sorge entspringt. Außerdem habe ich ihr Gesicht mit Sicherheit schon einmal gesehen, aber ich habe keine Ahnung, wo genau.

Sie erklärt, dass sie als Nächstes die Polizei verständigen wird, und mein Herz zieht sich panisch zusammen, als mir der Gedanke kommt, dass ich das vermutlich ebenfalls tun sollte.

»Das …« Sie holt zweimal tief Luft, ehe sie weitersprechen kann. »Das sieht Emily absolut nicht ähnlich.«

»Gibt es denn einen Jungen in ihrem Leben?«

»Nein«, erwidert sie schnell. »Nichts Ernstes … nein. Und bei Connor? Hat er jemanden?«

»Zumindest niemanden, von dem er uns erzählt hätte.«

Cathy wirft einen Blick über die Schulter und schließt eine Tür hinter sich. Sie befindet sich in einem kunstvoll dekorierten Büro mit einem großen Fernseher an der Wand. Als sie weiterspricht, ist ihre Stimme um einiges leiser. »Er hat Emily also nie erwähnt?«

»Ich glaube nicht. Waren die beiden … zusammen? Oder wie man das heutzutage nennt?«

»Nein.« Sie schüttelt bestimmt den Kopf. »Nein, ich glaube, so kann man das nicht nennen.«

Ihr veränderter Tonfall lässt mich die Stirn runzeln. »Wie meinen Sie das? Wie würden Sie denn …«

»Es tut mir leid, Andy, aber ich bekomme gerade einen anderen Anruf herein.« Sie streckt die zweite Hand nach dem Handy aus. »Bitte melden Sie sich unbedingt, wenn Sie etwas von Emily hören.«

»Klar. Und Sie melden sich wegen Connor …«, sage ich noch, doch sie hat bereits aufgelegt.

Nein, ich glaube, so kann man das nicht nennen. Was, um alles in der Welt, hat sie damit gemeint?

Während des Gesprächs ist eine Nachricht von meinem Bruder eingegangen.

> Z geht nicht ans Handy, ich habe ihm eine Nachricht hinterlassen. Ich fahre in den Park, mal sehen, ob er dort ist. Melde dich wegen Connor.

Ich schließe WhatsApp und öffne noch einmal die Ortungsapp, die noch immer behauptet, Connors Handy sei hier im Haus. Im nächsten Moment überkommt mich das Gefühl, beobachtet zu werden, und als ich aufsehe, steht Harriet in der Tür.

»Was machst du da, Dad?«

Ich drehe das Handy, damit sie es nicht sieht. »Ach, nur … so eine Sache mit dem Telefon.«

»Soll ich dir helfen?«

»Nein, geht schon. Danke, Harry.«

»Du versuchst es mit der Handyortungsapp, oder?« Sie tritt in die Küche. »Und? Funktioniert es?«

Sie zaubert mir trotz allem ein Lächeln aufs Gesicht. Manchmal glaube ich, unsere Tochter ist schlauer als wir alle zusammen.

Ich zeige ihr seufzend das Display. »Die App behauptet, dass Connors Handy hier im Haus ist. Aber das kann nicht sein.«

Sie wirft einen Blick auf die Karte und zuckt mit den schmalen Schultern. »Vielleicht in seinem Zimmer?«

»Ich habe nachgesehen, aber nichts gefunden. Außerdem hat er das Handy doch ständig dabei.«

»Vielleicht hat er dir die Berechtigung entzogen.«

»Aber … in diesem Fall würde sein Handy doch nicht mehr bei mir aufscheinen, oder?«

Sie verzieht das Gesicht wie immer, wenn ich mich in technischen Dingen besonders doof anstelle. »Hör mal …«, beginnt sie schließlich kleinlaut. »Ich weiß vielleicht, warum sie nicht funktioniert.«

»Okay …«

»Ich meine, es gibt natürlich Wege, die App zu umgehen.« Sie erklärt mir den genauen Grund dafür, doch ich verstehe – wie in letzter Zeit immer häufiger – nur Bahnhof. Harriet mag ihre braunen Augen von mir geerbt haben, aber die Begabung, was IT betrifft, hat sie definitiv von ihrer Mutter.

»Harry, kannst du mir das bitte noch einmal so erklären, dass ich es auch verstehe?«

Sie seufzt. »Es gibt Programme, mit denen man den Standort verändern kann, der angezeigt wird. Es sieht dann zum

Beispiel so aus, als wäre das Handy hier im Haus oder in der Schule oder sonst wo.« Sie sieht mich nicht an. »Es ist meine Schuld, dass ihr Connor nicht lokalisieren könnt.«

»Warum soll das deine Schuld sein?« Ich habe immer noch keine Ahnung, wovon sie redet. »Warum weißt du überhaupt über solche Dinge Bescheid, Harry?«

Sie zuckt erneut mit den Schultern. »Ich habe mir einige Tutorials auf YouTube angesehen und es anschließend Connor gezeigt.«

»Warum?«

»Er hat mich darum gebeten, und ich wollte ihm helfen, weil er mir in der Schule geholfen hat.« Sie sieht betreten zu mir hoch. »Es tut mir leid.«

»Er hat dir geholfen?« Ich überlege, in welcher Situation Harriet Connor um Hilfe gebeten haben könnte. Meine so mühelos kluge Tochter, die bei jedem Test und bei jeder Prüfung brilliert, seit sie einen Bleistift halten kann. »Bei den Hausaufgaben?«

»Nein«, erwidert sie leise. »Mit ein paar fiesen Jungs aus seinem Jahrgang.«

13 Ich setze mich neben meine Tochter und lege ihr einen Arm um die Schultern. Sie fühlt sich winzig an, so zerbrechlich wie ein Vögelchen, und ich würde sie am liebsten hochheben und meine schützenden Arme um sie schlingen, um sie vor allem Unheil zu bewahren.

»Harriet, was ist denn los?« Meine Brust zieht sich schmerzhaft zusammen. »Wurdest du wieder schikaniert?«

Sie nickt und hält den Blick auf den Tisch gerichtet. »Sie haben mir nach der Orchesterprobe aufgelauert. Der Raum zum Nachsitzen ist gleich daneben. Sie haben mich beschimpft, mir meine Tasche weggenommen und mich mit Dreck beschmissen.«

Ich muss nicht nachfragen, was sie ihr an den Kopf geworfen haben. *Freak. Nerd. Greta Thunberg. Asperger.* Namen, die sie schon ihre ganze Schulzeit verfolgen.

»Warum hast du nicht gleich mit Mum und mir geredet? Wir hätten mit deiner Klassenlehrerin gesprochen. Mum arbeitet schon lange mit Tracy zusammen, sie sind gute Freundinnen.«

Harriet wirft mir einen Blick zu, als würde ich nie verstehen, wie peinlich es ist, wenn die Mutter an derselben Schule wie ihre Kinder unterrichtet. Wenn man sie ständig auf dem

Flur und bei Schulversammlungen sieht und sie sich dann auch noch für einen einsetzt.

»Connor hat versprochen, es für mich zu regeln. Er hat mit ihnen geredet und gesagt, dass sie aufhören sollen. Das hat ihnen nicht gefallen.«

»Moment mal. Ging es bei der Prügelei mit diesen drei Kerlen etwa darum? Mit Kieran Smith, diesem Drew Wie-auch-immer und dem Fitzgerald-Jungen?« Ich weiß nicht genau, wie die drei aussehen, aber sie sind definitiv alle vier Jahre älter und fast einen halben Meter größer als meine Tochter.

Harriet nickt.

Laut der stellvertretenden Direktorin war der Grund für den »Vorfall« nicht ganz klar, und Connor hat behauptet, dass ein Ballspiel nach der Schule außer Kontrolle geraten sei. Er wollte nicht zugeben, was wirklich passiert war: dass es eine Schlägerei mit drei brutalen Raufbolden gegeben hatte, die Connor zu dritt in die Mangel genommen und verloren hatten. Oder zumindest nicht gewonnen. Was genauso peinlich für sie ist. Connor hat uns zwar die Namen verraten, aber mehr hatte er über die aufgeschlagenen Fingerknöchel und das blaue Auge nicht zu sagen. Er meinte bloß, dass es nicht wieder vorkommen werde. Seine Schwester blieb unerwähnt.

»Er wollte mich nicht mit hineinziehen«, erklärt Harry. »Ich habe versprochen, niemandem zu sagen, warum er es getan hat. Bitte verrate ihm nicht, dass ich es doch getan habe, Dad.«

Ich weiß natürlich, was in einem solchen Fall der richtige Rat an meinen Sohn wäre: *Lass dich nicht auf ihr Niveau herab. Lass sie einfach reden und sprich mit einem Lehrer. Die Schule*

hat eigene Vorgaben, was das Thema Mobbing betrifft. Halte
dich zurück und lass die Erwachsenen die Sache regeln.

Das weiß ich alles, und die Tatsache, dass Connor in
eine körperliche Auseinandersetzung verwickelt war, steigert
meine Sorge nur noch. Aber ich bin auch stolz darauf, dass er
sich aufgelehnt und sich für seine kleine Schwester eingesetzt
hat – selbst wenn die beiden, abgesehen von ihrer Blutsver-
wandtschaft, kaum etwas gemeinsam haben.

Außerdem bin ich froh, dass diese Rüpel auch einmal
die andere Seite kennenlernen mussten. »Ich verrate nichts,
Harry.«

»Drew meinte nachher zu Connor, dass er es ihm zehnfach
heimzahlen würde. Dass er wüsste, wo wir wohnen und wie er
ihn findet.«

»Und Connor hat befürchtet, dass er sein Handy ortet?«

»Er hat es nicht zugegeben.« Sie schnieft. »Aber er wollte
nicht, dass Drew und die anderen ihm irgendwo auflauern,
also habe ich ihm gezeigt, wie man die Handyortungsapp
überlistet. Und jetzt steckt er in Schwierigkeiten, und es ist
meine Schuld.«

Ich drücke sie erneut. »Es ist nicht deine Schuld, Harry. Es
wäre einfach gut zu wissen, wo er gerade ist. Und es ist auch
nicht deine Schuld, dass du schikaniert wirst. Ich werde nachher deiner Klassenlehrerin schreiben und ein Treffen …«

»Sie haben aufgehört!«, unterbricht sie mich eilig. »Drew
und die anderen. Sie beachten mich gar nicht mehr und lassen
mich in Ruhe. Du musst Miss Nichols nicht schreiben.«

»Gut.« Meine Kehle ist wie zugeschnürt, als ich mir vor-
stelle, wie Connor für seine kleine Schwester eingetreten ist.
»Da bin ich froh.«

»Warte hier, ich muss dir noch etwas zeigen.« Sie rutscht vom Stuhl und verlässt die Küche, ehe ich ihr noch weitere Fragen stellen kann.

Laura tritt mit leeren Händen in die Tür. »Ich habe überall gesucht, aber ich kann Connors Handy einfach nicht finden.«

»Ich glaube, wir haben zumindest dieses Rätsel gelöst«, sage ich. »Er hat es vermutlich dabei. Ich erkläre es dir später.«

Harriet kehrt mit dem geöffneten Laptop in den Händen in die Küche zurück und trägt wieder ihre Kopfhörer um den Hals. »Mum, Dad, kann ich euch etwas zeigen?«

Laura wendet sich erwartungsvoll zu ihr um. »Hast du das Handy deines Bruders gefunden?«

»Nein, aber etwas anderes.«

Harry stellt den Laptop gerade auf dem Küchentisch ab, als mein Handy klingelt. Es ist erneut eine unbekannte Nummer. Die weibliche Stimme am anderen Ende klingt präzise und wohlartikuliert, sodass ich einen Moment lang glaube, es sei ein Tonband, das mir etwas verkaufen wolle.

»Hallo?« Ich höre selbst die Ungeduld in meiner Stimme, aber ich habe jetzt keine Zeit für Werbeanrufe.

»Mein Name ist Detective Sergeant Priya Shah von der Nottinghamshire Police.« Im Hintergrund sind weitere Stimmen zu hören. »Spreche ich mit Dr. Andrew Boyd?«

Ich drücke das Handy fester an mein Ohr. »Ja, der bin ich.«

»Und sind Sie der Vater oder zumindest der Erziehungsberechtigte von Connor Boyd?«

Der Boden kippt unter meinen Füßen, und mein Magen dreht sich.

Laura sieht mich erschrocken an. *Was ist los?,* formt sie mit den Lippen.

Ich will die Frage der Polizistin beantworten, doch ich bin vor Schreck wie gelähmt und bekomme die einfachsten Worte nicht über die Lippen. Ich hole tief Luft und versuche es erneut. »Er ist mein Sohn«, presse ich schließlich hervor. »Was ist passiert? Ist ihm etwas zugestoßen? Geht es ihm gut?«

Die Pause am anderen Ende der Leitung dauert eine gefühlte Ewigkeit, und ich würde am liebsten die Hand durchs Telefon strecken, die Frau am Kragen packen und die Antwort aus ihr herausschütteln.

»Es geht ihm gut, Dr. Boyd.«

Die Erleichterung setzt so unmittelbar ein wie die Wirkung eines intravenös verabreichten Schmerzmittels. Laura sieht mich immer noch stirnrunzelnd an, und ich schenke ihr ein wackeliges Lächeln und recke den Daumen in die Höhe. »Gott sei Dank haben Sie ihn gefunden! Wir haben uns solche Sorgen gemacht. Sind Sie sicher, dass es ihm gut geht?«

»Er ist wohlauf.«

Ich schließe einen Moment lang die Augen, während mich die Erleichterung von innen wärmt.

»Darf ich Sie bitten, zu uns aufs Revier zu kommen, Dr. Boyd?«, fährt die Frau fort und gibt mir die Adresse.

»Natürlich. Ich hole ihn sofort ab.« Ich werfe einen Blick auf die Uhr. »Ich bin in zehn Minuten bei Ihnen.«

»Gut«, sagt sie. »Fragen Sie am Empfang nach mir, ich führe Sie dann hinunter zu den Zellen für U-Häftlinge.«

»Ich danke Ihnen so sehr, wir sind so …« Im nächsten Moment wird mir klar, was sie gerade gesagt hat. »Haben Sie gerade von einer *Zelle* gesprochen?«

»Ja, Dr. Boyd.«

»Aber was soll das heißen?« Das geht alles viel zu schnell.

»Wurde er … Wollen Sie damit sagen, dass er verhaftet wurde? Weshalb?«

»Das erkläre ich Ihnen, sobald Sie hier sind.«

14 Detective Sergeant Shah legt auf, und ich berichte meiner Frau und meiner Tochter von der kurzen Unterhaltung. Laura bindet bereits ihre Schuhe, während sie eine Frage nach der anderen abfeuert. *Was ist passiert? Wo hat Connor gesteckt? Warum wurde er verhaftet?* Ich kann keine einzige beantworten, und das Gespräch scheint unheimlich deplatziert und beinahe surreal, wenn man bedenkt, dass wir an einem herrlich sonnigen Sonntagnachmittag zu dritt in unserer Küche stehen.

Harriet deutet auf den Laptop. »Dad? Ich muss dir dringend noch etwas zeigen.«

»Dafür haben wir jetzt keine Zeit, Harry. Wir müssen los.«

»Wohin?«

»Zum Polizeirevier in der Stadt. Um Connor abzuholen.«

»Wird uns die Polizei befragen?«

»Nein«, antwortet Laura optimistisch. »Dich sicher nicht. Sie reden ein paar Worte mit Dad und mir, dann gehen wir zu Connor. Es wird sich alles rasch aufklären, und ehe du dich versiehst, sind wir wieder hier.«

»Könnte ich nicht in der Zwischenzeit zu Onkel Rob?«

»Das ist nicht nötig«, erwidert Laura. »Es dauert ja nicht lange.«

»Was, wenn sie doch mit mir reden wollen?«

»Das werden sie nicht.«

Wir machen uns auf den Weg, und als wir schließlich im Auto sitzen, nimmt Harriet das Thema erneut auf. Ich sehe ihr hoch konzentriertes Gesicht im Rückspiegel.

»Was, wenn die Polizei mich fragt, ob Connor rechtzeitig zu Hause war oder ob Zac hier geschlafen hat?«

Laura lässt sich Zeit mit der Antwort und scheint zu überlegen, wie sie die Situation am besten auflöst. Harriet ist manchmal wie ein Hund, der einfach nicht von seinem Knochen ablässt, und sie riecht es gegen den Wind, wenn Erwachsene sie abfertigen wollen. Sie lässt nicht locker, bis sie die Antwort kennt.

»Sag einfach, dass du dich nicht erinnern kannst.«

»Ich soll lügen?«

»Sag, dass du geschlafen hast.«

»Aber das stimmt doch nicht.«

»Das spielt keine so große Rolle.«

»Trotzdem wäre es gelogen.« Sie sieht auf, und unsere Blicke treffen sich im Rückspiegel. »Was, wenn sie mich fragen, wie wir die Handyortungsapp überlistet haben?«

Daran hatte ich gar nicht gedacht. *Das überlegen wir uns, wenn es so weit ist.*

»Sie werden dich nicht fragen, Harry. Sie werden gar nicht mit dir reden wollen.«

»Aber woher willst du das *wissen*?« Sie schüttelt den Kopf und zieht sich die Kopfhörer über die Ohren, um die Welt erneut auszuschließen.

Es ist kaum Verkehr, und so halten wir schon wenig später vor dem nichtssagenden, dreistöckigen Betonklotz aus den

Sechzigern, der nur wenige Straßen von Nottinghams größtem Einkaufszentrum entfernt liegt. Wir betreten das Gebäude, und nach einigen Minuten kommt ein junger Mann in einem dunkelblauen Slim-Fit-Anzug auf uns zu. Er ist groß und schlank, trägt keine Krawatte und stellt sich als Detective Constable Harmer vor. Wir folgen ihm durch die Sicherheitsschleuse und einen nichtssagenden grauen Flur mit grauen Türen entlang, die allesamt geschlossen sind. Harriets zarte Finger umklammern meine Hand, während wir immer tiefer in das Polizeirevier vordringen.

»Ich dachte, Ihre Tochter würde vielleicht lieber hier warten?« DC Harmer öffnet die Tür in ein Großraumbüro und deutet auf eine lächelnde blondhaarige Frau, die neben einem unbesetzten Arbeitsplatz steht. »Meine Kollegin Jude Loughlin kann ihr Gesellschaft leisten, während wir uns mit Ihrem Sohn unterhalten.«

Es ist eher eine Anweisung als eine Frage. Harriet hält meine Hand noch fester und sieht sich wortlos in dem fast leeren Raum um. Entweder ist sonntags nichts los, oder es sind alle unterwegs.

»Es ist sicher besser, wenn du hierbleibst, Harry«, meint Laura. »Wir sind gleich wieder da, und dann fahren wir zusammen nach Hause, okay?«

Harriet lässt zögernd meine Hand los und setzt sich auf einen Drehstuhl. Ihre Beine berühren nicht einmal den Boden, und sie wirkt viel zu klein, um hier zu sein. Ich will sie nicht alleine lassen, aber vermutlich gibt es kaum einen sichereren Ort als ein Büro in einem Polizeirevier.

»Alles klar, Harry?«

Sie nickt knapp.

Jude Loughlin steckt sich eine Haarsträhne hinters Ohr und lächelt freundlich. »Wie heißt du denn?«

»Harriet«, erwidert meine Tochter leise. »Sind Sie ein Detective?«

»Ja, ein Detective Constable.«

DC Harmer deutet auf die Tür. »Wir sind gleich am Ende des Flurs.«

Wir gehen, und kurz darauf klopft er an eine Tür und führt uns weiter in ein kleines, vollgestopftes Zimmer, in dem es nach Schweiß und zu vielen Menschen auf zu engem Raum riecht. Drei Leute sitzen an einem rechteckigen Tisch, nur einer der vier Plastikstühle ist noch unbesetzt. Connor hat uns den Rücken zugewandt und dreht sich nicht um. Neben ihm sitzt ein bärtiger Mann mit beginnender Glatze, der uns als Bereitschaftsanwalt vorgestellt wird und unsere Anwesenheit mit einem kurzen Nicken quittiert. Den beiden gegenüber hat sich eine Frau Mitte dreißig niedergelassen. Sie trägt einen dunklen Hosenanzug mit einer hochgeschlossenen, kragenlosen weißen Bluse und die dicken dunklen Haare zu einem Pferdeschwanz gebunden. Sie steht auf, als wir eintreten.

»Dr. und Mrs Boyd, mein Name ist Detective Sergeant Priya Shah. Danke, dass Sie gekommen sind.«

Harmer öffnet die Tür in den Flur. »Ich hole noch ein paar Stühle, Boss.«

Er verschwindet, und die Tür knallt hinter ihm ins Schloss.

Wir treten um den Tisch herum, sodass wir unseren Sohn besser sehen können, und ich höre, wie Laura neben mir nach Luft schnappt und sich eine Hand vor den Mund hält.

Connor sieht aus, als hätte er die ganze Nacht nicht geschlafen. Aber das ist nicht das Schlimmste. Er hat ein böses blaues

Auge, und seine Lippe ist geschwollen und aufgeplatzt. Ein weiterer blauer Fleck prangt auf seinem Kinn.

»Connor!« Laura greift nach seiner Hand und lehnt sich näher an ihn heran. Es fällt ihr sichtlich schwer, nicht zu ihm zu laufen und ihn in die Arme zu schließen. »Was ist mit deinem Gesicht passiert? Wer war das?«

»Was, zum Teufel, ist mit ihm geschehen?« Ich wende mich an Shah. »Was haben Sie mit ihm gemacht?«

»Wenn Sie die Verletzungen im Gesicht meinen, Sir, die hatte er schon, als er aufgegriffen wurde.«

»Sie sagten doch am Telefon, dass er wohlauf ist! Er braucht eine medizinische Versorgung. Einen Arzt, der sich das Gesicht ansieht. Und etwaige andere Verletzungen.« Ich schaue meinen Sohn an. »Connor?«

»Ich bin okay, Dad«, presst er zwischen zusammengebissenen Zähnen hervor. »Lass es einfach.«

»Du bist ganz offensichtlich nicht okay, mein Sohn. Sieh dich doch mal an!«

»Tut es sehr weh, Connor?«, fragt Laura.

»Sie haben mir eine Paracetamol gegeben.«

DS Shah hebt beschwichtigend die Hand. »Er wurde untersucht und behandelt, Sir. Beruhigen Sie sich bitte.«

»Ich bin doch ruhig!«

Shah lässt meinen Ausbruch unkommentiert, nur eine Augenbraue wandert nach oben.

Ich werde von Schuldgefühlen zerfressen, weil ich letzte Nacht nicht sichergestellt habe, dass Connor tatsächlich in seinem Bett lag. Wenn ich meinen Job als Vater ernst genommen hätte, wäre ihm vielleicht nichts zugestoßen, und wir wären jetzt nicht hier. Aber es ist mir gar nicht in den Sinn gekommen, dass ein anderer in seinem Bett schlafen könnte. Ich habe ihn im Stich gelassen. Ich habe ihn nicht beschützt. Ich habe nicht verhindert, dass er von der Polizei aufgegriffen wurde. Ich habe nichts getan, um dem vorzubeugen, was letzte Nacht passiert ist.

»Geht es dir wirklich gut, Sohn?«

Er nickt wortlos. Ich mustere ihn wie einen meiner Patienten. Den Jungen mit dem kantigen Teenagergesicht, den hohen Wangenknochen seiner Mutter und den seelenvollen blauen Augen. Er hat dichte braune Haare wie ich, die ihm in unfrisierten Locken in die Stirn fallen. Er scheint wach und aufmerksam, ruhig und in keiner offensichtlichen Notlage.

Harmer kehrt mit zwei weiteren Plastikstühlen zurück und stellt sie so ab, dass wir sowohl Connor als auch die beiden Detectives sehen können.

»Gut, dann noch mal von vorne, ja?«, beginnt DS Shah. »Da Connor unter achtzehn ist, hat er das Recht, während der Befragung von einem Elternteil oder einem Erziehungsberechtigten begleitet zu werden. Idealerweise ist es nur einer von ihnen und nicht beide, weil hier drin so wenig Platz ist.«

Laura verschränkt die Arme. »Ich werde nicht gehen.«

»Und ich genauso wenig«, erkläre ich.

Die Polizeibeamtin mustert uns einen Moment lang. »Gut.«

»Warum ist er hier?«, will ich wissen.

»Connor wurde heute Morgen in Zentrumsnähe verhaftet. Damit ich nicht alles wiederholen muss, würde ich sagen, dass wir sofort mit der Befragung beginnen, dann erfahren Sie alles, was Sie wissen müssen.«

Sie drückt einen Knopf am Aufnahmegerät und nennt ihren Namen, das Datum, die Uhrzeit und den Ort des Gesprächs. Danach folgen die Namen der fünf anderen Personen, die sich in dem winzigen Zimmer drängen, und eine kurze Zusammenfassung dessen, was die Polizei bereits weiß.

Connor wurde am Morgen in der Nähe eines Hauses in einer noblen Wohngegend verhaftet, nachdem ein Nachbar ihn beobachtet hatte, wie er zuerst vor der Haustür und anschließend am Nebeneingang herumgelungert hatte. Da es in der Nachbarschaft in letzter Zeit einige Probleme gegeben hatte, reichte das für den Mann, um Connor als Einbrecher zu identifizieren. Als die Polizei eintraf, versuchte Connor zu fliehen, drängte einen Officer zur Seite und wurde schließlich von einem zweiten zu Boden geworfen. Außerdem wurde bei dem Haus eine eingeschlagene Scheibe entdeckt.

Ich höre mit wachsendem Entsetzen zu, wie DS Shah die möglichen Anklagepunkte verliest.

Versuchter Einbruch.

Sachbeschädigung.

Widerstand gegen die Staatsgewalt.

Mein Kopf dreht sich, und meine Gedanken wirbeln durcheinander. *Das passiert nicht wirklich. Das ist unmöglich.* Laura greift unter dem Tisch nach meiner Hand und umklammert sie fest.

DS Shah beugt sich nach vorne. »Connor, ich würde gerne wissen, was du heute Morgen in der Nähe der Beaufort Terrace zu tun hattest. Also warum beginnen wir nicht gleich damit? Warum hast du versucht, auf das Grundstück zu gelangen, Connor?«

Connor hält den Blick auf den Tisch gerichtet, während er die beiden Wörter sagt, mit denen ich am allerwenigsten gerechnet hätte. Seine Stimme klingt ausdruckslos und monoton, sodass ich ihn nicht wiedererkannt hätte, würden wir nicht am selben Tisch sitzen.

»Kein Kommentar.«

15

»Warum bist du vor unseren Kollegen geflohen, als sie dich gestellt haben?«, fragt Shah.

»Kein Kommentar«, antwortet Connor erneut.

»Vielleicht, weil du gerade versucht hattest, in das Haus an der Beaufort Terrace einzubrechen?«

»Kein Kommentar.«

»Weißt du, wem dieses Haus gehört?«

»Kein Kommentar.«

»Du hast also etwas gesehen, was du unbedingt haben wolltest, und hast deshalb ein Fenster eingeschlagen?«

Seine Augen blitzen. »Ich bin nirgendwo eingebrochen. Ich habe nichts beschädigt. Ich habe *überhaupt* nichts getan. Das Fenster war schon so, als ich hingekommen bin.«

»Dann *warst* du also auf dem Grundstück?«

Mein Sohn schüttelt den Kopf und zieht sich wieder in sein Schneckenhaus zurück. »Kein Kommentar.«

»Weißt du, wo sich die Lower Farm Lane befindet?«

Der Richtungswechsel erfolgt so abrupt, dass ich mich sofort frage, was der Grund dafür ist. Wenn sie versuchen wollte, Connor eine andere Reaktion zu entlocken, ist es jedenfalls nicht von Erfolg gekrönt.

»Kein Kommentar.«

»Warst du in den letzten vierundzwanzig Stunden in der Lower Farm Lane? Oder irgendwo am südlichen Rand des Naherholungsgebietes Beacon Hill?«

Sie stellt eine Frage nach der anderen – *Woher kommen die Verletzungen in deinem Gesicht? Wo warst du zwischen elf Uhr abends und sechs Uhr morgens? Warst du auf der Party deines Klassenkameraden Adam King? Wie bist du zu dem Grundstück an der Beaufort Terrace gelangt?* –, doch sie bekommt jedes Mal dieselbe Antwort.

»Kein Kommentar.«

So lange, bis Connors leise, monotone und beinahe zaghafte Stimme wie ein dumpfes Echo durch meinen Kopf hallt.

Er sieht weder DS Shah noch mich oder seine Mutter an, sondern starrt bloß auf die Tischplatte.

Eine Sekunde lang habe ich keine Ahnung, wer dieser junge Mann ist. Sein Verhalten erinnert mich an eine True-Crime-Doku, die wir uns neulich zusammen angesehen haben. Der Verdächtige hatte selbst nach einem stundenlangen Verhör nichts anderes zu sagen als: »Kein Kommentar.« Wir waren uns einig, dass er sich dadurch nur noch verdächtiger machte. Und jetzt, wo ich so darüber nachdenke, fällt mir auf, dass Connor sich in letzter Zeit sehr viele dieser True-Crime-Sendungen angesehen hat. Das Zeug läuft mittlerweile ja überall.

Ich dachte, er sei daran interessiert, weil er einmal Anwalt werden will. Hat er dieses Verhalten – die Weigerung, sich kooperativ zu zeigen, und das Abblocken sämtlicher Fragen – vielleicht daher?

Das Verhörzimmer hat keine Klimaanlage, es gibt lediglich ein kleines Fenster, das sich allerdings nur wenige Zentimeter weit öffnen lässt, und da sechs Leute in den kleinen Raum gepfercht sind, ist es unangenehm warm. Mein Hemdkragen und die Achseln sind bereits schweißnass.

»Detective, mein Sohn ist kein Einbrecher. Ich habe keine Ahnung, was hier abläuft, aber es gibt sicher eine logische Erklärung dafür.«

DS Shah scheint die Hitze gar nicht zu bemerken. »Wir haben einige Bedenken, was andere ... Ereignisse betrifft, die sich möglicherweise letzte Nacht und am Morgen zugetragen haben könnten.« Es könnte eine Verbindung zwischen Connors Verhaftung und einem weiteren Vorfall bestehen, der gerade untersucht wird. Mehr will sie uns nicht verraten.

DS Shah wendet sich wieder an Connor. »Warum wolltest du in das Haus einbrechen?«

»Kein Kommentar.«

»War da etwas, was du brauchen konntest? In dem Haus?«

Mein Sohn schüttelt den Kopf.

Shah runzelt kaum merklich die Stirn und erklärt dann fürs Tonband: »Verdächtiger antwortet mit Kopfschütteln.«

»Connor?«, frage ich leise. »Was machst du da? Warum sagst du nichts? Beantworte doch einfach die Fragen.«

Unsere Blicke treffen sich einen Moment lang, ehe er sich wieder abwendet. »Das würdest du nicht verstehen.«

»Dann *erkläre* es uns«, bitte ich ihn. »Sag uns einfach, warum du dort warst. Je schneller du die Fragen beantwortest, desto eher lässt sich alles aufklären.«

Als ich spüre, wie die Frustration immer weiter in Richtung Oberfläche steigt, hole ich tief Luft und wende mich an den Bereitschaftsanwalt, dessen Namen ich bereits vergessen habe. »Können wir vielleicht eine Pause machen, oder so? Ich weiß nicht, was Sie Connor geraten haben, aber ich glaube nicht, dass das hier eine gute Strategie ist.«

Der Anwalt wirft mir einen desinteressierten Blick zu, und ihm ist anzusehen, dass er an diesem Sonntagnachmittag überall lieber wäre als hier in diesem winzigen Backofen.

»Ich kann Ihrem Sohn lediglich die Möglichkeiten darlegen«, antwortet er schließlich. »Ich habe ihn über die rechtlichen Aspekte aufgeklärt, aber was er am Ende sagt, liegt nicht in meinem Einflussbereich.« Er hält kurz inne. »Oder in Ihrem.«

Laura legt unserem Sohn sanft die Hand auf den Arm. »Sag einfach die Wahrheit, Connor.«

Ich betrachte ihn über den Tisch hinweg. Unser wissbegieriges Kind, das immer so ernst, nachdenklich und über die Maßen gütig war. Ich kann mich kaum erinnern, wann er das letzte Mal in Schwierigkeiten geraten ist. Vermutlich in der Grundschule, als Connor und Zac sich einen Dummejungenstreich erlaubt hatten, über den Laura und ich danach bei einem Glas Wein herzlich lachen mussten. Er musste die ganze Mittelstufe über nie nachsitzen, und ihm wurden gute Noten für die Mittlere Reife vorhergesagt. Ab Herbst wird er mit der Vorbereitung auf das Abitur beginnen und danach Jura an einer der besten Unis des Landes studieren.

Das hier ist unser Sohn, der noch nie die ganze Nacht über weg war. *Oder doch?*

Unser Sohn, der nicht lügt, der aber trotzdem hier sitzt und sich weigert, die Wahrheit zu sagen.

Unser Sohn, der jeder körperlichen Auseinandersetzung aus dem Weg geht, der sich aber trotzdem mit drei Jungen geprügelt hat, die seine Schwester nicht in Ruhe lassen wollten.

Unser Sohn, der noch nie Probleme mit der Polizei hatte, der aber trotzdem wegen mehrerer angeblich begangener Vergehen verhaftet wurde.

Einen Moment lang frage ich mich, ob er alles über Bord geworfen hat. Ob diese eine Nacht, in der scheinbar nichts mehr zählte, den Wendepunkt in seinem Leben darstellen wird. Eine Abzweigung, nach der seine schulische Laufbahn, seine Karriere und seine Zukunft in eine völlig andere Richtung schwenken. In eine dunklere, unsicherere Richtung. Vielleicht verändert sich Connor unbemerkt schon länger, und ich war zu beschäftigt, um es zu bemerken. Zu vereinnahmt von meinem Beruf und meinem eigenen Leben.

Denn ich erkenne diesen wütenden, verängstigten Jungen, der mir gegenübersitzt, nicht wieder.

Was hast du getan, Connor? Was hast du getan?

16

»Reden wir doch über die Party im Haus von Adam King«, schlägt DS Shah vor und wechselt erneut abrupt das Thema. »Hast du Leute gesehen, die Drogen genommen oder damit gedealt haben?«

Connor senkt den Blick auf die Tischplatte. »Nein«, murmelt er.

»Könntest du bitte etwas lauter sprechen?«

»Nein«, wiederholt er.

»Würdest du gerne eine Pause machen, Connor?«, möchte der Anwalt wissen und wirft einen Blick auf die Uhr. »Das wäre auf jeden Fall möglich, ich könnte dir näher erklären, wie …«

»Nein, machen wir weiter«, unterbricht ihn Connor. »Bringen wir es hinter uns.«

Er reibt sich die Augen, und mir fallen zum ersten Mal die Wunden auf seinem Handrücken auf. Kratzer, vielleicht? Er legt die Hand in den Schoß, und ich frage mich, ob die Detectives es auch gesehen haben.

DS Shah sieht ebenfalls auf die Uhr. »Ich würde trotzdem sagen, dass wir fünf Minuten Pause einlegen. Ich muss mich mal kurz mit einem Kollegen unterhalten.« Sie stellt das Aufnahmegerät aus. »Dr. und Mrs Boyd, die Toiletten und der Münzautomat sind den Flur runter auf der rechten Seite.«

Sie verlässt das Zimmer, während DC Harmer sein Handy hervorholt und durch seine E-Mails scrollt, während der Anwalt sich Notizen in einer Akte macht. Ich starre Connor an, der weiter den Blick auf die Tischplatte gerichtet hält, und die Stille wird immer angespannter.

»Connor?«, frage ich schließlich leise.

Er wendet sich mir zu, sieht mir aber nicht in die Augen.

»Connor.« Ich lege eine Hand auf seinen Arm. »Geht es dir gut? Brauchst du etwas zu trinken? Oder zu essen?«

Er zuckt mit den Schultern – eine universelle Teenagerantwort, die alles bedeuten kann: *Ja. Nein. Vielleicht. Sicher. Von mir aus.*

Ich mache mich auf den Weg zum Münzautomaten und suche gerade in meiner Hosentasche nach Kleingeld, als mein Blick auf eine junge Polizistin fällt, die gerade das Tastenfeld bedient.

»Ich hole Ihrer Tochter bloß eine Dose 7 Up«, erklärt DC Loughlin. »Sie hat doch keine Allergien oder so?«

»Nein. Das ist nett von Ihnen, danke.« Ich blicke den Flur entlang. »Wie geht es ihr?«

»Harriet geht es gut, Dr. Boyd.« Sie zieht eine Dose aus dem Automaten und drückt noch eine für sich selbst heraus. »Sie ist sehr wissbegierig, was?«

»Sie ist zum ersten Mal auf einem Polizeirevier.« *Genau wie ich.* »Danke, dass Sie ein Auge auf sie haben.«

Loughlin nickt mir zu und verschwindet wieder in ihrem Büro. Ich kaufe zwei Diätcola und einen Mars-Riegel und mache mich auf den Rückweg, als sich eine Tür auf der anderen Seite des Flurs öffnet. Das Zimmer dahinter ist größer als der Verhörraum, es gibt ein großes Fenster und einen kleinen runden Tisch. Ein Mann sitzt mit dem Rücken zu mir auf einem deutlich bequemeren Stuhl, und ihm gegenüber hat Cathy Ruskin Platz genommen.

Ich denke an unser Gespräch.

Waren die beiden zusammen?

Nein. Hart und bestimmt. *Ich glaube nicht, dass man das so nennen kann.*

Die Tür schließt sich, ehe sie mich sieht.

Zurück im Verhörzimmer, stelle ich die Cola vor Connor ab und lege den Riegel daneben, doch er rührt beides nicht an, unerschütterlich lässt er seine Hände in den Hosentaschen stecken. Ich trinke einen Schluck aus meiner Dose. Mir ist gar nicht aufgefallen, wie trocken mein Mund ist. Auch Laura nimmt einen langen Schluck.

DS Shah kehrt zurück und lässt sich uns gegenüber nieder. Ihr Gesicht verrät nichts. »Gut, dann machen wir weiter. Also, im Moment versuchen wir, verschiedene Ereignisse innerhalb der letzten vierundzwanzig Stunden miteinander in Verbindung zu bringen, die uns womöglich bei der Suche nach einer vermissten Person helfen. Daher müssen wir unbedingt wissen, was du in den Stunden zwischen Mitternacht und sechs Uhr morgens gemacht hast. Laut unseren Ermittlungen hat eine kleine Gruppe die Party verlassen und ist rüber zum Beacon Hill. Ist das korrekt, Connor? Emily Ruskin, Olivia de Luca, Drew Saxton, dein Cousin Zac und du.«

Fünf Teenager, genau wie Zac meinem Bruder erzählt hat. Ich frage mich, wie viele von ihnen gerade von der Polizei verhört werden – und ob mein Sohn der Einzige ist, der es geschafft hat, sich verhaften zu lassen.

»Kein Kommentar.« Connors Stimme wird mit jedem Mal leiser.

»Hast du auch zu dieser Gruppe gehört, Connor?«

Dieses Mal antwortet er gar nicht erst.

»Ich weiß nicht, wen du hier schützen willst.« DS Shah klopft mit der Hand auf die Tischplatte. »Deinen Cousin, vielleicht? Dachtet ihr, wenn ihr beide nichts sagt, bringt keiner den anderen in Schwierigkeiten?« Sie lässt die Frage einen Moment sacken. »Deckst du Zac? Ist es das?«

»Kein Kommentar.«

»Hat er etwas angestellt?«

»Kann ich jetzt gehen?«

»Wir haben nämlich bereits mit ihm gesprochen. Genau wie mit Drew und Olivia. Und ich habe mit deinem Onkel telefoniert.«

Connors Blick huscht von der Polizistin zu ihrem Kollegen.

»Er war sehr kooperativ und meinte, Zac und du wärt nicht zu der Party eingeladen gewesen. Stimmt das?«

»Ja.«

»Bis du deshalb verletzt, Connor?« Sie deutet auf sein Gesicht. »Gab es Ärger?«

»Nein.«

»Aber es sieht danach aus. Hast du gewonnen?«

Er schüttelt den Kopf. »Ich bin auf dem Nachhauseweg gestürzt. Ist nicht der Rede wert.«

»So sieht es aber nicht aus.« Sie wartet, ob er noch etwas sagt, doch er presst die Lippen aufeinander. »Na gut. Wie schon gesagt, hat eine Gruppe die Party verlassen und ist kurz nach Mitternacht zum Beacon Hill. Wir glauben, dass du einer davon warst.«

Ich werfe einen Blick auf Connor. Er sieht erbärmlich aus, beißt die Zähne aufeinander und schluckt schwer, während er mit aller Kraft versucht, seine Emotionen im Zaum zu halten. Er ist ein einen Meter achtzig großer Teenager an der Schwelle ins Erwachsenenleben, aber es sind trotzdem erst ein paar Jahre vergangen, seit er ein kleiner Junge war, der sich über Mr Bean kaputtgelacht hat. Ich versuche, mir vorzustellen, was er alleine in den letzten Stunden durchgemacht hat. In Handschellen gelegt und verhaftet, umgeben von Fremden.

Das ist mein Sohn. Ich kenne ihn.

Ich habe ihn zwar nicht auf die Welt gebracht, aber ich war der Erste, der ihn in den Armen halten durfte, während die Ärzte Lauras Kaiserschnittwunde versorgten. Ich war der Erste, der in seine perfekten Augen blickte. Ich kenne ihn, seit er seinen ersten Atemzug getan hat.

Es bedarf bloß weniger Worte, und die Sache hier ist vom Tisch, da bin ich mir sicher. Ich muss für meinen Sohn bürgen, und dann können wir wieder nach Hause fahren. Das Gerangel bei der Festnahme war eine jugendliche Dummheit, ein Missverständnis. Ich kann mir nicht vorstellen, dass sie tatsächlich Anklage erheben werden, immerhin ist er erst sechzehn und hat keinerlei Vorstrafen. Und was auch immer gestern Nacht im Wald und mit Emily Ruskin passiert ist … Connor hat nichts damit zu tun.

Ich muss ihm bloß ein Alibi geben. Es sind nur eine Handvoll Worte, dann hat er das alles hinter sich. Denn es sind tatsächlich nur Worte, oder? Keine Lüge, sondern eine andere Auslegung der Realität. Etwas, das Eltern immer wieder für ihre Kinder tun, um ihnen den Weg zu ebnen und Hindernisse auszuräumen, damit sie nicht stolpern.

Aber kann ich das wirklich? Kann ich einer Polizeibeamtin ins Gesicht lügen und auch noch überzeugend dabei sein?

Ehe ich diese Frage für mich beantworten kann, ergreift Laura das Wort.

Sie sieht DS Shah an und schüttelt entschieden den Kopf. »Nein«, sagt sie entschieden. »Das stimmt nicht. Connor war bei uns zu Hause. Er ist kurz nach Mitternacht durch die Tür.«

Connors Kopf fährt hoch, und er sieht seine Mutter mit großen Augen an.

»Sind Sie sich diesbezüglich wirklich sicher, Mrs Boyd?«

»Ja«, antwortet Laura und drückt meine Hand. »Ich bin mir sicher. Er war zur vereinbarten Zeit zu Hause.«

»Kurz nach Mitternacht«, bestätige ich. »Er war also nicht bei dieser Gruppe, die zusammen in den Wald ging.«

»Was hat das alles überhaupt mit Emily Ruskin zu tun?«, fragt Laura.

Shah hält den Blick auf mich gerichtet, und ein endloser, unangenehmer Moment verstreicht – *Sie weiß, dass wir lügen. Sie weiß, dass wir ihn decken* –, bis sie sich wieder meiner Frau zuwendet.

»Das Problem ist, dass wir in unseren Ermittlungen zu dem Ergebnis kamen«, erklärt sie, »dass fünf Teenager letzte Nacht den Wald am Beacon Hill betreten haben. Aber nur vier haben ihn auch wieder verlassen.«

17

Einen schrecklichen Moment lang glaube ich, dass sie Connor auf dem Revier behalten werden. In einer Zelle. Vielleicht sogar über Nacht. Dass sie ihm immer und immer wieder dieselben Fragen stellen werden, bis er zu reden beginnt. Als DS Shah also schließlich verkündet, dass er als Minderjähriger ohne Vorstrafen bis zum Vorliegen weiterer Ermittlungsergebnisse nach Hause darf, ist die Erleichterung überwältigend. Harmer geht mit Connor und dem Bereitschaftsanwalt zum Empfang, um den Papierkram zu erledigen, sodass nur Laura, DS Shah und ich übrig bleiben. Wir sitzen der Polizeibeamtin betreten gegenüber wie Eltern eines missratenen Schülers bei einem schrecklich schiefgelaufenen Elternabend.

»Danke noch einmal, dass Sie beide gekommen sind«, meint sie.

»Die ganze Sache tut mir sehr leid. Das mit ... Connor«, erkläre ich. »Wir werden mit ihm reden, dann klärt sich sicher alles auf.«

»Das wäre eine große Hilfe.«

»Er ist ein sehr ehrlicher Junge«, unterbricht uns Laura. »Er ist keiner, der ständig Lügen erzählt. So ist er nicht.«

DS Shah nickt bedächtig. »Ich muss Ihnen noch mitteilen,

dass zu den Standards nach einer Festnahme auch ein DNA-Abstrich zählt.«

Lauras Gesicht verdunkelt sich. »Moment mal«, sagt sie. »Das muss er doch nicht machen, oder? Ich meine, besteht die gesetzliche Verpflichtung dazu?«

»Es ist die Standardvorgehensweise nach einer Festnahme, wenn …«

»Das bedeutet, der Abstrich wurde bereits genommen?«

Die Polizeibeamtin nickt. »Ja. Es hilft uns hoffentlich, ihn schneller von den weiteren Ermittlungen auszuschließen.«

»Er ist rechtlich gesehen immer noch ein Kind, das wissen Sie schon, oder?«, will Laura mit harter Stimme wissen.

»Ist schon gut«, sage ich zu ihr. »Er hat nichts zu verbergen.«

Shah reicht mir ihre Visitenkarte. »Bitte melden Sie sich, wenn Ihnen zu letzter Nacht noch etwas einfällt, egal, wie unbedeutend. Uns interessieren vor allem die sechs Stunden ab Mitternacht bis heute früh. Sie können also zweifellos bestätigen, dass Connor zu dieser Zeit in Ihrem Haus war?«

»Ja«, bestätigt meine Frau, ohne eine Sekunde zu zögern. »Er war eine Viertelstunde nach Mitternacht zu Hause. Bei uns.«

»Das heißt, Sie haben ihn gesehen?«

»Ja.«

»Haben Sie mit ihm gesprochen?«

Es folgt eine Pause, kaum mehr als ein Sekundenbruchteil, und ich frage mich, ob Shah es bemerkt.

»Er hat den Kopf zur Schlafzimmertür hereingesteckt«, antwortet Laura.

»Und Sie sind sich sicher, dass er das Haus danach nicht noch einmal verlassen hat?«

»Ja.«

»Wann ist er denn heute Morgen los?«

Laura wirkt, als wäre dieses Gespräch vollkommen normal und nicht weiter schlimm. Sie ist vollkommen ruhig – ganz im Gegensatz zu mir. »Gegen acht«, sagt sie.

»In Ordnung.« DS Shah schließt schwungvoll ihr Notizbuch, und ich entspanne mich ein wenig. »Wie sieht es mit Drogen aus?«, fragt sie plötzlich.

»Wie bitte?«, erwidere ich. »Was soll damit sein?«

»Hat Connor nie etwas probiert?«

Ich schüttle entschieden den Kopf. »Nein.«

»Nicht einmal ein bisschen Gras? Ab und zu, mit seinen Freunden?«

»Nein, nicht einmal das«, unterbricht sie meine Frau. »Er hatte nie Interesse an solchen Dingen.«

Die Polizistin nickt bedächtig. »Okay. Kluger Junge.«

Dann erklärt sie uns, dass sie und ihre Kollegen die Ermittlungen fortsetzen und vermutlich ein weiteres Gespräch mit Connor notwendig sein wird. Sie hoffen, Emily Ruskin noch heute zu finden und unversehrt zu ihrer Familie zurückzubringen. Connor soll in der Zwischenzeit zu Hause bleiben, während wir versuchen sollen, zu ihm durchzudringen, weil eine genaue und ehrliche Auflistung der Vorgänge von letzter Nacht *im Interesse aller Beteiligten* wäre.

Anschließend bringt sie uns zu Harriet, die sich hastig von DC Loughlin verabschiedet, zu mir eilt und meine Hand umklammert. In der anderen Hand hält sie einen blauen Schlüsselanhänger, der aussieht wie ein Lippenpflegestift, aber in Wahrheit ein USB-Stick ist – und ihr Glücksbringer. Ich nehme mir vor, sie später danach zu fragen.

Als sie Connor sieht, läuft sie wortlos zu ihm, drückt ihr Gesicht an seine Brust, schließt die zarten Arme um ihn und drückt ihn. Er umarmt sie ebenfalls und tätschelt behutsam ihre Schulter. Seinem Gesichtsausdruck nach ist er genauso überrascht von der innigen Umarmung wie wir. Als sie noch jünger waren, hat er sie oft auf dem Rücken getragen oder ist auf allen vieren als ihr Pferd durchs Haus getrabt, aber in letzter Zeit wurde der körperliche Kontakt weniger, und die vier Jahre Altersunterschied traten deutlicher hervor.

Als Harriet sich schließlich von ihm löst, ist ihr die Sorge anzusehen. »Was ist passiert?«

»Es ist alles gut, Harry.«

»Was haben sie mit dir gemacht?«

»Bloß ein paar Fragen gestellt, mehr nicht.«

»Kommst du jetzt mit uns nach Hause? Ich dachte, sie sperren dich in eine Zelle.«

Er lächelt zum ersten Mal und verwuschelt ihre roten Haare. »Du kleiner Spinner«, sagt er so liebevoll, dass er wieder wie der normale Connor klingt. Wie *unser* Connor. »Sie können dich nicht einsperren, wenn du nichts getan hast.«

Harriet betrachtet besorgt seine Verletzungen. »Was ist mit deinem Gesicht passiert?«

»Das spielt keine Rolle.«

»War das wieder Drew Saxton?«

»Nein, Harry.« Er schüttelt den Kopf. »Es war nur …«

»Es tut mir leid, dass du verletzt wurdest«, sagt sie, und dann noch leiser: »Das gefällt mir nicht.«

»Es geht mir gut. Wirklich.«

Sie streckt ihm die Hand entgegen, und zu meiner Überraschung ergreift er sie. Selbst im Auto lässt Harry ihren Bruder nicht los, als hätte sie Angst, ihn zu verlieren.

Ich würde gerne mit ihm reden, ihm sagen, dass alles gut wird und dass er uns einfach die Wahrheit sagen soll, damit wir die Sache klären und abschließen können.

Doch Connor sitzt nur schweigend da und starrt die ganze Heimfahrt über aus dem Fenster.

18

Zu Hause macht sich Connor auf direktem Weg in die Küche, während ich meine Arzttasche aus dem Kofferraum hole.

Als ich ebenfalls ins Haus komme, steht er mit einer Packung Fruchtsaft neben dem Kühlschrank und futtert einen Vollkornkeks nach dem anderen. Als er sieht, wie ich den Arztkoffer öffne, sacken seine Schultern nach unten.

»Die Sanitäter haben mich bereits durchgecheckt.« Er beißt in den nächsten Keks. »Es geht mir gut.«

»Doppelt hält besser, wenn es um Kopfverletzungen geht«, erkläre ich und deute auf einen Küchenstuhl. Ich lasse mich ihm gegenüber nieder und hole eine Diagnostikleuchte aus meinem Koffer. »Folge dem Licht mit den Augen.«

Er seufzt gequält, tut aber, was ich sage. Aus der Nähe wirkt er jünger, weicher, verletzlicher. Wehrlos. Wie der süße Junge mit den großen Augen, bevor die Pubertät wie ein Wirbelsturm über ihn hinweggebraust ist. Ich untersuche ihn gründlich, da ich weiß, dass Kopfverletzungen manchmal unbemerkt bleiben. Mein Sohn futtert in der Zwischenzeit weiter Kekse.

Abgesehen von den sichtbaren Verletzungen, ist alles in Ordnung. Er hatte Glück, denn offenbar hat er einen harten

Schlag abbekommen. Wäre er einer meiner Patienten, würde ich ihm Paracetamol, genaue Beobachtung und Schlaf verordnen. Ich will gerade mit einem ärztlichen Beratungsgespräch loslegen, als Laura in die Küche kommt, mir eine Hand auf die Brust legt und mich ins Wohnzimmer führt.

»Geben wir ihm Zeit, okay?«, flüstert sie. »Lass mich mal mit ihm reden.«

»Aber ich kann …«

»Wenn du gleich in die Vollen gehst, macht er nur wieder dicht. Koche uns doch eine Tasse Tee, während ich mich mit ihm unterhalte.«

Ich will widersprechen, aber ich weiß, dass sie recht hat. Connor öffnet und schließt in der Küche auf der Suche nach weiteren Nahrungsmitteln einen Schrank nach dem anderen. Er ist ständig hungrig, und nach so langer Zeit ohne richtige Mahlzeit vermutlich noch mehr als sonst.

»Ich setze mich mit ihm ins Wohnzimmer. Gib mir zehn Minuten.«

»Gut, ich erledige inzwischen ein paar Anrufe.«

Ich rufe meinen Freund Greg aus der Praxis an, dessen Frau Juristin ist. Sie hat sich zwar auf Familienrecht und nicht auf Strafrecht spezialisiert, aber sie hat gute Verbindungen, und ich frage sie nach einer Empfehlung. Einige Anrufe später habe ich einen Termin bei Kay Barber-Lomax, einer Spezialistin für Strafrecht, die als sehr tough gilt.

Ich habe neun neue Nachrichten auf WhatsApp, wobei fast alle aus der Elterngruppe stammen, in der Cathy Ruskin vorhin ihren Notruf abgesetzt hat. Die meisten dienen der moralischen Unterstützung und enthalten keine neuen Informationen, nur die letzte sticht mir ins Auge.

> Ein Freund von mir arbeitet bei der Polizei, und er meinte, ein Junge aus dem Jahrgang wurde verhaftet. Ich schicke dir gleich eine PN.

Mein Magen zieht sich zusammen. Die Verfasserin meint Connor. Derartige Nachrichten verbreiten sich rasend schnell, und ich frage mich, wie lange es dauern wird, bis sein Name publik wird und in der Nachbarschaft zu allen möglichen wilden Theorien führt. Panik ergreift mich, und einen Moment lang überkommt mich das Verlangen, der Mutter zu antworten und ihr zu raten, solche himmelschreienden Gerüchte besser für sich zu behalten. Aber das würde nur noch mehr Aufmerksamkeit auf meinen Sohn lenken.

Wenige Minuten später kommt eine Antwort von Cathy.

> Danke für eure Nachrichten. Es tut mir leid, dass ich nicht jedem einzeln antworten kann, aber der heutige Tag war grauenhaft. Trotzdem tut es gut, dass ihr alle mit den Gedanken bei uns seid.

Ich gehe ins Wohnzimmer, wo meine Frau und mein Sohn nebeneinander auf dem Sofa sitzen und die Köpfe zusammenstecken.

Sie verstummen, als sie mich sehen.

»Ich habe einen Termin mit einer Anwältin vereinbart«, erkläre ich. »In ihrem Büro in der Innenstadt. Okay, Connor?«

Er nickt knapp, sagt jedoch nichts.

Aus dem Augenwinkel sehe ich, wie Laura mich mit Blicken auffordert, wieder zu gehen und ihm Zeit zu lassen, aber das ist die erste Gelegenheit, auf vertrautem Boden und von Angesicht zu Angesicht mit meinem Sohn zu reden. Die erste Gelegenheit, seine Version der Geschichte zu hören. Ich glaube, zumindest das habe ich verdient.

»Also, was ist letzte Nacht passiert, Connor?«

»Nichts«, antwortet er. »Es ist gar nichts passiert.«

»Wir haben gerade zwei Stunden auf einem Polizeirevier verbracht, es *muss* also etwas passiert sein«, erwidere ich und reiche Laura ihren Tee. »Warum bist du vor der Polizei davongerannt? Was ist mit diesem vermissten Mädchen? Kennst du sie? War sie mit dir zusammen?«

Er schüttelt stumm den Kopf.

»Heißt das, dass du sie nicht kennst? Oder dass sie nicht mit dir zusammen war?«

Laura sieht mich stirnrunzelnd an. »Ist schon gut, Andy. Wir müssen den Jungen nicht noch einmal verhören. Er ist jetzt zu Hause und in Sicherheit, das ist das Wichtigste.«

»Ich will doch nur wissen, was los ist.« Ich wende mich wieder an meinen Sohn. »Und Emily Ruskins Familie sicher auch. Warum hast du ständig *Kein Kommentar* gesagt, Connor?«

»Weil ich nichts getan habe.«

»Aber warum hast du das dann nicht einfach *gesagt*? Was ist mit diesem Haus an der Beaufort Terrace? Die denken, du wolltest einbrechen.«

»Glaubst du mir eigentlich auch irgendwann einmal?«, fragt er. »Warum sagen immer alle anderen die Wahrheit, bloß ich nicht? Als wäre ich wieder im Polizeirevier. Ich bin nicht eingebrochen, und Widerstand gegen die Staatsgewalt, so ein Schwachsinn. Mir war nicht klar, dass die Männer Polizisten waren. Ich bin in Panik geraten, weil ich dachte, es wären die Kerle aus der Schule. Also bin ich weggerannt.«

»Schon gut, ich glaube dir ja. Aber ich verstehe nicht, warum du die Fragen nicht beantwortet hast. Zumindest der Anwältin musst du es sagen, hörst du? Also kannst du es uns auch gleich erzählen.«

Er starrt mich frustriert an. Oder vielleicht auch enttäuscht. »Du würdest es nicht verstehen, Dad.« Er springt auf.

»Was war in der Lower Farm Lane? Warum haben sie dich danach gefragt?«, fahre ich fort. »Du warst doch letzte Nacht wohl nicht dort, oder?«

Er wendet sich ab und geht. Kurz darauf höre ich seine schweren Schritte auf der Treppe.

Laura schüttelt den Kopf. »Weißt du noch, was ich vorhin gesagt habe? Dass du nicht gleich in die Vollen gehen sollst?«

»Also, was hat er dir erzählt?«

Sie berichtet, was sie aus unserem Sohn herausbekommen hat, doch es ist kaum mehr, als er der Polizei verraten hat.

»Was ist mit den anderen beiden? Mit Drew und Olivia?«

»Olivia ist Emilys beste Freundin. Die beiden sind unzertrennlich. Drew hält sich scheinbar für den Größten. Er hat es ein paarmal bei Emily versucht, aber sie hat ihn immer abblitzen lassen.«

»Und er hat Harriet tyrannisiert.«

»Ja. Er scheint ein echtes …«

Sie verstummt, als Harriet in die Tür tritt und sofort unzählige Fragen abfeuert. *Was passiert jetzt mit Connor? Will die Polizei noch einmal mit ihm reden?*

Ich versuche, sie zu beruhigen, dann fällt mir etwas ein: »Harry, vorhin auf dem Polizeirevier, als dich die Polizistin kurz alleine gelassen hat, hast du doch nicht deinen USB-Stick an einen der Computer angeschlossen, oder? Du hast kein Zugangsprogramm hinterlassen?« Auf ihrer letzten Schule ist das gar nicht gut angekommen, und die Polizei würde sicher noch weniger beeindruckt sein.

Harriet schüttelt eilig den Kopf. »Natürlich nicht.«

»Gut.«

»Obwohl sie mit einem Betriebssystem arbeiten, das älter ist als ich.«

»Solange du nicht darin herum…«

»Jude, die Polizistin, hat gesagt, dass sie herausfinden wollen, was nach der Party am Beacon Hill passiert ist«, sagt sie plötzlich. »War da irgendetwas Schlimmes?«

»Was auch immer es war, Connor hat nichts damit zu tun. Wir haben ihnen gesagt, dass er um Mitternacht zu Hause war.«

»Das habt ihr der Polizei gesagt?«

»Ja.«

Sie runzelt die Stirn. »Warum?«

»Weil … Wir wollen nicht, dass er in Schwierigkeiten gerät, Schatz.«

Sie wirft mir einen seltsamen Blick zu. »Ich muss euch etwas zeigen«, sagt sie leise. »Bin gleich wieder da.«

Sie eilt davon, und ich greife nach Lauras Hand und drücke sie. Sie erwidert die Geste. Es ist das erste Mal, dass wir seit dem Anruf von DS Shah alleine sind.

»Wir haben doch das Richtige getan, oder?«, frage ich leise.

»Ja«, erwidert sie. »Das hätte jeder andere auch getan.« Sie wirft einen Blick in den Flur, um sicherzugehen, dass keines der Kinder in Hörweite ist. »Jetzt müssen wir aber auch bei der Geschichte bleiben. Wenn wir beide bestätigen, dass Connor um Mitternacht zu Hause war, können sie ihm nichts anhaben. Wir müssen sagen, dass er den Zapfenstreich eingehalten hat.«

Ich nicke und wünsche mir, ich wäre so sicher wie sie. War es wirklich klug, der Polizei diese Lüge aufzutischen? Wobei nie etwas anderes infrage gekommen ist. Nicht, nachdem ich Connors Gesicht – die Verletzungen und die Angst – auf dem Polizeirevier gesehen und das dringende Gefühl verspürt habe, ich hätte ihn im Stich gelassen. »Er war um Mitternacht zu Hause«, wiederhole ich. »Mehr gibt es dazu nicht zu sagen.«

»Wir sollten ihm trotzdem eine Woche Hausarrest geben.«

»Mindestens. Und wir müssen ...«

Sie wirft mir einen warnenden Blick zu, als Harriet mit ihrem Laptop ins Wohnzimmer zurückkehrt.

»Seht euch das an.« Unsere Tochter öffnet den Laptop und dreht ihn zu uns. Sie wirkt hoch konzentriert und in einem Zustand, in dem sie mich sogar im Schach schlägt oder das komplizierteste mathematische Problem löst. »Ich wollte es euch schon vorher zeigen, aber ihr habt mich nicht beachtet.«

Laura lässt meine Hand los. »Was denn, Harry?«

»Das hier.« Sie deutet mit dem Finger auf den Bildschirm. »Ihr wolltet doch wissen, wer letzte Nacht wirklich hier im Haus war. Und wer nicht.«

19

Ich sehe bloß seitenweise Programmcodes, eine Abfolge geheimnisvoller Wörter und Ziffern, die keinen Sinn ergeben.

»Was genau ist das?«

»Das Aktivitätenprotokoll unseres WLAN-Routers.«

Laura und ich wechseln einen Blick. »Ich wusste gar nicht, dass du darauf zugreifen kannst.«

»Es ist eigentlich ganz einfach. Es gibt massenhaft Tutorials auf YouTube.«

Harry versucht, es uns zu erklären, doch ich verstehe schon nach zehn Sekunden nur noch Bahnhof. Offenbar kann sie aus dem Protokoll genau herauslesen, welche unserer Geräte sich in den letzten sechsunddreißig Stunden mit unserem privaten WLAN verbunden haben. Außerdem ist ersichtlich, wann die Verbindung erfolgte und wann sie wieder getrennt wurde.

»Das hier«, erklärt Harriet und tippt mit dem Zeigefinger auf den Bildschirm, »ist Zacs Handy. Die Verbindung mit unserem WLAN erfolgte am Samstagabend kurz vor acht Uhr abends und endete elf Minuten später. Zum selben Zeitpunkt hat auch Connors Handy die Verbindung getrennt, wie ihr *hier* sehen könnt.«

Ich denke an den vergangenen Abend zurück. Zac hat Connor abgeholt, und sie waren noch kurz in seinem Zimmer, bevor sie loszogen.

Harry scrollt nach unten. »Sie haben das Haus zusammen verlassen, sind aber zu unterschiedlichen Zeiten zurückgekommen.«

»Das kann aber nicht stimmen, Harry«, meint Laura und wirft mir einen kurzen Blick zu.

»Laut Aktivitätenprotokoll schon.«

»Connor hat mir geschrieben, als er nach Hause gekommen ist. So wie immer. Das Handy liegt auf dem Nachttisch, und ich höre die Nachricht, anstatt stundenlang auf die Eingangstür zu lauschen. Er ist mittlerweile echt leise, wenn er nach Hause kommt.«

Unsere Tochter schüttelt entschieden den Kopf. »Nein.«

»Nein?«

»Zacs Handy hat sich um neunzehn Minuten nach zwei wieder eingewählt, Connors Handy aber nicht.« Sie zeigt auf eine Zeile mit dem heutigen Datum und den Ziffern 0219 daneben. »Hier seht ihr die genaue Uhrzeit.«

Ich starre auf den Bildschirm. »Wieso weißt du das alles, Harry?«

Meine Tochter wirft mir einen mitleidigen Blick zu, als wäre das alles total einleuchtend. »Wieso wisst ihr das *nicht*?«, fragt sie. »Ihr seid doch täglich im Netz.«

Das stimmt natürlich. Ich mache den Computer an, und er macht seine Arbeit, über das Wie habe ich mir noch nie Gedanken gemacht. Andererseits kann ich auch nicht bis ins kleinste Detail erklären, wie der Motor meines Wagens funktioniert.

»Vielleicht hat Connor sein Handy ausgemacht, als sie nach Hause gekommen sind«, meint Laura. »Oder der Akku war leer.«

Nun richtet sich Harrys skeptischer Blick auf ihre Mutter. »Connors Gerät hat die Verbindung zum Netzwerk um neun Minuten nach acht getrennt und sich erst wieder eingeloggt, als wir vorhin vom Polizeirevier nach Hause gekommen sind.«

»Vielleicht … hat er es ausgemacht, als er ins Bett gegangen ist?«

Harry hebt die Augenbrauen. Wir alle wissen, dass Connor sein Handy niemals ausmacht.

»Seht ihr? Ich habe euch ja gesagt, dass ich um neunzehn Minuten nach zwei jemanden gehört habe.«

Laura und ich wechseln einen Blick. Auch wenn wir unserem Sohn vertrauen und das gegenüber der Polizei zu Protokoll gegeben haben, mehren sich die Hinweise, dass er nicht nur seinen Zapfenstreich um zwölf versäumt hat, sondern gleich gar nicht nach Hause gekommen ist. Er war die ganze Nacht unterwegs.

»Es ist toll, dass du das herausgefunden hast, Harry. Aber was willst du uns damit sagen?«

»Ich will nicht, dass Connor Schwierigkeiten bekommt. Wenn ich an diese Informationen komme, schafft es die Polizei irgendwann vielleicht auch, und dann wissen sie, dass ihr gelogen habt, und ihr steckt genauso in der Klemme. Außerdem denken sie dann sicher, dass sie Connor zu Recht verhaftet haben.«

Ihr sommersprossiges Gesicht ist blass, und sie sieht mich mit großen Augen an. Sie hat das alles nicht getan, um ihre Aussage zu beweisen. Sie hat Angst um ihren Bruder. Sie hat keine Ahnung, warum er von der Polizei aufgegriffen wurde, trotzdem denkt sie bereits voraus und versucht, ihm zu helfen.

Laura deutet auf den Bildschirm. »Werden diese Informationen auf einem Zentralserver gespeichert oder in der Cloud?«

Harriet zuckt mit den Schultern. »Keine Ahnung, aber ich könnte es herausfinden. Ich weiß nur, dass sie sechzig Tage lang lokal gespeichert werden. Wobei man diese Einstellung auch ändern kann.«

»Man könnte also einen kürzeren Zeitraum einstellen?«

»Willst du, dass ich das Protokoll lösche, Mum?«

»Nein, das nicht. Aber … vielleicht machst du dich mal schlau, ob es theoretisch möglich wäre?«

Meine Frau wirft mir einen vielsagenden Blick zu, und wir verstehen uns auch ohne Worte. Besser, wir wissen, wie man Spuren verwischt, falls es irgendwann notwendig sein sollte.

Harriet denkt einen Moment lang nach, dann nickt sie. »Ich sehe mal, was sich machen lässt.«

20

Sie war fake.

Alles an ihr war fake. Sie war bloß Plastik, genau wie ihre Mum. Eine oberflächliche, verwöhnte Göre, die Leute benutzte und fallen ließ, wie es ihr passte. Emily Ruskin war Gift.

Sie war keine Minute von Connors Zeit wert. Nicht einmal eine Sekunde.

Aber das sah sein Cousin nicht.

Er sah nur die blonden Haare, die perfekten Wangenknochen und Lippen und die großen Augen, die ihm zublinzelten. Er sah nur seine Vorstellung dessen, wie sie war, ganz egal, wie die Realität aussah.

Doch Zac hatte erkannt, wie sie wirklich war.

Und nicht nur sie. Das Leben hatte ihm die Augen geöffnet, und jetzt sah er die Welt, wie sie wirklich war. Er kannte die dunkle, bittere Realität und wusste, dass das Leben manchmal so schrecklich schieflief, dass niemand es mehr geraderücken konnte.

Ganz egal, wie sehr die Hochstapler und Marionetten es abstritten. Leute wie Emily Ruskin, die keine Ahnung hatten, welches Glück ihnen beschert war.

Doch es hatte keinen Zweck, Connor darauf hinzuweisen. Zac wollte nicht wieder mit ihm aneinandergeraten. Nicht wegen ihr.

Stattdessen stapften die beiden schweigend Seite an Seite im Licht ihrer Taschenlampen in die Dunkelheit, während der Schein des Lagerfeuers hinter ihnen langsam verblasste. Sie hatten ein Geräusch gehört, und Connor hatte sich – auf Emilys ausdrücklichen Wunsch hin – bereit erklärt, dafür zu sorgen, dass niemand ihre kleine Truppe aus der Dunkelheit heraus beobachtete.

»Hörst du etwas?«, fragte Zac leise.

»Nö«, antwortete Connor. »Nur uns.«

Zac ließ den dünnen Strahl der Taschenlampe über die Büsche und Bäume gleiten. Es war seltsam, wie anders und fremd es nachts am Beacon Hill aussah. Wie bedrohlich. Die Bäume erschienen höher, die Äste dunkler, und das Gestrüpp war voller Dornen. Er hatte vor einigen Monaten eine Nacht lang alleine hier verbracht, als er wegen seiner Mum vollkommen am Boden gewesen war. Connor hatte damals angeboten, ihn zu begleiten, aber er hatte Zeit für sich gebraucht.

Er konnte mit niemandem über diese Dinge reden, nicht einmal mit Connor. Seine Gefühle waren wie eine Flamme, der er nicht zu nahe kommen durfte. Er konnte nur um sie herumschleichen und sich über seinen Dad beschweren, der zu viel trank und keine Ahnung von den Dingen hatte, für die früher seine Mum zuständig gewesen war. Der weder die Namen seiner Lehrer kannte noch wusste, welches Curry Zac am liebsten aß.

»Wahrscheinlich war es ein Fuchs«, murmelte er. »Oder ein Hase. Hier gibt es nachts Millionen gruselige Geräusche.«

Connor wandte sich ab. »Sollen wir zurück?«

Zac legte eine Hand auf den Arm seines Cousins. »Du willst ihr doch nicht helfen, oder?«, fragte er leise. »Das ist krank.«

Connor zuckte unbehaglich mit den Schultern. »Ich habe gesagt, dass ich bleibe, also bleibe ich auch.«

»Was aber nicht heißt, dass wir mitmachen müssen. Es ist einfach nicht richtig. Sie hat keine Ahnung, was sie da redet. Das siehst du doch auch, oder?«

»Sie tut mir leid, und ich will ihr helfen, mehr nicht. Es ist sicher nicht einfach, den Erwartungen gerecht zu werden. Mit ihren Schwestern und allem.«

Zac nahm die Hand von Connors Arm. »Du verstehst das nicht.« Seine Stimme klang plötzlich belegt. »Das ist kein Spiel. Was ist mit ihrer Mum? Das bringt sie um. Und du willst daran Mitschuld haben?«

Connor wandte den Blick von den Bäumen ab und sah seinen Cousin an. Sein Gesicht blieb in den dunklen Schatten verborgen, doch da war etwas in seiner Stimme, das Zac noch nie zuvor gehört hatte. »Ihre Mum ist doch der Grund für alles.«

»Aber du weißt schon, dass Emily dich nur benutzt, oder? So wie alle anderen auch.« Zac wandte den Blick ab und räusperte sich betreten. »Du bist mein bester Freund, und ich hasse es, dass sie dich derart benutzt.«

Connor starrte ihn wütend an. »Du konntest sie noch nie leiden, oder? Warum eigentlich nicht?«

»Du bist wie in Trance, wenn sie in der Nähe ist, Connor. Als würde nichts und niemand sonst existieren.«

»Ich gehe jetzt zurück«, erklärte Connor abrupt. »Kommst du mit oder nicht?«

Er wandte sich ab und machte sich auf den Weg zu den anderen, die im orangen Schein des Lagerfeuers saßen.

Zac zögerte einen Moment, dann folgte er seinem Cousin.

Das Gefühl, dass er – mal wieder – nicht zu Connor durchdrin-
gen konnte, versetzte ihm einen Stich. Es war, als würde man
immer und immer wieder denselben Unfall beobachten und
nichts tun können, um etwas daran zu ändern.

Sie kehrten schweigend auf die Lichtung zurück.

Olivia saß auf der anderen Seite des Feuers, einen qualmen-
den Joint in der einen und einen silbernen Flachmann in der an-
deren Hand. Auf einem Baumstumpf standen fünf rote Plastik-
becher und eine halb volle Flasche Absolut Wodka. Olivia und
er waren letzten Sommer einige Zeit zusammen gewesen, doch
irgendwann hatte Zac nicht länger jedes Mal versetzt werden
wollen, wenn Emily Olivia mit einem neuen Problem anrief und
Olivia daraufhin alles stehen und liegen ließ. Er hatte erkannt,
dass er niemals mit Olivias bester Freundin würde mithalten
können.

Er sah sich um und dachte einen Moment, Emily sei ver-
schwunden, doch dann sah er sie halb versteckt unter Drew, der
sie leidenschaftlich küsste. Eine Hand steckte in ihren Haaren,
die andere unter ihrem Oberteil, und sie küsste ihn zurück und
umklammerte seinen muskulösen Oberarm.

Scheiße.

Hitze stieg in Connors Wangen, und er sah aus, als hätte ihm
jemand das Herz aus der Brust gerissen und darauf herumge-
trampelt.

Abscheu und Wut machten sich in Zac breit und löschten al-
les andere aus. Wut auf dieses Mädchen und den Jungen, dieses
Arschloch, das sie Connor vorgezogen hatte. Auf diesen Idioten,
der sie nicht liebte – der sie vermutlich nicht einmal mochte –
und sie nur haben wollte, weil er konnte. Weil sie ihn trotz allem
an sich herangelassen hatte. Sich ihm an den Hals schmiss, als

wäre es nichts. Als hätte Connors Zuneigung keine Bedeutung. Er ertrug es nicht, den beiden zuzusehen, konnte aber gleichzeitig nicht den Blick abwenden.

Drew zog Emilys Kopf zurück und küsste sie noch heftiger. Ihr Oberteil rutschte nach oben, und ihr gebräunter Bauch mit dem glitzernden Stein im Bauchnabel kam zum Vorschein. Die untere Seite ihres schwarzen Spitzen-BHs blitzte auf.

Küsste Emily Drew tatsächlich? Oder versuchte sie, sich von ihm loszumachen?

Es spielte keine Rolle, denn Drew war zu stark, zu groß. Er hob ein Bein über ihre Mitte, um sich rittlings auf sie zu setzen und sie am Boden zu fixieren, doch er verlor einen Moment lang das Gleichgewicht, und sie versuchte, ihm das Knie in den Schritt zu rammen.

Ehe Zac reagieren konnte, sprang Connor über das Feuer hinweg, packte Drew am T-Shirt und zerrte ihn zurück.

»Runter von ihr!«, brüllte er. »Geh, verdammt noch mal, runter!«

Eine Sekunde lang waren lediglich schlagende und tretende Arme und Beine und kratzende Nägel zu sehen, dann befreite sich Emily keuchend und rutschte über die Erde nach hinten.

Drew sprang hoch und stellte sich Connor breitbeinig gegenüber. »Was ist?«, fragte er herausfordernd. Er war größer und um einiges muskulöser als Connor. »Hast du ein Problem?«

Connor sah auf Emily hinunter. »Alles okay? Hat er …?«

Drew hatte ausgeholt und schlug so fest zu, dass Connor in die Knie ging.

Emily erhob sich wackelig und zog ihr Oberteil nach unten. »Was soll der Scheiß, Drew? Lass ihn in Ruhe!«

»Du wolltest es. Sag jetzt ja nicht, dass du es nicht wolltest.«

Er legte sich einen Finger auf die Unterlippe. »Verdammt, du hast mich gebissen.«

Connor stemmte sich hoch und stellte sich dem größeren Jungen erneut entgegen.

Zac trat zwischen die beiden. »Jetzt beruhigen wir uns erst mal alle wieder.« *Sein Blick wanderte von Drew zu Connor und wieder zurück.* »Trinkt am besten noch was.«

Drew deutete mit dem Finger auf Connor. »Er hat angefangen.«

»Du solltest sie in Ruhe lassen«, *erwiderte Connor mit hochrotem Gesicht.* »Sie will dich nicht.«

Drew schnaubte und grinste verschlagen. »Das klang vor einer Minute aber noch ganz anders.« *Er hob eine Flasche vom Boden, nahm einen langen Zug und setzte sich breitbeinig zurück auf den Holzstamm am Feuer.*

Zac nahm seinen Cousin am Ellbogen und führte ihn zu einem der anderen Baumstämme, die ihnen als Bänke dienten. Blut sickerte aus der Wunde an Connors Augenbraue, wo Drew ihn erwischt hatte.

Olivia drückte Emily ebenfalls auf einen Baumstamm, gab ihr einen Becher und legte ihr einen Arm um die Schultern.

Einen Moment lang herrschte angespannte Stille, und die fünf Jugendlichen starrten einander über das Feuer hinweg an.

Dann wandte sich Connor an Emily. »Geht es dir gut?«

Sie nickte, sagte aber nichts.

Zac erhob sich und goss großzügig Wodka in die fünf Plastikbecher.

»Kommt schon, eine Runde geht noch«, *sagte er.* »Es ist Samstagabend, die Prüfungen sind vorbei, und wir können einen ganzen Sommer lang tun und lassen, was wir wollen. Außerdem müssen wir die Flasche hier leer trinken.«

Olivia klatschte in die Hände. »Gute Idee!«

»Okay, noch eine letzte Runde«, sagte Emily leise. »Dann verschwinde ich.«

»Für mich auch«, bestätigte Drew rülpsend. »Aber schön vollmachen.«

»Ich bin dabei«, grunzte Connor.

Zac drückte lächelnd die Schulter seines Cousins. Die schmerzhafte Wahrheit war, dass Connor sich auf einen Kampf eingelassen hatte, den er nicht gewinnen konnte. Nicht gegen Drew. Und nicht, wenn es um Emily Ruskin ging.

Es sei denn, jemand sorgte dafür, dass die Chancen ausgeglichener waren.

Und vielleicht war heute die Nacht der Nächte.

21

Wir sitzen auf der Terrasse und essen Pizza und Knoblauchbrot, als es an der Tür klingelt.

Es sind Rob und Zac, der einen halben Schritt hinter meinem Bruder steht und den Blick zu Boden gerichtet hat. Es ist nicht mehr so heiß wie tagsüber, aber immer noch angenehm warm.

Rob hebt zur Begrüßung die Hand. »Esst ihr gerade? Tut mir leid, Mann.«

»Kein Problem.« Ich winke ab. »Wir haben sicher was für euch übrig.«

»Danke, aber wir können nicht bleiben.« Er reibt sich die Bartstoppeln. »Zac hat letzte Nacht etwas vergessen, und wir waren gerade in der Nähe, also dachte ich, er könnte es gleich holen.«

»Klar.« Zac und Connor gehen im Haus des anderen ein und aus, und es kommt oft vor, dass Dinge vertauscht, verlegt oder vergessen werden. Allerdings kann ich mich nicht erinnern, wann mein Bruder das letzte Mal an einem Sonntagabend vor der Tür stand, um etwas zu holen.

Zac vermeidet jeglichen Blickkontakt, als er sich an mir vorbeischiebt und die Treppe nach oben verschwindet.

»Soll ich Connor rufen?«, frage ich noch, doch er scheint

mich nicht mehr zu hören. Ich wende mich an meinen Bruder. »Was hat er denn vergessen?«

»Seine Brieftasche. Er kommt sicher gleich wieder.«

»Komm doch rein und trink was, während du wartest. Du siehst echt fertig aus, und wir hatten noch keine Gelegenheit, über alles zu reden.«

»Tut mir leid, Mann, aber ich kann nicht.«

»Nur ein Bier?«

Er schüttelt den Kopf. »Der heutige Tag war ein Albtraum. Ich will nur noch nach Hause.«

»Hast du von der Polizei gehört?« Ich lehne mich an den Türrahmen. »Wegen dieses verschwundenen Mädchens?«

»Wir kommen gerade vom Polizeirevier.«

»Und? Haben sie sie schon gefunden?«

Er schüttelt den Kopf. »Was hat Connor bei seiner Befragung gesagt?«

»Nicht viel.« Ich senke die Stimme und lasse den Blick über die Straße hinter meinem Bruder schweifen. »Er sagte ständig nur *Kein Kommentar,* als hätte er etwas zu verbergen. Als hätte ihm jemand geraten, nichts zu sagen. Es war echt seltsam.«

»Jap.« Er sieht über meine Schulter zu der Treppe hinter mir. »Bei Zac war es genau dasselbe.«

Ich mustere ihn einen Moment lang. Er wirkt noch erschöpfter als am Morgen, die Haut ist grau, und auf der Nase sind mehrere Äderchen geplatzt.

»Wirklich? Die Polizistin, die Connor befragt hat, meinte, Zac hätte alle Fragen beantwortet und wäre äußerst kooperativ gewesen.«

Rob zuckt mit den Schultern. »Na und? So machen sie das eben. Es ist die übliche Taktik, um Verdächtige zum Reden zu bringen. Uns haben sie gesagt, Connor wäre sehr entgegen-kommend gewesen.« Er wirft einen neuerlichen Blick auf die Treppe. »Also, was hat er ihnen erzählt?«

Ich berichte von der Befragung, den Vorwürfen gegenüber Connor, Emily Ruskin und dem Beacon Hill. »Es ist natürlich okay, wenn Zac hier übernachtet. Er ist jederzeit willkommen«, beginne ich vorsichtig. »Aber dieses Mal … ich weiß auch nicht, es sieht so aus, als wollte er Connor decken. Damit wir glauben, er wäre zu Hause, falls wir in seinem Zimmer nachsehen. Hat Zac etwas dazu gesagt?«

Ehe er etwas erwidern kann, kommt Zac die Treppe nach unten und schiebt sich wortlos an uns vorbei.

»Hast du sie gefunden?«, fragt Rob.

»Ja, alles erledigt«, antwortet er und geht einfach weiter.

»Ist alles in Ordnung, Zac?«, rufe ich ihm nach, doch er ignoriert mich aufs Neue.

Rob deutet auf den Rücken seines Sohnes. »Ich bringe ihn besser heim. Wir reden morgen, ja?«

»Melde dich, falls du in der Zwischenzeit etwas erfährst.«

»Klar, Andy«, antwortet mein Bruder und wendet sich ebenfalls ab.

Ich sehe ihnen nach, dann schließe ich langsam die Tür und versuche, das Gefühl abzuschütteln, dass Rob mir etwas verschweigt. Dass es Dinge gibt, die wir beide nicht zur Sprache gebracht haben.

Ich gehe in die Küche, wo mein Sohn auf einem Stuhl sitzt und sich die Schuhe bindet. Ich lehne mich an die Arbeitsplatte. »Was machst du da, Connor?«

»Ich gehe noch mal raus«, antwortet er, ohne mir in die Augen zu sehen.

»Nein, das tust du nicht. Du hast Hausarrest.«

»*Was?*«

»Du kennst die Regeln. Wir haben dir vertraut, aber du bist weit nach der vereinbarten Zeit nach Hause gekommen. Also hast du Hausarrest.«

Er sieht stirnrunzelnd zu mir hoch. »Ist das dein Ernst?«

»Jap.«

»Das ist lächerlich«, zischt er. »Es ist noch nicht einmal acht Uhr abends.«

»Lächerlich ist eher, dass du uns nicht sagen willst, wo du letzte Nacht warst und warum du nicht nach Hause gekommen bist.«

Er schnaubt und wendet den Blick ab. »Ich war bei einem Freund.«

»Bei wem?«

»Kennst du nicht.«

»Versuch es trotzdem.«

»Warum musst du ständig genau wissen, was ich tue? Warum kannst du mich nicht in Ruhe lassen?«

»Vielleicht, weil wir vorhin zwei Stunden auf einem Polizeirevier verbracht haben?«, erwidere ich, und meine Stimme wird langsam lauter.

»Oder weil du mir nicht vertraust?«

»Du musst es nur mir und deiner Mum sagen, Connor. Es braucht niemand sonst davon zu erfahren.«

Er sieht mich lange an, dann öffnet er seine Schuhe wieder und tritt sie in die Ecke.

Als ich schließlich mit dem Abwasch fertig bin, sitzt Harriet mit ihrem Laptop und den Kopfhörern auf dem Sofa, während

Laura am Esstisch einige übrig gebliebene Arbeiten korrigiert. Ich habe morgen frei, weil Harriets Schule wegen einer Lehrerfortbildung geschlossen ist, aber am Dienstag geht es bereits um halb neun in der Praxis los. Die Sommermonate sind immer eine anstrengende Zeit, da oft zumindest einer der acht Ärzte in Urlaub ist und der Rest seine Arbeit übernehmen muss. Ich hätte ebenfalls noch einiges zu erledigen, aber der heutige Tag war so seltsam und befremdlich, dass ich mich nicht auf etwas Banales wie Bürokram oder E-Mails konzentrieren kann. Meine Gedanken kehren immer wieder zu der Polizeibefragung, zu meinem Sohn, meinem Bruder und dem jungen Mädchen zurück, das letzte Nacht nicht nach Hause gekommen und verschwunden ist.

Ich sitze in meinem Büro vor dem Laptop, öffne ein neues Browserfenster und google Emily Ruskin. Ganz oben auf der Liste der Ergebnisse findet sich ein Instagram-Account. Ich klicke auf das Profilbild und sehe mich einem auffallend hübschen Teenagermädchen mit langen honigblonden Haaren und sanften violetten Strähnen im Pony gegenüber. Ich kann mich nicht erinnern, sie schon einmal gesehen zu haben.

Ich google nach den neuesten Nachrichten zu Emilys Verschwinden, doch da ist nichts. Offenbar wurde der Fall noch nicht an die Presse weitergegeben.

Die Suche nach Cathy Ruskin bringt Hunderte Ergebnisse. Der erste Treffer ist eine Wikipedia-Seite über ein Mädchen aus Nottingham, das es weit gebracht hat. Cathy schaffte es bereits als Teenager in einer beliebten Kinderfernsehsendung auf den Bildschirm, ehe sie in der Primetime zwei tragende Rollen in den beiden bekanntesten Seifenopern des Landes spielte, bis praktisch jeder ihren Namen kannte. Sie heiratete ihre Jugendliebe und führte ein märchenhaftes Leben, bis ihr Mann an einem unerkannten Herzfehler starb und sie mit einunddreißig zur Witwe machte. Alleinerziehend und Mutter von zwei sechsjährigen Zwillingen und der kleinen, dreijährigen Emily, zog sie sich ein Jahr lang aus der Öffentlichkeit zurück, ehe sie mit einem Historiendrama einen Comeback-Versuch startete. Doch die Serie wurde kurz darauf eingestellt, und ihre Karriere geriet ins Wanken. Die Rollen wurden weniger, doch vor zwei Jahren kehrte sie mit ihrem Kampf gegen den Brustkrebs erneut ins Licht der Öffentlichkeit zurück. Die Folge war die Teilnahme an einer bekannten Dschungel-Show, in der hauptsächlich B-Promis vertreten waren und die sie am Ende gewann. Laut Wikipedia steht sie mittlerweile als Hauptdarstellerin einer Polizeiserie vor der Kamera, die noch dieses Jahr auf die Schirme kommen soll.

Ich schließe die Seite und öffne Cathys Instagram-Account. Sie hat über fünfzigtausend Follower, und ihre Beiträge lassen sich im Prinzip in drei Kategorien unterteilen: das Überwinden von Tiefen im Beruf und Privatleben unter dem Hashtag *#GetBackUp*, die Schauspielerei mit besonderem Augenmerk auf ihre neue Serie und das Leben mit ihren drei überaus fotogenen Töchtern. Ich öffne eines der neuesten Fotos, auf dem die Familie strahlend lächelnd auf einer Picknickdecke sitzt und gesunde Snacks genießt. Die beiden dunkelhaarigen Zwillinge sind mittlerweile bald zwanzig und sehen sich trotz unterschiedlicher Frisuren und Outfits unglaublich ähnlich. Emily sitzt am Rand, wirkt jünger und kleiner und eher wie eine Cousine oder eine Freundin. Sie ist ebenfalls sehr hübsch, aber auf ihre eigene Art, und unterscheidet sich mit den eisblauen Augen und langen blonden Haaren deutlich von ihren Schwestern.

Nach einem Blick auf die Uhr schließe ich seufzend den Browser. Gestern um diese Zeit saßen Laura, Harriet und ich glücklich und zufrieden vor dem Fernseher und hatten keine Ahnung, welche Sorgen und Ängste uns der nächste Tag bereiten würde. Meine Gedanken schweifen erneut ab, und ich denke an etwas, das Connor vor wenigen Stunden gesagt hat. Es war nur ein kurzer Satz, aber es war womöglich das einzige Mal am heutigen Tag, dass er vollkommen ehrlich zu uns war.

Ich bin in Panik geraten.

Es ging darum, warum er vor der Polizei geflohen ist, aber ich frage mich, ob vielleicht noch mehr dahintersteckt. Vielleicht hatten diese Worte eine tiefere Bedeutung. Vielleicht meinte er einen anderen Vorfall, doch ihm fehlte der Mut, offen darüber zu reden.

Ist letzte Nacht im Wald am Beacon Hill tatsächlich etwas Schlimmes passiert? Wollte er deshalb nicht mit der Polizei sprechen? Hat er deshalb gelogen?

Ich bin in Panik geraten.

Ist er der Grund, warum eine Mutter verzweifelt nach ihrem Kind sucht?

22 Manchmal trank Vanessa einen kleinen Schlummertrunk vor dem Schlafengehen, und an solchen Tagen schlief sie meist vor ihm ein. Er hörte zu, wie ihr sanfter Atem immer ruhiger und ruhiger wurde, und es erinnerte ihn an Zac als Neugeborenes, als er noch in seinem Bettchen neben ihnen geschlafen hatte. Rob lag an solchen Abenden bei seiner Frau, lauschte und spürte, wie seine eigenen Augenlider immer schwerer wurden, bis ihn ihr Atem in einen tiefen Schlaf begleitete. Niemals hätte er sich auch nur einen Moment lang gedacht, dass er diese Geräusche nie wieder hören würde.

Die Nächte waren das Schwerste, seit sie nicht mehr bei ihm war.

Und in Nächten wie heute war es besonders schlimm. Nächte, in denen er das Gefühl hatte, nichts auf die Reihe zu bekommen und kein guter Vater für seinen Sohn zu sein, der in den letzten Monaten zu schnell und zu abrupt erwachsen werden musste. Das Gefühl, dass er der einzigen Aufgabe, die ihm noch geblieben war, nicht gewachsen war.

Er griff in die Nachttischschublade, zog behutsam einen A4-Zettel heraus, der in einer Plastikschutzhülle steckte, und hielt ihn vorsichtig an den Ecken. Er wollte ihn so lange wie möglich aufbewahren und wusste, dass er ihn nicht zu oft zur

Hand nehmen durfte. Natürlich gab es Kopien, aber manchmal wollte er einfach das Original in den Händen halten. Das Blatt Papier, das sie berührt und mit ihrer fließenden Handschrift gefüllt hatte. Den Brief, den sie geschrieben hatte, nachdem ihnen beiden klar geworden war, dass die Ärzte nichts mehr tun konnten, um den Krebs aufzuhalten.

Er kannte ihre Anweisungen auswendig. Alle einundfünfzig. Aber er las sie trotzdem immer wieder.

Er lehnte sich an das Kopfende des Bettes, das sie geteilt hatten, und ließ den Blick über die Zeilen gleiten.

Küsse Zac zweimal, wenn ich nicht mehr da bin. Einmal für dich und einmal für mich.
Sag ihm, dass du ihn liebst.
Halte ihn von Zigaretten oder Motorrädern fern.
Bringe ihm bei, Frauen zu respektieren und immer menschlich zu bleiben.
Hilf ihm und sei für ihn da, wenn er dich darum bittet.
Sagt einander immer die Wahrheit.
Seid nicht wütend aufeinander. Das Leben ist zu kurz.

Rob spürte den vertrauten Kloß im Hals, und in seinen Augen standen Tränen, als er das Blatt wendete und weiterlas. Es gab nur eine Anweisung, die sich wiederholte. Sie stand sowohl zu Beginn des Briefes als auch am Ende – wie ein Zeichen, dass dieser Grundsatz das Allerwichtigste war.

Beschütze unseren wunderbaren Jungen um jeden Preis.

MONTAG

23 Ich parke auf dem Grasstreifen entlang der Lower Farm Lane. Die Weiden hinter den Zäunen sind saftig grün, die warme Luft riecht nach getrocknetem Heu, und in den Hecken blüht wilder Fingerhut. Mehrere Pferde stehen im Schatten einer ausladenden Eiche. Wir sind nur wenige Kilometer von unserem Haus entfernt, aber es fühlt sich an wie auf dem Land. Mitten im Nirgendwo.

Harriet befestigt Toffees Leine und hebt ihn über einen Zaunübertritt, der auf die Weide zu unserer Rechten führt. Wir folgen dem ausgetretenen Pfad, und Toffee läuft voraus.

Kennst du die Lower Farm Lane? Warst du in den letzten vierundzwanzig Stunden dort?

Zwei Fragen aus Connors Verhör, die uns heute hierhergeführt haben. Connor weigert sich nach wie vor, uns zu sagen, was passiert ist, aber ich dachte, wenn ich den Ort mit eigenen Augen sehe, bekomme ich ein besseres Gespür dafür, was mit Emily Ruskin geschehen sein könnte. Ich habe keine Ahnung, wonach ich suche – ich weiß nur, dass Connor uns nicht weiterhelfen wird und ich alle Informationen brauche, die ich bekommen kann. Ich muss es *verstehen*. Und vielleicht entdecken Harriet und ich etwas, das uns dabei behilflich sein kann.

Die Luft ist frisch und klar, und die Sonne brennt bereits in meinen Nacken. Irgendwo in der Nähe fliegt ein Hubschrauber, die Bäume dämpfen das Geknatter der Rotorblätter. Wir überqueren die nächste Weide und blicken hinüber zu einem mächtigen Stier, der regungslos in der gegenüberliegenden Ecke steht und uns den Rücken zuwendet. Nachdem wir durch ein Metalltor getreten sind, befinden wir uns wieder auf der Lower Farm Lane, die einen großen Bogen um die beiden Weiden beschrieben hat.

Direkt gegenüber gibt es eine Lücke im Zaun, und ein schmaler Pfad führt in den Wald am Beacon Hill.

Die Straße ist hier schmäler, die Hecken an beiden Seiten höher. Es ist kein idealer Spazierweg für Hundebesitzer. Oder für Fußgänger im Allgemeinen.

Vor allem nicht mitten in der Nacht.

»Dad!«, ruft Harriet. »Kommst du?«

»Ja.« Ich schenke ihr ein Lächeln. »Ich habe nur kurz ein wenig nachgedacht.«

Wir betreten den Pfad, der in den Wald führt. Harriet hält ihr Handy in der Hand und schießt wie üblich Fotos von den Bäumen, den Brombeeren und den Blumen am Wegesrand. Unter dem Blätterdach ist es um einige Grad kühler, und ich genieße den Schatten. Vögel zwitschern, und alles wirkt vertraut.

Doch in der Nacht, in der Dunkelheit, ist hier sicher alles vollkommen anders. Ich versuche, es mir vorzustellen. Die Bäume, durch die kaum Mondlicht dringt. Eine dunkle Stille, gefüllt von Tausenden Schatten. Selbst mit einer Taschenlampe kann man sich ohne Weiteres verirren und jegliche Orientierung verlieren. Wie lange wird es wohl dauern, bis eine Suchmannschaft aufgestellt wird und Freunde und Nachbarn gemeinsam den Wald durchkämmen, um der Polizei behilflich zu sein?

Nach etwa fünf Minuten gelangen wir an einen Bach, dessen klares Wasser blubbernd über die Steine fließt. Er ist im Sommer sehr viel seichter, gerade einmal hüfthoch, doch das Wasser wäre jetzt eine wohltuende Abkühlung. Wir treten auf die schmale, mit Handläufen versehene Brücke, um den Bach zu überqueren.

Harriet ist sehr vorsichtig, was Wasser betrifft. Sie konnte es noch nie leiden. Mir kommt der Gedanke, dass ich mir immer mehr Sorgen um sie gemacht habe als um Connor, was angesichts der Ereignisse in den letzten vierundzwanzig Stunden schmerzhaft grotesk wirkt. Sie hat nicht viele Freunde – weil sie offen zugibt, dass sie Tiere lieber hat als Menschen –, sie ist zu direkt, zu ehrlich, und die meisten Mädchen in ihrem Alter wissen nicht, was sie mit ihr anfangen sollen. Manchmal denke ich, dass sie einfach zu schlau ist, und der Wechsel auf die Gesamtschule letztes Jahr hat sie zu einem noch kleineren Fisch in einem noch größeren Teich gemacht. In etwa zum selben Zeitpunkt bestätigte uns ein Spezialist, was wir bereits vermutet hatten, nämlich dass sie von einer leichten Form des Autismus betroffen ist. Die Tatsache, dass sie von den anderen Kindern gehänselt wird, macht mich wütend, und ich bin so frustriert, dass ich seit Schulbeginn bereits drei Mal bei ihrer Klassenlehrerin gewesen bin. Ihre offensichtliche Intelligenz, die Brille und der jungenhafte Kurzhaarschnitt machen sie zu einem leichten Opfer.

Auf der anderen Seite der Brücke geht es sanft bergauf, und der Wald wird noch dichter. Die meisten Besucher gehen von hier aus den Bach entlang in Richtung Osten bis ins nächste Dorf. Nur die wenigsten machen sich auf den Weg in den Wald, und umso komplizierter wird auch das Vorankommen auf den nur noch leidlich ausgetretenen Pfaden. Wir schlagen uns weiter durch, doch die Wege werden beständig schmäler und teilen sich immer wieder. So lange, bis es kein Weiterkommen mehr gibt.

Ich bin mir sicher, dass es hier einen Weg gab, aber ich kann ihn in dem sommerlichen Wildwuchs nicht finden. Wenn ich nur lange genug suche, werde ich früher oder später etwas entdecken. Und vielleicht hat auch Emily Ruskin in der Dunkelheit nach einem Weg gesucht, auch wenn es im Dunkeln noch unmöglicher erscheint als tagsüber.

Vielleicht ist sie immer noch da. Irgendwo im Wald.

24

»Dad?« Harriets Stimme reißt mich erneut aus meinen Gedanken. Ich hätte beinahe vergessen, dass sie auch noch da ist. »Wo sollen wir jetzt weiter?«

»Keine Ahnung, Harry. Ich dachte, ehrlich gesagt, der Pfad wäre deutlicher zu erkennen.« Ich zucke mit den Schultern. »Komm, kehren wir um.«

Doch meine Tochter bleibt, wo sie ist, und umklammert einen Stock, den sie irgendwo aufgelesen hat. »Wo ist sie, Dad?« Sie sieht mich sorgenvoll und neugierig zugleich an. »Wo ist Emily Ruskin?«

Ich habe ihr nicht gesagt, warum wir heute hier spazieren gehen. Aber ich hätte wissen sollen, dass sie auch ganz alleine dahinterkommt.

»Na ja«, antworte ich zögernd. »Genau das wollen im Moment alle herausfinden. Auch die Polizei.«

»Aber es ergibt keinen Sinn.«

»Ich weiß, es ist schwer zu …«

»Wie kann jemand einfach so verschwinden?«, fragt sie ungläubig. »Wie kann jemand da sein und in der nächsten Sekunde verschwunden? Und warum behaupten die Leute, Connor hätte ihr etwas getan und dass die Polizei ihn bald ins Gefängnis werfen wird?«

Ich halte inne und drehe mich zu ihr um. Das Gefühl, versagt und Connor nicht gut genug beschützt zu haben, versetzt mir einen Stich. »Wer behauptet so etwas?«

»Die Leute aus meinem Jahrgang. Auf Snapchat und so.«

»Das ist totaler Blödsinn, ignoriere sie einfach. Und jetzt komm.«

Doch sie rührt sich immer noch nicht. »Glaubst du, dass sie tot ist?«

»Nein, Harry.« Ich versuche, so überzeugt wie möglich zu klingen. »Natürlich nicht.«

Ich strecke ihr die Hand entgegen, und endlich ergreift sie sie. Wir gehen zur Brücke zurück und erreichen kurz darauf die Lower Farm Lane. Von hier aus können wir erneut über die Weiden und Wiesen laufen, oder wir folgen der Straße zurück zu unserem Auto.

Kurz nach der nächsten Kurve befindet sich eine alte, moosbewachsene Holzfällerhütte voller Spinnweben, um die sich seit jeher verschiedenste Schauergeschichten ranken und die vielleicht einen kurzen Abstecher wert ist.

Wir beschließen, am Waldrand die Straße entlangzugehen. Harriet lässt Toffee von der Leine, und er läuft sofort los.

Der Hubschrauber ist wieder da, und das Dröhnen wird lauter, je näher er kommt. Kurz darauf fliegt er mehr oder weniger direkt über unsere Köpfe hinweg, so nahe, dass ich förmlich das Schlagen der Rotorblätter spüre. Die Aufschrift *POLIZEI* ist deutlich zu erkennen. Harriet presst sich die Hände auf die Ohren und blickt nach oben, bis sich der Hubschrauber wieder entfernt hat.

»So laut!«, ruft sie und schießt mehrere Fotos.

Ich öffne Google Maps und versuche herauszufinden, wie

der Ort hier zu dem Suchgebiet passt, über das die Polizei gesprochen hat. Etwas weiter vorne geht die Lower Farm Lane schließlich in eine Fernstraße über, die nach Nottingham zurückführt.

Ich erinnere mich, dass DS Shah von einer Beaufort Terrace gesprochen hat, und gebe den Namen in die Suchleiste ein. Die Straße befindet sich in Nottingham, beinahe neun Kilometer entfernt. Ein ziemlich langer Fußmarsch oder eine kurze Autofahrt.

Connor wurde an der Beaufort Terrace verhaftet.

Kann es sein, dass Emily ebenfalls dort war?

Plötzlich dringt eine tiefe männliche Stimme aus dem Wald.

Etwa dreißig Meter entfernt schreitet etwa ein Dutzend schwarz gekleidete Männer und Frauen in schwarzen Stiefeln und mit dem Wort *POLIZEI* auf dem Rücken in einer Reihe tiefer in den Wald hinein und in Richtung Bach. Sie haben dünne Stäbe dabei, mit denen sie im Boden herumstochern, und machen immer nur einen vorsichtigen Schritt nach dem anderen.

Ein Schaudern durchläuft mich, als mir klar wird, dass sie nach Emily suchen. Nach Spuren.

Oder nach einer Leiche?

Ich verdränge den Gedanken. Nein, nicht nach einer Leiche. Nach einem Kind. Nach dem Kind einer verzweifelten Mutter. Die Polizisten suchen nach Hinweisen, um sie zu finden und zu ihrer Familie zurückzubringen.

Die Polizisten gehen weiter, die Blicke sind zu Boden gerichtet, die Köpfe bewegen sich langsam und methodisch von einer Seite auf die andere. Ein Officer in der Mitte hebt die

Hand, und alle halten inne, während er sich auf ein Knie sinken lässt und den Boden genauer untersucht.

Die anderen lehnen sich auf ihre Stäbe und entspannen einen Moment lang, während sie auf ihren Kollegen warten. Einer dreht sich um und entdeckt Harriet und mich.

Er ist zu weit weg, um seinen Gesichtsausdruck zu entschlüsseln, aber mich überkommt das plötzliche Verlangen, mich abzuwenden und mich so schnell wie möglich aus dem Staub zu machen. Bevor mich jemand erkennt und fragt, was ich ausgerechnet heute genau hier verloren habe.

Aber es würde seltsam aussehen, jetzt die Flucht zu ergreifen. Als hätte ich etwas zu verbergen.

Der Officer, der uns entdeckt hat, nimmt sein Funkgerät und spricht hinein. Er hält den Kopf gesenkt, doch sein Blick bleibt die ganze Zeit über auf mich gerichtet.

Ich setze mich in Bewegung, als würde mich das Spektakel nicht im Geringsten interessieren, und führe Harriet fort von den Polizisten und näher zur Straße, bevor ich nach Toffee pfeife, der bereits vorgelaufen ist. Zur alten Holzfällerhütte ist es nicht mehr weit, ich sehe bereits die moosgrünen, von Efeu überwucherten Mauern, die sich gut getarnt zwischen den Bäumen verstecken. Wir waren vor einigen Jahren das letzte Mal hier, als beide Kinder noch in der Grundschule waren. Die sechsjährige Harriet hatte Angst vor der langsam vor sich hin rottenden Hütte und wollte ihren Bruder auf keinen Fall hineinbegleiten. Zu Hause fragte sie mich schließlich, ob die Hütte ein Hexenhaus sei, wie in Hänsel und Gretel. Ein Ort, an dem entführte Kinder im Hexenofen landen.

Heute wird das mitleiderregende Häuschen von einem polizeilichen Absperrband umschlossen.

Toffee ist nirgendwo zu sehen.

Als wir näher kommen, treten drei Gestalten um die Hütte herum. Einer spricht gestikulierend, die anderen beiden hören zu. Es handelt sich um zwei Männer und eine Frau, und ihre Köpfe fahren herum, als ein Zweig unter meinen Schuhen knackt. Mein Magen zieht sich unangenehm zusammen, denn einer der Männer ist DC Harmer. Er hat das Jackett ausgezogen und die Hemdsärmel aufgerollt, seine Augen bleiben hinter einer Sonnenbrille verborgen. Den anderen Mann habe ich noch nie gesehen. Er ist Ende zwanzig, Anfang dreißig, stämmig und trägt ein pastellfarbenes Poloshirt zu Khaki-Shorts.

Zwischen ihnen steht Cathy Ruskin, sie hat sich die Sonnenbrille in die langen dunklen Haare geschoben und trägt ein weißes, schulterfreies Top und eine dunkelblaue Culotte. Sie wirkt angespannt und hat die Arme vor der Brust verschränkt, in ihrem sorgenvollen Gesicht spiegelt sich die schlimmste Furcht jeder Mutter.

25

Wir hätten nicht herkommen sollen.

Ich nicke ihnen zum Gruß zu und bin dankbar, dass Cathy mich anscheinend nicht erkennt. DC Harmer beachtet mich nicht weiter und schickt das Suchteam mit einem Fingerzeig tiefer in den Wald. Cathys Blick folgt den Männern und Frauen, und ich überlege, was weniger auffällig wäre. Sollen wir einfach gehen, ehe ihr klar wird, wer wir sind? Wir könnten einfach direkt zur Straße und zu unserem Auto zurück und die Polizei nicht weiter bei ihrer Suche behindern.

Durch die Bäume sind ein Polizeiauto und mehrere andere Wagen zu sehen, die auf der Lower Farm Lane parken. Ich wende mich gerade ab, als Toffee aufgeregt aus dem Unterholz bricht. Er achtet nicht weiter auf die beiden Männer, läuft direkt auf Cathy zu, legt die Pfoten auf ihre Oberschenkel und begrüßt sie freudig.

»Toffee!«, rufe ich. »Hierher!«

Doch er ignoriert mich und wedelt wild mit dem Schwanz, als Cathy sich nach unten beugt, um seinen Kopf zu streicheln.

Ich rufe erneut nach meinem Hund und eile mit der Leine in der Hand auf die kleine Gruppe zu.

»Tut mir leid«, entschuldige ich mich. »Er ist alt genug, um es besser zu wissen, aber manchmal geht die Freude mit ihm durch.«

Cathy winkt ab. »Machen Sie sich keinen Kopf«, sagt sie und streichelt Toffee weiter. »Was für ein süßer Kerl. Wir hatten auch mal einen Cavapoo.«

Toffee stößt ein freudiges Bellen aus, während die beiden Männer – DC Harmer und der andere, bei dem es sich offenbar um Cathys Lebensgefährten handelt – mich mit kaum verhohlener Ungeduld anstarren. Toffee beachtet die beiden immer noch nicht und scheint vollkommen hin und weg von Emilys Mutter zu sein.

Als er sich endlich beruhigt hat, lege ich ihm hastig die Leine an.

Cathy richtet sich auf und mustert mich. Sie ist ein paar Jahre jünger als ich, vielleicht Anfang vierzig, hat olivbraune Haut und ein freundliches Gesicht, aber das wusste ich ja schon von meiner Recherche. Sie ist auch in natura eine attraktive Frau, auch wenn sie erschöpft aussieht und ihre Augen vom Weinen gerötet sind.

»Oh.« Eine Wolke legt sich über ihr Gesicht. »Tut mir leid, aber … kennen wir uns? Bitte verzeihen Sie, aber ich bin im Moment nicht ganz bei mir.«

»Wir haben uns kurz via WhatsApp unterhalten«, erkläre ich.

»Tut mir leid«, wiederholt sie. »Es waren so viele Telefonate seit gestern Morgen, ich habe den Überblick verloren.«

Sie entschuldigt sich weiter, und jedes Mal habe ich das Gefühl, dass ich derjenige bin, der sich entschuldigen sollte. Auch wenn ich mir nicht sicher bin, wofür.

Ich werfe einen schnellen Blick auf Harmer und frage mich,

wie viel er Cathy über die Jugendlichen erzählt hat, die zur Befragung bei der Polizei waren. Sein Gesichtsausdruck ist nicht zu deuten. »Ich war ... auf der Suche nach meinem Sohn.«

Ich muss Cathy nur ansehen, dann habe ich die Antwort auf meine Frage. Ihre Augen weiten sich kaum merklich. »Oh.« Nun erkennt sie mich wieder. »Sie sind Connor Boyds Dad.«

»Ja.« Ich nicke und überlege, was ich sonst noch sagen soll. »Und das ist meine Tochter Harriet.«

Harriet hebt halbherzig die Hand, und eine Sekunde lang herrscht unangenehmes Schweigen, das nur durch das entfernte Rauschen des Polizeifunks unterbrochen wird.

»Wie geht es Connor?«, fragt Cathy schließlich, und da ist keine Spur von Sarkasmus oder Arglist in ihrer Stimme. Sie scheint ehrlich besorgt. »Geht es ihm gut?«

»Ähm ... ja. Es geht ihm ... gut. Es tut mir sehr leid, was passiert ist. Ich hoffe, Sie bekommen Emily bald wieder.«

Sie nickt knapp. »Danke, das hoffen wir auch.« Sie deutet auf den blonden Mann. »Das ist Karl, mein Lebensgefährte.«

Karl streckt mir seine fleischige Hand entgegen, und sofort übernimmt ein seltsamer männlicher Instinkt das Kommando. Sein Griff ist ein wenig stärker als nötig, und er hält meine Hand auch länger als erforderlich. Er ist muskulös mit breiter Brust und etwa zehn Jahre jünger als Cathy.

Karl und ich nicken uns zu, und er drückt meine Hand erneut, ehe er sie loslässt.

»Und das ist Detective Constable Harmer«, fährt Cathy fort.

»Ja«, erwidere ich. »Wir kennen uns bereits.«

»DC Harmer wollte uns gerade zeigen ...« Sie bricht ab und

wirft dem Detective einen fragenden Blick zu. »Oh, tut mir leid, Paul. Darf ich das überhaupt erzählen?«

DC Harmer nickt. »Schon gut, Ms Ruskin. Es wird morgen ohnehin an die Öffentlichkeit gehen.«

»Ich will es einfach jedem sagen. Damit alle wissen, dass Emily verschwunden ist, und niemand sich davor scheuen soll, Hinweise zu melden.«

Harmer lächelt verkniffen. »Natürlich.«

Cathy wendet sich wieder zu uns um. »Also, soweit es die Polizei nach der Befragung der Freunde ermitteln konnte, hatte Emily Samstagabend nicht vor, nach Hause zu kommen. Sie wollte durch den Wald in Richtung Süden, über eine kleine Fußgängerbrücke und den Bach entlang bis hierher.« Sie deutet auf die Holzfällerhütte. Das Absperrband sticht grell aus dem Grün und Braun der Lichtung hervor. »Sie hatte am Vortag ihr Mountainbike in der Hütte versteckt.«

»Aber wozu?«, frage ich sanft. »Wollte sie … weglaufen?«

»Das wissen wir nicht.« Cathys Stimme bricht. »Das weiß niemand so genau. Jedenfalls ist Emilys Fahrrad noch hier.« Sie holt tief und zitternd Luft. »Was die Vermutung nahelegt, dass sie den Wald nie verlassen hat.«

Sie legt sich eine Hand auf den Mund, um ein Schluchzen zu unterdrücken. Karl legt schützend einen Arm um ihre Schultern.

»Schon gut, Cathy«, sagt er mit tiefer, brummender Stimme. »Komm schon. Das wissen wir doch gar nicht.«

Ich hebe entschuldigend die Hand. »Ich wünschte, ich könnte mehr …«

»Hat Ihr Sohn irgendetwas davon erwähnt?«, unterbricht sie mich. »Oder etwas anderes? Hat er mit Ihnen oder Ihrer

Frau darüber gesprochen, was Samstagabend hier geschehen ist?«

»Nein, leider nicht. Er hat uns kaum etwas erzählt, und, ehrlich gesagt, habe ich keine Ahnung, was gerade mit ihm los ist. Aber ich werde noch einmal mit ihm reden.« Ich hebe die Hände und weiche langsam zurück. »Ich werde ihn fragen. Falls es in der Zwischenzeit noch etwas gibt, was ich tun kann, bitte …«

»Es hat doch keinen Sinn, wenn *Sie* mit ihm reden«, unterbricht mich Karl. »Bringen Sie ihn lieber dazu, mit der Polizei zu kooperieren. Er soll *ihnen* endlich sagen, was er weiß. Und was er *getan* hat.«

Cathy legt ihm eine Hand auf den Arm. »Karl, nicht …«

»*Das* sollten Sie tun.« Er tritt näher und deutet mit dem Finger auf mich. »Bringen Sie ihn dazu, die Wahrheit zu sagen. Falls er jemanden deckt oder etwas verbergen will, sollte ihm klar sein, dass er früher oder später dafür bezahlen wird.«

Sein Gesicht ist rot angelaufen, und eine dicke blaue Ader tritt an seinem Hals hervor. Harriet versteckt sich hinter meinem Bein, Toffee knurrt leise.

»Mein Sohn hat nichts getan«, erkläre ich leise. »Er würde nie jemandem etwas antun.«

Harmer steht bloß daneben und beobachtet uns, ohne einzuschreiten, während Karl gerade erst in Fahrt kommt.

»Es ist wirklich ein seltsamer Zufall, dass Sie heute hier sind, was? Unsere Em verschwindet, Ihr Junge ist darin verwickelt, und am nächsten Tag gehen Sie ausgerechnet dort mit dem Hund spazieren, wo alles passiert ist?« Er sieht über meine Schulter hinweg in den Wald. »Ist er auch hier? Ist er bei Ihnen?«

»Nein, ist er nicht. Und er ist in überhaupt nichts verwickelt.«

Cathy tritt vor ihren Lebensgefährten und legt eine Hand auf seine Brust. »Es reicht, Karl«, unterbricht sie ihn, bevor sie mir ein schwaches, entschuldigendes Lächeln zuwirft. »Tut mir leid.«

Er murmelt immer noch erbost vor sich hin, während sie ihn fortführt, zurück zu einem großen weißen SUV, der in der Lower Farm Lane parkt.

Harmer betrachtet mich einen endlosen, unangenehmen Moment lang.

»Wir melden uns«, sagt er schließlich und folgt den beiden anderen in Richtung Straße.

26 Harriet schweigt den ganzen Rückweg zum Auto, hält meine Hand fest umklammert und Toffee dicht bei sich. Immer wieder wirft sie einen Blick über die Schulter, als könnte Karl uns folgen.

Wir nehmen den kurzen Weg die Straße entlang, anstatt über die Wiesen und Weiden zu gehen. Es ist eine dieser kurvigen, engen Landstraßen, auf denen man entgegenkommende Autos oft erst sieht, wenn sie vor einem auftauchen. Ich frage mich, ob Emily in der Nacht auf Sonntag wohl dieselbe Strecke genommen hat. Vielleicht hat sie ein Autofahrer zu spät gesehen, und sie wurde angefahren und von der Fahrbahn geschleudert. In den frühen Morgenstunden ist hier sicher kaum jemand unterwegs. Vielleicht geriet der Fahrer in Panik, hat sie ins Unterholz gezogen und ist weitergefahren, ohne den Unfall zu melden? Vielleicht hat Emily ihr Rad aber auch absichtlich zurückgelassen, weil sie doch lieber zu Fuß gehen wollte oder den Schlüssel verloren hatte. Vielleicht hat sie jemand auf der Straße aufgelesen und mitgenommen.

Wir sind gerade beim Auto angekommen, als ich eine neue Nachricht bekomme. Sie ist von meiner Frau.

> Sieh dir das an. Hat Emilys Mum heute Morgen gepostet.

Es folgt ein Link zu Cathy Ruskins Instagram-Account. Der letzte Eintrag ist ein Video. Cathy sitzt an einem Tisch, hinter ihr sieht man ein aufwendig geschnitztes Bücherregal voller gerahmter Familienfotos. Ich drehe das Handy, damit Harriet es sich ebenfalls ansehen kann.

Cathy spricht direkt in die Kamera. »Das hier ist der schwerste Schritt meines Lebens.« Es folgt eine kurze Pause. »Aber ich wende mich heute als Mutter an euch und bitte euch um eure Hilfe. Meine jüngste Tochter Emily ist am Samstagabend gegen 19:45 Uhr auf eine Party gegangen und nicht mehr nach Hause zurückgekehrt. Ihre letzte Nachricht kam um 21 Uhr, das heißt, dass wir seit mittlerweile sechsunddreißig Stunden nichts mehr von Emily gehört haben, was sehr untypisch für sie ist. Wir arbeiten eng mit der Polizei zusammen, die bisher ganz wunderbare Arbeit geleistet hat. Aber wir brauchen auch eure Hilfe. Hier seht ihr ein Bild ihrer Kleidung.« Es erscheint ein Foto der lächelnden Emily, in schwarzen Skinny Jeans und einem weißen Hoodie mit der Aufschrift *Hollister*. »Emily ist meine Jüngste, mein Baby. Sie ist ein sehr fröhliches, aufgewecktes Kind, klug und aufgeschlossen, und ihre Schwestern vergöttern sie.«

Sie schluckt und wendet einen Moment den Blick ab, blass und gezeichnet. Einen Moment später hat sie sich wieder gefasst und blickt direkt in die Kamera. »Emily, falls du das hier siehst: Wir lieben und vermissen dich sehr. Ich, Karl, deine Schwestern, wir alle. Bitte komm nach Hause oder melde dich zumindest, damit wir wissen, dass es dir gut geht. Es spielt keine Rolle, was passiert ist, du bekommst keine Schwierigkeiten. Melde dich einfach. Bitte.«

Eine Träne kullert über ihre Wange, und sie wischt sie fort.

»An alle anderen da draußen: Falls ihr Informationen darüber habt, wo Emily sich aufhält – und seien sie eurer Meinung noch so unwichtig –, meldet euch bitte bei der Polizei. Bitte helft mir, mein Baby nach Hause zu bringen. Ich danke euch so sehr.«

Der Bildschirm wird schwarz, und es erscheinen die Telefonnummer und die E-Mail-Adresse der Polizei, gemeinsam mit dem Hashtag *#FindEmily*.

Ich scrolle nach unten. Das Video wurde vor knapp zwei Stunden gepostet, und es gibt bereits dreitausend Likes und mehrere Hundert Kommentare. Die meisten davon sind freundlich und positiv – wenn auch nicht besonders hilfreich –, und es gibt Unmengen an Herz-Emojis. Aber da sind auch einige negative Stimmen.

> Das überrascht mich kein bisschen und musste früher oder später so kommen. Du kannst deine Familie nicht rund um die Uhr ins Netz stellen und gutes Geld damit verdienen und dann überrascht sein, wenn ein Verrückter seinen Nutzen daraus zieht.

Ich schüttle den Kopf. Etwas weiter unten geht es in derselben Tonart weiter.

> Ich würde sagen, gut, dass sie dich endlich los ist.

Es folgen weitere freundliche Kommentare und Emojis, und einen Moment lang kehrt wieder Normalität ein, bis ein User Namens *Red_Pill_97* eine gänzlich andere Richtung einschlägt.

> Faszinierend, was manche Menschen tun, um noch mehr Likes und Follower abzustauben. Kaum zu glauben, dass man so tief sinken kann. Schäm dich!
> *#PRGag #BeccaNorris*

Auch weiter unten entdecke ich immer wieder den Hashtag #PRGag, der aus den Nachrichten der Fans heraussticht. Im direkten Vergleich scheinen die bösartigen Spitzen zwischen den Emojis und freundlichen Floskeln in der Unterzahl, aber sie sind so zornerfüllt und grausam, dass sie einen weitaus tieferen Eindruck hinterlassen. Ich hoffe, Cathy hat jemanden, der die Kommentare liest und für sie filtert.

Harriet liest die Kommentare ebenfalls und macht ein trauriges Gesicht dazu. »Wer ist Becca Norris, Dad? Und warum sind diese Leute so ekelhaft?«

»Es sind nur ein paar wenige, Harry. Die meisten Leute sind nicht so.«

»Creepy Crosby schon.«

Ich sehe zu meiner Tochter, die mittlerweile ihr eigenes Handy hervorgeholt hat. »Wer ist das?«

»Du hast ihn gerade kennengelernt.« Sie deutet mit dem Finger die Straße entlang. »Karl. Er unterrichtet Sport an unserer Schule, so hat er auch Emilys Mum kennengelernt. Eigentlich heißt er Mr Crosby, aber alle nennen ihn Creepy Crosby, vor allem die Mädchen.«

»Warum das?«

Sie zuckt mit den Schultern. »Weil er gruselig ist. Toffee konnte ihn auch nicht leiden, ist dir das nicht aufgefallen?«

»Toffee mag doch jeden, Harry.«

»Nicht jeden. Er hat die Ohren angelegt, das heißt, dass er ihn nicht mochte.«

Sie streckt mir ihr Handy entgegen, und mein Blick fällt auf Dutzende Google-Suchergebnisse zu Becca Morris. Es gibt eine eigene Wikipedia-Seite, massenhaft Zeitungsartikel und auch eine TV-Doku mit dem Titel *Der seltsame Fall der Becca Norris*. Eine Siebenjährige aus Worcester war vor einigen Jahren auf dem Nachhauseweg von der Schule verschwunden. Es gab eine riesige Suchaktion, und ihre am Boden zerstörte Mutter flehte medienwirksam, ihre Tochter zurückzubringen. Nach zwei Wochen kam heraus, dass die Entführung bloß erfunden war und die Mutter und Stiefschwester der Kleinen das Lösegeld abkassieren wollten. Das Mädchen wurde lebend und unversehrt gefunden.

Ich scrolle weiter durch die Kommentare unter Cathys Instagram-Story. Ihre Follower diskutieren bereits lebhaft über Cathys Motive, ihre Tochter und deren Aufenthaltsort. Verschwörungstheorien erwachsen aus dem digitalen Nichts wie Pilze aus dem Boden und werden immer ekelhafter. Was stimmt bloß nicht mit diesen Leuten? Erneut steigt Mitleid mit Cathy in mir auf, und ich bin noch entschlossener, ihr zu helfen und mit Connor zu reden, sobald wir zu Hause sind.

Und dieses Mal wird mir mein Sohn antworten. Zum Wohle aller.

27

Zu Hause angekommen, rufe ich meine Frau an und erwische sie in einer Pause der Weiterbildungsveranstaltung. Ich erzähle ihr von dem Treffen mit Cathy Ruskin und ihrem Lebensgefährten.

»Gibt es irgendwelche Neuigkeiten?«, fragt sie. »Wie geht es ihr?«

»Sie sah aus, als hätte sie keine Minute geschlafen. Die Polizei hat Suchmannschaften vor Ort, die den Wald Zentimeter für Zentimeter durchkämmen. DC Harmer war auch da. Er hat Cathy und Karl gezeigt, wo Emilys Rad gefunden wurde.«

Ich sehe erneut die Angst in Cathys Gesicht. Sie sah aus, als würde sie sich auf einen Schlag gefasst machen, der jeden Moment ihr ganzes Leben für immer zerstören konnte.

»Es muss schrecklich für sie sein«, vermutet meine Frau. »Wie war sie … dir gegenüber?«

»Nett.« Ich fülle ein Glas und nehme einen großen Schluck Wasser. »Was man von ihrem Lebensgefährten nicht behaupten kann.«

Ich höre, wie Laura ins Freie tritt, dann senkt sie verschwörerisch die Stimme. »Das überrascht mich, ehrlich gesagt, nicht.«

»Hast du viel mit ihm zu tun?«

»Mit meinem hochverehrten Kollegen Karl Crosby?«, fragt sie sarkastisch. »Nein, eigentlich nicht. Aber er ist … na ja. Man hört ihn, bevor man ihn sieht.«

»Wie meinst du das?«

Es folgt eine Pause, und ich stelle mir vor, wie sie über die Schulter blickt und sicherstellt, dass niemand mithört. »Er hält sich für das große Alphamännchen.«

Ich war eigentlich immer der Meinung, es sei Lehrern untersagt, sich mit den Eltern ihrer Schüler einzulassen, aber das ist offenbar nicht der Fall. Laura erzählt, dass Karl und Cathy sich an einem Sporttag in der Schule kennengelernt haben und mittlerweile seit einigen Jahren zusammen sind. Im letzten Jahr ist er schließlich zu den Ruskins gezogen, was im Lehrerzimmer für einigen Gesprächsstoff gesorgt hat.

»Ist das nicht ziemlich schräg?«, bemerke ich. »Er ist kaum zehn Jahre älter als Cathys Zwillinge. Eine seltsame Dynamik, oder?«

»Ehrlich gesagt, versuche ich, so wenig wie möglich mit ihm zu tun zu haben.« Laura räuspert sich. »Aber du weißt, wie ihn die Kinder hier nennen?«

»Harriet hat es mir gesagt.«

Ich erzähle von Karls aggressivem Auftreten und den Anschuldigungen gegenüber Connor. Aber da war noch etwas, was mich an unserer kurzen Begegnung im Wald gestört hat, auch wenn ich es nicht benennen kann.

»Er hat plötzlich zu pöbeln begonnen«, erkläre ich. »Wie aus dem Nichts. Ich kannte diesen Kerl doch gar nicht. Gerade noch schütteln wir uns die Hand, und Cathy erzählt von Emily, und im nächsten Moment erhebt er wüste Anschuldigungen gegenüber Connor und behauptet, unser Sohn hätte entweder selbst etwas verbrochen oder würde jemanden decken. Wobei ...« Ich runzle die Stirn. »Es schien beinahe, als täte er es nur, um Cathy zu beeindrucken. Oder ...«

»Oder was?«

»Ich kann es nicht genau sagen. Aber irgendetwas stimmt nicht mit ihm.« Als sie nicht reagiert, fahre ich fort: »Das scheint dich nicht zu überraschen.«

»Manche Lehrer haben ihre Spitznamen aus gutem Grund«, sagt sie leise. »Es gab tatsächlich ein paar wüste Geschichten über ihn, als er bei uns anfing. Aber kurz darauf kam er mit Cathy zusammen, und ich hielt es für Geschwätz, das die Leute über ihn verbreiteten, weil er durch die Schule stolziert ist, als gehörte ihm der Laden.«

»Was für Geschichten?«

Sie wird noch leiser. »Dass er seinen letzten Job unter seltsamen Umständen an den Nagel hängen musste. Oder besser gesagt, seine letzten *beiden* Jobs. Und nein, ich weiß nichts Genaues darüber. Es kann jedenfalls keine Beweise gegeben haben, sonst hätte er niemals an unserer Schule angefangen.«

Sie lässt die letzten Sätze einen Augenblick lang in der Luft hängen.

»Kannst du etwas darüber herausfinden?« Natürlich würde sie unter normalen Umständen niemals Nachforschungen über Kollegen anstellen, aber das hier sind keine normalen Umstände. Und sie hat in ihren zwanzig Jahren als Lehrerin viele Kontakte geknüpft.

»Bloß, weil ich Informatik unterrichte, kann ich mich nicht gleich in die Personaldatenbank der Schule hacken, Andy.«

»Das meinte ich doch gar nicht. Aber du könntest dich ... diskret umhören.«

»Vielleicht. Zumindest kann ich ein paar Leute anrufen«, murmelt sie zögerlich. »Aber jetzt muss ich los. Wir reden später weiter.«

Sie legt auf, und ich gehe hinaus in den Garten und mache mich auf die Suche nach Connor. Ich schlendere an unserem gemauerten Grill vorbei und zu der Laube im hinteren Teil des Gartens, die sich zwischen ein paar kleinen Apfelbäumen versteckt. Wein umwuchert die Holzstreben, und der Schatten der Blätter macht die Laube selbst an brütend heißen Sommertagen zu einem Wohlfühlort. Auch Connor gefällt es hier, denn sie befindet sich gerade noch nahe genug am Haus, um das WLAN zu nutzen.

Ich steige die beiden hölzernen Treppenstufen nach oben und entdecke ihn in einem der Liegestühle. Er hat die langen Beine an den Knöcheln überkreuzt und ist mit dem Handy beschäftigt.

»Hey, Connor.«

»Hey.« Er sieht nicht auf.

»Wie geht's dir?«

Er antwortet mit einem Grunzen.

Normalerweise gehören solche Reaktionen zum Alltag, aber heute raubt mir sein Verhalten beinahe den letzten Nerv.

Ich versuche es anders. »Ich habe heute Cathy Ruskin getroffen.«

Sein Kopf fährt hoch. »Was? Wo?«

»Ich war mit Harriet und Toffee unterwegs. Am Beacon Hill.«

Er schluckt, und sein Gesicht wird eine Spur weicher. »Wie … wie hält sie sich?«

»Sie ist krank vor Sorge und kämpft mit der Situation. Sie sehnt sich verzweifelt nach Neuigkeiten über Emily.«

Mein Sohn richtet den Blick auf den Holzboden der Laube. »Es muss grauenhaft für sie sein.«

»Weißt du, Connor, es kann alles hilfreich sein. Alles, woran du dich erinnerst und was du uns über Samstagnacht erzählen kannst. Wir müssen niemandem verraten, dass wir es von dir haben. Und ich muss auch nicht zur Polizei, sondern kann direkt mit Cathy sprechen. Ihr helfen, Emily zu finden.«

Er schweigt und vermeidet jeglichen Blickkontakt.

Die Wut und die Frustration kochen hoch. Er scheint fest entschlossen, sich selbst, Cathy und der Polizei im Weg zu stehen.

»Also, gibt es da irgendetwas?«, frage ich ruhig und versuche, mir nichts anmerken zu lassen. »Irgendetwas, das hilft, Emily sicher nach Hause zurückzubringen?«

Er holt tief Luft, und ich habe das Gefühl, als wollte er etwas sagen. Herauslassen, was er in seinem Inneren verschlossen hält. Doch er tippt bloß weiter auf seinem Handy herum.

Ich versuche es noch einmal anders. »Ich habe auch Emilys Stiefvater kennengelernt.«

Connor schüttelt den Kopf. »Er ist nicht ihr Stiefvater. Bloß ein schräger Vogel, den ihre Mum aufgegabelt hat.«

»Schräg, inwiefern?«

Er schnaubt. »Er ist fast fünfzehn Jahre jünger als Cathy, Sportlehrer und angeblich auch *Geschäftsmann*.« Er zeichnet mit den Fingern Anführungszeichen in die Luft. »Dabei tut er nichts, außer den Mädchen in der Schule schöne Augen zu machen und Geld von Emilys Mum zu schnorren.«

»Hat Emily etwas über ihn erzählt?«

»Es geht eher um die Dinge, die sie *nicht* erzählt. Dinge, die man in der Schule über ihn hört.«

»Wie zum Beispiel?«

»Zum Beispiel … unpassende Dinge, die er macht und sagt. Er ist einfach gruselig, als wollte er sich mit jedem anfreunden. Er will cool sein, obwohl er doppelt so alt ist wie wir.«

»Aber mit Emily kommt er klar?«

Connors Gesicht beginnt zu glühen, er hört auf zu tippen und steckt das Handy in die Tasche seiner Shorts. »Keine Ahnung, Dad. Warum fragst du ihn nicht selbst? Nachdem ihr neuerdings so gute Kumpel seid?«

Er steht auf, als wollte er gehen.

Ich stoße einen frustrierten Schrei aus, der uns beide gleichermaßen überrascht. »Das hier ist kein Spiel, Connor! Es ist verdammter Ernst!« Ich hebe die Hände, als könnte ich ihn davon abhalten, einfach zu verschwinden. »Du musst uns sagen, was Samstagabend passiert ist!«

Seine Augen weiten sich einen Moment lag. Ich fluche normalerweise nicht vor den Kindern und erhebe nur selten die Stimme.

Aber er hat sich schnell wieder unter Kontrolle. »Ich muss dir gar nichts sagen.«

»Bitte lass dir von uns helfen, mein Sohn.« Meine Stimme wird schon wieder lauter. »Du kannst uns nicht andauernd abblocken.«

Harriet tritt mit einer halb aufgegessenen Banane in der Hand zu uns. »Was ist hier los?«, fragt sie stirnrunzelnd. »Was soll das Geschrei?«

»Dad hat einen kleinen Ausraster«, zischt Connor mit zusammengebissenen Zähnen, dann wendet er sich ab und geht über den Rasen zurück zum Haus.

»Warte!«, rufe ich ihm hinterher. »Karl ist der Meinung, dass du jemanden deckst.«

Connor wird langsamer, hält aber nicht inne. Er dreht sich nicht um und antwortet auch nicht.

»Also, Connor?«, frage ich seinen Rücken. »Tust du das?«

»Was?«

»Jemanden decken, damit er keine Schwierigkeiten bekommt.«

Er geht weiter, ohne zu antworten. Ich sehe ihm nach, bis er im Haus verschwunden ist, und bleibe noch einen Moment lang auf der Terrasse stehen, während die Mittagssonne von dem wolkenlosen Himmel auf mich hinunterbrennt. Ein paar Bienen summen über meinen Kopf hinweg. Und plötzlich wird mir etwas mit schrecklicher Gewissheit klar: Es gibt jemanden, für den Connor lügen würde. Jemanden, den er beschützen würde.

Es ergibt Sinn.

Tatsächlich ist es die einzige Lösung, die Sinn ergibt.

28

Harriet war fünf, vielleicht sechs Jahre alt, als sie erkannte, dass sie über eine Superkraft verfügte. Es war keine Marvel-Superkraft, sie war weder superstark noch superschnell, und sie konnte auch nicht fliegen. Aber das, was sie konnte, war fast genauso toll.

Sie konnte Dinge sehen, die unsichtbar waren. Na ja, fast unsichtbar. Zumindest waren sie es für alle anderen.

Sie sah Dinge, die den meisten nicht auffielen, selbst wenn sie sich direkt vor ihrer Nase befanden.

Und sie versuchte auch, selbst unsichtbar zu sein. So war alles viel einfacher. Sie war schon immer klein und von Natur aus ruhig gewesen, mochte keine lauten Orte oder laute Menschen. Sie konnte es nicht ausstehen, wenn ihr Dad herumschrie. Er tat es selten, und wenn, klang er wie ein anderer Mensch. In der Schule ging es scheinbar nur darum, lauter und frecher zu sein als der Rest. Es ging darum, sich so oft wie möglich zu melden und immer als Erster in ein Sportteam gewählt zu werden.

Aber sollten die anderen Kinder ruhig machen. Sie hatte ihre eigene Art, Angelegenheiten zu regeln – in der Schule und zu Hause.

So fand sie Dinge heraus, die niemand sonst bemerkte.

29

Mein Bruder antwortet nicht mehr auf meine Nachrichten.

Ich schreibe ihm erneut und frage, ob wir uns auf einen Kaffee treffen können. Ich halte mich bedeckt, obwohl er sicher weiß, dass ich in Wahrheit über die Jungen, die polizeilichen Ermittlungen, das verschwundene Mädchen und alles andere reden will, um so viele zusätzliche Informationen wie möglich zu sammeln. Nur so kann ich herausfinden, ob Connor tatsächlich seinen Cousin deckt. Und ob mein Bruder darüber Bescheid weiß.

Ich sehe zu, wie die zwei grauen Häkchen, die den Empfang der Nachricht anzeigen, blau werden, als Rob sie liest. Dann warte ich auf eine Antwort von meinem zuverlässigen, vernünftigen großen Bruder.

Aber es kommt – nichts.

Ich gebe ihm zehn Minuten, dann rufe ich an, lande allerdings sofort auf der Mailbox. Ich gebe mein Bestes, um mir meinen Frust nicht anmerken zu lassen. Es sieht Rob nicht ähnlich, mir derart aus dem Weg zu gehen. Das letzte Jahr hat uns einander nähergebracht – vielleicht sogar näher, als wir uns jemals waren. Zwölf Monate lang, von Vanessas Diagnose über die qualvollen Behandlungen bis hin zu den letzten Wochen und Tagen, in denen die Ärzte nichts mehr für sie tun konnten. Die Tragödie hat uns zusammengeschweißt. Ich war der Erste, den er damals anrief, und es fühlte sich richtig an. Genau so, wie es sein sollte. Was seine Zurückweisung nun nur noch schmerzhafter macht.

Zu Mittag gibt es Käse und Cracker, und mein Telefon bleibt stumm. Ich weiß, dass Rob heute nicht im Büro ist, also warum meldet er sich nicht? Die Antwort scheint auf der Hand zu liegen: Er geht mir aus dem Weg.

Nach dem Mittagessen kehrt Harriet mit ihrem Laptop und den Kopfhörern aufs Sofa zurück. Connor hat erst gar nicht in der Küche gegessen, sondern sich einen Teller auf sein Zimmer geholt und die Tür hinter sich geschlossen. Toffee schläft in seinem Körbchen in der Küche, Pablo hat sich auf dem Lehnstuhl im Wohnzimmer zusammengerollt.

Ich sage meiner Tochter, dass ich für eine halbe Stunde rausmuss, und schnappe mir den Autoschlüssel. Robs Haus ist nicht weit weg, aber ich fühle mich ruhelos und brauche Antworten, weshalb ich keine Zeit mit Zufußgehen verschwenden will. Wenn ich erst einmal vor seiner Tür stehe, kann er mich nicht mehr ignorieren.

Auf der Straße ist es ruhig, die Hitzewelle treibt die Leute aus den Autos und von den Straßen in die Parks und Wälder. Normalerweise freue ich mich um diese Zeit auf den bevorstehenden Sommer und darauf, mehr Zeit mit meiner Familie zu verbringen. Aber heute scheinen diese sorglosen Wochen unglaublich weit fort, wie in einem anderen Leben.

Ich spüre erste Kopfschmerzen, als ich in die Straße biege, in der mein Bruder wohnt.

Rob hat normalerweise montags frei, da er seine Arbeitszeit auf vier Wochentage verkürzt hat, um mehr Zeit mit seinem Sohn verbringen zu können, doch sein Wagen ist nirgendwo zu sehen. Die Hitze umfängt mich, als ich aus dem von der Klimaanlage gekühlten Auto steige. Es ist niemand zu sehen, und die Jalousien im Obergeschoss sind geschlossen, obwohl es bereits früher Nachmittag ist. Ich höre die Klingel durch die geschlossene Tür, schiebe meine Sonnenbrille auf die Stirn und lege die Hände auf das mattierte Glas, um ins Innere des Hauses zu sehen. Nichts bewegt sich. Dabei sollte Zac nach dem Wochenende auch Hausarrest haben, und mein Bruder sollte ebenfalls hier sein.

Ich klingle erneut und klopfe, doch es regt sich nichts. Vielleicht sind sie im Garten und genießen die Sonne. Doch das Gartentor ist versperrt. Ich rufe nach meinem Bruder und klettere auf einen Stapel alter Ziegelsteine, um besser sehen zu können. Der Garten ist verwaist, abgesehen von einer leeren Wäschespinne mitten im wuchernden Gras.

Auf dem Rückweg zur Haustür bemerke ich plötzlich eine Bewegung hinter einem Fenster im oberen Stockwerk. Beinahe so, als hätte jemand durch die Jalousien geblickt. Doch als ich erneut klingle, rührt sich wieder nichts.

Ich werfe einen Blick auf mein Telefon, um nachzusehen, ob mein Bruder mittlerweile geantwortet hat, doch das hat er nicht. Ich wähle erneut seine Nummer und lehne mich näher an die Haustür heran. Vielleicht höre ich sein Handy im Haus, was beweisen würde, dass er da ist, aber erneut nur die Mailbox. Ich will ihm gerade eine weitere Nachricht hinterlassen, als sich die Haustür langsam öffnet und das Gesicht meines Neffen erscheint.

»Hey, Zac.« Ich hebe grüßend die Hand. »Wie läuft's?«

Er wirft einen schnellen Blick über meine Schulter, als wollte er sichergehen, dass ich alleine bin. »Gut.«

»Ist dein Dad da? Ich müsste mal mit ihm reden.«

»Nein, er ist unterwegs.«

»Weißt du, wann er wiederkommt?«

Er hat die Tür immer noch nicht ganz geöffnet und zuckt mit den Schultern. »Keine Ahnung.«

Ich lehne mich an ihm vorbei und versuche, einen Blick in die Küche zu erhaschen. »Ist noch jemand bei dir?«

»Nein«, erwidert er eilig. »Ich bin allein. Es ist niemand da.«

»Hast du Hausarrest?«

Er schüttelt bloß den Kopf. Seit dem Tod seiner Mum kommt man kaum noch zu ihm durch. Er hat sich in den letzten Monaten Stück für Stück eine schwere Rüstung zugelegt und sich darin zurückgezogen. Er ist noch derselbe wie früher, aber doch anders.

Zac will mir die Tür vor meiner Nase zuschlagen, und ich bin so überrascht, dass ich eine Sekunde brauche, um zu reagieren. »Warte!« Ich lege eine Hand auf die Tür. »Was ist denn los, Zac?«

»Dad hat gesagt, dass ich mich von Connor fernhalten soll, okay?«

»*Wie bitte?*«

»Er meinte, ich soll ihn eine Weile lieber nicht treffen. Zumindest, bis die Polizei … getan hat, was auch immer sie vorhat.«

Einen Moment lang glaube ich, ich hätte mich verhört. Als stünde ich vor dem falschen Haus und dem falschen Jungen.

»Er hat dir gesagt, dass du dich von Connor fernhalten sollst?« Seine Worte brennen wie eine Ohrfeige. »Warum?«

»Was glaubst du denn?«

Ich nehme die Hand von der Tür, und er schließt sie eilig und versperrt sie von innen.

30

Zacs letzte Worte hallen durch meinen Kopf. *Was glaubst du denn?* Was, zum Teufel, meinte er damit?

Glaubt mein Bruder etwa, Connor habe tatsächlich etwas angestellt, und will nicht, dass er Zac mit hineinzieht? Alleine bei dem Gedanken daran wird mir übel. Die beiden Jungen kennen sich von Geburt an, sind unzertrennlich und stehen sich so nahe wie Brüder. Cousins, die zu besten Freunden wurden und bis heute an dieser Freundschaft festhalten. Und nun versucht mein Bruder, eine Mauer zwischen ihnen zu errichten, als wäre Connor eine Art Ausgestoßener?

Frustration und Wut verstärken die Übelkeit nur noch.

Ich klingle noch einige Male, doch Zac ist verschwunden und wird nicht wieder auftauchen. Ich werfe einen letzten Blick hoch zu seinem Zimmerfenster, dann gehe ich zurück zum Auto, knalle die Tür hinter mir zu, drehe die Klimaanlage hoch und gebe Gas.

Ein Schweißtropfen rinnt in mein Auge. Ich wische ihn fort und blinke, um mich auf den Heimweg zu machen. Aber ich fühle mich immer noch ruhelos und habe das Gefühl, dass gerade etwas passiert, das sich meiner Kontrolle entzieht. Dass etwas angestoßen wurde, das ich nicht mehr aufhalten kann. Ich sollte nach Hause und mich ein paar Stunden in der Arbeit verlieren oder laufen gehen, aber das scheint mir albern und sinnlos, solange mein Sohn unter Verdacht steht.

Mein Sohn.

Es gab eine Zeit, da wusste ich alles über ihn. Was er am liebsten zum Frühstück aß, welcher sein Lieblingsschlafanzug war, was er für Entschuldigungen vorbringen würde, um nicht zum Zahnarzt zu müssen. Mein Wissen war absolut. Die ersten Lücken waren so klein, dass ich lange brauchte, um sie zu erkennen. Aber langsam wurden sie größer und größer, und das, was ich zu wissen glaubte, entsprach nicht mehr der Realität.

Mittlerweile gibt es mehr Lücken als sonst etwas. Es gibt so unheimlich viel, was ich nicht über meinen Sohn weiß. Eine ganze Welt, die Teenager nicht mit ihren Eltern teilen. Ein Vakuum, das ich füllen muss. Ich muss mehr über die Geschehnisse erfahren, was bedeutet, dass ich die Dinge selbst in die Hand nehmen muss.

Und so biege ich nicht auf die Straße, die mich nach Hause bringt, sondern in die entgegengesetzte Richtung, die in die südöstlichste Ecke der Stadt führt. Wo große Häuser auf noch größeren Grundstücken thronen und die breiten Straßen die teuersten Adressen der Stadt beherbergen. Ich habe zwar keine Ahnung, in welchem Haus Cathy Ruskin mit ihrer Familie wohnt, aber sobald ich in eine Straße namens The Avenue einbiege, bleibt eigentlich nur eine Möglichkeit.

Vor einem großen, geschmackvollen dreistöckigen Haus im edwardianischen Stil steht ein großer weißer Van mit einer Satellitenschüssel auf dem Dach, und ein weiteres Auto parkt direkt dahinter. In der Einfahrt parken drei Autos, darunter der weiße Range Rover, den ich vorhin in der Lower Farm Lane gesehen habe.

Ich rolle langsam an dem Haus vorbei. Ein gepflegter junger Mann in Anzugjacke und mit Krawatte und einem Mikrofon spricht in eine auf einem Stativ befestigte Kamera. Er hat der Einfahrt den Rücken zugewendet, sodass das Haus hinter ihm zu sehen ist. Der Kameramann trägt Kopfhörer und einen Pferdeschwanz und reckt einen Daumen in die Höhe. Ein paar Schritte weiter steht ein älterer Mann in Jeans und einem weiten weißen Hemd. Er hat sich seinen Notizblock unter den Arm geklemmt und hält den Stift zwischen den Zähnen, während er mit dem Handy Fotos von dem Haus schießt. Die Lokalpresse hat offensichtlich schnell auf Cathys Social-Media-Aufruf reagiert. Ihre Bekanntheit hat definitiv Vorteile, was das Erregen von Aufmerksamkeit angeht, auch wenn ihre Eigeninitiative bereits Social-Media-Trolle der übelsten Sorte aus ihren Höhlen gelockt hat. Ich an ihrer Stelle hätte trotzdem dasselbe getan und so schnell wie möglich so viele Leute wie möglich um Hilfe gebeten.

Sagt die Polizei nicht immer, dass die ersten Stunden und Tage im Fall einer vermissten Person die entscheidenden sind?

Ich fahre langsam weiter und lasse die Journalisten hinter mir. Ein Mann mit weißen Haaren, der gerade seinen Vorgarten vom Laub befreit, sieht mir hinterher. Die Straße beschreibt eine Kurve, nach der die Häuser sogar noch größer und eleganter werden. Hinter den Anwesen beginnen die Felder, die sich bis hin zur Grenze des Naherholungsgebietes Beacon Hill erstrecken.

DS Shah hat angedeutet, dass die Ereignisse am Samstagabend hier in dieser Straße ihren Anfang genommen haben. In einem dieser Häuser wohnt auch Adam King, auf dessen Party Connor und Zac waren. Aber in welchem? Von wie vielen Grundstücken gelangt man über die Felder direkt zum Beacon Hill?

Ich fahre an den Rand und schreibe meiner Frau, um sie nach der Hausnummer der Kings zu fragen. Die Antwort kommt in der nächsten Sekunde.

> The Avenue 77, glaube ich.
> Was hast du vor?

> Nichts. Ich sehe mich
> nur ein wenig um.

Nummer 77 ist zwei Häuser weiter. Ich steige aus dem Auto und schlendere am Eingangstor eines großen Hauses im Art-déco-Stil vorbei, zu dem eine breite gepflasterte Auffahrt führt. Das Tor ist geschlossen, die Vorhänge an den Fenstern zugezogen. Mein Handy piept, als eine weitere Nachricht eingeht, aber ich achte nicht weiter darauf, sondern trete vor die Gegensprechanlage und klingle. Das Haus befindet sich nur wenige Hundert Meter vom Haus der Ruskins entfernt, und ich frage mich, wie lange es dauern wird, bis die Presse Wind davon bekommt, dass Emily vor ihrem Verschwinden hier war, und auch an diese Tür klopft. Vielleicht rechnet Mr King bereits mit der unerwünschten Aufmerksamkeit. Die Gegensprechanlage bleibt jedenfalls stumm, niemand meldet sich.

Ich kehre zurück zu meinem Auto und genieße dankbar die kühle Luft im Inneren, während ich Lauras letzte – einigermaßen genervte – Nachricht lese.

Ich fahre langsam weiter. The Avenue endet in einem kleinen, mit gepflegten Bäumen bepflanzten Kreisverkehr, um den sich drei weitere riesige Häuser scharen. Es ist eine Sackgasse. Durchgangsverkehr hat hier nichts verloren. Ich fahre um den Kreisverkehr und denselben Weg zurück, den ich gekommen bin. Der weißhaarige Mann lehnt auf seinem Gartengerät und starrt mich erneut an, als ich an ihm vorbeifahre. Ich lächle und nicke, widerstehe aber gerade noch dem Drang, ihm zuzuwinken.

Als ich den Blick wieder auf die Straße richte, gefriert mein Lächeln zu Eis, denn ich sehe etwas, das mir seltsam bekannt vorkommt und absolut nichts hier verloren hat. Das vertraute Auto parkt am Straßenrand und wirkt mehr als nur ein wenig deplatziert. Ich bremse und rolle langsam daran vorbei, um einen Blick auf das Nummernschild und in den leeren Innenraum zu werfen.

Unbehagen macht sich in meiner Brust breit, und mein Herz pocht.

Ich fahre auf der anderen Straßenseite erneut an den Randstein, hole mein Handy heraus und sehe nach, ob neue Nachrichten eingegangen sind. Nichts. Das bekannte Auto parkt vor einem modernen Haus mit Glasfassade, das zu den größten in der Straße gehört. Eine hohe Mauer trennt das Grundstück von der Straße, das Tor ist offen und gibt den Blick auf eine makellos gepflegte Einfahrt im Schatten mehrerer Tannen frei.

Die Haustür öffnet sich, und drei Gestalten treten auf die überdachte Veranda.

Die erste ist ein kleiner, stämmiger Kerl in einem pastell-farbenen Poloshirt und Cargoshorts. Karl Crosby. Hinter ihm folgt eine zarte blonde Frau Mitte dreißig in einem blass-blauen Sommerkleid und mit einer Sonnenbrille in den Haaren.

Die dritte Gestalt ist mein Bruder.

31

Karl Crosby geht mit großen Schritten die Straße entlang, ohne mich eines Blickes zu würdigen, und schiebt sich die Sonnenbrille auf die Nase. Die zarte Frau eilt zu einem kleinen roten Auto, das direkt vor mir parkt. Ihr Blick fällt auf mich, und ihre Augen weiten sich kaum merklich, als sie mich erkennt. Sie zögert einen Moment, als wollte sie zu mir kommen und mit mir reden. Ich bin mir sicher, dass ich sie von irgendwoher kenne. Eine Patientin aus der Praxis, vielleicht? Oder eine Mutter aus der Schule? Als ich schließlich das Fenster nach unten lasse, hat sie es sich offenbar anders überlegt, steigt ins Auto, knallt die Tür zu und holpert über den Randstein, ehe sie Gas gibt und davonfährt.

Mein Bruder steht noch vor der Haustür. Er hat die Arme verschränkt und hört nun nickend einem großen, schlanken Mann zu, der in einem weißen Leinenhemd und Chinos in der Tür steht. Ich bin zu weit weg, um die beiden zu verstehen, doch es ist eine angeregte Unterhaltung, bei der der Mann in dem Leinenhemd wild gestikuliert und schließlich die Straße hoch in Richtung Beacon Hill deutet, während Rob weiterhin nickt.

Kurz darauf streckt der Mann in der Tür die Hand aus, und sie schütteln sich die Hand, bevor mein Bruder sich die Einfahrt entlang auf den Weg zum Auto macht und dabei sein Handy checkt. Er sieht ein wenig gefasster aus als gestern Abend, aber nicht wesentlich. Er ist immer noch blass im Gesicht, mit Ringen unter den Augen, und seine Haare sind unfrisiert.

Ich steige aus meinem Wagen, und als er aufsieht, um die Straße zu überqueren, schießt sein Kopf in meine Richtung. Er zuckt zusammen, als er mich erkennt, als wäre ich der Letzte, den er hier erwartet hat.

»Hey, Rob.« Ich hebe die Hand zum Gruß.

»Hi.« Seine Stimme klingt angespannt und überrascht. »Was machst du hier?«

»Ich habe versucht, dich zu erreichen, dir mehrere Nachrichten hinterlassen. Wir beide haben uns noch gar nicht richtig unterhalten, oder?«

»Ja, ich wollte mich später bei dir melden.« Er steckt sein Handy in die Hosentasche seiner Shorts und bleibt bei seinem Wagen stehen, anstatt zu mir zu kommen. »Tut mir leid.«

»Ich wusste gar nicht, dass du Karl Crosby kennst.«

Er zuckt angespannt mit den Schultern. »Von der Schule.«

Ich warte vergeblich darauf, dass er dieses kleine Treffen unter Eltern am Montagnachmittag erklärt. Das Unbehagen lässt mich immer noch nicht los.

»Was ist hier los, Rob?« Ich deute auf das Haus, aus dem er gerade gekommen ist. »Wer wohnt hier? Wer war der Kerl, mit dem du dich unterhalten hast?«

Als Kind hatte mein Bruder einmal ein halbes Päckchen Tabak aus dem Küchenkasten gestohlen. Wir schmuggelten es in unser Lager im Garten und versuchten zu rauchen, doch uns wurde bloß übel. Am Abend wurden wir auf frischer Tat ertappt, als wir den restlichen Tabak wieder in die Küche zurückbringen wollten. Ich werde Robs Gesichtsausdruck nie vergessen: Entsetzen, Angst und auch ein gewisses Maß an Trotz.

Genauso sieht er jetzt aus. Er setzt sich die verspiegelte Fliegerbrille auf und lässt den Blick die Straße entlangwandern.

»Es war einer der Fußball-Dads«, erklärt er tonlos. »Er will die Jungs finanziell unterstützen.«

»Und sein Name?«

»Ich glaube nicht, dass du ihn kennst.«

»Versuch es ruhig.«

Ein Kiefermuskel zuckt. »Alexander«, sagt er schließlich. »Saxton.«

Ich brauche eine Sekunde, um die Verbindung herzustellen. »Drew Saxtons Vater?« Ich runzele die Stirn. »Der wohnt hier?«

Rob nickt zustimmend und holt seinen Schlüsselbund aus der Hosentasche. Meine Gedanken rasen, und die Kopfschmerzen werden stärker, als sich langsam die Verbindungen herausschälen. Alexander Saxton, dessen Sohn Harriet tyrannisiert hat und daraufhin mit Connor in Streit geraten ist. Dessen Sohn ebenfalls in Verbindung mit den Ereignissen am Samstagabend steht.

»Moment mal, du triffst dich hinter meinem Rücken mit Drews Familie? Warum?«

»Es ist keine große Sache. Bei dir klingt es wie eine Verschwörung.«

»Na ja, es sieht auch danach aus …«

»Er dachte, es wäre gut, wenn wir uns treffen, okay?« Seine

Stimme wird lauter, und er wirft einen schnellen Blick in Richtung Haus, bevor er etwas leiser hinzufügt: »Um zu besprechen, wie wir bei der Suche nach Emily helfen können.«

Bittere Galle steigt hoch, als mir der Verrat bewusst wird.

»Du hast dich also mit Drews Dad getroffen«, fasse ich zusammen. »Und mit Emilys Stiefvater. Ohne mir etwas zu sagen? Ich hätte mich euch anschließen können. Euch helfen.« Obwohl ich glaube, die Antwort auf meine nächste Frage bereits zu kennen, stelle ich sie trotzdem: »Wer war die Frau in dem blauen Kleid?«

Rob schluckt und hat endlich den Anstand, ein wenig verlegen auszusehen. »Spielt das denn eine Rolle?«

»Rück einfach raus mit der Sprache, verdammt!«

»Sophie. Olivia de Lucas Mum.«

Olivia war ebenfalls mit Drew, Emily, Zac und Connor im Wald. Und heute haben sich alle Eltern getroffen, um Mitgefühl mit Emilys verzweifelter Familie zu zeigen.

Alle, bis auf eine.

Ein Junge, dessen Eltern nicht eingeladen wurden.

Mein Sohn.

Ich bekomme einen Moment lang keine Luft mehr. Ich stehe in der sengenden Sonne und spüre, wie brennend heiße Wut in mir hochsteigt. Schweiß steht mir auf der Stirn.

»Das kapiere ich nicht, Rob. Warum redest du mit denen und nicht mit mir? Ich meine, was, zum Teufel, soll das?« Mir entgeht nicht, dass ich immer lauter werde. »Was hattet ihr überhaupt zu besprechen?«

»Das habe ich dir doch schon gesagt. Alexander wollte die Eltern aller beteiligten Kinder vernetzen. Er möchte die Bevölkerung vor Ort so gut als möglich einbinden, und dafür sollen wir unsere Bemühungen koordinieren und zusammenarbeiten.«

»Mit *alle* meinst du jeden außer deinen eigenen Bruder? Und deinen Neffen?«

»Er hat uns zu sich nach Hause eingeladen.« Er zuckt mit den Schultern, als wollte er sagen: *Was hätte ich denn sonst tun sollen?* »Hör mal, Andy, als ich hier ankam, war ich, ehrlich gesagt, der Meinung, du würdest auch da sein, okay? Er bat mich um deine Nummer, und ich habe sie ihm gegeben, aber es steht mir kaum zu, fremde Leute ins Haus eines anderen einzuladen.«

Ich schüttle den Kopf. »Das ist doch krank, Rob. Ich bin kein Fremder, ich bin deine Familie.«

Er öffnet die Autotür. »Ich muss los.«

»Warum bist du so?«, frage ich. »Wir haben einander doch immer zur Seite gestanden.«

Er zieht die Luft ein. »Im Moment muss ich vor allem *meinem Sohn* zur Seite stehen.« Seine Augen bleiben hinter den verspiegelten Brillengläsern verborgen. »Vielleicht solltest du langsam mal dasselbe tun.«

Seine Worte sind wie ein Schlag ins Gesicht. »Was soll denn das heißen?« Ich mache einen Schritt auf ihn zu. »Natürlich stehe ich Connor zur Seite!«

Mein Bruder hat bereits einen Fuß im Auto. Die Leute sagen immer, wie sehr wir uns ähneln, und wenn ich ihn ansehe, ist es manchmal tatsächlich so, als würde ich in einen Spiegel blicken. Aber heute erkenne ich ihn kaum wieder.

Er schüttelt den Kopf. »Warum redest du darüber nicht mit Connor?«

Ich öffne den Mund, um meine Frage zu wiederholen, doch

Rob ist bereits eingestiegen und knallt mir die Tür vor der Nase zu. Der Motor heult auf, und ich trete eilig zurück, als er losfährt. Sein Seitenspiegel verfehlt mich nur um wenige Zentimeter. Ich sehe dem staubigen Heck seines Wagens nach, bis er um die nächste Kurve verschwunden ist.

Es ist viel zu heiß, und meine Kopfschmerzen werden immer schlimmer. Man schließt uns aus, und ich habe das Gefühl, als wüssten die anderen etwas über meinen Sohn, von dem ich keine Ahnung habe. Als wäre ich der Letzte, der kapiert, was hier los ist.

Ich höre Zacs Stimme in meinen Gedanken. *Dad hat gesagt, dass ich mich von Connor fernhalten soll.*

Mein Bruder agiert hinter meinem Rücken, beinahe so, als wüsste er, dass etwas Schreckliches passiert ist, und wollte sicherstellen, dass sein eigener Sohn so weit wie möglich aus der Schusslinie kommt.

Angst und Wut steigen hoch und brennen in meiner Kehle. Ich steige ein, greife nach einer halb leeren Wasserflasche und trinke sie in einem Zug aus. Das Wasser ist lauwarm und schmeckt unangenehm nach Plastik. *Ganz ruhig.* Nachdem ich getrunken habe, fällt mein Blick auf Alexander Saxtons Haus. Er hat mich nicht zu dem kleinen Treffen eingeladen, als lastete bereits der Schatten der Schuld auf meiner Familie. Als hieße es bereits: sie alle gegen uns.

Meine Hände zittern vor Wut. Vielleicht sollte ich selbst mit ihm reden.

Ich steige wieder aus und gehe die makellose Einfahrt entlang auf Alexander Saxtons Haus zu.

32

Vor dem Haus parken drei Autos – ein Range Rover, ein Tesla und ein Ferrari oder Lamborghini, alle in glänzendem Schwarz und makellos sauber. Zwei diskret platzierte Kameras behalten die Autos von beiden Seiten im Auge. Aus der Nähe betrachtet, ist das Haus noch imposanter, modern und kantig, eine Mischung aus hellem Holz, dunklem Stahl und Glas, das sich im hellen Sonnenlicht spiegelt.

Ich halte vor der breiten Haustür inne. Das doppelte Spiel meines Bruders schmerzt ungeheuerlich, aber ich muss jetzt ruhig bleiben und diesem Mann höflich und zivilisiert gegenübertreten, auch wenn er hinter meinem Rücken ein Treffen der anderen Eltern einberufen hat. Ganz zu schweigen davon, dass sein Sohn meine Tochter tyrannisiert hat, was ich allerdings auf keinen Fall ansprechen darf. Ich atme einige Male tief ein und aus, dann drücke ich den Knopf unter einer weiteren Kameralinse.

Nichts passiert, nur das Auge der Kamera beobachtet mich. Saxton sieht mich und weiß, dass ich hier bin. Mein Shirt klebt schweißnass an meinem Rücken, als ich erneut klingle.

Einen Sekundenbruchteil später schwingt die Tür auf, und herrlich kühle Luft strömt mir entgegen. Alexander Saxton steht vor mir. Er ist in den Vierzigern, groß und schlank und trägt die feinen braunen Haare nach hinten gekämmt, was ihm ein gebildetes, aber auch künstlerisches Aussehen verleiht. Sein Gesicht ist kantig und gut aussehend.

Ein blondes kleines Mädchen in einem weißen Sommerkleid sitzt auf seinem gebräunten Arm und drückt die Wange an seine Brust.

»Hallo.« Seine Stimme klingt tief und gelassen. »Kann ich Ihnen helfen?«

Ich lächle verkniffen. »Tut mir leid, dass ich einfach so hier auftauche«, sage ich. »Mein Bruder war vor wenigen Minuten bei Ihnen, ich bin ihm vorne auf der Straße zufällig über den Weg gelaufen.«

»Ihr Bruder?«

»Rob.« Ich deute in Richtung Straße. »Ich bin Connor Boyds Vater. Rob meinte, Sie wollen die Kräfte der anderen Eltern bündeln und …«

»Oh! Ja, natürlich. Dr. Boyd. Tut mir leid.« Er tritt aus der Tür in den Flur. »Hallo. Kommen Sie doch bitte herein.«

Ich hätte gedacht, dass er zumindest ein wenig verlegen sein würde, wenn er mich so kurz nach dem heimlichen Treffen vor seiner Haustür sieht. Dass er versucht zu erklären, warum meine Familie ausgeschlossen wurde. Doch stattdessen führt er mich lächelnd ins Haus, als wäre er tatsächlich hocherfreut, mich zu sehen. Da er auf dem rechten Arm das kleine Mädchen trägt, streckt er mir ungelenk die linke Hand entgegen.

»Freya«, fragt Saxton die Kleine sanft. »Warum gehst du nicht zu Mummy und sagst ihr, dass ich dir ein Eis am Stiel erlaubt habe?«

»Nein.« Das Mädchen drückt den Kopf weiter an seine Brust. Ihre Stimme ist kaum zu verstehen. »Daddy bleiben.«

Er wirft mir ein entschuldigendes Lächeln zu. »Möchten Sie etwas trinken?«

»Nein, schon gut. Danke.«

Er führt mich durch eine Tür in eine sonnendurchflutete Küche, wo eine junge blonde Frau – mindestens zehn Jahre jünger als er – an der ausladenden Kücheninsel aus schwarzem Granit steht und Obst schneidet. Sie sieht nicht einmal auf, als wir an ihr vorbeigehen. Eine weitere Tür bringt uns in ein riesiges Wohnzimmer. Glastüren führen hinaus auf den gepflegten grünen Rasen hinter dem Haus. Der Raum selbst ist in skandinavischen Farben, hellem Holz und cremefarbenem Marmor eingerichtet, und es gibt eine offene Holztreppe, die in eine angrenzende Halbetage führt. Es ist herrlich kühl.

Alexander geht weiter in ein zweites, kleineres und gemütlicheres Wohnzimmer mit dunkelbraunen Lehnstühlen um einen runden Couchtisch, auf dem ein riesiger, in Violett gehaltener Blumenstrauß steht. Sanfte Musik dringt aus unsichtbaren Lautsprechern.

Er deutet auf einen Lehnstuhl und nimmt mir gegenüber Platz. Das kleine Mädchen klammert sich immer noch an seine Schulter. Sie tippt aber mittlerweile auf der Smartwatch ihres Vaters herum, wo ihre kleinen Finger wirbelnde Farbtupfer fangen.

»Ich wollte Sie ohnehin noch anrufen«, sagt er und holt sein Handy aus der Tasche seiner Chinos. »Ich hoffe, es macht Ihnen nichts aus, aber ich habe Ihren Bruder um Ihre Nummer gebeten.«

»Nein, natürlich nicht.«

»Ich schicke Ihnen gleich eine Nachricht, dann haben Sie auch meine.«

»Super, danke.« Mein Handy vibriert, und der Ärger, den ich noch vor wenigen Augenblicken vor der Tür dieses Mannes empfunden habe, verpufft angesichts des freundlichen Empfangs, seiner Offenheit und der Tatsache, dass er nicht im Geringsten schuldbewusst erscheint. »Also, wie gesagt ... ich habe gerade mit meinem Bruder gesprochen ...«

Alexander nickt anerkennend. »Er ist ein netter Kerl.«

»Er meinte, Sie hätten sich mit ihm und den anderen Eltern getroffen, um bei der Suche nach Emily zu helfen.«

»Ja. Cathy ist *am Boden zerstört*. Unsere Familien stehen sich seit Jahren sehr nahe, und ich will einfach alles tun, was in meiner Macht steht, um ihr kleines Mädchen wieder sicher nach Hause zu bringen. Auch wenn ich dafür meine Beziehungen spielen lassen muss.« Er redet wie ein Mann, der es gewöhnt ist, dass die Leute ihm zuhören. »Ich meine, wir alle hoffen und beten, dass Em sich bloß aus Trotz irgendwo versteckt. Vielleicht brauchte sie nach den stressigen Prüfungen Zeit für sich, aber so oder so muss jemand die Bemühungen der Eltern koordinieren, nicht wahr?«

»Auf jeden Fall.« Ich nicke. »Je früher Emily gesund und munter zurück bei ihrer Familie ist, desto besser.«

»Michael Freeman ist zufällig seit Jahren ein guter Freund.« Als er mein verwirrtes Gesicht sieht, erklärt er: »Der Polizeipräsident.«

»Er wird sich also der Sache annehmen?«

»Es kann nicht schaden, ein wenig Druck auf die örtliche Polizei auszuüben, nicht wahr?«

»Wo wir schon dabei sind, ich kann sicher auch einiges ...«

»Und das Wichtigste in einem Vermisstenfall ist die Unmittelbarkeit. Man muss das Eisen schmieden, solange es heiß ist. Die Nachricht verbreiten, und zwar am besten von Angesicht zu Angesicht, anstatt Millionen Nachrichten per WhatsApp zu verschicken.«

Er skizziert in kurzen Zügen die vorläufigen Pläne: eine eigene Facebook-Seite mit dem Titel *FindEmilyRuskin* und einen dazugehörigen Twitter-Account, Flyer, einen eigenen Medienbeauftragten aus Alexanders Firma, ein Nachbarschaftstreffen, eine fünfstellige Summe als Belohnung, falls es bis Ende der Woche keine Hinweise gibt – und die Alexander offenbar selbst aufbringen möchte.

All das wurde also in dem Meeting besprochen, das kurz vor meinem Eintreffen geendet hat.

»Wie ich hörte, war Olivias Mutter auch hier«, bemerke ich ruhig. »Gab es einen Grund, warum Sie mich nicht eingeladen haben?«

Saxton schenkt mir ein verzagtes Lächeln und wirkt zum ersten Mal ein wenig verlegen. »Hören Sie, Dr. Boyd, ich wollte nicht, dass es so kommt, und ich kann mich nur entschuldigen, dass ich …«

»Nennen Sie mich Andy.«

Er nickt. »Also, Andy, ich weiß natürlich von den Vorkommnissen der letzten vierundzwanzig Stunden, und ich wollte Sie nicht in eine unangenehme Lage bringen.«

»Von welchen Vorkommnissen?«

Er zuckt mit den Schultern, als täte es ihm leid, dass er es nun doch laut aussprechen muss. »Dass Ihr Sohn verhaftet und verhört wurde.«

»Er durfte aber wieder gehen.«

»Nichtsdestotrotz dachte ich, es würde unangenehm für Sie und die anderen Eltern sein, okay? Ich habe versucht, allen gerecht zu werden, was angesichts der Umstände schwer genug ist. Deshalb wollte ich lieber unter vier Augen mit Ihnen sprechen, damit wir wenig hilfreiche Gefühlsausbrüche vermeiden. Es wäre nicht von Vorteil gewesen, Sie alle hier zu versammeln. Vor allem, weil Karl sehr emotional reagieren kann.«

»Ja, das stimmt«, antworte ich und denke an unsere Begegnung im Wald.

»Sie haben ihn also bereits kennengelernt?«

»Flüchtig.«

Das kleine Mädchen löst sich von der Schulter seines Vaters und verschwindet in die Küche zu seiner Mutter. Saxton sieht ihr wehmütig hinterher. »Tut mir leid. Drews kleine Schwester – oder besser gesagt, Stiefschwester – ist zurzeit ziemlich anhänglich.«

Ich lehne mich auf meinem Stuhl nach vorne und wähle meine Worte mit Bedacht. »Alexander, Sie meinten, die anderen Eltern könnten sich unwohl fühlen, aber die Polizei hat doch auch mit den anderen Kindern gesprochen.«

»Ja, Drew wurde ebenfalls befragt.«

»Inwiefern unterscheidet sich das von Connor?«

Er streckt die Hände von sich. »Connor wurde als Einziger verhaftet. Ganz zu schweigen von seiner … Vorgeschichte mit Emily.«

»Wie meinen Sie das? Welche Vorgeschichte?«

Er wirft mir einen gequälten Blick zu. »Nun, es ist ja kein Geheimnis, dass Ihr Junge wie besessen von ihr war.«

Besessen. Er betont es so, als wäre es etwas Obszönes. Ich denke daran, was Cathy gesagt hat, als ich sie fragte, ob Connor und ihre Tochter zusammen seien. *Nein, ich glaube, so kann man das nicht nennen.* Wie kann es sein, dass Laura und ich absolut keine Ahnung von diesem Teil seines Lebens hatten?

»Wovon reden Sie da?«, frage ich. »Er ist …«

»Er ist ihr offenbar monatelang gefolgt, hat ihr Nachrichten geschrieben, sie auf Social Media gestalkt, hat vor ihrem Haus herumgelungert und ein Nein als Antwort nicht akzeptiert.«

»Sagt wer?«

Er zuckt mit den Schultern. »Spielt das denn eine Rolle? Ich gebe nur weiter, was ich gehört habe, und im Prinzip weiß es ohnehin jeder. Die halbe Schule. Emilys Freunde. Und auch die Polizei, weswegen er offenbar der Hauptverdächtige ist. Was wiederum der Grund dafür ist, dass ich Sie mit den anderen Eltern nicht in eine unangenehme Lage bringen wollte.«

Seine Worte sind wie ein weiterer Schlag ins Gesicht. Im Zimmer ist es von einem Moment auf den anderen viel zu hell, und die kalte Luft aus der Klimaanlage bereitet mir eine Gänsehaut. »Wie bitte?«, presse ich hervor. »Wer sagt, dass er der Hauptverdächtige ist?«

Alexander zuckt wieder entschuldigend mit den Schultern. »Die Detectives, die die Ereignisse von Samstagabend rekonstruieren. Vermutlich hat Ihr Sohn deshalb während der gesamten Befragung stoisch *Kein Kommentar* gesagt.«

Woher weiß er davon? Woher weiß er, was Connor gesagt hat und was nicht?

»Mein Sohn hat nichts getan, er ist ein guter Junge.« Ich schüttle ungläubig den Kopf. »Die ganze Sache ist ein einziger Albtraum.«

Alexander lehnt sich nach vorne. »Darf ich Ihnen vielleicht einen Rat geben?« Seine Stimme klingt tief und einlullend. »Lassen Sie Ihren Sohn nicht aus den Augen.«

»Wie meinen Sie das?«

»Ich habe Ihnen ja schon gesagt, dass Karl sehr emotional werden kann, und er hat eine starke Bindung zu Cathys Mädchen aufgebaut. Er sieht sich als ihr Beschützer. Und wenn er davon überzeugt ist, dass Connor etwas getan hat oder Ihr Sohn tatsächlich etwas mit dem Verschwinden zu tun hat, wollen Sie nicht, dass Karl ihm alleine begegnet. Verstehen Sie, was ich meine?«

Ich habe das plötzliche Bedürfnis, nach Hause zu fahren und nach Connor zu sehen.

»Danke für die Warnung.« Ich erhebe mich. »Ich sollte jetzt besser gehen.«

Wir schütteln uns erneut die Hand, und ich eile durch die Hitze zurück zu meinem Auto.

33

Sie war die Einzige, die Nein gesagt hatte.

Die Einzige, die ihn jemals abgewiesen hatte.

Aber was machte sie so besonders? Warum war Emily Ruskin der Meinung, sie sei besser als alle anderen? Am Ende würde es keine Rolle spielen, denn Drew wusste, dass sie früher oder später nachgeben würde. Das taten Mädchen wie sie doch immer. In der Zwischenzeit trieb sie ihre zahllosen Verehrer in den Wahnsinn. Sie liebte Aufmerksamkeit, und heute Abend suhlte sie sich regelrecht darin. Es gefiel ihr, wenn ihr Loser wie Connor hinterherhechelten.

Und Fangirls wie Olivia.

Mit ihr hatte Drew natürlich bereits geschlafen. Sie war keine von denen, die Nein sagten. Auch wenn ihm klar war, dass sie es nur wegen Emily getan hatte.

Drew war das egal. Olivias Freundschaft mit Emily war immer schon seltsam und einseitig gewesen. Die beiden taten monatelang wie Schwestern, verbrachten jede freie Minute miteinander und teilten sich sogar die Klamotten. Olivia trug dann selbst das Make-up und die Haare wie Emily. Doch am Ende kam es jedes Mal zu einem riesigen Streit, sie wurden zu Todfeindinnen und sprachen tage- oder wochenlang nicht miteinander. Bis es irgendwann zur Versöhnung kam und der Kreislauf von vorne begann. Drew kapierte es einfach nicht.

Heute Nacht jedenfalls schienen sich die beiden näherzustehen als jemals zuvor.

Er nahm einen weiteren Schluck Wodka und genoss das Brennen in seiner Kehle.

Emily kniete mit einer Taschenlampe in der Hand am Rand des Lichtkegels, den das kleine Lagerfeuer spendete, stocherte mit einem Stock im Unterholz herum und schob einige abgerissene Äste und etwas aufgehäufte Erde beiseite. Sie schien nicht mehr betrunken, zumindest nicht so sehr wie vorhin auf der Party. Vielleicht war es bloß Show gewesen. Er hätte es ihr zugetraut.

Im nächsten Moment zog sie angestrengt grunzend einen schwarzen Rucksack aus dem Versteck, öffnete ihn und zog mehrere Kleidungsstücke heraus. Schwarze Jeans, ein schwarzes Sweatshirt, eine schwarze Baseballkappe und ein Paar schwarze Dr. Martens. Dinge, die sie normalerweise nicht in einer Million Jahren angezogen hätte.

Drew grinste. »Brauchst du Hilfe beim Umziehen?«

Sie runzelte genervt und angewidert zugleich die Stirn. »Das hättest du wohl gerne.«

Sie raffte die schwarzen Klamotten zusammen und verschwand hinter einem Baum.

Olivia zündete einen Joint an und ließ ihn nach links weiterwandern. Zac nahm einen Zug, bevor er ihn an Connor weiterreichte, der dasselbe tat. Als Drew an der Reihe war, zog er den Rauch tief in seine Lunge und spürte, wie die Leichtigkeit von ihm Besitz ergriff. Er steckte eine Hand in die Hosentasche, bevor er sich erinnerte, dass sie leer war. Hatte er sie überhaupt mitgenommen oder nicht? Hatte er sie im Haus vergessen? In seiner Jacke? Er konnte sich nach all dem Wodka, dem Cider und dem Gras nicht mehr erinnern. Scheiß drauf. Es spielte keine Rolle. Er konnte sich noch mehr besorgen. In der Zwischenzeit hatte er immer noch seinen Flachmann.

Als Emily zurück in den Schein des Feuers trat, war sie kaum wiederzuerkennen. Sie hatte die blonden Haare unter der Baseballkappe versteckt, die Kapuze übergezogen und den Kopf gesenkt. Eine Brille mit schwarzem Rahmen vervollständigte den Look.

»Was haltet ihr davon?«, fragte sie grinsend.

Connor richtete sich auf und winkte ab, als der Joint erneut zu ihm wanderte. Dieser Loser. »Du siehst ... ganz anders aus.«

»Mann.« Sie lachte. »Das ist ja der Sinn dahinter.«

Sie steckte ihre alten Klamotten in den Rucksack. »Olivia macht hier sauber und passt auf meine Sachen auf.« Sie deutete auf Connor. »Und für dich habe ich auch einen Job.«

»Ich kann dich begleiten«, sagte Connor. »Dann bist du nicht alleine.«

»Das ist echt süß von dir, aber es gibt etwas anderes, was du für mich tun musst.« Sie holte ihr Handy aus dem Rucksack und steckte es in einen gepolsterten Umschlag. »Komm, setz dich zu mir, dann erkläre ich es dir.«

Drew beobachtete die beiden geringschätzig. Sie hatten die Köpfe zusammengesteckt, und Connor nickte immer wieder, bevor er schließlich den Umschlag entgegennahm.

Als sie fertig war, fragte er: »Aber wo willst du hin? Und wie lange bleibst du dort?«

»Wie schon gesagt, Connor: Es ist besser, wenn du es nicht weißt.«

»Du brauchst doch sicher ein Handy, oder?«

Emily und Olivia hielten zwei identische kleine Prepaidhandys in die Höhe, dann griff Emily in den Rucksack, zog ein weiteres hervor und gab es Connor.

»Schick mir eine Nachricht, wenn deine Aufgabe erledigt ist.« Sie deutete auf den Umschlag. »Über Telegram, nicht über einen anderen Kanal. Und morgen früh musst du das Handy entsorgen, klar?«

»Okay.«

»Du siehst besorgt aus, Connor«, fuhr sie fort. »Aber das musst du nicht. Es wird genial werden.«

»Du kannst es dir immer noch anders überlegen, das weißt du doch? Du musst das nicht tun.«

»Aber ich werde es tun.«

Connor sah ihr einen Moment lang in die Augen. »Okay«, wiederholte er schließlich. »Aber gib Bescheid, wenn du noch etwas brauchst. Egal, was.«

Sie nickte und drückte ihm einen Kuss auf die Wange.

»Bereit?«, fragte Olivia.

Emily grinste breit. »Ich glaube schon.«

»Ich begleite dich bis zum Bach.«

Drew hörte den anderen genervt zu. Die Nacht war noch jung. Es gab noch genug zu trinken, zu rauchen, zu sagen. Und zu tun.

Während die anderen sich auf Emily konzentrierten, stand er auf und ging an den Rand der Lichtung, um zu pinkeln. In seiner Hosentasche war einer der Steine, die sie um das Feuer gelegt hatten. Er war etwa so groß wie ein Ei. Als er sicher war, dass ihn niemand beobachtete, holte er aus und warf den Stein in hohem Bogen in den Wald.

Er wartete geduldig, bis er krachend auf dem Boden aufkam.

Emilys Kopf fuhr herum, ihr Lächeln verblasste.

»Scheiße! Habt ihr das gehört?«

Olivia folgte ihrem Blick. »Was war das?«

Drew griff nach einem weiteren Stein und schleuderte auch diesen in den Wald. Er landete zu ihrer Linken und deutlich näher am Lagerfeuer.

»Wer ist da?«, rief Emily in die Dunkelheit. »Verzieht euch, aber schnell!«

Stille.

Connor erhob sich. »Vielleicht ist uns jemand von der Party gefolgt. Ich gehe mal nachsehen.«

Zac stand ebenfalls auf. »Ich komme mit.«

Drew erlaubte sich ein zufriedenes Grinsen. Connor und sein Cousin waren so berechenbar. Es wäre witzig gewesen, wenn es nicht so tragisch gewesen wäre.

Die beiden machten sich auf den Weg in Richtung des Geräuschs und entfernten sich von der Lichtung. Das Licht der Handytaschenlampen durchstreifte die Dunkelheit. Drew wartete, bis sie nicht mehr zu sehen waren, dann ging er zu Emily und Olivia. Er starrte Olivia an, bis sie den Wink verstand und auf den anderen Baumstamm auswich.

Er setzte sich nahe an Emily heran, gab ihr einen Becher und stieß mit ihr an.

»Cheers«, sagte er leise. »Auf Emily Ruskin, das heißeste Mädchen des Jahrgangs.«

Der heutige Abend war ein Geschenk. Eine einmalige Gelegenheit.

Und dieses Mal würde sie nicht Nein sagen.

34

Als ich nach Hause komme, parkt ein Volvo der Polizei in unserer Straße.

Ich habe die Fahrt wie in Trance hinter mich gebracht und konnte die ganze Zeit nur an Alexanders Worte denken.

Er war von ihr besessen. Der Hauptverdächtige. Behalten Sie Ihren Sohn im Auge.

Der Anblick des Polizeifahrzeugs lässt Panik in mir hochsteigen, und ich bin mir sicher, dass sie hier sind, um Connor erneut zu verhaften, anzuklagen und ihn uns für immer zu entreißen. Doch die Polizisten scheinen eher an unseren Nachbarn interessiert.

Eine klein gewachsene Beamtin mit klobiger Stichschutzweste steht vor Arthurs Tür. Sie macht sich nickend Notizen, während mein Nachbar sich angeregt mit ihr unterhält. Er hat seine Strickweste bis zum obersten Knopf geschlossen, und Chester sitzt brav neben ihm.

Ich nicke Arthur zu und winke, doch er wirft mir bloß einen ausdruckslosen Blick zu und redet weiter. Ich schließe gerade das Auto ab, als ich DC Harmer an der Tür eines weiteren Nachbarhauses entdecke. Er unterhält sich mit Joe, unserem Weinliebhaber, nach dessen Alkohol geschwängerten Grillabenden man meist einen Tag zur Erholung braucht.

Auch DC Harmer macht sich Notizen.

Die Panik wird von einem tiefen Unbehagen abgelöst. Auch bei den Nachbarn von gegenüber, deren mittlerweile erwachsene Kinder immer auf Connor und Harriet aufgepasst haben, steht ein Polizist.

Sie befragen unsere Nachbarn. Sie suchen nach Hinweisen, die in Connors Richtung deuten.

Werden sie als Nächstes an unsere Tür klopfen? Ich werde jedenfalls nicht hier herumstehen und darauf warten. Stattdessen eile ich ins Haus. Laura und Harriet spielen im Esszimmer Monopoly und heben die Köpfe, als ich eintrete.

»Wir müssen mit Connor reden«, erkläre ich. »Wo ist er?«

»Bei der Arbeit«, antwortet Laura. »Nachmittagsschicht im Tierheim.«

»*Was?* Du hast ihn gehen lassen?«

»Ja.«

Ich stoße entnervt die Luft aus. »Ich dachte, er hätte Hausarrest?«

»Aber doch sicher nicht, wenn es um seine Freiwilligenarbeit geht? Er stand ein Jahr auf der Warteliste.«

»Ich dachte bloß, wir müssen klarstellen, dass das, was er getan hat …« Ich schüttle seufzend den Kopf. »Egal. Wann kommt er zurück?«

»Die Schicht endet um halb sechs. Warum?«

Ich will gerade antworten, als ich Harriets neugierigen Blick spüre. Diese Unterhaltung führen wir besser nicht vor unserer Tochter. »Harry, ich leihe mir deine Mum einen Moment lang aus, okay?«

Sie deutet auf das Spielbrett. »Aber sie ist an der Reihe.«

»Es dauert auch nicht lange.«

Laura folgt mir hinaus in den Garten und über den Rasen in die Laube. Wir lassen uns einander gegenüber nieder, und ich erzähle von meinem Aufeinandertreffen mit Rob und dass er zu einem Treffen mit den Eltern der anderen drei involvierten Teenager eingeladen wurde. Außerdem berichte ich ihr, dass Connor laut Alexander der Hauptverdächtige der Polizei ist.

»Irgendwie fühlt es sich langsam so an, als wäre das hier eine Art Wettbewerb, aber niemand verrät uns die Regeln«, sage ich leise. »Wie bei Reise nach Jerusalem, und Connor ist der letzte Stehende, wenn die Musik schließlich aufhört zu spielen. Ich habe ein echt ungutes Gefühl bei der Sache.«

Laura denkt einen Augenblick lang nach. »Bist du Alexander Saxton vorher schon einmal begegnet?«, fragt sie, und als ich den Kopf schüttle, fährt sie fort: »Ich habe ihn die letzten fünf Jahre bei jedem Elternabend gesehen. Er ist ein Schlitzohr und gewohnt, alles zu bekommen, was er will. Und jetzt gerade will er seinen Jungen beschützen und gleichzeitig herausfinden, was die anderen über Samstagabend wissen. Indem er eine Familie ausschließt, erschafft er künstlich die Situation *wir gegen sie,* stellt Connor als Verdächtigen hin und lenkt die Aufmerksamkeit von den anderen Teenagern – und von seinem Sohn – ab.«

»Das klingt eiskalt«, erkläre ich. »Kalkulierend.«

Sie zuckt mit den Schultern. »Wie gesagt: Er bekommt für gewöhnlich, was er will.«

»Er hat angeblich auch gute Beziehungen zur Polizei. Aber, ehrlich gesagt, mache ich mir mehr Sorgen darüber, was Rob gesagt hat. Er meinte, es würde jeder nur versuchen, das eigene Kind zu beschützen – sogar mein eigener Bruder –, und dabei wäre es egal, was mit den anderen passiert.«

»Natürlich ist das so, Andy«, meint Laura ein wenig genervt. »Es wäre naiv, etwas anderes zu glauben.«

»Wie kannst du das so nüchtern hinnehmen?«

»Was glaubst du denn, wie es sonst ist? Natürlich versuchen Eltern zunächst einmal, ihre Kinder zu beschützen. Das gilt auch für deinen Bruder.« Sie lehnt sich ein wenig näher heran. »Und für uns sollte es ebenfalls gelten.«

Ich öffne meinen Mund, um etwas zu erwidern, doch dann schließe ich ihn wieder. Ich hätte mir nie gedacht, dass Rob und mich etwas entzweien könnte. Noch vor vierundzwanzig Stunden erschien das undenkbar.

»Es überrascht mich nur, wie schnell die Dinge hässlich geworden sind.«

Laura verzieht das Gesicht, als würde sie das absolut nicht überraschen. »Was geht dir sonst noch durch den Kopf, Andy?«

Ich werfe einen Blick über die Schulter, um sicherzugehen, dass Harriet nicht in der Nähe ist.

»Also … fünf Teenager waren am Samstag am Beacon Hill: Emily, Connor, Zac, Drew und Olivia. Nur vier sind wieder nach Hause zurückgekehrt, und einer von ihnen muss etwas wissen. Wenn wir Connor und Zac mal beiseitelassen, bleiben Drew und Olivia.«

»Aber was wäre das Motiv?«

»Genau das müssen wir herausfinden.«

»Und was, wenn noch jemand mit ihnen im Wald war? Jemand, von dem wir nichts wissen?«

Ich zucke wenig überzeugt mit den Schultern. »Die Polizei wird keine Zeit damit verschwenden, ein Phantom zu jagen. Sie haben ihre Verdächtigen, jetzt geht es nur noch darum, einen festzunageln.«

»Wann triffst du dich mit der Anwältin?«

»Morgen nach der Arbeit, in ihrem Büro in der Stadt.«

»Hoffen wir, dass Emily bis dahin wieder nach Hause gekommen ist. Dann verliert die Polizei vielleicht ihr Interesse, und wir brauchen doch keine Anwältin.«

»Besser, wir sind vorbereitet. Wobei es um einiges einfacher wäre, wenn Connor endlich sagen würde, was am Samstag passiert ist. Wir müssen ihn zum Reden bringen.«

»Er wird es uns schon erzählen. Er braucht bloß ein wenig Zeit.«

»Wir *haben* aber keine Zeit.«

»Wofür haben wir keine Zeit?« Unsere Tochter hat sich angeschlichen und blickt uns neugierig an.

Laura schenkt ihr ein beruhigendes Lächeln. »Das spielt keine Rolle, Harry.«

»Redet ihr über dieses Mädchen? Über Emily Ruskin?«, fragt Harry. »Haben sie sie gefunden?«

»Noch nicht«, antwortet Laura. »Aber es suchen jede Menge kluger Leute nach ihr, ich bin mir sicher, dass es bald so weit sein wird. Also, wie wäre es, wenn wir weiterspielen, und du lässt mich zur Abwechslung mal gewinnen?«

Laura und Harriet kehren zu ihrem Monopoly-Brett zurück, und ich hole mir eine kalte Cola aus dem Kühlschrank, gehe damit hinauf zu Connors Zimmer und betrachte das Chaos vom Türrahmen aus, ohne zu wissen, was ich hier eigentlich will.

Die Unordnung in seinem Zimmer ist schon seit Jahren ein Thema, aber heute wirkt es irgendwie anders, als wollte er etwas verbergen. Ich bleibe noch einen Augenblick stehen, als könnte ich dadurch das geheime Leben meines Sohnes plötzlich verstehen. Als würde mir ein kurzer Blick auf das gewährt, was er vor uns versteckt.

Aber es bleibt ein Rätsel, dessen Lösung gerade außer Reichweite zu liegen scheint.

35 Ich müsste einige Praxis-E-Mails abarbeiten, aber nach zehn Minuten in meinem Arbeitszimmer ertappe ich mich dabei, wie ich den Internetbrowser öffne und auf den Nachrichtenwebsites nach Artikeln über Emilys Verschwinden suche. Dank der Fernsehpräsenz ihrer Mutter wurde die Geschichte mittlerweile von einigen Klatschblättern aufgegriffen. Sämtliche Artikel enthalten einen direkten Link zu dem Video, das Cathy heute Morgen veröffentlicht hat. Abgesehen davon, gibt es kaum neue Informationen, viele Hintergrundgeschichten, einige Spekulationen und mehrere Familienfotos von Cathys Instagram-Account.

Die Schlagzeilen klingen alle ähnlich:

TOCHTER VON TV-STAR VERMISST
SOAP-STAR SUCHT SEINE TOCHTER
CATHY RUSKIN: BITTE KOMM NACH HAUSE, EMILY!

Nur eine sticht hervor:

ENTFÜHRUNGSRÄTSEL UM TV-STAR

Ich scrolle nach unten und beginne zu lesen.

Es besteht die Befürchtung, dass Emily Ruskin entführt wurde, um von ihrer wohlhabenden Familie Lösegeld zu erpressen. Laut Polizei werden mehrere Ermittlungsstränge verfolgt.

Wo, zum Teufel, kommt *das* denn her?

Weiter unten werden mehrere Tweets und Onlinekommentare erwähnt, die auf die Entführungsschiene aufspringen, nachdem Cathy in der Vergangenheit tatsächlich des Öfteren Bedenken geäußert hatte, ihre Familie und ihre Teenagertöchter in einer vernetzten Welt angemessen beschützen zu können. Außerdem hat sie letztes Jahr einige Videos veröffentlicht, in denen sie auf geschmacklose Kommentare und Drohungen – darunter kaum verhohlene Vorschläge, doch eines der Mädchen zu kidnappen – eingeht und über verantwortungsvolle Elternschaft im 21. Jahrhundert diskutiert. Wobei die Schwierigkeit ihrer Meinung nach darin liegt, Kindern zu erlauben, die Welt zu erforschen, aber sie gleichzeitig vor möglichen Gefahren zu schützen.

Der Artikel beinhaltet außerdem Screenshots von zahlreichen Social-Media-Trollen.

Wie wäre es, wenn du aufhörst, deine 50 000 Follower täglich mit neuen Fotos deiner Kinder zu füttern?

Ich denke an die Kommentare unter ihrem Instagram-Post, die ebenfalls mehr oder weniger diskret angedeutet haben, dass Cathy selbst schuld an den Ereignissen sei.

Eine Zeile in einem weiteren Artikel lässt mich innehalten.

Die Polizei verhört Klassenkameraden, die mit der vermissten Emily Samstagabend auf einer Party Alkohol und Drogen konsumiert haben sollen.

Wie lange wird es noch dauern, bis ein Foto von Connor und
seinen Freunden und ihre Namen veröffentlich werden, um
neue Hinweise zu erhalten? Dürfen sie das im Falle von Teenagern überhaupt? Und woher weiß die Zeitung, dass Drogen
im Spiel waren? Oder ist das bloß eine Annahme?

Ich google *Drew Saxton* und stoße auf eine Handvoll Artikel über die U16, die Fußballmannschaft, für die er spielt,
sowie Snapchat und Instagram-Accounts. Bereits das fünfte
Ergebnis ist ein Artikel, in dem Drew nur noch als *einziges
Kind von Alexander Saxton und seiner ersten Frau Josephine*
erwähnt wird. Ich passe meine Suche an und bekomme Dutzende Ergebnisse über Alexander. Er ist ein – offensichtlich
sehr erfolgreicher – Immobilienentwickler und Bauunternehmer, der in den letzten Jahren mehrere Wohnsiedlungen,
Bürogebäude und ein neues Seniorenzentrum in Leicester er-
richtet hat. Es gibt unzählige Bilder auf Baustellen und beim
Händeschütteln mit hochrangigen Politikern.

Das neueste Suchergebnis ist kaum eine Stunde alt und
führt mich zu einem YouTube-Kanal über Luxushäuser. Das
zweiminütige Video ist in Alexanders Haus entstanden, hinter ihm ist das teuer eingerichtete Wohnzimmer zu erkennen.
Er trägt dasselbe Hemd wie bei meinem Besuch. Das Video
wurde offenbar kurz danach aufgenommen. Vermutlich ist es
der erste Schritt, um seine Pläne in die Tat umzusetzen und so
viele Leute wie möglich zu erreichen.

»Das hier ist das wichtigste Video, das ich je gedreht habe«, sagt er und blickt mit ernstem Gesicht in die Kamera. »Also danke fürs Zuschauen. Sie haben vielleicht in den Nachrichten gelesen oder gehört, dass die sechzehnjährige Emily Ruskin vermisst wird, und wir brauchen die Hilfe möglichst vieler Menschen, um sie zu finden und nach Hause zu ihrer Mum zu bringen. Wir stehen Emily und ihrer Familie sehr nahe und senden ihnen in diesen schweren Zeiten all unsere Liebe. Aber was wir wirklich brauchen, ist *Ihre* Hilfe. Alles, was Sie gesehen, gehört oder beobachtet haben, könnte interessant sein, als bitte melden Sie sich bei uns. Gerne auch anonym ...«

Er nennt mehrere Kontaktmöglichkeiten, und der Beitrag endet mit einem Foto von Emily, der Telefonnummer der Polizei, einer eigens dafür eingerichteten E-Mail-Adresse Saxtons und dem Hashtag *#FindEmily.*

Alexanders Kanal hat beinahe zehntausend Abonnenten, und es gibt mehr als hundert Videos, aber der letzte Beitrag ist der einzige über Emily. Ich sehe mir das Video noch einmal an, dann öffne ich ein paar andere. In einigen schlendert er durch sein Haus und redet über Architektur und Design, in anderen führt er die Zuschauer über Baustellen geplanter Objekte oder auf computergenerierten Touren durch neue Gebäude. Die Videos sind makellos und professionell, er hat offensichtlich Ahnung von diesen Dingen. Er scheint die Kamera zu lieben, und die Kamera liebt ihn.

Ich kehre zu den Suchergebnissen zurück und finde eine Reihe interessanter Artikel auf einer örtlichen Website, in denen es um Alexander Saxtons Pläne geht, einen Teil des Waldes am Beacon Hill abzuholzen, um ein neues Wohngebiet zu erschließen. Offenbar gibt es seit Jahren ein Hin und Her zwischen Gegnern und Befürwortern, und der letzte Artikel spricht von einem neuen Rückschlag für den Bauunternehmer.

Ich mache mir ein paar Notizen, auch wenn ich mir nicht vorstellen kann, dass Saxtons berufliches Interesse am Beacon Hill eine Bedeutung haben könnte. Andererseits scheint es ein seltsamer Zufall zu sein. Und etwas an unserem Gespräch lässt mich immer noch nicht los, auch wenn ich nicht genau sagen kann, was es ist.

Eine Google-Suche nach Olivia de Luca bringt wesentlich weniger Ergebnisse. Ihr Instagram-Account ist privat, und abgesehen davon wurde sie bloß vor einigen Jahren im Newsletter der Schule erwähnt. Es gibt keine Bilder, doch der Link zur Schulhomepage bringt mich auf eine Idee, und ich hole Connors Jahrbuch aus seinem Zimmer. Ein weiterer Brauch, der vor einigen Jahren aus Amerika importiert wurde. Jeder Schüler und jede Schülerin bekommt ein Drittel einer Seite, und es gibt ein Porträtfoto in Schuluniform und einen kurzen Fragebogen, den die Teenager selbst ausgefüllt haben. Ich blättere vor bis zu Olivia.

OLIVIA DE LUCA

Spitznamen: *Liv, Livvy, Rosie, Rosalee, Ro-Ro*
Liebste Erinnerung: *Die Reise nach Paris 2021 mit Emily R., meiner allerbesten Freundin für immer und ewig.*
Wo siehst du dich selbst in zehn Jahren: *Beim Kampf gegen die Klimaerwärmung gemeinsam mit meinem Ehemann Zayn Malik :-)*
Zitate: *»Nicht blutsverwandt, aber seelenverwandt.«* –

»*Manchmal muss man zurücktreten und das Karma den Rest erledigen lassen.*«

Gleich auf der gegenüberliegenden Seite befindet sich Emily Ruskins Eintrag, und ich zucke überrascht zusammen. Auf den ersten Blick sehen sich die beiden Mädchen unheimlich ähnlich. Dieselben honigblonden Haare in demselben Schnitt mit demselben Pony, dieselben fassonierten Augenbrauen, dieselben blauen Augen. Oder stehen alle Sechzehnjährigen auf diesen Look? Meine Augen springen zwischen den beiden Fotos hin und her. Ein vermisstes Mädchen und seine beste Freundin. Während Emilys Schönheit vollkommen unangestrengt, beinahe beiläufig wirkt, ist Olivias bemühter und aufgesetzter. Gewollter. Eine gute Kopie des Originals, aber trotzdem eine Kopie.

Ich blättere weiter, bis ich auf Drew Saxton stoße. Er blickt selbstbewusst in die Kamera. Sein Spitzname laut Eigenauskunft ist *Der Boss,* in zehn Jahren sieht er sich mit einer Zigarre im Mund beim Verdienen seiner zweiten Million, und sein Zitat macht deutlich, wie wenig ihm seine Mitmenschen bedeuten.

Ich mache ein Foto von Drew und Olivia, dann blättere ich weiter zu Zac. Er starrt ausdruckslos in die Kamera, und es gibt keine witzigen Spitznamen oder Anekdoten, bloß eine kurze Notiz eines Lehrers: »Zac ist ein gebildeter und talentierter Schüler. Wir wünschen ihm das Allerbeste für die Zukunft.« Der Eintrag stammt aus einer Zeit, als seine Mutter bereits mehrere Monate gegen den übermächtigen Krebs kämpfte. Er markiert das vorzeitige Ende seiner Jugend.

Ich schließe das Jahrbuch und gebe *Sophie de Luca* in den

Suchbalken ein, doch es gibt nichts über Olivias Mum. Keine Social-Media-Accounts, keine E-Mail-Adresse, keine Erwähnung auf einer Firmenwebsite. Sophie hat bis jetzt keinerlei offensichtliche Fußabdrücke im Netz hinterlassen.

Ich grüble immer noch, was diese völlige Abwesenheit im Netz zu bedeuten hat, als ich schließlich die Treppe in Connors Zimmer hochsteige, um das Jahrbuch zurückzubringen. Nicht dass er noch denkt, ich hätte in seinen Sachen gewühlt, wenn er mich damit sieht. Vielleicht gehört Sophie de Luca einfach zu den Leuten, die nichts von den neuen Medien wissen wollen und ihr Privatleben lieber privat halten.

Ich drücke Connors Tür auf und erkenne, dass ich nicht alleine bin.

Meine Frau richtet sich auf und dreht sich mit einem erschrockenen Gesichtsausdruck zu mir um, den ich noch nicht oft bei ihr gesehen habe. Sie steht neben dem Bett vor Connors Nachttisch.

»Huch«, haucht sie ein wenig atemlos. »Hast du mich erschreckt!«

»Ich habe mir mal das Schuljahrbuch angeschaut. Es ist fast unheimlich, wie ähnlich sich Emily Ruskin und Olivia de Luca sehen.« Ich stelle das Buch zurück ins Regal. »Hast du etwas gefunden?«

»Nein«, erwidert sie eilig. »Was sollte ich gefunden haben?«

Ich zucke mit den Schultern. »Du hast doch gerade unter Connors Bett nachgesehen.«

»Ich habe bloß die Schmutzwäsche eingesammelt.« Sie hebt eine Jeans und Shorts vom Boden auf. »Sein Zimmer sieht mal wieder aus, als hätte eine Bombe eingeschlagen.«

»Wie immer.«

Ich reiche ihr ein zerknittertes Shirt, und sie streckt mir die linke Hand entgegen, in der sie bereits die Jeans und die Shorts hält. Ihre rechte Hand baumelt nach unten, und als ich näher hinsehe, entdecke ich eine verräterische Röte, die über ihre Brust und den Hals nach oben steigt.

»Was hast du da in der Hand, Laura?«

»Nichts.«

»Wirklich nicht?«

»Ja.« Sie räuspert sich. »Warum?«

Ich hebe die Augenbrauen und sehe sie wortlos an. »Was immer es ist, es kann nicht gut sein, sonst würdest du es mir zeigen.«

Einen Moment lang befürchte ich, dass sie an mir vorbeigeht, ohne mir zu antworten. Doch dann seufzt sie, lässt die Klamotten fallen und öffnet die rechte Hand.

Auf der Handfläche liegt ein kleiner Plastikbeutel, in dem sich mehrere durchsichtige kleine Plastikfische befinden. Jeder ist etwa zwei Zentimeter lang und hat einen kleinen roten Schraubverschluss als Nase. Ich nehme den Beutel und halte ihn ins Licht. Die Fische sehen aus wie die Beilage in einer Sushi-Box, doch sie sind nicht mit dunkelbrauner Sojasoße gefüllt, sondern mit einer durchsichtigen Flüssigkeit.

»Das hier habe ich unter seinem Nachttisch gefunden«, erklärt meine Frau tonlos. »Es hat nur eine Ecke herausgeblitzt. Ich dachte, es wäre ein Beutel mit Kleingeld oder so.«

»Was ist das denn?«, frage ich. »Aus einem Asia-Restaurant?«

Sie schüttelt den Kopf. Ich öffne den Beutel und nehme einen der kleinen Fische heraus, um ihn mir näher anzusehen, und drehe an dem roten Verschluss.

Laura legt ihre Hand auf meine. »Das würde ich lieber lassen.«

»Warum?«

Sie sieht nach, ob Harry auf der Treppe ist, dann schließt sie die Tür.

»Es gab vor Kurzem ein Rundschreiben in der Schule. Von der Polizei. Damit wir Lehrer wissen, womit wir es zu tun haben, falls wir die Schüler mit so etwas erwischen.«

Noch während sie spricht, steigt eine Erinnerung in mir hoch. Ich habe das Schreiben ebenfalls gesehen. Es war an unsere Praxisgemeinschaft adressiert, ist aber als eine E-Mail von vielen untergegangen. Ich habe nur einen kurzen Blick darauf geworfen.

»Dann weißt du also, was das ist?«

»Ja«, sagt sie, und ihre Stimme ist kaum mehr als ein Flüstern. »Drogen.«

36

Wir stehen einander eine Zeit lang in geschocktes Schweigen gehüllt gegenüber. Laura ist anzusehen, dass sie dasselbe denkt wie ich. *Unser Junge dealt mit Drogen? Doch nicht Connor. So etwas würde er niemals tun.*

Ich hätte nie und nimmer gedacht, dass Connor etwas mit Drogen am Hut hat. Ich kann mich nicht einmal erinnern, dass er mal nach Gras gerochen hätte, wenn er von einer Party nach Hause kam. Wir haben ab und zu aufgrund meines Berufes beim Abendessen über das Thema gesprochen, aber Laura und ich hatten nie das Gefühl, wir müssten ihn zur Seite nehmen und über die Gefahren aufklären. Dazu schien Connor viel zu vernünftig.

Offenbar haben wir uns getäuscht.

»Bist du dir sicher?«, frage ich schließlich.

»Ja. Ich weiß noch, wie seltsam ich es damals fand, weil man doch davon ausgeht, dass Drogen als Pulver, Tabletten oder getrocknete Pflanzen vertrieben werden. Es gab auch eine große Medienkampagne, um die Bevölkerung dafür zu sensibilisieren.«

Eine schnelle Google-Suche bringt massenweise Ergebnisse. Unter den ersten befindet sich ein Artikel der *Nottingham Post* vom vergangenen Monat.

NEUE CLUBDROGE ÜBERSCHWEMMT UNSERE STADT

Von Chris Dineen, Kriminalberichterstatter

Die neue Partydroge ist laut Warnung der Polizei derart hoch dosiert, dass sie sogar zum Tod führen kann.

Die unter dem Namen GHB bekannte Substanz fand allein in diesem Jahr im Zusammenhang mit Dutzenden Anzeigen nach sexuellen Übergriffen, Vergewaltigung, Raub, Körperverletzung und Diebstahl Erwähnung, und auch die Krankenhäuser berichten von zahlreichen Patient:innen, die mit einer Überdosis eingeliefert wurden.

Die Wirkung der Droge reicht von Verwirrung und Gedächtnisverlust über Sprachschwierigkeiten bis hin zu Blackouts, sie kann aber auch zu Atemnot, Krampfanfällen, Koma und letztlich zum Tod führen.

»Es ist eine extrem gefährliche Droge«, so ein Polizeisprecher auf Anfrage der *Nottingham Post,* »und das Risiko einer Überdosierung ist sehr hoch, nachdem der Grat zwischen der Dosis, die zu einem High führt, und einer Überdosis überaus schmal ist. Deshalb ist es umso wichtiger, diese Droge von unseren Straßen zu verbannen.«

GHB wird in flüssiger Form in kleinen Verpackungen zu jeweils einer Dosis verkauft, was es auch einfacher macht, einen Drink oder Ähnliches damit zu präparieren.

Auf dem Foto unter dem Artikel sind Hunderte, wenn nicht sogar Tausende kleine Plastikfische neben anderen Drogen, Waffen und Bargeld zu sehen, die allesamt bei einer Polizeirazzia beschlagnahmt wurden.

Ich lasse mich auf Connors Bett sinken.

»Du meine Güte«, flüstere ich. »Wie, zum Teufel, gelangt ein solches Zeug in Connors Zimmer?«

»Vielleicht hat er … sie für jemanden aufbewahrt«, antwortet Laura langsam. »Weil er ihm einen Gefallen tun wollte. Du weißt ja, wie er ist.«

»Das *dachte* ich, aber mittlerweile bin ich mir nicht mehr so sicher. Und wem wollte er damit einen Gefallen tun?«

»Keine Ahnung.« Sie nimmt mir den Beutel ab. »Ich weiß nur, dass wir die Dinger schnellstens loswerden müssen.«

Ihre Worte und die Schnelligkeit, mit der sie eine Entscheidung getroffen hat, versetzen mir einen Schock. Ich sehe zu, wie sie den Beutel in der Tasche ihrer Shorts verschwinden lässt, und mir kommt ein weiterer unangenehmer Gedanke: »Du hättest es mir nicht gesagt, oder? Wenn ich nicht zufällig ins Zimmer gekommen wäre.«

Sie zögert. »Ich weiß es nicht. Ich hatte noch nicht überlegt, was ich damit tun würde.«

»Du hast versucht, die Fische vor mir zu verstecken.«

»Du hast mich überrascht. Ich war mir nicht sicher, was das Beste ist.« Sie tritt entschlossen auf die Tür zu. »Aber jetzt weiß ich es.«

»Du kannst sie nicht einfach entsorgen.«

»Warum nicht?«

»Weil es Beweismittel sind. Die Polizei will vielleicht … ich weiß auch nicht, aber vielleicht besteht ein Zusammenhang mit Emily Ruskin.«

Sie dreht sich mit resolutem Gesichtsausdruck zu mir um. »Nein, Andy! Die Dinger müssen verschwinden. Sofort.«

»Aber wir müssen es irgendjemandem sagen. Was, wenn

Emily Ruskin einen dieser Fische genommen hat? Oder zwei? Vielleicht hatte sie einen Anfall, eine Überdosis oder …«

»Nicht so laut!«, zischt Laura. »Sonst hört Harry dich noch!«

»Wir können nicht einfach so tun, als hätten wir sie nicht gefunden. Wir sollten zumindest …«

»Was denn?«, unterbricht sie mich, und ihre Stimme klingt eisig. » *Was* sollten wir tun, Andy? Mit dem Beutel aufs Polizeirevier marschieren und ihn dort abgeben? DS Shah erklären, dass wir ihn in Connors Zimmer gefunden haben? Ach, und wo wir schon dabei sind, bereiten Sie gleich eine Anklage wegen Besitzes und Weitergabe von Drogen gegen ihn vor?«

»Nein«, erwidere ich. »Natürlich nicht. Aber es muss einen anderen Weg geben, um die Polizei darauf aufmerksam zu machen.«

Meine Frau starrt mich mit loderndem Blick an. »Nicht, ohne unseren Sohn darin zu verwickeln.« Sie deutet wütend mit dem Finger auf mich. »Und es ist die Aufgabe der Polizei, Emily Ruskin zu finden, nicht unsere. Du solltest überlegen, auf welcher Seite du stehst, und du schwörst mir jetzt besser, dass du nichts sagen wirst.«

»Ja, schon gut.« Ich hebe ergeben die Hände. »Aber lass sie uns wenigstens noch behalten. Sie verstecken. Und Connor danach fragen.«

Sie holt tief Luft, bevor sie schließlich nickt. »Einverstanden.«

Dann reißt sie die Tür auf und verschwindet ohne ein weiteres Wort.

Ich verbringe eine grauenhafte Stunde damit, die Wirkungen und Nebenwirkungen von GHB zu recherchieren.

Gamma-Hydroxybuttersäure ist ein synthetisch hergestellter
Neurotransmitter, der als Club- oder Vergewaltigungsdroge be-
kannt ist. GHB wird von Teenagern und jungen Erwachsenen in
Bars, bei Partys und in Clubs in alkoholische Getränke gemixt
konsumiert. Die Flüssigkeit ist farb-, geruch- und geschmacklos.

Natürlich können wir nicht mit Sicherheit sagen, was sich tatsächlich in den elf Plastikfischen in dem Beutel befindet. Theoretisch könnte es Leitungswasser sein. Ein lukratives Placebo, das an leichtgläubige Jugendliche verkauft werden sollte. Es könnte vollkommen harmlos sein, aber mein Instinkt sagt mir etwas anderes. Und wir können es schwerlich herausfinden, ohne Probleme mit der Polizei zu bekommen.

Wir haben gerade das Abendessen beendet, als die Haustür ins Schloss fällt. Harriet ist bereits in ihrem Zimmer verschwunden, nur Laura und ich sind noch übrig und lauschen gespannt, wie Connor vom Flur in die Küche schlurft.

Meine Frau wendet sich um. »Dein Essen steht in der Mikrowelle, Connor!«, ruft sie und wirft mir einen warnenden Blick zu. *Lass mich das regeln.*

Unser Sohn kommt. Er trägt Jeans und ein zerknittertes schwarzes T-Shirt, und seine sommerliche Bräune wirkt noch dunkler, als hätte er den ganzen Nachmittag in der Sonne verbracht. Aber er sieht auch schrecklich müde aus. So erschöpft, wie ich ihn noch nie erlebt habe. Er holt sich das Essen, setzt sich wortlos und ohne uns anzusehen und beginnt, das Essen in sich hineinzuschaufeln, als hätte er seit einer Woche nichts mehr zu sich genommen.

»Es gibt noch mehr, wenn du willst«, sagt Laura. »Ich wärme es dir gerne auf.«

Er zuckt mit den Schultern und isst weiter.

»Hattest du einen schönen Tag?«, fragt sie und gießt Wasser aus dem Krug in sein Glas. »Wie war deine Schicht? Wie geht es den Katzen?«

Sie bekommt ein Grunzen als Antwort, dann trinkt er das Glas in einem Zug halb leer. Unter seinen Fingernägeln klebt Erde.

Wir verfallen erneut in unangenehmes Schweigen, das nur vom Klappern des Bestecks durchbrochen wird. Ich werfe meiner Frau einen frustrierten Blick zu, und sie versucht es erneut: »Wir müssen über einige Dinge mit dir reden, Connor.«

»Mhm«, murmelt er zwischen zwei Bissen.

»Dein Dad hat heute mit Drew Saxtons Dad gesprochen.«

Endlich sieht er auf. »Was?«, fragt er. »Warum?«

»Ich habe nach deinem Onkel gesucht«, antworte ich. »Aber egal, jedenfalls habe ich mich ein wenig mit Drews Dad unterhalten, und er hat ein paar Dinge gesagt … über Emily Ruskin.«

Connors Wangen beginnen zu glühen. »Welche zum Beispiel?«

»Dass du sie magst.«

Er stößt die Luft aus und rammt die Gabel in sein Essen. »Und?«

»Und die Polizei wird vermutlich irgendwann danach fragen. Wir wollen dir, so gut es geht, helfen, aber das können wir nur, wenn wir die ganze Geschichte kennen.«

Laura lehnt sich nach vorne und legt ihm sanft eine Hand auf den Arm. »Bitte rede mit uns, Connor. Damit wir das Problem gemeinsam lösen können. Es muss dieses Zimmer auch nicht verlassen. Wir wollen dir helfen und dich beschützen, aber das ist schwierig, wenn wir gar keine Ahnung haben, was passiert ist.«

Er sieht zuerst seine Mutter und dann mich an. Seine Augen brennen vor Wut und Frustration. »Ihr beide seid unglaublich, wisst ihr das?«

»Connor, wir sind auf deiner Seite, wir …«

»Ihr denkt, ich hätte ihr etwas angetan, oder?« Seine Stimme zittert, als hätte er Schwierigkeiten, sie unter Kontrolle zu halten. »Ihr glaubt, dass sie deshalb nicht mehr nach Hause gekommen ist? Ihr glaubt die Scheiße, die die Leute über mich verbreiten. Leute, die keine Ahnung haben, die mich und sie gar nicht kennen. Aber ich würde Emily nie wehtun. *Niemals.*«

Laura schüttelt den Kopf und lächelt sanft. »Niemand hier glaubt, dass du ihr etwas angetan hast«, sagt sie. »Du bist unser Sohn, wir lieben dich, und wir passen auf dich auf. Mehr nicht.«

Er wirft die Gabel derart schwungvoll auf den Teller, dass der Tisch wackelt. »Ich kann auf mich selbst aufpassen.« Er schiebt den halb leeren Teller beiseite und steht ruckartig auf. »Ich brauche niemanden, der mir rund um die Uhr über die Schulter schaut.«

»Setz dich!« Ich schaffe es nur mit Mühe, nicht laut zu werden.

Er kommt meinem Befehl nach und starrt mich dabei mit einem Blick an, den ich noch nie zuvor gesehen habe.

»Connor«, sagt Laura. »Da ist noch etwas.«

»Was denn?« Er sieht seine Mum und dann wieder mich an. »Was ist denn noch?«

»Wir haben Drogen in deinem Zimmer gefunden.«

Er erstarrt einen Sekundenbruchteil lang, ehe er die Fassung wiederfindet. »Was für Drogen?«, fragt er. »Wie meinst du das?«

»Elf Dosen in einem Beutel«, antwortet meine Frau. »Ich kenne die Dinger, weil die Polizei ein Rundschreiben zur Warnung an die Schule geschickt hat.«

Unsere Blicke treffen sich, und in dem Moment ist er wie ein Fremder. Wie das Kind eines anderen. Derselbe, aber trotzdem anders. Mein Kind ist fort, und an seine Stelle ist dieser wütende, verängstigte und problembeladene junge Mann getreten.

»Ich habe nicht den blassesten Schimmer, wovon ihr da redet«, sagt er, dann steht er auf und verlässt das Zimmer.

DIENSTAG

37

Der Vormittag vergeht quälend langsam. Es ist erneut ein herrlicher Sommertag mit blauem, wolkenlosem Himmel, doch mein kleines, beengtes Sprechzimmer beschert mir Platzangst. Patienten kommen und gehen, und es gibt auch einige, die unentschuldigt fernbleiben, was es noch schlimmer macht, weil mich dann nichts von meinen Gedanken an Connor, die polizeilichen Ermittlungen und Emily Ruskin ablenkt. Von dem Gefühl einer unaufhaltsam herannahenden Katastrophe. Ich widerstehe nur mühevoll dem Drang, meinen Posteingang nach jedem Patienten zu aktualisieren und nach Neuigkeiten über Emilys Verschwinden zu suchen.

Harriet wollte nicht zur Schule, weil sie das Geflüster und die Gerüchteküche über ihren Bruder nicht aushält. Stattdessen hat sie sich – wie üblich – mit dem Laptop und den Kopfhörern in ihrem Zimmer verschanzt. Laura nimmt einen Kinderkrankentag und bleibt bei ihr.

Ich habe schlecht geschlafen, denn meine Gedanken kehrten immer wieder zu Connors wütenden Worten beim gestrigen Abendessen zurück. Da war vor allem ein Satz, der in einem fort zu mir zurückkehrte und der stetig an Bedeutung gewann, je länger ich in unserem viel zu warmen Schlafzimmer an die Decke starrte.

Ich würde Emily nie wehtun.

Keiner von uns hat gesagt, dass Emily wehgetan wurde, und auch die Polizei hat nichts dergleichen behauptet. Sie gilt als vermisst, und es gibt Befürchtungen, dass sie sich selbst etwas angetan haben könnte, aber nicht, dass jemand anderes ihr zu nahe gekommen ist. Nicht einmal Alexander Saxton hat davon gesprochen. Connor hat als Einziger die Sprache darauf gebracht. Aber wollte er uns damit überzeugen oder sich selbst?

Ich würde Emily nie wehtun.

Kurz vor Mittag habe ich eine kurze Pause in meinem Kalender, die ich nutze, um einen Blick auf mein Handy zu werfen. Ich habe in den letzten zehn Minuten vier neue Nachrichten von Laura bekommen.

> Sieh dir das so schnell wie möglich an.
> Es wurde heute Morgen gepostet.
> Vermutlich kommt es gegen Mittag
> in den Nachrichten.

Die letzte Nachricht enthält einen Link zum Twitter-Account der Polizei Nottinghamshire. Es handelt sich um ein Video. Cathy Ruskin und ein uniformierter Polizist sitzen vor einem langen Tisch mit mehreren Mikrofonen, und neben ihnen haben Karl Crosby und DS Shah Platz genommen. Hinter ihnen prangt das Polizeiwappen.

Der uniformierte Polizist beginnt mit der Vorstellung des Falles, dann übergibt er das Wort an Cathy. Sie trägt die Haare zu einem Pferdeschwanz gebunden und wirkt erschöpft, als hätte sie die letzten achtundvierzig Stunden kaum geschlafen und würde nur noch von der Verzweiflung angetrieben. Der

Kontrast zu den strahlenden Bildern auf ihrem Instagram-Account ist frappierend.

Sie bittet erneut alle Zuseher um Hilfe bei der Suche nach ihrer Tochter, wirft dabei immer wieder einen Blick auf einen Zettel vor sich und ist sichtlich bemüht, nicht in Tränen auszubrechen. Als sie schließlich davon spricht, was für ein wundervolles, kluges und liebenswürdiges Mädchen Emily ist, bricht ihre Stimme dennoch.

Der uniformierte Officer wirkt regungslos wie eine Steinstatue, während DS Shah professionell besorgt erscheint und Cathy immer wieder aufmunternd zunickt. Karl gibt ebenfalls nichts preis. Er starrt lediglich geradeaus, dunkle Schweißflecken haben sich unter den Achseln seines violetten Poloshirts gebildet.

»Falls jemand gerade in diesem Moment bei Emily ist …«, fährt Cathy fort. »Jemand, der … der Grund dafür ist, dass sie nicht nach Hause kommt, dann lassen Sie uns bitte wenigstens wissen, ob es ihr gut geht. Schicken Sie mir oder der Polizei eine Nachricht, das ist alles, worum wir Sie bitten. Emily ist ein so wunderbares Mädchen, und sie hat sicher schreckliche Angst. Wir haben seit ihrer Geburt nie mehr als eine Nacht getrennt voneinander verbracht, und sie muss zurück zu ihrer Mum. Zurück zu ihrer Familie.«

Sie wischt sich eine Träne aus dem Gesicht und umklammert das Taschentuch mit zitternden Fingern. Der Zettel vor ihr ist vergessen, ihr Blick ist direkt in die Kamera gerichtet, als sie einen weiteren Appell an ihre Tochter richtet: »Emily, falls du das siehst: Wir lieben dich. Ich, deine Schwestern und Karl. Bitte, komm nach Hause.« Sie wischt sich erneut über die Augen. »Danke.«

Der uninformierte Officer beendet die Pressekonferenz: »Emily wird als Vermisstenfall mit hohem Risiko behandelt«, sagt er, und sein abgehackter Tonfall steht in starkem Gegensatz zu Cathys sanften Tönen. »Es besteht die Möglichkeit, dass sie irgendwo gegen ihren Willen festgehalten wird oder ihr auf andere Art Schaden zugefügt wurde, weshalb wir sie so schnell wie möglich finden müssen. Wir danken Ihnen für die Mithilfe.«

Ich atme tief durch und sehe mir das Video noch einmal an. Ich bewundere Cathy dafür, wie würdevoll sie dem Druck standhält, obwohl sie gerade den schlimmsten Albtraum einer jeden Mutter und eines jeden Vaters durchlebt. Beim zweiten Mal achte ich vor allem auf ihre Worte, und mir wird klar, dass die Polizei von zwei Möglichkeiten ausgeht: Entweder ist Emily aus freien Stücken verschwunden, oder sie wurde entführt und wird nun gegen ihren Willen festgehalten. Offenbar ist es noch nicht gelungen, das Szenario einzugrenzen.

Ich denke an das erste Videotelefonat mit Cathy zurück, als wir noch beide nach unseren Kindern gesucht haben und auch ich nicht wusste, ob Connor abgehauen war oder gekidnappt wurde. Ich stelle mir vor, wie ich mich in Cathys Situation fühlen würde, und mein Herz zieht sich vor Mitgefühl zusammen. Hat Laura tatsächlich recht? Werden alle Eltern zu erbarmungslosen Egoisten, wenn ihr Kind in Gefahr gerät? Schaut wirklich jeder nur auf sich selbst, und alles andere ist egal? Ich will es einfach nicht glauben.

Denn da ist auch noch etwas anderes.

Schuldgefühle.

Nagende Schuldgefühle, dass mein Sohn womöglich etwas mit Emilys Verschwinden zu tun hat. Dass er Mitschuld hat am Leid ihrer Mutter und dass die Drogen, die wir in seinem Zimmer gefunden haben, ein entscheidender Faktor sind.

Die Drogen, von denen wir niemandem erzählen können.

Laut Twitter wurde das Video vor mehr als einer halben Stunde gepostet, die Pressekonferenz sollte mittlerweile also vorüber sein. Ich öffne WhatsApp, rufe die Unterhaltung mit Cathy auf und schreibe ihr eine Nachricht.

> Hallo, Cathy, wir haben uns gestern kurz im Wald am Beacon Hill getroffen, und ich habe soeben Ihren Aufruf gesehen. Was passiert ist, tut mir schrecklich leid, bitte melden Sie sich, falls ich Ihnen irgendwie helfen kann.

Ich drücke *Senden,* ehe ich es mir anders überlegen kann. Die beiden grauen Häkchen werden weniger Sekunden später bereits blau.

Aber sie wird natürlich nicht antworten. Sie geht vermutlich in gut gemeinten Nachrichten von Bekannten, Freunden, Nachbarn und Kollegen unter, die alle ihre Hilfe anbieten, aber im Prinzip nichts dazu beitragen können, ihre Tochter zu finden. Ganz zu schweigen davon, dass mein Sohn möglicherweise einer der letzten Menschen ist, die sie gesehen haben.

Natürlich wird sie nicht antworten.

Ich habe mich beinahe selbst davon überzeugt, als plötzlich das Telefon klingelt.

38 Am Telefon klingt Cathys Stimme ruhiger und zögerlicher als auf der Pressekonferenz. Im Hintergrund sind mehrere weibliche Stimmen zu hören, die sich leise unterhalten. Nachdem sie sich für meine Nachricht bedankt hat, kommt sie direkt zur Sache: »Hören Sie, Andy, ich bin froh, dass Sie sich gemeldet haben.« Sie setzt sich in Bewegung, während sie redet, und ich höre ihre Schritte im Hintergrund. »Ich würde normalerweise niemanden um so etwas bitten, aber ich brauche tatsächlich Ihre Hilfe.«

»Natürlich. Jederzeit.«

»Es macht mich einfach verrückt. Dieses Gefühl, etwas übersehen zu haben. Die Polizei sollte schon längst etwas herausgefunden haben, aber ich habe keine Ahnung, was los ist. Vielleicht sagen sie es mir auch nicht. Ich weiß es nicht.«

Es ist, als wäre ich unvermittelt zu einem laufenden Gespräch gestoßen. Oder sie redet mit sich selbst.

»Es tut mir leid, aber Connor ist immer noch nicht mit der Sprache herausgerückt. Wir haben versucht, mit ihm zu reden, aber er macht jedes Mal zu.«

»Sie arbeiten doch als Allgemeinmediziner in der Orchard-Gemeinschaftspraxis, nicht wahr?«

»Ja«, bestätige ich zögerlich.

Eine Tür fällt zu, die Schritte verstummen, und es ist wesentlich ruhiger im Hintergrund. Einen Moment lang befürchte ich, dass die Verbindung getrennt wurde.

»Cathy? Sind Sie noch da?«

»Ja«, sagt sie leise. »Ich bin noch da. Tut mir leid.«

»Ich kann mir gar nicht vorstellen, wie schwer die letzten Tage für Sie waren.«

»Das Problem ist, dass es so viel gibt, was wir nicht wissen. Dinge, die auch die Polizei nicht weiß oder nicht an uns weitergibt.« Sie stößt die Luft aus. »Über Emily. Was sie durchmacht. Und ich mache mir ständig Gedanken darüber, ob Emily … etwas genommen hat.« Ihre Stimme bricht. »Ohne mein Wissen.«

Sie hält inne und lässt ihre Bitte unausgesprochen, doch ich weiß natürlich trotzdem, warum sie so schnell auf meine Nachricht reagiert hat.

»Sie meinen Drogen?«

»Ich meine Medikamente, die ihr mit ihren Stimmungsschwankungen und gegen die Angstzustände helfen und die ihr verschrieben wurden.« Sie zögert erneut und seufzt schwer. »Xanax oder Ähnliches. Antidepressiva. Man hört von so vielen Teenagern, die solche Medikamente nehmen, und ich war immer froh, dass meine drei Mädchen so etwas nicht brauchen, aber jetzt frage ich mich, ob Emily es möglicherweise vor mir verheimlicht hat?«

»Cathy, ich …«

»Wir sind beide seit Emilys Geburt Patientinnen in der Orchard-Gemeinschaftspraxis. Meine Zwillinge meinen, wir sollten zu einem Spezialisten, der sich nur um Privatpatienten kümmert, aber ich halte viel auf das nationale Gesundheitssystem und weiß zu schätzen, was es für mich getan hat. Trotzdem macht es mich gerade jetzt fertig, dass ich nicht weiß, ob Emily sich Hilfe suchend an jemanden gewandt hat. An einen Arzt statt an mich. Dass ich nicht weiß, ob ich die Anzeichen übersehen habe, dass sie mit solchen Dingen zu kämpfen hat.« Ihre Stimme schwankt, sie scheint den Tränen nahe. »Ich muss es einfach wissen.«

Auch jetzt spricht sie die Frage nicht aus.

Eine Frage, auf die es nur eine mögliche Antwort gibt. Trotzdem spüre ich, wie meine Entschlossenheit ins Wanken gerät, obwohl ich so etwas noch nie zuvor in Betracht gezogen habe. Vielleicht könnte ich nur dieses eine Mal eine Ausnahme machen, damit sie sich zumindest darüber keine Gedanken machen muss? Ich habe Emily nie behandelt, aber die Aufzeichnungen der Praxisgemeinschaft werden zentral gespeichert und lassen sich über den Computer vor mir leicht einsehen. Es sind nur ein paar Tastenanschläge, um vollen Zugriff auf Emilys Krankenblatt zu erhalten. Immerhin habe ich Cathy meine Hilfe aus freien Stücken angeboten, und es sind nun mal besondere Umstände.

Ich hebe den Blick, und er bleibt an dem gerahmten Foto auf meinem Schreibtisch hängen, das während unseres Urlaubs in der Türkei im letzten Jahr entstanden ist. Laura und Harriet in der Mitte, Connor und ich außen, alle gebräunt und glücklich, hinter uns das in der Sonne funkelnde Mittelmeer.

»Es tut mir wirklich sehr leid, Cathy …«, sage ich schließlich und fühle mich wie ein Betrüger, weil ich ihr meine Hilfe angeboten habe und sie jetzt im Stich lasse. »Das kann ich nicht machen. Ich bin an das Arztgeheimnis gebunden und darf solche Informationen nicht weitergeben. Nicht einmal innerhalb der Familie.«

Sie schweigt einen Moment lang und stößt die Luft aus, bevor sie antwortet. »Natürlich.« Ihre Stimme klingt noch leiser und kleinlauter, als hätte sie die Antwort schon geahnt. »Verstehe.«

»Es tut mir leid«, sage ich erneut. »Ich wünschte, ich könnte Ihnen helfen. Wirklich.«

»Nein, ich verstehe schon. Sie haben ja recht, ich hätte gar nicht fragen sollen. Es war falsch. Ich sollte mich bei Ihnen entschuldigen. Ich weiß nicht, was in mich gefahren ist.«

»Ich könnte mit den anderen Ärzten sprechen und fragen, ob sich die Polizei bereits gemeldet hat. Vielleicht kann ich die Dinge etwas beschleunigen.«

Es scheint ein schrecklich nutzloser Vorschlag, wenn man bedenkt, wie verzweifelt sie ist. Sie dankt mir trotzdem und hat gleich noch eine Bitte: »Wissen Sie, da ist noch etwas. Ich würde es ja normalerweise selbst machen, aber im Moment ist alles so verrückt, und ich möchte zu Hause sein, falls es Neuigkeiten gibt.«

»Schießen Sie los.«

Sie sagt mir, was sie braucht, und ich werfe einen Blick auf die Uhr. Das Team-Meeting der Gemeinschaftspraxis beginnt erst in einer Stunde, und ich muss davor noch einen Hausbesuch erledigen, der aber in derselben Richtung liegt.

»Kein Problem«, erwidere ich. »Ich bin in vierzig Minuten bei Ihnen.«

39

The Avenue ist vollgeparkt mit Übertragungswagen, weißen Vans und anderen Autos, sodass ich meinen Wagen ein Stück weit von Cathys Haus entfernt abstellen und zu Fuß zu ihr gehen muss. Ich mache beinahe auf dem Absatz kehrt, als ich sehe, wie viele Leute sich versammelt haben, aber das würde wohl noch mehr Aufmerksamkeit erregen. Die Zahl der Presseleute vor dem Haus hat sich seit gestern verdrei- oder gar vervierfacht. Fotografen, Kamerateams und Reporter stehen gelangweilt herum, richten die Linsen auf die Fenster an der Vorderseite, tippen auf ihren Handys oder unterhalten sich. Sie scheinen auf etwas zu warten – auf die nächste Entwicklung, eine neue Richtung, in die die Geschichte schwenkt. Erst jetzt wird mir so richtig klar, wie bekannt Cathy tatsächlich ist.

Während das über zwei Meter hohe, massive Stahltor gestern noch offen stand, ist es heute fest verschlossen und versperrt die Sicht auf die Einfahrt. Mehrere Reporter drehen sich in meine Richtung, als ihnen langsam klar wird, dass ich kein neugieriger Nachbar bin.

»Hierher, mein Freund!«, ruft einer von ihnen, und ich drehe mich instinktiv um. Ich blicke direkt in die Linse einer Kamera, und er drückt dreimal ab, ehe ich mich wieder abwenden kann.

Ich klingle und fühle mich seltsam nackt und bloßgestellt, während mich Dutzende Augenpaare neugierig mustern. Endlich öffnet sich das Tor, und ich trete hindurch. Die Reporter rufen mir im wilden Durcheinander Fragen hinterher, ehe es dicht hinter mir wieder zuschwingt.

»Wie geht es der Familie?«

»Hat Cathy eine Nachricht an ihre Fans?«

»Können Sie bestätigen, dass bereits eine Lösegeldforderung eingegangen ist?«

Ich trete vor die Haustür, die im nächsten Moment aufgeht. Cathy winkt mich ins Haus und schließt eilig die Tür hinter mir. Sie wirkt auch von Angesicht zu Angesicht besorgt und erschöpft.

»Danke, dass Sie gekommen sind.« Ihre Stimme klingt müde. »Das weiß ich zu schätzen.«

Sie führt mich in den hinteren Teil des Hauses in eine große Wohnküche mit hohen Stühlen vor einer Kücheninsel aus Granit und einem großen Glastisch in der Ecke, der von einem Dutzend Stühlen umringt wird. Daneben befindet sich das Wohnzimmer mit mehreren niedrigen Sofas, Sitzkissen und einem gigantischen Fernseher an der Wand, auf dem ein Nachrichtensender läuft. Die Lautstärke ist heruntergedreht und die Jalousien geschlossen, sodass sämtliches Tageslicht ausgesperrt wird. Die dämmrige Atmosphäre betont die Spannung und den Druck nur noch, die auf der Familie lasten.

Zwei junge Frauen sitzen barfuß und eng beieinander auf einem der Sofas und starren auf ihre Handys. Ihre dunklen, offenen Haare fallen ihnen in die auf unheimliche Weise identischen Gesichter. Obwohl ich die Instagram-Bilder gesehen habe und weiß, dass Cathys Töchter eineiige Zwillinge sind, ist es irritierend, ihnen persönlich zu begegnen.

»Das sind meine beiden älteren Töchter, Megan und Georgia.« Cathy senkt die Stimme. Ihre Augen sind gerötet. »Es ist … sehr schwer für sie. Für uns alle, wenn ich ehrlich bin. Wir warten den ganzen Tag nur auf Neuigkeiten. Auf einen Anruf oder ein Klopfen an der Tür.«

Ich weiß nicht, was ich darauf erwidern soll, also stelle ich die Papiertüte mit den Medikamenten, die ich in der Praxisapotheke abgeholt habe, auf die Arbeitsplatte in der Küche. Die Tüte ist verschlossen, und selbst wenn sie es nicht wäre, hätte ich keinen Blick hineingeworfen.

»Danke«, sagt sie erneut. »Das war sehr freundlich von Ihnen.«

»Keine Ursache.« Ich zucke mit den Schultern. »Von meinem Büro in die Praxisapotheke ist es ja nicht weit.«

Aus der Nähe sehe ich mehrere graue Strähnen am Ansatz ihrer ansonsten perfekt gestylten braunen Haare.

»Ich hätte die Medikamente selbst geholt, aber die Presseleute werden stündlich mehr, und jedes Mal, wenn ich das Haus verlasse, geraten sie außer sich und brüllen mir die grauenhaftesten Fragen hinterher.« Sie wirft einen Blick auf ihre Töchter, dann winkt sie mich durch einen Durchgang zu ihrer Linken.

Sie betritt ein in Weiß gehaltenes Büro und lehnt sich an den breiten Schreibtisch. »Ich habe kein Problem mit der Presse, solange sie auf Abstand bleibt, wie zum Beispiel bei der Pressekonferenz. Aber nicht so wie vor dem Haus. Vorhin stand ein Fotograf mit seiner Kamera plötzlich vor dem Wohnzimmerfenster. Megan war außer sich, und Karl ist nach draußen und hätte ihn beinahe zusammengeschlagen.«

»Unter diesen Umständen durchaus verständlich.«

»Ich wollte mich übrigens noch entschuldigen.« Sie spricht noch leiser. »Dafür, wie Karl gestern mit Ihnen gesprochen hat. Es war nicht richtig von ihm, aber er sieht sich als Beschützer der Mädchen, und manchmal … schießt er ein wenig über das Ziel hinaus. Er frisst alles in sich hinein, wissen Sie? Stiefvater zu sein ist nicht einfach, aber er macht das sehr gut. Vor allem mit Emily. Die beiden haben eine ganz besondere Beziehung.«

Ich denke an das Gespräch mit meiner Frau und unsere Pläne, in Karls Vergangenheit zu wühlen, und sofort steigt schlechtes Gewissen in mir hoch. Vielleicht sollte ich es Cathy sagen? Oder mir einen anderen Weg überlegen, sie über Karls Vergangenheit an früheren Schulen in Kenntnis zu setzen?

Ich tue nichts dergleichen.

»Machen Sie sich keine Gedanken. Sie beide stehen unter enormem Stress.«

Sie schenkt mir ein trauriges Lächeln und wechselt das Thema. »Wie geht es denn Ihrem süßen Hündchen?«

»Toffee? Er ist ein verrückter kleiner Kerl. Aber er liebt den Sommer. Und den Wald.« Ich muss trotz allem ebenfalls lächeln. »Tut mir leid, dass er Sie angesprungen hat. Das macht er normalerweise nur bei Leuten, die er kennt. Aber er scheint Sie zu mögen.«

Cathy winkt ab und deutet auf eine Kaffeemaschine, die besser in ein Café gepasst hätte. »Möchten Sie vielleicht eine Tasse?«

Ich werfe einen Blick auf die Uhr. Viertel vor zwei. Das wird knapp.

»Aber nur eine kleine Tasse. Schwarz, bitte.«

Sie drückt einige Knöpfe, und der Geruch von frisch gemahlenem Kaffee erfüllt die Luft.

»Wegen der Frage vorhin am Telefon … Es war falsch, Sie in eine derartige Position zu bringen.« Sie sieht mich ehrlich zerknirscht an. »Es war nur, weil es so viel gibt, was ich nicht über Emily weiß. So viel, was sie mir nicht mehr erzählt.«

»Ich weiß genau, was Sie meinen«, erwidere ich. »Ich schätze, wir wollen immer mehr wissen, als uns unsere Teenager freiwillig preisgeben.«

Sie reicht mir die Kaffeetasse. »Vielleicht, weil sie meine Jüngste ist. Die Zwillinge sagen immer, dass ich sie wie ein kleines Kind behandle. Ich verwöhne sie zu sehr und versuche verzweifelt, sie zu beschützen.« Ihre Stimme bricht erneut, und sie holt ein Taschentuch aus einem Karton auf dem Schreibtisch. »Offenbar habe ich mir nicht genug Mühe gegeben.«

Ich sehe sie an. Diese Frau – diese *Mutter* –, die bis an den Rand des Zusammenbruchs getrieben wurde von Umständen, die sie nicht unter Kontrolle hat, und die mit allerletzter Kraft für ihre Tochter kämpft und alles für sie tun würde. Das Mitleid ist so stark, dass es alle anderen Gefühle auslöscht.

Ich hole Luft und treffe eine Entscheidung.

»Wissen Sie …« *Tue ich das gerade wirklich?*

Sie neigt den Kopf. »Was denn?«

Warum nicht? Ich habe die Grenze bereits überschritten.

Ich nehme einen Schluck von dem köstlichen und sehr starken Kaffee. »Zu der Frage von vorhin, ob Emily Medikamente verschrieben bekommen hat …« Ich senke die Stimme und schaffe es nicht, Cathy anzusehen. »Ich habe nachgesehen, und die Antwort ist Nein. Sie hat nichts bekommen.«

Und schon ist es passiert. Nach beinahe zwanzig Jahren als

Allgemeinmediziner habe ich eine der grundlegendsten Regeln meines Berufes gebrochen. Es war unheimlich einfach, das Patientengeheimnis zu umgehen. Ein paar Worte, heiße Scham, die einen Moment lang in mir hochstieg. Mehr nicht. Es ist beängstigend, *wie* einfach es war.

Cathy sieht mich einen Moment lang an und scheint die Information zu verarbeiten, dann senkt sie ebenfalls den Blick.

»Okay«, meint sie leise und hörbar erleichtert. »Danke. Ich habe den Gedanken nicht ertragen, dass sie vielleicht mit Problemen zu kämpfen hat, von denen ich nichts weiß. Wir haben in den letzten Tagen so viel über Emily herausgefunden, was sie vor uns geheim gehalten hat. Und vor mir. Dinge, die sie mir vor ein paar Jahren noch erzählt hätte.«

Ich nicke und warte, dass sie es näher erläutert, aber das tut sie nicht. »Ich weiß, was Sie meinen.«

»Danke. Mir ist bewusst, wie schwer es Ihnen gefallen sein muss, diese Informationen …«

»Schon gut«, sage ich. »Solange es unter uns bleibt. Ich wünschte bloß, ich könnte mehr tun.«

Sie nimmt einen Schluck Kaffee und mustert mich. »Wissen Sie, ich bin nicht Karls Meinung, was Sie betrifft. Ich glaube nicht, dass Ihr Sohn … etwas damit zu tun hat. Ich hätte Sie nicht gebeten herzukommen, wenn es so wäre. Ich glaube nicht, dass er zu diesen Jungen gehört.«

Mit dieser Meinung sind Sie aber ziemlich alleine, denke ich. Nachdem ich von so vielen Seiten Anschuldigungen gegenüber meinem Sohn gehört habe, ist es seltsam, dass jemand etwas Positives zu sagen hat. Und zwar ausgerechnet Emilys Mutter.

»Das glaube ich auch nicht.«

»Er schien immer sehr nett, wenn er hier war.«

Ihre Worte lassen mich zusammenzucken. »Er war *hier*?«

Cathy nickt. »Er hat Emily bei den Hausaufgaben und einigen Projekten geholfen. Und er hat ihr immer wieder Geschenke vorbeigebracht. Tickets für die U18-Nacht in der Rock-City für Emily und Olivia zum Beispiel. Die Veranstaltung war ausverkauft, aber Connor hat es geschafft, doch noch Karten aufzutreiben.«

Ich überlege, ob ich etwas darüber weiß, aber da ist nichts. »Was meinten Sie am Sonntag eigentlich mit Ihrer Antwort auf meine Frage, ob Emily und Connor zusammen wären?«

»Was genau habe ich denn gesagt? Sonntag scheint Jahre her.« Sie überlegt einen Augenblick lang. »Emily hatte immer viele Freunde und bekam viel Aufmerksamkeit von den Jungs. Connor war einer von ihnen, aber er war trotzdem anders. Er schien es sehr viel ernster zu meinen.« Sie lächelt verkniffen. »Er hat sie immer wieder um ein Date gebeten, es war offensichtlich, dass er mehr Zeit mit ihr verbringen wollte, aber Emily … sie wollte nicht so wirklich. Er war erpichter darauf als sie, wenn man so sagen kann.«

Mir liegt bereits die nächste Frage auf der Zunge, als das Telefon auf dem Schreibtisch klingelt. Cathy zuckt zusammen und verschüttet beinahe den Kaffee, als sie eilig die Hand danach ausstreckt.

»Hallo?« Sie umklammert den Hörer mit beiden Händen. »Ja, hier spricht Cathy Ruskin. Ja, ich kann reden.«

»Ich finde alleine hinaus«, erkläre ich leise und deute auf die Tür.

Sie nickt knapp und konzentriert sich bereits wieder auf den Anrufer, als ich die Tür öffne.

40

Kameras klicken, also halte ich den Kopf gesenkt, bis ich zum Tor hinaus bin. Erst da bemerke ich, dass die Fotografen gar nicht mich im Visier haben, sondern zwei Mädchen im Teenageralter, die von den Reportern umringt werden wie Promis auf dem roten Teppich. Eine der beiden kenne ich aus Connors Jahrbuch. Olivia de Luca hält ein A3-großes Foto von Emily hoch, das andere Mädchen hat ein Plakat dabei, auf dem die Facebook-Seite, der Hashtag und die Telefonnummer der Polizei vermerkt sind. Die beiden wirken seltsam klein inmitten der Journalistenmeute, aber ich bin trotzdem froh, dass mich niemand beachtet, als ich das Grundstück verlasse.

Ich denke an Cathys Worte, als ich zu meinem Auto komme: *Ich glaube nicht, dass Ihr Sohn etwas damit zu tun hat.* Etwas Positives von einer Frau, die unter unerträglichem Druck steht, während von allen Seiten Anschuldigungen auf uns einprasseln. Sie hätte nichts sagen müssen, und die meisten Leute in ihrer Situation wären zu sehr mit ihren eigenen Problemen beschäftigt, um sich um die Sorgen anderer zu kümmern. Die Liebenswürdigkeit und Güte dieser Geste sind bemerkenswert – ein winziger Lichtstreifen in der Dunkelheit der letzten Tage.

Auch wenn es egoistisch klingt, hoffe ich, dass sie dasselbe auch der Polizei gegenüber gesagt hat.

Ich werfe einen Blick auf die Uhr. Ich muss mich beeilen, um rechtzeitig zur Besprechung zu kommen, denn wenn wir zu spät anfangen, verzögern sich automatisch die Nachmittagstermine, was man aus Erfahrung nie wieder aufholen kann. Ich habe auch schon eine Nachricht meiner Kollegin Sohail bekommen, die mich an die Besprechung und die Tatsache erinnert, dass unser jähzorniger Vorgesetzter und ärztlicher Leiter der Praxisgemeinschaft, Dr. Henry Fraser, den Vorsitz hat. Ich tippe eine schnelle Antwort.

Bin in 10 min da.

Ich öffne gerade meinen Wagen, als jemand meinen Namen ruft.

»Dr. Boyd?«

Einer der Reporter hat sich von den anderen abgeseilt und ist mir bis zu meinem Auto gefolgt. Er ist Ende vierzig, dürr, mit kurz geschorenen Haaren und Augen hinter einer Sonnenbrille. Er trägt eine dunkle Hose, ein weißes, kurzärmeliges Hemd und den Gurt einer abgewetzten Ledertasche über der Brust. Irgendwie kommt er mir bekannt vor, aber vermutlich gehört er bloß zu den Reportern, die bereits gestern hier waren.

»Tut mir leid.« Ich hebe abwehrend die Hand. »Ich habe es eilig.«

»Es dauert auch nicht lange.«

Ich schüttle den Kopf. »Es passt gerade wirklich nicht. Ich muss los.«

Er schiebt die Sonnenbrille in die Haare und sieht mich blinzelnd an. »Mein Name ist Chris Dineen von der *Nottingham Post.*« Er streckt die Hand über die Motorhaube meines Wagens, doch ich ergreife sie nicht, also lässt er sie wieder sinken. »Ich möchte mich nur kurz mit Ihnen über Emily Ruskins Verschwinden unterhalten.«

»Ich glaube, das ist keine gute Idee«, entgegne ich.

Ich steige in das heiße Auto und schließe die Tür. Durch das Beifahrerfenster sehe ich, dass der Reporter immer noch die Lippen bewegt, doch ich höre nichts. Da kommt mir ein Gedanke. Ich öffne das Fenster zur Hälfte.

»Woher kennen Sie meinen Namen?«

Er zuckt mit den Schultern. »Ich habe Sie gestern hier gesehen und mich ein wenig umgehört. Ihr Sohn gehört zu Emilys engsten Freunden, nicht wahr?«

Ich starte den Motor, und die Klimaanlage erwacht zum Leben. »Ich muss jetzt wirklich los.«

»Hören Sie, wir können uns gerne inoffiziell unterhalten. Es geht mir bloß um den Hintergrund.« Er greift in seine Tasche. »Hier ist meine Nummer, falls Sie es sich anders überlegen.«

Er streckt die Hand durch das Fenster und lässt eine Visitenkarte auf den Beifahrersitz segeln.

»Danke.«

»Alexander Saxton ist ein interessanter Kerl, nicht wahr? Ich habe gesehen, dass Sie sich gestern mit ihm unterhalten haben.«

Ich runzle die Stirn. »Spionieren Sie mir nach?« Ich setze die Sonnenbrille auf. »Oder ihm?«

Dineen wirft einen Blick über die Schulter, um sicherzugehen, dass wir allein sind, dann lehnt er sich noch näher heran. »Ist Ihnen irgendetwas an ihm seltsam vorgekommen?«

Mein Telefon meldet das Eintreffen einer neuen Nachricht von Sohail.

> Die Besprechung beginnt jede Minute.
> Henry ist jetzt schon sauer.

»Tut mir leid«, sage ich an Dineen gewandt. »Ich muss dringend zurück in die Praxis.«

Er sagt noch etwas, doch ich höre es nicht mehr, denn ich lege bereits den Gang ein und fahre los, während er in der gleißenden Nachmittagssonne auf dem Bürgersteig zurückbleibt.

41 Es waren wirklich *eine Menge* Fotos.

Ganz zu schweigen von den Videos, den Artikeln, den Reels, den Kommentaren, den Markierungen, den Links und den geteilten Beiträgen.

Aber das machte Harriet nichts aus. Sie war ein geduldiger Mensch und stellte sich vor, sie wäre Hermine in *Harry Potter und die Kammer des Schreckens,* die herausfinden musste, worum es sich bei dem Ungeheuer handelte, das Hogwarts unsicher machte.

Denn genau das machte Harriet auch: Sie versuchte, das Monster zu identifizieren.

Und dafür musste sie das Muster erkennen und das Puzzleteil finden, das nicht an seinem Platz war.

Sie hatte lange Zeit im Trüben gefischt, aber sie war schlau genug, um zu wissen, dass Rätsel wie dieses niemals beim ersten Versuch gelöst wurden. Die Antwort lag nie direkt vor deiner Nase. Wenn es so offensichtlich gewesen wäre, hätte jeder das Rätsel knacken können. Man musste sich von der Seite anschleichen, es durch die Hintertür versuchen, um das zu entdecken, was alle anderen übersahen.

Sie las viel und wusste genau Bescheid. Die Cops hatten diesen berüchtigten Gangster aus Chicago nicht aufgrund seiner grauenhaften Verbrechen erwischt, sondern weil er seine Steuern nicht bezahlt hatte.

Sie scrollte zurück an den Start und sah sich das Video erneut bis zum Ende an. Dann checkte sie noch einmal die anderen, um sicherzugehen, dass sie sich nicht täuschte.

Was sie gefunden hatte, hatte etwas zu bedeuten, da war sie sich sicher.

Jetzt musste sie nur den nächsten Schritt machen.

Sie hatte bereits alles heruntergeladen, was sie brauchte, und auch die E-Mail mit dem Trojaner war fertig. Sie lächelte, als sie den Betreff einsetzte. *Überwachungsvideos Emily Ruskin*. Ein unwiderstehlicher Köder.

Sie überprüfte die E-Mail noch ein letztes Mal, dann drückte sie *Senden*.

42

Ich stürze zehn Minuten zu spät durch die Tür ins Besprechungszimmer, lasse den genervten Blick von Henry über mich ergehen und nehme auf dem letzten leeren Stuhl am großen Konferenztisch Platz. Ich öffne die Tagesordnung auf meinem Tablet und versuche, seinen Ausführungen über Protokolle und Maßnahmen im Gesundheitssystem zu folgen, doch schon nach wenigen Minuten schweifen meine Gedanken ab. Cathy Ruskin, ihre Tochter, mein Sohn und die Geschehnisse der letzten achtundvierzig Stunden – ich frage mich erneut, ob ich etwas an Connors Benehmen in den letzten Wochen übersehen habe, und überlege, ob es einen diskreten Weg gibt, um herauszufinden, was sich in den Plastikfischen befindet, die wir in seinem Zimmer gefunden haben. Aber abgesehen davon, sie anonym bei der Polizei abzugeben oder selbst eine Dosis zu versuchen, fällt mir nichts ein.

Ich bin froh, als die Besprechung endlich vorbei ist und ich in mein Büro und zu meinen Nachmittagsterminen zurückkehren kann. Mein letzter Patient des Tages taucht nicht auf, und ich sollte die Zeit nutzen, um den Papierkram abzuarbeiten, der vor dem Feierabend noch erledigt werden muss. Stattdessen hole ich die Visitenkarte heraus, die ich vor wenigen Stunden von Chris Dineen bekommen habe, und rufe mir unser kurzes Gespräch und vor allem seine letzte Frage in Erinnerung, ob mir etwas an Alexander Saxton seltsam vorgekommen sei.

Ich habe vorhin sogar Laura deswegen angerufen.

»Erinnerst du dich an gestern? Daran, was ich dir über das Gespräch mit Drew Saxtons Dad erzählt habe?«

»Ja, warum?«

»Da war etwas, was er gesagt hat. Etwas, das mir seltsam vorkam. Er meinte: *Es ist ja kein Geheimnis, dass Ihr Junge wie besessen von ihr war.* Ich bin mir sicher, dass er es genau so gesagt hat.«

»Na und?«, erwiderte Laura. »Das wissen wir doch schon.«

»Er hat die Vergangenheit verwendet. Connor *war* wie besessen von ihr.«

Sie schwieg einen Moment, ehe sie antwortete. »Vielleicht, weil es nur eine Schulliebe war. Ein vorübergehendes Gefühl der Zuneigung.«

»Vielleicht«, sage ich, aber ich bin immer noch nicht davon überzeugt.

Ich mache den Computer aus und greife nach meinem Handy. Ich habe den Flugmodus aktiviert, wenn ich arbeite, damit ich mich voll und ganz auf meine Patienten konzentrieren kann und mich nichts außer dringenden Telefonanrufen und Nachrichten erreicht. Ich deaktiviere den Modus, und mehrere E-Mails und WhatsApps treffen ein. Die Anwältin Kay Barber-Lomax bestätigt unser Treffen um halb sechs. Laura erinnert mich daran, dass sie mit Harriet ins Kino gegangen ist.

Connor hat noch geschlafen, als ich am Morgen das Haus verlassen habe, und ich habe ihm mittags eine Nachricht geschrieben und ihn an unseren Termin mit der Anwältin erinnert. Ich durfte gestern nicht einmal einen weiteren Blick auf die Verletzungen in seinem Gesicht werfen, und es zerreißt mir das Herz, dass er mich derart auf Abstand hält.

Ich will ihn beschützen, aber ich will nicht, dass er das Gefühl hat, ich würde ihn kontrollieren. Seine Antwort auf meine Mittagsnachricht fiel kurz und prägnant aus:

> Bin mit Toffee und Chester unterwegs.

Er hat offiziell noch immer Hausarrest, aber wir haben beschlossen, dass er zumindest auch noch mit den Hunden rausdarf. Auf dem Weg zu meinem Auto wähle ich seine Nummer, und es dauert eine Weile, bis er endlich abhebt.

»Connor, hier spricht Dad. Wie geht es dir? Alles klar?«

»Sicher.«

»Wie geht es deinem Kopf?«

»Gut.«

»Wir treffen uns um halb sechs mit der Anwältin. Ich fahre jetzt los, aber wir haben nicht viel Zeit, du solltest also fertig sein, wenn ich nach Hause komme, okay?«

»Ich *weiß*, Dad.«

»Was hast du heute so gemacht?«

»Nicht viel.«

»Wo bist du gerade?«

»Zu Hause.« Es ist nicht zu überhören, wie genervt er ist. »Wo denn sonst?«

»Hast du etwas von deinen Freunden gehört?«

Ich höre unsere Türklingel am anderen Ende der Leitung. »Moment mal«, sagt mein Sohn, geht mit dem Handy zur Tür und öffnet sie. Ich drücke das Telefon fester ans Ohr und stecke mir einen Finger in das andere, um besser hören zu können. Vor der Tür steht offenbar eine Frau, und ich höre das Gespräch zwischen ihr und meinem Sohn wie durch einen Filter.

»Sind deine Eltern zu Hause?«

»Nein.«

»Bist du alleine?«

»Ja.«

DS Shah stellt die Fragen, und ich sehe DC Harmer vor mir, der in Anzug und mit Krawatte und ernstem Gesicht neben ihr Aufstellung genommen hat.

Mein erster Gedanke ist, dass sie Emily Ruskin gefunden haben, dass es ihr gut geht und alles wieder okay ist. *Aber würden sie deshalb eigens zu uns nach Hause kommen?* Unbehagen und Angst machen sich in mir breit, als mir klar wird, dass Connor ganz alleine zu Hause ist und die Polizei vor unserer Tür steht. Ich bin eine viertelstündige Autofahrt entfernt, und Laura und Harriet sind im Kino und haben die Handys vermutlich lautlos gestellt. Mein Sohn ist alleine. Ungeschützt.

Ein weiterer Gedanke trifft mich wie ein Eimer Eiswasser.

Die Drogen.

Was, wenn sie das Haus durchsuchen wollen? Wenn sie einen Durchsuchungsbefehl dabeihaben? Wo hat Laura die Fische versteckt? Sie hat es mir nicht gesagt, aber ich glaube, es trotzdem zu wissen. Scheiße. Ich hätte sie an mich nehmen und verschwinden lassen sollen.

»Connor?«, frage ich, doch er gibt keine Antwort.

Ich höre DS Shahs Stimme: »Connor«, sagt sie. »Du erinnerst dich sicher an mich. DS Shah von der Polizei Nottinghamshire. Wir haben neue Hinweise, was den Verbleib von

Emily Ruskin angeht, und würden gerne auf dem Revier mit dir darüber sprechen. Warum ziehst du dir nicht die Schuhe an, und wir bringen dich gleich hin, damit wir das regeln können?«

Mein Sohn murmelt etwas, das ich auf meiner Seite der Leitung nicht verstehen kann.

»Connor!«, schreie ich. »Connor! Lass mich mit ihr reden.«

Endlich höre ich seine leise und zögernde Stimme. »Dad?«

»Lass mich mit ihr reden. Gib ihr dein Handy.«

Es raschelt, als er das Telefon weitergibt.

»Hallo?« DS Shah klingt laut und deutlich aus dem Telefon. »Wer spricht da?«

»Connors Dad«, erwidere ich und fühle mich schrecklich hilflos. »Was ist denn los? Er ist minderjährig. Praktisch noch ein Kind. Verhaften Sie ihn etwa?«

»Wir haben einen Durchsuchungsbeschluss für Ihr Haus, Dr. Boyd, und wir bringen Ihren Sohn für weitere Befragungen aufs Revier. Können Sie gleich dorthin kommen?«

43 Ich rufe Kay Barber-Lomax aus dem Auto aus an und bitte sie, zur Polizeistation zu kommen. Als ich auf den Parkplatz biege, steht sie bereits neben ihrem korallenblauen Audi TT und telefoniert. Sie trägt ein Kostüm, und ihre rotbraunen Haare fallen ihr modisch und makellos frisiert auf die Schultern. Trotz der zehn Zentimeter hohen Absätze ist sie kaum einen Meter fünfzig groß. Wir haben uns nur einmal bei einem Gartenfest von unserem gemeinsamen Freund Greg gesehen, aber sie scheint mich sofort wiederzuerkennen, beendet das Gespräch und winkt mir zu.

Nachdem wir einander begrüßt haben, deute ich auf die schwere Eingangstür des Polizeireviers. »Sollen wir reingehen? Sie warten sicher schon auf uns.«

»Sie können ruhig noch ein wenig länger warten. Außerdem haben die Wände meiner Erfahrung nach Ohren. Unterhalten wir uns lieber hier.«

Ich erzähle ihr in kurzen Zügen, was vorgefallen ist, und sie fragt mich, wie es Connor geht, bevor sie mich über die rechtlichen Möglichkeiten aufklärt, die wir derzeit haben. Sie wirkt nicht beunruhigt, als ich berichte, wie wenige Fragen er am Sonntag beantwortet und wie oft er die Detectives mit *Kein Kommentar* abgeschmettert hat.

»So ist das Risiko geringer, dass er sich selbst sein Grab schaufelt«, erklärt sie rundheraus.

»Aber er hat *nichts* getan. Er hat nichts zu verbergen.«

»Natürlich nicht, Dr. Boyd«, erwidert sie und holt eine dünne schwarze Aktentasche aus dem Auto. »Gehen wir rein?«

Zehn Minuten später treten wir mit DC Harmer durch die Sicherheitsschleuse und folgen ihm in die Tiefen der Polizeistation. Die Anwältin geht einige Schritte vor mir, ihre Absätze klappern selbstbewusst über den Fliesenboden. Es fühlt sich gut an, dass sie hier ist. Sie ist offensichtlich mit der Umgebung vertraut, kennt einige der Detectives und nickt ihnen zum Gruß zu. An einem Werktag ist wesentlich mehr los, von überallher dringen Telefonklingeln und Gesprächsfetzen zu uns.

Es ist das zweite Mal innerhalb von drei Tagen, dass ich hier bin, und auch das zweite Mal in meinem ganzen Leben. Ich wünsche mir nichts sehnlicher, als dass es auch das letzte Mal ist.

DC Harmer lässt uns mit Connor alleine im Befragungszimmer zurück, und Barber-Lomax stellt sich bei meinem Sohn vor und erklärt ihm mehr oder weniger dasselbe wie mir vorhin auf dem Parkplatz. Außerdem versichert sie ihm, dass absolut nichts Falsches daran ist, Fragen mit einem *Kein Kommentar* abzublocken. Falls ihm irgendetwas seltsam vorkomme, sei es besser, auf Nummer sicher zu gehen, anstatt Fehler zu machen.

Ich würde meinen Sohn, der hier blass und kleinlaut darauf wartet, dass wer weiß was passiert, am liebsten in die Arme schließen und ihm sagen, dass alles gut werden wird. Aber das kann ich nicht. Nicht hier, nicht jetzt.

Als Barber-Lomax wissen will, ob er irgendwelche Fragen hat, schüttelt Connor bloß missmutig den Kopf. »Ich will es nur hinter mich bringen.«

Die beiden Detectives betreten das Befragungszimmer, und wir setzen uns zu fünft an den kleinen Tisch, die Plastikstühle eng aneinandergerückt. Die Atmosphäre ist kühler und formeller als am Sonntag.

DS Shah startet das Aufnahmegerät und belehrt Connor über seine Rechte, doch sie beginnt nicht mit einer Frage, sondern holt mehrere Farbfotos aus einer Plastikhülle und legt sie nacheinander auf den Tisch.

»Ich kann dir die originalen Beweismittel nicht zeigen, denn sie befinden sich derzeit alle im Labor, aber erkennst du etwas davon wieder, Connor?«

Connor und ich lehnen uns näher heran. Die ersten beiden Fotos wurden an einem Fundort gemacht, daneben befinden sich gelbe Nummerierungen. Auf dem ersten Bild ist ein Führerschein mit rotbraunen Schmieren zu sehen. Der Gegenstand auf dem zweiten Bild sieht aus wie ein pink lackierter Fingernagel mit silbernen Sternen. Das dritte Bild zeigt ein weißes Oberteil, ein Top oder eine Weste in einem Plastikbeutel. Es sieht sehr ähnlich, wenn nicht genauso aus wie das Kleidungsstück, das mein Bruder im Wald gefunden hat, als wir auf der Suche nach Zac waren.

»Diese Gegenstände wurden seit Sonntagmorgen im Wald am Beacon Hill gefunden«, erklärt Shah. »Und sie geben uns großen Anlass zur Sorge.«

Ich betrachte den kreditkartengroßen Führerschein näher. Er gehört einem Joshua Rice, von dem ich noch nie etwas gehört habe. Laut Geburtsdatum ist er achtzehn Jahre alt. Das

Foto hat eine gewisse Ähnlichkeit mit Connor, wenn man nicht zu genau hinsieht. Und die rotbraunen Schmieren ähneln getrocknetem Blut.

Ich habe keine Ahnung, was das alles mit Connor zu tun hat.

Shah tippt auf das erste Foto. »Wir haben mit Mr Rice gesprochen. Er gab an, dass er den Führerschein vor ein paar Monaten verloren hat. Ich schätze, du hast ihn gefunden und behalten, um Alkohol damit zu kaufen?« Connor nickt kaum merklich. »Unsere Spurensicherung hat ihn gestern am Beacon Hill gefunden. Wusstest du, dass du ihn nun ebenfalls verloren hast?«

»Nein«, erwidert Connor leise.

»Das Blut auf dem Führerschein stammt von Emily Ruskin.«

Sie lässt die letzte Bemerkung einen Moment lang sacken.

»Deine Fahrerlaubnis, ihr Blut. Kannst du uns das erklären?«

»Nein«, haucht Connor.

»Bitte lauter. Fürs Tonband.«

»Nein«, sagt er etwas deutlicher.

Shah zeigt auf das dritte Foto mit dem weißen Oberteil. »Das hier wurde uns von deinem Onkel, Robert Boyd, übergeben. Er hat es am Sonntagmorgen aus dem Wald am Beacon Hill mitgenommen, was natürlich alles andere als ideal ist. Trotzdem hat eine erste Analyse ergeben, dass es sich bei den Flecken ebenfalls um Emilys Blut handelt, und wir haben vermutlich auch noch eine weitere DNA-Spur gefunden. Erste Test brachten noch keine genauen Ergebnisse, aber wir bleiben dran.«

Shah widmet sich dem zweiten Foto, das in der Mitte liegt. »Wir glauben, dass das hier …«

Barber-Lomax fällt ihr ins Wort: »Was Sie *glauben,* Officer, geht nur Sie und vielleicht noch den lieben Gott etwas an. Wir reden hier über Fakten.«

Shah wirft ihr einen vernichtenden Blick zu, und die Anwältin lächelt kaum merklich. Die beiden scheinen sich beruflich zu kennen und haben wohl schon einige dieser Gefechte ausgetragen. Es ist offensichtlich, dass sie keine tiefe Freundschaft verbindet.

»Die Beweise legen nahe«, fährt die Polizistin fort und deutet erneut auf das Foto von dem Fingernagel, »dass es sich hierbei um einen Kunstnagel handelt, den Emily Ruskin seit dem Vortag ihres Verschwindens getragen hat. Wir haben zwei DNA-Spuren darunter sichergestellt.«

Niemand sagt ein Wort. Niemand bewegt sich.

»Die erste stammt von Emily«, fährt Shah ruhig fort. »Die andere ist von dir.«

»Von mir?«, platzt es aus Connor heraus, und er blinzelt mehrmals hintereinander.

»Wie kommt deine DNA unter Emilys Acrylnagel, Connor?«

Connor starrt bloß stirnrunzelnd auf das Foto auf dem Tisch.

Shah sieht ihn an. »Einer ihrer Nägel ist abgebrochen, als sie sich gegen dich zur Wehr gesetzt hat, nicht wahr?«

»Keine Ahnung«, sagt er leise.

»Sie hat sich gewehrt.« Shah deutet auf die drei roten Striche auf Connors Hand. »Stammen die Kratzer von Emily?«

»Sie war …«

»Connor«, unterbricht ihn die Anwältin scharf. »Erinnerst du dich an unser Gespräch vorhin?«

Shah wartet einen Moment und sieht Connor erwartungsvoll an. Als er nichts mehr sagt, fährt sie fort: »Emily Ruskin hat seit ihrem Verschwinden weder ihr Handy noch ihre Bankkarten verwendet, sie hat sich nicht in ihre Social-Media-Accounts und auch nicht in ihren E-Mail-Account eingeloggt. Sie hat niemandem geschrieben und wurde von niemandem gesehen. Wir haben keinerlei Hinweise, wo sie sein könnte. Ihr Telefon hat sich zur selben Zeit aus dem Netz verabschiedet wie deines und war zuletzt am selben Sendemast in der Nähe des Beacon Hill eingewählt. Tatsächlich war es sogar zur selben Zeit aus wie dein Handy, das deines Cousins Zac und die zweier anderer Schüler aus deinem Jahrgang.«

»Olivia und Drew«, erklärt Connor ausdruckslos.

»Genau. Sie wurden alle zur selben Zeit abgedreht, um sich einige Stunden später an verschiedenen Standorten wieder ins Netz einzuwählen – alle, bis auf Emilys. Ihr Telefon wurde lediglich ein Mal – und zwar gestern – eingeschaltet, was uns zusätzliche Sorgen bereitet. Was *dich* betrifft, Connor, widersprechen die Daten deines Handys dem, was deine Eltern uns erzählt haben.« Sie wirft mir einen vielsagenden Blick zu, und meine Wangen beginnen zu glühen. »Laut unseren Erkenntnissen hast du dein Handy kurz nach Mitternacht in der Nähe des Beacon Hill aus- und um siebzehn Minuten nach zwei wieder angemacht, wobei du zu diesem Zeitpunkt immer noch im Wald warst. Zehn Minuten später hast du es erneut abgestellt und erst um 6:59 Uhr wieder angemacht. Von diesem Moment an bist du herumgewandert, bis du schließlich an der

Beaufort Terrace von unseren Officern angehalten und nach einem Fluchtversuch festgenommen wurdest.«

Connor sieht Shah nicht an und hält den Blick nach wie vor auf den Tisch gerichtet.

»Als wir uns am Sonntag unterhalten haben«, fährt sie fort, »warst du nicht gerade bemüht, uns bei der Suche nach deiner Freundin zu helfen. Von dir kam eigentlich nur *Kein Kommentar.*« Sie wirft Kay Barber-Lomax einen vielsagenden Blick zu. »Also möchte ich vor allem eines wissen, bevor wir mit der eigentlichen Befragung beginnen: Angesichts dessen, was wir dir gerade gezeigt haben – hast du vor, uns auch dieses Mal hängen zu lassen?«

Die Anwältin legt eine gepflegte Hand auf Connors Unterarm. »Denk daran, dass du nicht antworten musst.«

Mein Sohn ignoriert sie und murmelt etwas Unverständliches.

Shah beugt sich nach vorne. »Wie war das, Connor?«

»Nein, heute nicht mehr.« Seine Stimme ist kaum mehr als ein Flüstern. »Es reicht jetzt.«

»Wie meinst du das, es reicht? Weil dir heute erst alles bewusst wird? Weil du Zeit hattest, darüber nachzudenken, was du getan hast? Zeit, um an Emily, ihre Eltern und ihre Familie zu denken?«

»Es hätten nur ein oder zwei Tage sein sollen.«

»Wovon redest du, Connor?«

Connor leckt sich über die trockenen Lippen und schluckt schwer. Er weigert sich, mich anzusehen. Er weigert sich, irgendjemanden anzusehen.

»Montagmittag«, sagt er schließlich. »Bis dahin wollte sie eigentlich wieder zurückkommen.«

44

Sie war das hübscheste Mädchen, das er je gesehen hatte.

Nein, sie war nicht nur hübsch, sondern atemberaubend schön, und manchmal, wenn sie in der Nähe war – im Unterricht oder in der Schulkantine –, brachte er kaum ein Wort heraus. Niemand in der Schule kam auch nur annähernd an Emily Ruskin heran. Und nicht nur in der Schule. Sie war hübscher als jede Schauspielerin, jeder Star und sämtliche Frauen auf Instagram.

Ihre Mum war der Grund, warum alle zu ihr aufschauten, aber Connor war das egal. Er mochte sie für das, was sie war. Er hatte noch nie so für jemanden empfunden wie für sie. Er hatte Songs für sie geschrieben, seine Notizbücher seitenweise mit Gedichten und Gedanken gefüllt, die er nie jemandem gezeigt hatte, nicht einmal Zac. Er sang die Texte auch nicht, wenn er auf seiner Gitarre spielte. Er hörte sie bloß in Gedanken.

Die Art, wie sie ihn ansah. Mit diesem gemächlichen Blinzeln und dem kaum merklichen Lächeln. Er verbrachte ganze Schulstunden damit, an sie zu denken, und konnte sich auf nichts anderes konzentrieren. Die Fächer, in denen er hinter ihr saß, waren die Highlights der Woche, und manchmal starrte er die ganze Zeit über nur auf den Schatten ihres spitzenbesetzten

BH-Trägers, der sich unter der weißen Schuluniformbluse ab-zeichnete.

Aber jetzt, wo die Prüfungen vorbei waren und sie auf eine andere Schule wechselten, würde alles anders werden. Ihre Wege würden sich trennen, und er würde sie für immer verlieren.

Alleine der Gedanke daran machte ihn krank.

Connor betrachtete sie über das Feuer hinweg. Die Art, wie ihr die Haare ins Gesicht fielen, das sanfte Schimmern ihrer Haut in den flackernden Flammen, ihr perfekt geschwungener Hals. Die Augen, die in der Dunkelheit leuchteten. Einen Moment lang waren es nur sie beide, nur er und Emily und niemand sonst. Er wünschte es sich so sehr, dass es ihm beinahe körperliche Schmerzen bereitete. Er wünschte sich, dass die anderen verschwanden und er alleine mit ihr war, damit er ihr endlich sagen konnte, was er wirklich für sie empfand. Sein Herz trommelte gegen seine Rippen, als er daran dachte.

Drews unerträgliche Stimme brachte ihn ruckartig wieder zurück in die Realität.

»Also«, sagte er. »Worum geht es bei der großen Überra-schung, die du geplant hast, Emily?«

Connor warf einen Blick auf den größeren Jungen in dem weißen Hemd, bei dem gerade ein paar Knöpfe zu viel offen standen. Seine dunklen Haare waren hinten und an den Seiten kurz geschoren und vorne auf gewollte Weise verstrubbelt. Es war typisch für Drew, dass er immer die Führung an sich reißen und das Alphamännchen markieren wollte. Er war der Kapitän einer gegnerischen Fußballmannschaft in ihrer Liga, der gerne austeilte, wenn der Schiedsrichter nicht hinsah, um bei der nächstbesten Gelegenheit eine Schwalbe zu machen, um einen Freistoß oder Elfmeter zu schinden. Gleichzeitig war es ihm egal, *ob er eine Rote Karte bekam oder von den anderen Spielern oder deren Dads zur Rede gestellt wurde. Das Einzige, was er wirklich hasste, war verlieren.*

Was auch immer er an sich hatte, den Mädchen schien es zu gefallen. Auch Emily, wie Connor bei sich dachte, während er beobachtete, wie sich ein breites Lächeln über ihr Gesicht legte.

Sie lehnte sich vor und steckte die Haare hinter die Ohren. »Also … was war der beste Streich, den ihr jemandem gespielt habt?«

Stille.

»Okay, vergesst das wieder.« Sie winkte ab und sah in die Gesichter der anderen um das flackernde Feuer. »Was ich eigentlich meine, ist … habt ihr es nicht auch alle satt?«

Weiteres Schweigen, das nur vom Knistern der Flammen durchbrochen wurde, die in die dunkle Nacht stoben.

»Du meinst die Schule?«, fragte Connor.

»Unsere Eltern. Die Familie. Das Gefühl, vierundzwanzig Stunden am Tag beobachtet und beurteilt zu werden. Du musst immer perfekt sein, perfekte Noten nach Hause bringen, den Vorstellungen deiner Eltern entsprechen. Du hast nie einen Tag, an dem du dich einfach zurücklehnen und nichts tun kannst. Ich sollte heute Abend nicht einmal hier sein. Und wenn du einmal versagst, und sei es auch noch so unbedeutend …«, sie hielt Daumen und Zeigefinger einen halben Zentimeter auseinander, »dann finden es deine Eltern heraus. Du wirst ständig mit anderen verglichen. Es ist wie ein verdammtes Geschwür.«

»Ich kann dir doch weiterhin helfen«, meinte Connor. »Mit den Hausaufgaben und dem Zeugs. Wenn du willst.«

Er hatte Teile dessen, was sie sagte – und auch nicht gesagt hatte –, schon in den letzten Monaten mitbekommen. Ihre Schwestern schienen ständig im Mittelpunkt zu stehen, und auch das Hauptaugenmerk des Instagram-Accounts ihrer Mutter lag auf ihnen, während Emily nur im Hintergrund existierte. Die Zeitungen liebten die groß gewachsenen, hochintelligenten eineiigen Zwillingstöchter der B-Promi-Mutter, die sich dank ihrer brillanten Noten Studienplätze in Medizin und Englischer Literatur an den besten Unis des Landes gesichert hatten.

Jeder war hin und weg von den gut aussehenden jüngeren Versionen ihrer Mutter, doch Connor sah nur Emily.

»Ich werde nie so gute Noten bekommen«, sagte diese gerade und schüttelte den Kopf. »Seid ihr es nicht auch leid, ständig etwas hinterherzuhecheln? Wünscht ihr euch nicht auch, allen ins Gesicht zu sagen, dass sie sich verpissen sollen?«

»Darauf trinke ich«, sagte Drew und nahm einen Schluck aus der Flasche. »Cheers.«

Doch Connor hatte Emily noch nie so gesehen. So ernst. »Ich dachte, du schlägst dich ganz gut. Mit den Noten und so«, sagte er.

Sie schnaubte.

Ihm war aufgefallen, dass sie kaum noch trank und auch nur sehr verhalten an dem Joint zog, den sie kreisen ließen. Im Gegensatz zu Drew, dessen Augen funkelten, sobald er wieder zu ihm gelangte, und der jedes Mal ein wenig näher an Emily heranrückte, wenn er danach griff, weshalb sich die Beine der beiden mittlerweile berührten. Bei dem Anblick legte sich eine eiserne Faust um Connors Herz.

Emily kam langsam in Fahrt. »Wollt ihr nicht ab und an mal die Kontrolle übernehmen? Derjenige sein, der die Fäden in der Hand hält?«

Drew legte eine Hand auf Emilys Knie. »Wie meinst du das?«

»Ich rede von unseren Eltern. Nehmt zum Beispiel meine Mutter. Sie spielt die Rolle der perfekten Mum mit den perfekten Zwillingen, die sich nie einen Joint reingezogen haben, wenn am nächsten Tag Schule war, die nie eine Prüfung versemmelt haben, nie irgendetwas vermasselt haben. Und in den Interviews klingt es dann natürlich, als wäre sie ein elterliches Genie, obwohl sie in Wahrheit bloß ein verdammter Kontrollfreak ist, und ihre Fans lieben es.« Sie wischte sich wütend eine Träne von der Wange. »Am Anfang fand ich es gut, dass ich anders war als meine Schwestern. Ich habe einige Zeit gebraucht, um zu kapieren, dass ich immer das fünfte Rad am Wagen sein werde, ein verdammter Mitläufer, das Mädchen am Rand des Bildes. Der Fehler, der immer im Weg herumsteht.«

»Emily«, meinte Connor leise. »Du bist nicht …«

Doch sie unterbrach ihn. »Es dauerte, bis mir klar wurde, dass ich dieses Spiel nicht gewinnen kann. Es sei denn, ich ändere die Regeln und gebe Mum etwas, das sie nicht kontrollieren kann. Ich werde ihr zeigen, wie ihr Leben aussähe, wenn sie ihren Willen bekommen hätte. Und als Bonus erkennen alle, dass meine perfekte Mutter gar nicht so perfekt ist.«

»Moment mal«, sagte Drew und hob die Hand. »Du hast doch nicht vor, die verdammte Schule in die Luft zu sprengen, oder? Nicht, dass ich etwas dagegen hätte, aber das wäre schon … krass.«

»Nein, Drew, ich jage nichts in die Luft. Ich rede von einem gewaltigen Weckruf an unsere Familien, die Schule und den ständigen Druck wegen der Noten, der Uni, der Karriere und der Zukunft.«

Sie verstummte einen Moment, und da drang plötzlich ein

Geräusch zwischen den Bäumen hervor. Ein leises Rascheln, beinahe nicht wahrnehmbar. Tagsüber hätte es keinerlei Aufmerksamkeit erregt, aber jetzt drehten sie sich alle fünf in die Richtung, aus der das Geräusch gekommen war.

»Was, zum Teufel, war das?«, fragte Connor leise. Der Wald schien ihm noch dunkler, nachdem er so lange ins helle Feuer geblickt hatte.

»Das war sicher bloß der Wind.« Drew stocherte mit einem Ast im Feuer, und Funken stoben. »Scheißt euch nicht gleich in die Hosen.«

»Der Wind hat aufgehört«, sagte Zac und deutete auf den Rauch des Feuers, der kerzengerade nach oben stieg.

»Vielleicht eines der entlaufenen Warzenschweine von der Farm«, meinte Drew.

Olivias Blick huschte hin und her. »Wovon redest du da?«

»Die sind wie normale Schweine, bloß verrückter. Mit riesigen Hauern.«

»O Gott, echt?«, fragte Olivia. »Ich hasse Schweine.«

Zac schüttelte den Kopf. »Der verarscht dich nur. Hör nicht auf ihn.«

Drew wandte sich in die Richtung, aus der das Geräusch gekommen war, und schnalzte mit der Zunge: »Na komm, Schweinchen, Schweinchen. Komm her.«

Emily schlug ihm auf die Schulter. »Hör auf, du Idiot!«

Er warf ihr einen verletzten Blick zu. »Ich habe doch gar nichts gemacht.«

Stille senkte sich erneut über die Truppe, und sie wandten sich wieder dem Feuer zu.

»Also«, fuhr Emily endlich fort. »Wer kann ein Geheimnis für sich behalten? Wer ist dabei? Livvy, meine beste Freundin, ist natürlich an Bord und hat bereits meine ganzen Sachen hier-hergeschleppt.« Sie deutete auf den Rucksack und die Flasche Wodka. »Wer macht noch mit? Denn wenn ihr zu viel Angst habt, rennt ihr besser nach Hause zu euren Mummys und Daddys und überlasst uns den Spaß.«

Connor fing Zacs Blick auf und sah nur Verachtung darin. Sein Cousin hatte Emily noch nie gemocht und hielt sie für oberflächlich und falsch. Aber nur, weil er sie nicht richtig kannte. Er hatte keine Ahnung von der echten Emily, die sich hinter der Fassade versteckte. Zac und er vermieden jede Unterhaltung über sie, da sie ohnehin nur im Streit geendet hätte.

Emily trat ums Feuer herum, setzte sich neben ihn und legte ihm den Kopf auf die Schulter. »Mein allerliebster Connor, du hilfst mir doch bestimmt, nicht wahr? Wirst du mein Geheimnis bewahren?«

Connor spürte die Wärme ihres Beines an seinem und roch den sanften Duft nach Beeren und Vanille, den ihr Parfüm verströmte. Wenn er jetzt den Kopf gedreht hätte, hätten sie sich geküsst. Sein Herz klopfte schnell, und er fühlte sich, als würde er gleich zu schweben beginnen. Alleine die Tatsache, dass sie so nah war und ihn auch noch berührte, machte einen klaren Gedanken beinahe unmöglich.

»Ja.« Er räusperte sich. »Ich bleibe, wenn du es willst.«

»Ich auch«, sagte Drew sofort.

Emily klatschte in die Hände. »Perfekt!«, rief sie. »Zac? Du lässt deinen Cousin doch nicht im Stich, oder?«

Zac sah sie an, dann huschte sein Blick zu Connor. Sie wussten beide, wie seine Antwort lauten würde.

»Von mir aus.« Er zuckte mit den Schultern. »Ich bin dabei. Aber was genau hast du eigentlich vor?«

Sie steckte sich eine Haarsträhne hinter die Ohren und warf ihm ein nervöses Lächeln zu. »Ich werde verschwinden.«

Erneut erhielt sie lediglich Schweigen als Antwort.

»Also ...«, forderte sie ihre Freunde auf. »Was haltet ihr davon?«

Connor runzelte die Stirn. »Wie meinst du das, du wirst verschwinden?«

»Genau so, wie ich es sage. Ich verziehe mich für eine Weile. Ein paar Tage fernab der echten und der virtuellen Welt.«

Connor betrachtete das wunderschöne, unglaubliche Mädchen und sah plötzlich eine neue Seite an ihm, von der er vor heute Abend nichts geahnt hatte.

»Aber was ist mit deiner Mum? Würde sie nicht ausflippen?«

»Sie würde ausflippen, wenn ich Sonntag Morgen zurückkomme«, sagte Emily. »Aber wenn ich mich erst am Montag zu Mittag wieder blicken lasse, sieht die Sache vollkommen anders aus. Vielleicht ist sie zur Abwechslung sogar froh, mich zu sehen, und hört auf, mich wegen der Schule zu nerven und mir vorzuwerfen, dass ich nicht hart genug arbeite. Wenn ich erst Montagmittag zurückkomme, würdigt sie mich vielleicht mal zur Abwechslung und erkennt, was sie beinahe verloren hätte.«

Drew stieß einen leisen Pfiff aus. »Verdammt, Emily, das ist ... eiskalt.« Er grinste wölfisch. »Aber auch cool. Das gefällt mir. Aber wie machst du es? Kletterst du auf einen Baum und wartest, bis es Montag wird? Hoffst du, dass dich niemand findet?«

»Nein, ich werde natürlich nicht auf einen Baum klettern, Drew.«

Stattdessen wollte sie sich zu Fuß ans andere Ende des Waldes durchschlagen, wo sie am Vortag ihr Rad versteckt hatte, und von dort würde sie zu einem Haus an der Beaufort Terrace fahren, das ihre Familie vermietete. Im Moment wohnte niemand darin, es stand also leer, und ihre Mutter würde – davon war sie überzeugt – niemals dort nachsehen.

Emily erhob sich. »Das wird der beste Streich aller Zeiten.« Sie streckte die Arme zu beiden Seiten aus, wie eine Schauspielerin, die auf Applaus wartet. »Sie werden noch jahrelang darüber reden – und ihr alle werdet ein Teil davon sein.«

Olivia stand auf und sah ihre Freundin nervös an. »Willst du das wirklich durchziehen?«

»Ich bin mir hundertprozentig sicher, Livvy.« Emily zog sie in eine Umarmung. »Hey, du zitterst ja.« Sie rieb Olivia den Rücken. »Was ist denn los? Du musst dir keine Sorgen machen.«

»Ich bin einfach … nervös. Ich kann nicht glauben, dass du das echt machen willst. Dass du …«

»Es wird alles gut gehen.« Emily löste die Umarmung und legte Olivia die Hände auf die Schultern. »Es ist ja nur bis Montag, dann werde ich von den Toten auferstehen!« Sie grinste breit, und ihre Zähne leuchteten hell im Schein des Feuers.

Etwas huschte über Olivias Gesicht. Ein Ausdruck, den Connor nicht deuten konnte. Im nächsten Augenblick war er verschwunden.

»Ja«, sagte sie langsam. »Dann bist du wieder da.«

»Darauf sollten wir trinken!«, rief Emily und sah sich nach der Flasche um.

Connor reichte ihr den Wodka und hörte zu, wie sie aufgeregt von ihrem Plan erzählte. Sie mussten schwören, bis zur offiziellen Offenbarung mit niemandem darüber zu sprechen. Er schwieg, trank und dachte nach. Über dieses faszinierende Mädchen und wie nahe sie sich gerade waren. Vielleicht würden sie

sich nie mehr näherkommen. Denn es würde alles anders werden. Emily würde heute verschwinden, genau so, wie sie bald
aus seinem Leben verschwinden würde. Der Gedanke, sie zu
verlieren, war unerträglich. Die Befürchtung, dass sich ihre Wege
trennten, ehe er ihr sagen konnte, was er empfand, war reinste
Folter.

Vielleicht war heute Abend seine letzte Chance.

45

Sobald Connor zu reden begonnen hat, kann er nicht mehr damit aufhören. Seine Erleichterung ist überdeutlich, genau wie die Traurigkeit in seinen Augen.

Emily hatte alles genau geplant.

Sie war überzeugt davon, dass sie bei der Mittleren Reife versagt hatte. Ihre Familie hatte keine Ahnung, wie weit hinten sie war und wie sehr sie aufgrund der zahllosen Ablenkungen mit dem Unterrichtsstoff zu kämpfen hatte.

»Sie ist nicht wie die Zwillinge«, sagt Connor. »Es ist nicht so einfach für sie. Ihre Schwestern haben sämtliche Prüfungen mit Auszeichnung bestanden, dagegen kommt man nicht an. Aber Emily konnte nicht zugeben, wie schlimm es mittlerweile um ihre Noten stand. Sie dachte, wenn sie eine Zeit lang verschwindet, würde ihre Familie vor Freude über ihre Wiederkehr alles vergessen. Und sie zur Abwechslung einmal als sie selbst wahrnehmen.«

»Was ist mit dem Lebensgefährten ihrer Mutter?«, fragt DC Harmer. »Hätte sie sich nicht an ihn wenden können? Als neutrale Säule innerhalb der Familie?«

»An Karl?« Connor wirft ihm einen seltsamen Blick zu. »Nein, zu dem wäre sie sicher nie gegangen.«

»Wie kommst du darauf?«

»Haben Sie ihn denn nicht kennengelernt? Er wäre der Letzte gewesen, dem sie sich anvertraut hätte.«

»Mochte er sie denn nicht?«

»Wohl eher das Gegenteil, wenn Sie verstehen, was ich meine.« Er verschränkt die Arme vor der Brust. »Das habe ich zumindest gehört.«

Harmer macht sich eine Notiz, dann verfallen die Detectives in Schweigen, bis es langsam ungemütlich wird.

»Was hast du denn gehört, Connor?«, fragt Shah schließlich. »Behauptest du, Karl Crosby hätte unangebrachte Gefühle gegenüber seiner Stieftochter entwickelt?«

Connor wird rot. »Vergessen Sie's.«

»Nein, nein, rede nur weiter. Es interessiert uns. Es könnte wichtig sein.«

Connor schüttelt den Kopf.

Shah wartet erneut geduldig und schweigend, bis klar ist, dass er nichts mehr sagen wird. Sie öffnet eine neue Seite in ihrem Notizbuch.

»Warum hat Emily ihren Plan nicht alleine durchgezogen?«, fragt sie. »Wozu brauchte sie euch vier?«

»Keine Ahnung.«

»Doch, das glaube ich sehr wohl. Ich glaube, du weißt genau, worum es ging. Du hast ihr geholfen, den Plan zu entwickeln und alles vorzubereiten. War es deine Idee, dass sie alleine im Wald verschwinden soll?«

»Nein«, erwidert er stirnrunzelnd. »Natürlich nicht.«

Die Polizistin schüttelt den Kopf. »Ich glaube dir nicht, Connor.«

»Sie hätte nicht auf mich gehört, selbst wenn es meine Idee gewesen wäre.«

»Warum warst du dann dort oben im …«

»Sie wollte Publikum, okay?« Seine Stimme wird einen Moment lang lauter, ehe er sich wieder unter Kontrolle hat. »Sie wollte gesehen werden. Sie wollte, dass ihr einmal im Leben jemand zuhört.«

Ich erinnere mich an etwas, was Harriet immer sagt: *Wenn du kein Foto davon hast, ist es nicht passiert, Dad.* Ging es darum? Brauchte Emilys Hilferuf ein Publikum, weil er sonst nicht existiert hätte?

»Dann wollte Emily also auch einmal im Mittelpunkt der Aufmerksamkeit stehen?«, fragt Shah. »Nicht ihre Mum und auch nicht ihre superschlauen Schwestern. Und ihr wart sozusagen ihre Fans?«

Connor nickt zögerlich. »Ja, ich schätze schon.«

»Denn du bist tatsächlich ein großer Fan, nicht wahr?«

Er zuckt mit den Schultern und weigert sich, jemandem in die Augen zu sehen. Schließlich nickt er zögerlich.

»Es ist sogar mehr als das, oder?« Ihre Stimme wird sanfter. »Wie lange bist du schon in sie verliebt?«

Ein weiteres Schulterzucken.

»Sie wusste es, habe ich recht?«, fährt Shah fort. »Sie wusste, dass du ihr Geheimnis bewahren würdest. Dass du alles für sie tun würdest. Auch wenn du dafür verhaftet werden würdest.«

»Es sollte nie so weit kommen.«

»Und trotzdem sitzen wir jetzt hier.« Sie deutet auf das kleine Verhörzimmer. »Sie ist verschwunden, und du darfst hinter ihr sauber machen. Wie fühlt sich das an?«

»Niemand sollte verhaftet werden, aber ich schätze, wir haben unterschätzt, welche Auswirkungen der Aufruf ihrer Mum auf Instagram haben würde.«

DS Shah zieht die Augenbrauen zusammen. »Wir arbeiten mithilfe von Wahrscheinlichkeiten, Connor. Wir analysieren jeden Fall und bestimmen das Risiko, dass der Verschwundene zu Schaden kommen könnte.«

Ich spreche es nicht aus, aber ich bin mir sicher, dass ich mich nicht als Einziger frage, welche Rolle Cathys Promistatus bei der Behandlung dieses Falles spielt. Wie hätte sich die Sache entwickelt, wenn Emilys Mutter eine ganz normale Frau wäre?

»Wir haben vereinbart, dass wir bis Montagmittag alle Fragen mit *Kein Kommentar* abblocken, sollte jemand von uns tatsächlich verhaftet werden, sonst wäre alles sinnlos gewesen. Wir mussten bei der Geschichte bleiben.«

»Ihr wart also alle damit einverstanden, für sie zu lügen?«

»Ich habe nicht gelogen«, erklärt er mit schrecklich naiver Stimme. »Und es war ja nicht so, dass tatsächlich ein echtes Verbrechen geschehen wäre. Wir waren uns sicher, dass niemand in Schwierigkeiten geraten würde.«

DC Harmer blättert in seinem Notizbuch. »Und als du deiner Mum geschrieben hast, dass du zu Hause bist, obwohl du es nicht warst? Das war doch eine Lüge, nicht wahr?«

»Ich wollte nicht, dass sich meine Eltern Sorgen machen«, erwidert Connor leise. »Und ich wollte sichergehen, dass bei Emily alles in Ordnung ist.«

»Weswegen du deine Eltern angestiftet hast, für dich zu lügen.«

Connors Blick huscht einen Moment lang zu mir. »Ich habe sie nicht darum gebeten.«

»Was ist mit deinem Cousin«, fährt Harmer fort. »Hatte er keinen Zapfenstreich?«

»Zac meinte, sein Dad würde um Mitternacht so betrunken sein, dass er nicht mitbekommt, ob er nach Hause gekommen ist oder nicht.«

»Ich glaube dir nicht.« Harmers Stimme ist hart wie Granit. »Du denkst dir das alles aus.« Plötzlich vibriert das Handy auf dem Tisch vor ihm. Er wirft einen Blick auf das Display, zeigt es DS Shah und steht auf. »Entschuldigen Sie mich bitte.«

Die Tür fällt hinter ihm ins Schloss, und Shah übernimmt wieder. »Also, Connor, es ging im Prinzip darum, ein Geheimnis zu bewahren und zu lügen?«

»Aber niemand hat etwas getan«, fährt Connor fort. »Wir haben ihr bloß geholfen. Es sollte nicht so kommen, sie sollte mittlerweile längst wieder da sein und sich mit ihrer Mum vertragen haben. Es wird sicher alles wieder gut.« Seine Stimme bricht. »Oder?«

»Connor, die Beweise, die wir in den letzten achtundvierzig Stunden sammeln konnten, geben uns Anlass zur Sorge. Es geht uns darum, was *wirklich* in den frühen Morgenstunden vom vergangenen Sonntag passiert ist. Um die Wahrheit, nicht darum, was du uns erzählt hast.«

»Wie bitte?«, fragt Connor leise. »Wie meinen Sie das?«

»Ihr wart alle mit Emily am Beacon Hill. Ihr habt ihr geholfen, ihren Plan in die Tat umzusetzen. Ihr wart alle daran beteiligt.«

Er schluckt schwer. »Ich wollte nur helfen. Das wollten wir alle.«

»Emily wollte, dass es aussieht, als wäre sie davongelaufen oder hätte sich etwas angetan. Ein Hilfeschrei, der ihr die Aufmerksamkeit ihrer Mutter einbringen sollte. Es gibt da nur ein kleines Problem, Connor.« DS Shah lehnt sich mit den Ell-bogen auf dem Tisch nach vorn. »Langsam sieht es nämlich so aus, als wäre Emily tatsächlich etwas zugestoßen.«

46 Connor sieht aus wie ein kleiner Junge, der sich in einer riesigen Menschenmenge verirrt hat.

»Wie meinen Sie das?«, fragt er erneut und starrt DS Shah an.

»Wir befürchten, dass Emily tatsächlich einem Verbrechen zum Opfer gefallen ist.«

»Nein.« Seine Augen füllen sich mit Tränen.

»Hast du ihr etwas angetan, Connor?«

»Nein! Das würde ich niemals tun! Als ich sie das letzte Mal gesehen habe, war sie auf dem Weg in den Wald, um zu verschwinden. Danach haben auch wir anderen uns getrennt.« Er redet immer schneller, und die Worte überschlagen sich beinahe. »Sie wollte zu ihrem Rad und dann zum Haus an der Beaufort Terrace, das im Moment leer steht.«

Die Polizistin mustert ihn, als wäre sie eine Katze und er eine Maus. »Aber so kam es nicht, nicht wahr, Connor? Du bist zuerst deinen Cousin losgeworden, indem du ihn gebeten hast, zu dir nach Hause zu gehen, um dir dort Deckung zu geben. Danach bist du Emily in den Wald gefolgt, damit du endlich mit ihr alleine sein konntest. War es nicht so?«

»Das stimmt nicht, ich …«

»Ich verstehe es ja«, meint Shah nickend. »Wirklich. Du bist ein netter Junge, aber du hast mit der Zeit erkannt, dass dich Nettsein nicht weiterbringt. Nicht bei Mädchen wie Emily Ruskin. Sie bevorzugen die bösen Jungs. Jungs wie Drew, der gerne die Kontrolle übernimmt. Die sich nehmen, was sie wollen. Sie haben das nötige Selbstvertrauen. Das Charisma.« Sie senkt die Stimme. »Er hat etwas an sich, dem Emily nicht widerstehen konnte, habe ich recht? Du wolltest ihr zeigen, dass du auch so sein kannst wie Drew, und hast es zu weit getrieben. Es geriet außer Kontrolle. Sie hat sich gewehrt und dich gekratzt.« Shah macht eine Pause, um den nächsten Worten die nötige Wirkung zu verleihen. »Sie hat sich gegen dich gewehrt.«

Er schüttelt den Kopf und bricht in Tränen aus.

Shah fährt deutlich sanfter fort. »Es gibt eine Sache, die ich in den fünfzehn Jahren in diesem Beruf gelernt habe, Connor. Eine Sache, die ich zu hundert Prozent garantieren kann. Und das trifft nicht auf viele Dinge im Leben zu. Aber diese eine Sache kann ich dir versprechen.«

Ich erwarte, dass sie etwas sagt, wie: *Früher oder später erwischen wir die Person, die das getan hat,* und Connors Gesichtsausdruck nach zu schließen, denkt er dasselbe. Er wirkt verzweifelt, in Panik, wie ein ertrinkendes Kind, das von der Strömung immer weiter aufs offene Meer getragen wird. Ich wende mich an Barber-Lomax, damit sie sich einmischt, aber ihr Gesicht ist ausdruckslos, als hätte sie das alles schon viele Male gehört.

»Was?«, fragt mein Sohn beinahe schluchzend.

»Du wirst dich tausend Mal besser fühlen, wenn du uns die Wahrheit sagst, Connor. Du musst das nicht alles mit dir herumschleppen, das ist dir selbst gegenüber nicht fair. Du musst diese Last nicht alleine tragen.« Sie hält inne, und ihre Stimme wird noch liebenswürdiger. »Sag es mir, Connor. Befreie dein Gewissen. Dann kannst du wieder schlafen. Wieder essen. Du musst dich nicht mehr verrückt machen, weil du an nichts anderes denken kannst. Das verspreche ich dir. Du musst mir nur sagen, was dort im Wald wirklich passiert ist.«

Sie lehnt sich auf ihrem Stuhl zurück, und es ist, als würde der ganze Raum den Atem anhalten. Als hätte sie eine Handgranate auf dem Tisch abgestellt, und wir würden darauf warten, dass sie explodiert. Meine Handfläche brennt, so tief graben sich meine Fingernägel mittlerweile in das Fleisch, während ich die Hände im Schoß zu Fäusten balle.

Connor schüttelt den Kopf. Eine kleine, verzweifelte Geste. Dann wischt er sich mit dem Handrücken die Tränen von den Wangen.

»Sie war …«

»Connor?«, wirft die Anwältin ein. »Weißt du noch, was ich vorhin gesagt habe? Du musst nicht antworten, okay?«

Shahs Stimme klingt immer noch sanft. »Warum haben wir deine DNA unter Emilys abgebrochenem Acrylfingernagel gefunden, Connor? Ist das passiert, als du mit ihr gerungen hast?«

»Was?« Er hebt den Blick. »Nein. Ich … ich habe nicht mit ihr gerungen. Ich habe versucht, ihn von ihr herunterzuziehen.«

»Sie hat Drew vorgezogen, nicht wahr? Sie hat dich abgewiesen. Nachdem du ihr so oft eine Hilfe warst. Trotz deiner Gefühle für sie. Und da hast du die Beherrschung verloren.«

Connors Lippen bewegen sich kaum, als er spricht. »Nein. Nachdem sie in den Wald ist, sind Zac und ich zu mir nach

Hause, aber kurz davor … Ich weiß auch nicht. Ich hatte ein ungutes Gefühl.«

»Ein ungutes Gefühl?«, wiederholt Shah.

»Ja.«

»Warum?«

Connor schluckt schwer. »Keine Ahnung. Es war ein Instinkt, ich …«

Er zuckt zusammen, als die Tür aufschwingt und Harmer mit ausdruckslosem Gesicht ins Zimmer tritt. Er setzt sich und zeigt DS Shah erneut sein Handy. Auf dem Display ist ein Bild zu sehen, aber ich sitze nicht richtig, um es zu erkennen. Die beiden Detectives wechseln einen Blick, und Harmer nickt DS Shah zu, bevor er das Handy in seiner Anzugjacke verschwinden lässt.

»Also …« Shah richtet die Aufmerksamkeit wieder auf Connor. »Du bist also tatsächlich noch mal zurück in den Wald?«

Connor nickt. »Aber nicht, um … irgendetwas zu tun. Ich wollte nur sichergehen, dass es ihr gut geht.«

»Wegen dieses *unguten Gefühls*.« Sie malt Anführungszeichen in die Luft. »Wie Spiderman mit seinem Spinnensinn?« Ihre Worte triefen vor Sarkasmus.

»Ja, vielleicht.« Connor hält den Blick wieder gesenkt. »Es gibt einiges, woran ich mich nicht erinnern kann. Wie … Gedächtnislücken.«

Sie schüttelt den Kopf. »Warst du betrunken?«

»Wir hatten alle was getrunken, aber ich war nicht total hinüber oder so.«

»Du bist also zurück in den Wald. Warum hat dich dein Cousin nicht begleitet?«

Connor wischt über einen alten Abdruck einer glühenden Zigarette auf der Tischplatte. »Ich wollte nicht uns beide in Schwierigkeiten bringen«, erklärt er leise. »Und ich habe ihn gebeten, sich in mein Zimmer zu legen, bis ich zurück bin. Mein Dad ...« Er wirft mir einen Blick zu und sieht mich zum ersten Mal richtig an. »Mein Dad kommt oft nachts in unsere Zimmer, um nach uns zu sehen. Er steht in der Tür wie ein Irrer und stellt sicher, dass wir nicht im Schlaf gestorben sind oder so. Das macht er, seit ich mich zurückerinnern kann. Seit ich und meine Schwester noch klein waren.«

Shah sieht mich an. »Stimmt das, Dr. Boyd?«

Ihre Frage kommt unerwartet. Ich verdaue noch Connors ausführliche Antwort mit Einzelheiten, nach denen Shah gar nicht gefragt hat.

»Ich ... ja, ich schätze, das tue ich manchmal.«

Sie wendet sich wieder an meinen Sohn. »Und Zac war einverstanden, dich zu decken?«

»Klar. Er ist mein Cousin, mein bester Kumpel«, sagt er beinahe zu schnell. »Ich würde jederzeit dasselbe für ihn tun.«

»Es war also nicht nur, weil er seinen Schlüssel verloren hat?«

Connor schüttelt den Kopf. »Sein Dad hat einen Ersatzschlüssel unter dem gelben Blumentopf an der Hintertür.«

Die Polizistin wechselt plötzlich das Thema. »Wo ist Emilys Handy, Connor?«

Mein Sohn sieht sie mit großen Augen an. Sein Blick huscht zur Anwältin und wieder zurück zu DS Shah. »Keine Ahnung.«

»Sicher?«

»Sie hat ... auch das geplant. Sie hat mich gebeten, es für sie in einen Briefkasten zu werfen. Sie hat es in einen gepolsterten Umschlag gesteckt und mir gegeben.«

»Du solltest es *verschicken?*«, fragt Shah ungläubig. »Wohin denn?«

»An eine Adresse in Norfolk, wo Freunde ihrer Familie ein Ferienhaus haben, das derzeit leer steht. Sie hat das Handy so programmiert, dass es sich am Sonntag um fünf Uhr nachmittags automatisch einschaltet, während es noch mit der Post unterwegs ist. Und wenn ihre Mum oder jemand anderes versucht hätte, es zu orten, hätte es sie auf eine aussichtslose Verfolgungsjagd gelockt, wodurch alle noch ein wenig länger im Ungewissen geblieben wären.«

»Warum hat sie es nicht selbst eingeworfen?«

»Es gibt nur einen Briefkasten, der am Sonntag Mittag entleert wird, aber der befindet sich an der London Road, wo es jede Menge Überwachungskameras gibt. Sie wollte nicht gesehen werden. Außerdem befindet er sich in der entgegengesetzten Richtung zu dem Haus, zu dem sie wollte.«

»Dann war das Aufgeben des Handys also der Job, den sie dir anvertraut hat?«

»Ja.«

»Aber das Handy ist nie in Norfolk angekommen, nicht wahr?«

Connor schüttelt den Kopf, und es senkt sich erneut Schweigen über uns. DC Harmer hat die Arme verschränkt und runzelt die Stirn. DS Shah notiert etwas in ihrem Notizbuch.

»Ich bin zurück in den Wald, um Emily zu suchen«, fährt Connor schließlich fort. »Ich wollte auf die andere Seite, wo ihr Fahrrad versteckt war.«

»Zur Lower Farm Lane?«

»Genau. Ich schlage mich also durch den Wald, und es war echt dunkel, aber dann dachte ich, ich hätte etwas gesehen. Eine Gestalt. Ich vermutete, dass es Emily war. Ich bin auf sie zu, aber dann wurde ich von hinten angegriffen.«

Ich habe plötzlich einen Kloß im Hals.

»Ich bekam einen Schlag auf den Kopf«, erzählt Connor weiter. »Als ich wieder zu mir kam, lag ich mit dem Gesicht voran auf dem Waldboden, hatte Blut in den Haaren und grauenhafte Kopfschmerzen. Und Emily war verschwunden.«

Shahs Augen werden schmal. Sie glaubt ihm nicht. »Hast du noch jemanden gesehen oder gehört?«

»Nein.«

»Du behauptest also, dass du angegriffen wurdest, hast die Person aber nicht gesehen? Du hast niemanden kommen gehört, weißt nicht, ob es ein Mann oder eine Frau war und womit derjenige zugeschlagen hat? Er war wie aus dem Nichts plötzlich da?«

»Ja.«

»Hmmm.« Shah macht sich erneut Notizen.

Nach einer Minute angespannten Schweigens holt Harmer sein Handy heraus und zeigt Connor ein Foto. Die Anwältin und ich lehnen uns nach vorne. Auf dem Bild ist ein iPhone mit violetter Hülle und einem kleinen Sprung in der oberen rechten Ecke zu sehen. Es steckt in einem Beweismittelbeutel, und auf dem Sperrbildschirm ist Emily mit Schmollmund und zwei Zöpfen zu sehen, die zwei Finger zum Peace-Zeichen erhoben hat.

»Kennst du dieses Smartphone, Connor?«

»Ja, es gehört Emily.«

»Du hast es also nicht in den Briefkasten geworfen«, bemerkt Shah. »Du hast nicht getan, worum sie dich gebeten hat, sondern es behalten, nicht wahr?«

»Nein.« Er schüttelt entschieden den Kopf. »Der Angreifer hat es mitgenommen. Als ich aufwachte, war der gepolsterte Umschlag fort.«

»Und das Wertkartenhandy, das Emily dir gegeben hat?«

»Das auch.«

»Wirklich? Das ist ja blöd. Wir können also nicht nachprüfen, ob du uns gerade die Wahrheit gesagt hast.«

Connor zuckt kaum merklich mit den Schultern. »Aber so war …«

»Wie du auf dem Foto sehen kannst, haben wir Emilys Handy mittlerweile sichergestellt. Irgendeine Idee, wo wir es gefunden haben?«

»Nein.« Er ist kaum noch zu hören.

»Lauter, bitte.«

»Nein. Keine Ahnung.«

»Sicher?«

»Ja.«

Shah wartet einige Augenblicke, um die Spannung ins Unerträgliche zu steigern. Schließlich sagt sie: »Du kannst dir also keinen Grund vorstellen, warum unsere Leute Emilys Handy auf dem Grundstück deiner Eltern gefunden haben?«

Connors Kopf fährt hoch. »Was? Nein!«

Ich hebe die Hand. »Moment, wovon reden Sie?«

»Emilys Handy steckte in einem Abfalleimer auf Ihrem Grundstück«, antwortet Harmer.

»Aber …« Mein Herz pocht. »Das könnte jeder dort hineingetan haben.«

Shah ignoriert meinen Einwand. »Ich frage dich jetzt noch

einmal, Connor. Kannst du dir vorstellen, warum wir Emilys Handy dort gefunden haben?«

»Nein.«

»Nun, ich sage dir jetzt mal was, Connor. Ich schon. Du hast deine Eltern belogen, du hast deine Freunde belogen, du hast deinen Cousin belogen.« Sie deutet anklagend mit dem Finger auf seine Brust. »Und jetzt belügst du mich.«

47

Shah und Harmer unterbrechen die Befragung, um sich im Flur zu beraten. Mein Handy vibriert. Es ist Laura.

»Der Film war gerade zu Ende, und ich habe deine Nachricht gelesen. Was ist los?«, fragt meine Frau nervös. »Wo bist du?«

Ich will das Zimmer – und Connor – nicht verlassen, also erkläre ich ihr in kurzen Zügen, was in der letzten Stunde passiert ist und dass ich keine Ahnung habe, wie lange wir noch hier sein werden.

»Die Polizei hat einen Durchsuchungsbefehl.« Ich hoffe, sie versteht, was ich damit sagen will. »Sie haben bereits angefangen.«

Sie antwortet nicht gleich, und ich weiß, dass sie meine unausgesprochene Frage verstanden hat. *Sind die Drogen gut versteckt?*

»Du meinst für das Haus?«, fragt sie ruhig.

»Ja.«

»Okay.«

»Sie haben offenbar draußen begonnen, aber sie nehmen sich sicher auch das Innere vor.« Ich spüre den Blick meines Sohnes. »Vor allem Connors Zimmer.«

»In Ordnung.« Ihrer Stimme ist nichts anzuhören. »Dann fahre ich besser mal hin.«

»Ich bleibe bei Connor, bis wir nach Hause dürfen. Du kümmerst dich um Harry, und ich erzähle dir später alles.«

Aber Connor darf nicht nach Hause. Sie behalten ihn über Nacht auf dem Revier, wie Shah uns bei ihrer Rückkehr erklärt. Die Befragung soll am nächsten Morgen fortgesetzt werden.

»Dad?« Seine Stimme klingt leise und verletzlich. Die Stimme eines Jungen, der sich Schutz suchend an seinen Vater wendet. Plötzlich ist er wieder zehn Jahre alt, kommt humpelnd vom Fußballfeld und weint an meiner Schulter bittere Tränen. »Was passiert hier?«

Von dem teenagerhaften Draufgängertum ist nichts mehr zu spüren.

Ich schlucke den Kloß in meinem Hals hinunter.

»Eine Nacht«, erkläre ich ihm so zuversichtlich, wie ich nur kann. »Es ist nur eine Nacht, Connor, und dann holen wir dich hier raus, okay?«

Barber-Lomax legt eine Hand auf seinen Arm. »Und du sagst nichts mehr, verstanden? Nicht zu dem diensthabenden Officer, nicht zu dem netten Kerl, der dir morgens den Tee bringt oder mal wieder einen Blick in die Zelle wirft, um nach dir zu sehen. Zu niemandem. Es sei denn, ich bin bei dir. Ich meine das wirklich ernst. Habe ich mich klar genug ausgedrückt?«

Connor nickt schweigend.

Angst steigt in mir hoch, und ich brauche einen Moment, um den Grund dafür zu begreifen: Sie redet mit meinem Sohn, als wäre er schuldig.

Ein uniformierter Beamter führt Connor den Flur entlang davon, und er wirkt mit jedem Schritt kleiner und jünger. Bevor er durch eine schwere graue Tür tritt, dreht er sich noch einmal um und wirft mir einen letzten verängstigten Blick zu.

Ich habe das Gefühl, als würde mir jemand das Herz aus der Brust reißen. Ich möchte zu ihm laufen und ihn packen, bevor sie ihn in eine Zelle sperren können. Ich möchte mit ihm davonlaufen, das alles jetzt und auf der Stelle beenden, mich nicht mehr ihren Regeln beugen und alles dafür tun, dass meinem Sohn nichts geschieht, dass er sicher ist und …

Die schwere Tür fällt hinter ihm ins Schloss.

Er ist weg.

Shah will ihm folgen, doch ich lege eine Hand auf ihren Ellbogen. »Haben Sie eine Minute?«

Sie sieht mich fragend an, dann winkt sie mich in den Befragungsraum zurück, den wir gerade verlassen haben, und bleibt im Türrahmen stehen. Meine Anwältin steht im Flur und tippt eilig auf ihr Handy ein.

»Dr. Boyd«, beginnt Shah. »Ich verstehe, dass Sie verärgert sind und …«

»Jemand will meinem Sohn etwas anhängen«, unterbreche ich sie. »Er hat nichts von alldem getan.«

DS Shah sieht mich ausdruckslos an. »Was hat er nicht getan?«

»Er hat Emily Ruskin nichts getan.«

»Offiziell gilt sie immer noch als vermisst, es sei denn, Sie hätten Informationen, dass ihr etwas zugestoßen ist?«

»Nein.« Ich schüttle den Kopf. »Nein, die habe ich nicht. Ich kann Ihnen nur versichern, dass mein Sohn niemals jemandem Schaden zufügen würde.«

»Gut.« Die Skepsis ist nicht zu überhören. »Wer möchte ihm Ihrer Meinung nach etwas anhängen?«

Ich hole tief Luft, dann erzähle ich ihr von der Zusammenkunft in Alexander Saxtons Haus, zu dem mein Bruder, Olivias Mutter und Emilys Stiefvater geladen waren. Und von der meine Familie ausgeschlossen wurde.

Shah wirkt nicht sonderlich interessiert. »Verstehe. Und jetzt glauben Sie, dass eine Art Verschwörung im Gange ist, um Connor die Schuld in die Schuhe zu schieben?«

»Keine Ahnung. Aber ich kenne meinen Sohn besser als irgendjemand sonst, und es ist ausgeschlossen, dass er etwas damit zu tun hat. Jeder könnte Emilys Handy in unseren Abfalleimer geworfen haben. Er steht direkt hinter dem Gartentor, das normalerweise nicht verschlossen ist, und selbst wenn, kann man ganz einfach darüberklettern.«

Sie denkt einen Moment lang nach, aber es ist ihr anzusehen, dass sie mir kein Wort glaubt. Sie ist nicht einmal überrascht. Ich frage mich, wie oft sie exakt diese Worte schon von anderen Eltern gehört hat, die darauf bestanden, dass ihr Nachwuchs niemals etwas von den schrecklichen Dingen getan haben kann, die ihm vorgeworfen wurden.

»Vor ein paar Tagen haben Sie mir versichert, dass Ihr Sohn um Mitternacht zu Hause war, obwohl Sie es nicht zweifelsfrei wussten. Und es stimmte nicht, oder, Dr. Boyd?« Sie wartet meine Antwort gar nicht erst ab. »Also verzeihen Sie mir bitte, wenn ich Ihre Behauptung mit Vorsicht genieße.«

Ich spüre, wie mir die Hitze in die Wangen steigt. Ich habe meinem Sohn ein Alibi verschafft, weil ich hoffte, es werde den polizeilichen Ermittlungen ein Ende setzen. Dabei war es gerade erst der Anfang.

»Aber das …« Ich deute auf die Akte in ihrer Hand. »Falls tatsächlich jemand zu Schaden kam, kann ich Ihnen nur versichern, dass so etwas nicht in seiner Natur liegt. Connor würde so etwas nie tun.«

Sie öffnet die Akte und blättert darin, bis sie die richtige Seite gefunden hat. »Aber er hat doch vor zwei Wochen einen anderen Schüler angegriffen, nicht wahr? Ihm ein blaues Auge verpasst?« Sie liest weiter. »Und einem anderen Jungen eine blutende Lippe beschert? Der Angriff geschah vollkommen ohne Grund, wie ich hörte.«

Meine Kehle ist vor Zorn wie zugeschnürt. Es gibt nur einen, der ihr das erzählt haben kann. Drew Saxton, der eilig seine Version der Geschichte zum Besten gegeben hat, zweifellos ermutigt von seinem Vater.

»Nicht ohne Grund«, sage ich bemüht ruhig. »Sie haben meine Tochter, seine Schwester, tyrannisiert. Es ging drei gegen einen, und einer der Jungen war Drew, der offenbar noch immer wütend auf Connor ist und alle möglichen Geschichten erzählt, um ihn als Schuldigen dastehen zu lassen.«

»*Ihr* Sohn muss sehr wütend gewesen sein, dass er sich auf einen Kampf mit drei Klassenkameraden eingelassen hat. Wird er öfter derart wütend?«

»Wie bitte? Nein.« Ich hebe die Hände und versuche, wieder zum Thema zurückzufinden. »Hören Sie, jemand will, dass es so aussieht, als hätte er etwas damit zu tun. Jemand benutzt ihn, um Sie auf eine falsche Fährte zu locken. Ich denke schon den ganzen Tag darüber nach, und das ist die einzige sinnvolle Erklärung.«

»Dem muss ich widersprechen.« Ihre Stimme ist stahlhart. »Genau wie mein Vorgesetzter. Es gibt mehrere Szenarien, die wesentlich mehr Sinn ergeben, allen voran die Annahme, dass Ihr Sohn etwas mit Emily Ruskins Verschwinden zu tun hat. Er wurde bereits von der Spurensicherung eindeutig damit in Verbindung gebracht, und er scheint immer noch wesentliche Informationen zurückzuhalten, die uns helfen könnten, sie zu finden.«

Das hier läuft absolut nicht so wie geplant. Ich wollte, dass sie die Wahrheit erkennt, und ihr einen Blick auf den echten Connor gewähren. Auf den Jungen, den ich seit seinem ersten Atemzug kenne. Sie sollte nicht einen weiteren beliebigen und vom Schlafentzug geplagten Verdächtigen sehen, der so lange gequält und eingeschüchtert wird, bis er genau das sagt, was sie hören will. Aber ich habe noch ein Ass im Ärmel.

»Cathy Ruskin glaubt auch nicht, dass Connor etwas damit zu tun hat«, erkläre ich. »Das hat sie mir selbst gesagt.«

Shah schließt schwungvoll ihre Akte. »Ja, ich habe bereits von Ihrem Besuch bei den Ruskins gehört.«

»Das muss doch etwas bedeuten. Die Tatsache, dass ...«

»Lassen Sie mich eines klarstellen.« Sie hebt mahnend den Zeigefinger. »Jeder Versuch, wichtige Zeugen in diesem Fall zu nötigen oder einzuschüchtern, stellt eine strafbare Handlung dar und kann zu ernsthaften Problemen für Sie führen.«

Ich öffne den Mund und schließe ihn wieder. Ich versuche, mich zu erinnern, ob irgendetwas während der wenigen Minuten in Cathys Haus Anlass zur Beschwerde gegeben haben kann. »Ich habe niemanden genötigt. Cathy hat mich gebeten, ihr ein paar Medikamente vorbeizubringen.«

»Ja, ein Kollege hat das mittlerweile überprüft.«

»Sie haben mit meinem Vorgesetzten gesprochen?« Ich schlucke schwer.

»Ganz genau.«

Übelkeit steigt in mir hoch, als ich an Cathys tränenreiche Bitte denke, mir Emilys Patientenakte anzusehen. Ich habe meinen Eid gebrochen und vertrauliche Informationen weitergegeben.

Ich räuspere mich. »Mein Besuch bei Cathy Ruskin war rein freundschaftlich.«

»Da war Mr Crosby anderer Meinung, als er mich anrief. Er war sehr verstimmt.«

»Er war doch nicht einmal da!«, rufe ich. »Ich habe nicht mit ihm gesprochen und ihn auch nicht gesehen. Warum überprüfen Sie nicht mal seinen Anteil an der Sache? Seinen Hintergrund? Sie haben doch gehört, was Connor über die Beziehung zu Emily gesagt hat. Ist Ihnen diese Information keine Ermittlungen wert?«

»Ich rate Ihnen, einen Schritt zurückzutreten, Dr. Boyd. Sie haben gelogen, was den Aufenthaltsort ihres Sohnes Samstagnacht betrifft, und damit unsere Ermittlungen behindert. Und gerade eben bin ich kurz davor, Sie wegen wiederholter Behinderung anzuzeigen. Verstehen Sie das?«

Es ist das erste Mal, dass sie ihre Stimme erhebt, und ihre Worte hallen durch das leere Befragungszimmer.

»Das ist einfach nicht richtig«, murmle ich leise. »Es ist nicht richtig.«

Sie runzelt die Stirn und scheint ihre letzten Geduldreserven anzuzapfen. »Hören Sie, Andy, ich verstehe es ja. Sie sind Connors Dad, und niemand will glauben, dass das eigene Kind zu so etwas fähig ist. Ich verstehe es wirklich, okay? Ich habe selbst zwei Kinder. Aber je mehr Beweise wir zusammentragen, desto mehr spricht gegen Ihren Sohn. Alles zu leugnen, hilft ihm nicht. Und Ihnen auch nicht.« Sie sieht auf die Uhr. »Wenn Sie mich jetzt bitte entschuldigen würden. Ich muss meinem Vorgesetzten Bericht erstatten. Wir hören uns.«

Sie wendet sich ab und verlässt das Zimmer.

Ich bleibe einen Augenblick in der beklemmenden Stille stehen. Mein Sohn ist ein Fremder in dieser Welt aus Betonböden, Stahltüren, Schlössern und drahtverstärktem Sicherheitsglas, wo der Geruch nach Schweiß und Angst aus den Wänden dringt.

Connor gehört nicht hierher.

Ich weigere mich zu glauben, dass er etwas damit zu tun hat.

Ich weigere mich zu glauben, dass wir in einer Welt leben, in der solche Dinge möglich sind.

Jemand versucht, seine eigenen Spuren zu verwischen, indem er meinem Sohn alles anhängt. Das ist die einzige sinnvolle Erklärung. Trotzdem ist die Polizei knapp davor, ihm ein schreckliches Verbrechen zur Last zu legen.

Aber die Polizei irrt sich.

Und ich werde es beweisen.

48

Kay Barber-Lomax begleitet mich hinaus auf den Parkplatz. Es ist immer noch warm, aber während wir in dem fensterlosen Befragungsraum gesessen haben, ist es langsam dunkel geworden.

Ich stoße die Luft aus. »Mussten Sie so mit Connor reden? Als ob er schuldig wäre?«

»Es war ein der Situation angemessener Ratschlag. Im Moment ist er selbst sein größter Feind.«

»Er hat diesem Mädchen keinen Schaden zugefügt«, erkläre ich. »Das würde er niemals tun.«

Die Anwältin denkt einen Moment lang darüber nach. »Er scheint mir ein netter junger Mann zu sein.«

»Was passiert als Nächstes? Morgen?«

»Wir können nur abwarten, Andy«, sagt sie. »Die Polizei hat noch viel Arbeit vor sich. Sie können ihn bis morgen festhalten, dann müssen sie Anklage erheben oder um eine Verlängerung der Untersuchungshaft ansuchen, die aufgrund seines Alters nicht ausgestellt werden wird. Da Emily Ruskin eine fotogene Sechzehnjährige mit einer berühmten Mutter ist, wird die Geschichte weiter von der Presse ausgeschlachtet werden. Mehr Nachrichten, mehr Sichtbarkeit, mehr Druck auf die Polizei, Ergebnisse zu liefern. Dazu der Druck von oben, von den

Vorgesetzten und von den Medien. Druck kann gut sein, aber zu viel ist nicht gut. Zumindest nicht für uns. Aber morgen früh wissen wir sicher mehr. Ich melde mich bei Ihnen, okay?«

Wir verabschieden uns, und sie geht zu ihrem kleinen blauen Audi.

Zu Hause wartet Laura bereits auf mich. Wir stehen eine Minute lang bei geöffneter Haustür im Flur und umarmen uns. Sie hat Dutzende Fragen, und ich bemühe mich, sie, so gut es geht, zu beruhigen.

Sie führt mich nach oben, und wir stehen in der Tür zu Connors leerem Zimmer. Das Bettzeug wurde entfernt und mitgenommen, die Schubladen geleert. Die Klamotten liegen in mehreren Haufen auf dem Boden, nachdem die Polizisten auf der Suche nach Beweisen sämtliche Schränke durchwühlt haben. Irgendwie sieht es noch schlimmer aus als sonst, als hätte jemand überstürzt die Flucht ergriffen. Die Abwesenheit unseres Sohnes hängt wie eine dunkle Wolke über allem. Er ist überall und gleichzeitig nirgendwo.

»Sie meinten, es wäre nur eine vorläufige Hausdurchsuchung und sie würden vielleicht noch einmal vorbeikommen«, erklärt Laura mit Blick auf das Chaos.

»Haben Sie etwas gefunden?«

»Sie haben nichts gesagt. Aber sie haben einiges mitgenommen.«

»Und was ist ... mit dem ...« Ich senke die Stimme. »Mit dem Beutel?«

»Immer noch dort, wo ich ihn hingetan habe.«

»Gut. Gott sei Dank hast du ihn gefunden.«

»Glaubst du, dass Connor die Nacht übersteht?«, fragt sie, und ihre Stimme bricht.

Ich umarme sie erneut und drücke sie an mich. »Je früher wir ihn da rausholen, desto besser.«

Als wir wieder nach unten kommen, schalten wir die Mediathek an, es laufen die Zehn-Uhr-Nachrichten. Laura schenkt uns beiden ein Glas Wein ein, und ich erzähle ihr noch einmal genauer, was auf dem Polizeirevier passiert ist. Harriet war außer sich und ist gerade erst zu Bett gegangen.

Wir sitzen wie erstarrt auf dem Sofa, als um halb elf die Lokalnachrichten beginnen. Emily Ruskins Verschwinden ist zum zweiten Mal in Folge Thema des Tages. Laura macht den Ton an.

Sie zeigen die Pressekonferenz, die ich bereits kenne. Es ist seltsam, Leute im Fernsehen zu sehen, die man gerade erst persönlich getroffen hat. Auf die Pressekonferenz folgt ein Bild vom Wald am Beacon Hill und schließlich ein kurzer Beitrag über Olivia de Luca vor dem Haus der Ruskins. Es ist erstaunlich, wie entspannt und selbstsicher Olivia mit dem Foto ihrer Freundin in der Hand wirkt. Sie hat sich freiwillig in den Pressepulk begeben und wirkt weder beunruhigt noch eingeschüchtert, sondern scheint die Aufmerksamkeit zu genießen. Bevor der Moderator zur nächsten Schlagzeile übergeht, gibt es noch einen Hinweis, dass die Polizei eine neue Spur verfolgt und ein Verdächtiger verhört und über Nacht in Polizeigewahrsam gehalten wird.

Laura drückt einen Knopf, um den Beitrag noch einmal anzusehen.

»Ich glaube, das ertrage ich kein zweites Mal. Wollen wir den Fernseher lieber ausmachen?«, schlage ich vor.

»Moment noch«, erwidert sie und startet die Pressekonferenz von Neuem. »Schau mal.«

»Was denn?«

»Da!« Sie drückt *Pause*, spult zurück und lässt das Video erneut ablaufen. »Hast du es jetzt gesehen?«

Es ist mir vorhin nicht aufgefallen, weil ich mich zu sehr darauf konzentriert habe, was Cathy zu sagen hatte. Aber jetzt, wo Laura mich darauf aufmerksam gemacht hat, ist es nicht zu übersehen. Cathys und Karls Hände liegen nahe beieinander, sind aber nicht ineinander verschränkt und berühren sich auch nicht. Er will nach ihrer Hand greifen, doch sie zieht sie weg und verschränkt stattdessen die Hände vor sich. Es ist so subtil, dass es kaum auffällt.

»Das ist interessant.«

»Die Körpersprache verrät uns immer wieder.« Laura beginnt noch einmal von vorne und pausiert an der Stelle, an der Cathy die Hand wegzieht. »Sie erträgt es nicht, ihn zu berühren. Oder von ihm berührt zu werden.«

»Vielleicht will sie sich nicht ablenken lassen?«

»Sieh dir an, wie sie die Hand wegzieht. Sie glaubt, er würde etwas verbergen. Es ist auch interessant, dass sie dieselben Worte benutzt wie in dem ersten Video auf Instagram. *Ich, Karl, deine Schwestern. Wir alle.*«

»Sie will betonen, dass sie alle zusammengehören. Als Familie.«

»Aber warum muss sie alle beim Namen nennen? Es ist doch klar, dass sie mit *wir* die ganze Familie meint.«

»Schon. Worauf willst du hinaus?«

»Ich finde die Wortwahl seltsam. Beinahe, als ob … Emily mit einem von ihnen einen Streit hatte, was der Grund für ihr Verschwinden sein könnte. Und Cathy will damit klarstellen, dass sie es wieder auf die Reihe bekommen und die besagte

Person dazu bringen wird, sich bei Emily zu entschuldigen, wenn diese nur nach Hause kommt.«

Ich denke einen Moment darüber nach. Meine Frau konnte andere schon immer gut lesen, aber das scheint doch weit hergeholt.

»Bist du dir sicher, dass du nicht zu viel hineininterpretierst?«

»Ich sage dir, irgendetwas stimmt nicht mit den beiden.«

Laura reicht es, sie geht nach oben ins Bett, und ich verspreche, bald nachzukommen. Ich schenke mir noch ein Glas Wein ein und setze mich an den Küchentisch, um meine E-Mails zu checken. In den meisten geht es um die Arbeit, nur eine sticht heraus. Der Betreff lautet: *Ich muss dringend mit Ihnen sprechen,* und sie stammt von Chris Dineen, dem Lokalreporter. Die E-Mail enthält keinen Text, nur eine Telefonnummer. Ich lösche sie.

Laura beendet gerade einen Anruf, als ich ins Schlafzimmer komme.

»Danke noch mal«, sagt sie. »Ja, sicher. Unbedingt.« Sie nickt. »Das verstehe ich. Ich weiß das wirklich zu schätzen, Trish.«

Nachdem sie aufgelegt hat, steht sie auf und schließt die Tür hinter mir.

»Was ist denn los?«, frage ich und setze mich neben sie. »Wer war das?«

Meine Frau blickt mich verstohlen an. »Ich hatte gerade ein interessantes, aber inoffizielles Gespräch«, sagt sie leise. »Über Karl Crosby.«

»Schieß los.«

Sie erzählt mir leise, was sie von einer langjährigen Freundin, die als Vizerektorin an einer Schule arbeitet, erfahren hat.

Als sie fertig ist, ist mein Weinglas leer und meine Müdigkeit verflogen.

»Sie dachte sofort, dass Crosby seine Finger im Spiel hat, als sie die ersten Berichte über Emilys Verschwinden sah«, erklärt meine Frau.

»Aber wir können nichts davon beweisen, oder? Es sind bloß Gerüchte, Klatsch aus dem Lehrerzimmer.«

Laura zuckt mit den Schultern. »Leuten wie ihm folgen diese Geschichten überallhin, ganz egal, ob die Polizei eingeschaltet wurde oder nicht.«

»Vielleicht hast du recht, was die eigenartige Körpersprache während der Pressekonferenz betrifft.«

»Ich habe dir ja gesagt, dass es seltsam ist.«

»Ich muss DS Shah informieren …«

»Moment mal.« Laura hebt die Hand. »Es wäre zu offensichtlich, dass die Infos von mir kommen. Das würde mich echt in Schwierigkeiten bringen.«

»Aber wir können es nicht einfach für uns behalten und nichts tun! Crosby ist als Teil der Familie mitten im Geschehen. Cathy könnte in Gefahr sein. Genau wie ihre beiden anderen Töchter.«

Laura denkt einen Moment nach. »Niemand darf mich damit in Verbindung bringen.«

»Ich weiß, und es ist wahrscheinlich ohnehin besser, wenn ich den Tipp anonym weiterleite. Wenn sie merken, dass er von mir kommt, nehmen sie ihn womöglich nicht ernst und glauben, ich hätte einen bestimmten Grund, so zu handeln.«

Sie hebt eine Augenbraue. »Den haben wir auch.«

»Stimmt.«

»Sieh bloß zu, dass du mich aus der Sache heraushältst.«

Ein anonymer Anruf wäre zu riskant, denn womöglich würde man ihn zurückverfolgen oder sogar meine Stimme erkennen. Aber kann man auch E-Mails einwandfrei zuordnen? Ich bin mir nicht sicher. Das Schlauste wäre, in ein Internetcafé zu gehen, aber gibt es solche Läden überhaupt noch? Mein Sohn sitzt hinter Gittern, und es scheint mir eine unnötige Verzögerung, mich jetzt auf die Suche nach einem zu machen.

Also hole ich den Laptop aus meiner Tasche und setze mich damit aufs Bett. Ich erstelle eine neue E-Mail-Adresse mit den beiden Vornamen meines Großvaters, dann tippe ich DS Shahs Adresse ein und frage mich kurz, wie viele verrückte und anonyme E-Mails sie wohl tagtäglich erhält. Wahrscheinlich zu viele, um sie zu zählen.

BETREFF: EMILY RUSKIN – DRINGEND

Sehr geehrte Detective Sergeant,

Sie sollten bei Ihren Ermittlungen im Fall der verschwundenen Emily Ruskin unbedingt auch den Lebensgefährten ihrer Mutter, Karl Crosby, in Betracht ziehen, in dessen beruflichem Umfeld es in der Vergangenheit zu mehreren besorgniserregenden Zwischenfällen kam, vor allem, was den Umgang mit Schülerinnen betrifft. Es gibt zumindest zwei Vorfälle, die mir zugetragen wurden und die zeigen, dass er ein besonderes und bedenkliches Interesse an Mädchen in Emilys Alter hat:

Sir William Crane School, Portsmouth, 2013–2015:

Crosby war als Sportlehrer an besagter Privatschule tätig. Er beendete das Dienstverhältnis, nachdem im zweiten Jahr Anschuldigungen bezüglich seines Umgangs mit mehreren Mädchen der elften Klasse erhoben wurden. Es gab keine Anzeige, aber einige Beschwerden von besorgten Eltern. Nachdem er eine Geheimhaltungsvereinbarung unterzeichnet hatte, durfte er die Schule mit weißer Weste verlassen.

Caxton International School, Dubai, 2016–2018:
Auch hier arbeitete Crosby als Sportlehrer an einer internationalen Schule. Sein Vertrag wurde fristlos gekündigt, nachdem seine Beziehung zu einer siebzehnjährigen Schülerin aufgeflogen war. Die Eltern des Mädchens und die Schule wollten jedoch keinen öffentlichen Skandal riskieren, und so durfte er gehen, ohne dass eine offizielle Untersuchung eingeleitet wurde.

Ich hoffe, Ihnen mit diesen Informationen behilflich gewesen zu sein.

Hochachtungsvoll, ein besorgter Bürger

Ich lese die Mail einigermaßen beschämt noch einmal durch, und mir wird bewusst, wie schnell ich bereit bin, meine Prinzipien über Bord zu werfen, wenn es darum geht, die Aufmerksamkeit der Polizei von meinem Sohn abzulenken. Eine anonyme Mail, die die Karriere eines Fremden zerstören könnte. Aber ohne Feuer kein Rauch, nicht wahr? Und Connor kann alle Hilfe gebrauchen, die er bekommen kann.

Ich bitte Laura, die Angaben zu überprüfen. Sie liest den Text und nickt.

Dann drücke ich auf *Senden*.

MITTWOCH

49 Connor sieht aus, als hätte er keine Sekunde geschlafen.

Seine Haut ist fahl, die dunklen Haare stehen in alle Rich-
tungen, und seine Augenlider sind schwer vor Erschöpfung.
Wir befinden uns in dem bereits bekannten, beengten und sti-
ckigen Befragungszimmer, Connor sitzt auf dem Stuhl neben
mir, und Kay Barber-Lomax hat auf seiner anderen Seite Platz
genommen. Sie hat mir vorhin erklärt, dass die Nacht in der
Zelle vor allem dazu da war, um Connor so weit zu verun-
sichern, dass er sich vollumfänglich kooperativ zeigt.

Es sieht so aus, als hätte es funktioniert.

Connor wirkt nach der Schreckensnacht noch kleiner, und
ich würde ihn so gerne in die Arme schließen, ihm den Rücken massieren und ihm sagen, dass alles gut wird. Aber er
lässt sich schon seit einigen Jahren nicht mehr gerne umarmen, und selbst hier wäre es ihm vermutlich schrecklich
peinlich. Ich drücke ihm stattdessen kurz die Schulter. Er
schafft es nicht einmal, mir in die Augen zu sehen.

Barber-Lomax erinnert ihn noch einmal an ihren gestrigen
Ratschlag und daran, dass DS Shah nicht seine Freundin ist.
Ihr Hauptziel ist es, ihn so schnell wie möglich in eine ähnli-
che Zelle zu verfrachten, wie die, in der er die Nacht verbracht

hat. Sie erklärt uns, dass wir uns vermutlich denselben Fragen wie gestern stellen müssen, es sei denn, die Polizei hätte über Nacht neue Erkenntnisse gewonnen. In diesem Fall wird Barber-Lomax um eine Pause bitten, um zuerst die genauere Vorgehensweise mit uns zu besprechen.

Connor nickt schweigend und hält den Blick auf die Tischplatte gerichtet.

DS Shah ist alleine und legt eine grüne Aktenmappe zwischen uns auf den Tisch. Sie scheint dicker als gestern Abend.

Ich frage mich unwillkürlich, ob sie meine anonyme E-Mail bereits gelesen hat. Ist sie ihr zwischen all den anderen E-Mails, Anrufen und Hinweisen, die sie und ihr Team vermutlich jeden Tag bearbeiten, überhaupt aufgefallen? Hat sie sich Crosbys Vergangenheit schon näher angesehen und die richtigen Schlüsse gezogen?

Hoffentlich hat sie nicht herausgefunden, von wem die E-Mail stammt.

Falls es so wäre, lässt sie sich jedenfalls nichts anmerken.

Sie nennt erneut Zeit, Ort und die Namen der Anwesenden und gibt eine kurze Zusammenfassung der letzten Befragung.

»Also, Connor«, beginnt sie schließlich. »Du hattest seit unserem gestrigen Gespräch ein wenig Zeit zum Nachdenken. Gibt es noch etwas, was du mir über die Ereignisse am Samstagabend erzählen willst? Etwas, an das du dich erinnerst? Und das uns vielleicht hilft, Emily zu finden?«

Connors Blick huscht zur Anwältin, bevor er ihn wieder auf den Tisch richtet und den Kopf schüttelt.

»Sie ist mittlerweile seit mehr als zweiundsiebzig Stunden

verschwunden«, fährt Shah fort. »Wie du dir sicher vorstellen kannst, ist es schrecklich für ihre Mutter. Für die ganze Familie. Du willst doch sicher nicht, dass sie noch länger leiden, oder?«

Er schüttelt kaum merklich den Kopf. Shah wartet, während sich Schweigen über uns legt. Zwanzig Sekunden. Dreißig.

»Wo ist sie, Connor?«, fragt sie schließlich sanft. »Wo ist Emily?«

»Ich weiß es nicht.«

Sie deutet auf die Anwältin. »Ms Barber-Lomax hier hat dir sicher geraten, was du sagen sollst und was nicht. Aber es ist nicht mehr als das. Es ist ein *Rat,* kein Befehl. Sie hat hier nicht das Kommando, sondern *du.* Es ist deine Entscheidung, ob du ihren Rat befolgst oder nicht.«

Er nickt.

»Es ist außerdem deine Chance, deine Seite der Geschichte darzulegen, Connor.« Sie lehnt sich nach vorne. »Vielleicht sogar deine letzte.«

Der letzte Satz ist wie ein Schlag in die Magengrube.

Connor rückt auf dem Stuhl hin und her und schweigt.

Die Polizistin stützt beide Ellbogen auf dem Tisch ab. »Wenn du willst, können wir den ganzen Tag so weitermachen, Connor. Wir können den ganzen Tag und die ganze Nacht darüber reden …«

»Kommen Sie, Priya.« Barber-Lomax erhebt zum ersten Mal seit Beginn der Befragung die Stimme. »Sie können entweder Anklage gegen meinen Mandanten erheben oder ihn freilassen. Und da Sie für Ersteres nicht genug Beweise haben, scheint die zweite Variante die logische Konsequenz. Für uns alle. Ich schätze, Sie warten noch auf die Laborergebnisse, das geht in der Urlaubszeit wohl nicht so schnell.«

Shah wirft Barber-Lomax einen wütenden Blick zu. Die Tatsache, dass die Anwältin sie beim Vornamen genannt hat, behagt ihr absolut nicht. »Wenn wir wollen, können wir Ihren Mandanten« – sie wirft einen Blick auf die Uhr – »noch acht Stunden hierbehalten.«

Barber-Lomax schenkt ihr ein eisiges Lächeln. »In diesem Fall müsste ich Sie – *erneut* – darauf hinweisen, dass mein Mandant ein Minderjähriger ohne Vorstrafen aus einem guten Elternhaus mit einem stabilen Umfeld und ein sehr guter Schüler ist. Ich würde nur *zu gerne* hören, wie Sie es vor dem Haftrichter verargumentieren, dass Sie ihn ohne Grund so lange hierbehalten.«

Shah wirft der Anwältin einen weiteren vernichtenden Blick zu, dann wendet sie sich wieder an meinen Sohn und gibt ihm eine allerletzte Möglichkeit, endlich das zu sagen, was sie von ihm hören will.

Endlich schließt sie die Mappe. »Connor Boyd, ich entlasse dich vorerst mit der Auflage, dich jederzeit für weitere Befragungen zur Verfügung zu halten.«

Die Erleichterung schlägt wie eine Welle über mir zusammen.

Obwohl Connor sofort wieder verhaftet werden kann, falls neue Erkenntnisse ans Licht kommen, bei uns zu Hause bleiben muss, nicht mit der Familie Ruskin oder anderen Zeugen reden darf und sich vom Beacon Hill fernhalten soll.

»Das war's also?«, fragt er zögerlich.

DS Shah steht auf. »Fürs Erste.«

Ich würde Connor am liebsten packen und so schnell wie

möglich von hier verschwinden, ehe sie ihre Meinung ändert. Es fühlt sich nicht an wie ein Sieg. Eher wie eine vorübergehende Gnadenfrist.

Der letzte Atemzug eines Ertrinkenden, bevor er untergeht.

50

Connor schweigt die ganze Heimfahrt über, blickt aus dem Fenster und hält die Hände im Schoß verschränkt. Ich versuche vergeblich, ihn in ein Gespräch zu verwickeln. Er beantwortet meine Fragen allerhöchstens mit einem Nicken, ehe er sich wieder zurückzieht. Die Blutergüsse auf seinem Gesicht werden langsam gelb und verblassen. Wenigstens heilen die körperlichen Wunden.

Laura wartet in der Küche und zieht ihn wortlos in eine Umarmung. Der Junge, den sie in sich getragen und großgezogen hat, überragt sie mittlerweile, und sein Kinn liegt auf ihrer Schulter, während sie ihm sanft den Rücken massiert. Schließlich legt sie ihm eine Hand auf die Schulter, lehnt sich zurück und mustert ihn.

»Okay«, sagt sie bestimmt. »Essen.«

Sie setzt ihn an den Küchentisch, holt etwas zu trinken und Besteck und wärmt eine Suppe für ein frühes Mittagessen.

Während Connor lustlos seine Tomatensuppe löffelt, wendet sie sich an mich und deutet auf einen kleinen Umschlag auf der Arbeitsplatte, der bereits geöffnet wurde.

Auf dem Umschlag steht: *Zu Händen von Andy und Laura Boyd,* und im Inneren befindet sich eine weitere Visitenkarte von Chris Dineen, dem Regionalreporter. Auf die Rückseite hat er eine eilige Nachricht gekritzelt. *Bitte rufen Sie mich so schnell es geht an. Es ist dringend. Danke.*

»Wie ist er bloß an unsere Namen gekommen?«, fragt Laura. »Und an die Adresse?«

»Keine Ahnung.« Ich werfe die Karte und den Umschlag schulterzuckend in den Müll. »Über das Wählerverzeichnis?«

Wir sitzen bei Connor, während er mechanisch die Suppe löffelt, als würde er nichts davon schmecken. Laura versucht sanft, ihn zum Reden zu bringen.

»Ich habe dein Bett frisch bezogen, damit du es gemütlich hast«, erklärt sie liebevoll. »Konntest du letzte Nacht wenigstens ein bisschen schlafen?«

Er schüttelt erschöpft den Kopf. »Nein, nicht wirklich.«

»Armer Junge. War es … sehr schlimm?«

Connor legt den Löffel ab und schiebt die halb volle Schale beiseite. Seine Hände zittern. Sein Blick wandert zu seiner Mutter, zu mir und wieder zurück auf den Tisch.

»Es war die schlimmste Nacht meines Lebens, Mum«, sagt er mit belegter Stimme. »Der Gestank. Und die Geräusche. Da waren so viele Geräusche, die ganze Nacht. Der Kerl in der Nebenzelle hat in einem fort gegen die Tür getreten, immer und immer wieder, und alle paar Minuten hat er zu fluchen begonnen. Ich hatte das Gefühl, ich würde Ewigkeiten in dieser Zelle festsitzen.«

Sinnlose Wut kocht in mir hoch. Frust, Mitleid und Reue vermischen sich zu einem toxischen Gebräu. Aber am stärksten ist das beinahe überwältigende und lähmende Gefühl, versagt zu haben. Ich habe meinen Sohn im Stich gelassen. *Wir* haben ihn im Stich gelassen. Wir konnten ihn nicht vor diesem Albtraum bewahren.

Laura ist anzusehen, dass es ihr genauso geht.

»Ich musste ständig an Emily denken, die irgendwo dort draußen ist. Es ist alles meine Schuld. Meine Schuld, dass sie nicht nach Hause gekommen ist. Es ist meine Schuld, was passiert ist, und ich werde sie niemals wiedersehen. Mir ist klar geworden, dass das alles real ist. Dass es wirklich passiert. Und dass es …« Er blinzelt, und Tränen steigen in seine Augen, bevor er sie eilig abwischt. »Es ist alles meine Schuld.«

Laura legt eine Hand auf seine. »Warum ist es deine Schuld, Connor?«

Er schüttelt schweigend den Kopf.

»Connor«, sage ich leise. »Ich möchte, dass du etwas weißt.«

Er sieht mich mit roten Augen an. »Was?«

»Es gibt nichts, was du tun oder sagen könntest, das uns dazu bringt, dich weniger zu lieben. Nichts. Was auch immer es ist, was auch immer als Nächstes passiert. Das weißt du doch, oder?«

Und dann ist es, als hätte jemand einen Schalter umgelegt. Seine Augen füllen sich mit Tränen, und er beginnt zu schluchzen. Seine coole Fassade löst sich vor unseren Augen in Luft auf. Seine Schultern beben, und dicke Tränen fallen auf den Küchentisch.

Laura beugt sich zu ihm und legt ihm einen Arm um die Schultern. Ich hole eine Taschentuchbox. Er hält sich eines vors Gesicht, als wollte er sich dahinter verstecken.

Als er es endlich sinken lässt, wirkt er traumatisiert. Gebrochen. Geschlagen.

Laura versucht es erneut und bohrt sanft nach. *Warum glaubst du, es wäre deine Schuld, Connor? Was ist passiert? Sag uns, wie wir dir helfen können.* Aber er hat sich wieder in seinen Kokon zurückgezogen und sagt nur, dass er ins Bett möchte.

Aber zuerst müssen wir ihm noch eine wichtige Frage stellen. Laura holt den Beutel mit den kleinen Fischen hervor, in denen sich das GHB befindet.

Unser Sohn betrachtet ihn kurz, sieht uns anschließend beide an und senkt danach erneut den Blick. »Was ist das?«, fragt er.

»Das würden wir gerne von dir wissen«, erwidert Laura. »Wir haben die hier in deinem Zimmer gefunden.« Sie hält inne, ehe sie die Frage stellt, vor der wir uns beide gefürchtet haben. »Gehören sie dir?«

Connor runzelt die Stirn. »Ich habe diesen Beutel noch nie gesehen. Und diese Dinger auch nicht.« Er schüttelt den Kopf. »Die gehören mir nicht, ehrlich. Ich schwöre es euch.«

Vor dem vergangenen Wochenende hätte ich es dabei belassen und mich mit der Antwort zufriedengegeben. Ich hätte meinem Sohn vertraut. Doch jetzt drängen sich Zweifel zwischen uns.

»Weißt du, was das ist?«

»Ich kann es mir vorstellen. Ich meine, ich habe davon gehört. Aber die gehören mir nicht.« Unser Sohn schluckt. »Ihr glaubt mir doch, oder?«

»Ja«, erklärt Laura, ohne zu zögern.

»Natürlich«, bestätige auch ich.

Meine Frau lässt nicht locker. »Das heißt, jemand hat sie in dein Zimmer geschmuggelt?«

»Keine Ahnung, Mum.«

Laura hat etwas angesprochen, das mich beschäftigt, seit wir den Beutel mit dem GHB gefunden haben. Etwas, worüber wir noch nicht gesprochen haben. Es ist dieses dumpfe Gefühl, dass hier geheime Kräfte am Werk sind, die sich gerade außerhalb unserer Reichweite befinden. Vielleicht waren auch die Drogen ein Versuch, Connor bei der Polizei in Misskredit zu bringen. Es war reines Glück, dass Laura sie vor der Hausdurchsuchung entdeckt hat.

»Zac war in deinem Zimmer«, sagt Laura vorsichtig. »Er hat Samstagnacht hier geschlafen und ist am Sonntagabend noch einmal mit seinem Dad vorbeigekommen.«

»Nein«, erklärt Connor eilig und mit eiserner Überzeugung. »Nicht Zac.«

»Ich weiß, dass du nichts auf deinen Cousin kommen lässt, und das ist super, aber wir müssen …«

»Er hat damit nichts zu tun«, wiederholt Connor, greift nach dem Beutel und betrachtet die kleinen Fische darin. Dann sieht er plötzlich zu uns hoch, als wäre ihm gerade etwas eingefallen. »Moment mal, ihr … ihr habt diese Dinger also nicht an die Polizei übergeben? Ihr habt den Detectives nicht verraten, dass ihr sie gefunden habt?«

Meine Frau schüttelt den Kopf. »Natürlich nicht. Das würden wir niemals tun.«

Er denkt einen Moment lang darüber nach, was das bedeutet. Dann beginnt er erneut zu weinen.

»Es tut mir so leid, Mum. Und Dad«, schluchzt er. »Ich wollte bloß Emily helfen, aber es ist alles schiefgelaufen, und jetzt ist sie verschwunden, und es herrscht Chaos. Ich habe euch alle enttäuscht. Es tut mir leid.«

Laura zieht ihn in eine weitere Umarmung, und er legt den Kopf auf ihre Schulter, während die Tränen nur so fließen. Ich habe ihn schon seit Jahren nicht mehr so weinen gesehen.

Als die Tränen endlich versiegt sind, wischt er sich mit dem Saum des T-Shirts über die Augen und richtet sich gerade auf.

»Vielleicht stimmt es ja, was alle sagen«, erklärt er mit dumpfer, resignierter Stimme. »Vielleicht habe ich es getan.«

51

Seine Worte treffen mich wie ein Tiefschlag. Ich starre in das elende Gesicht meines Sohnes.

Lauras cremefarbenes Top ist an der Schulter von Tränen durchnässt. »Wie meinst du das?«, fragt sie, und ihre Stimme zittert ein wenig.

»Ich kann mich an einige Dinge nicht mehr erinnern.« Connor schafft es kaum, uns anzusehen. »Und je mehr ich darüber nachdenke, desto eher glaube ich, dass ich ihr etwas angetan habe. Dort draußen im Wald ist irgendetwas passiert, das ich aus meinem Gedächtnis gelöscht habe. Mein Unterbewusstsein hat es verdrängt, weil es zu schrecklich ist, sich daran zu erinnern. So etwas passiert manchmal.«

Laura schüttelt den Kopf. »Also ich weiß nicht, Connor.«

»Doch«, erwidert er. »Ich habe es nachgelesen. Unter extremem Stress oder nach einem Trauma legt das Gehirn Erinnerungen an einem Ort ab, auf den man keinen Zugriff hat. Es nennt sich dissoziative Amnesie. Vielleicht habe ich Emily wirklich wehgetan, wie alle behaupten. Vielleicht habe ich deshalb diese Gedächtnislücken. So etwas kann vorkommen, oder, Dad? Vor allem, nachdem man einen Schlag auf den Kopf bekommen hat?« Er tippt auf den Beutel mit den Drogen. »Oder vielleicht hat mir jemand das hier untergejubelt und ins Getränk gemixt.«

Das hat kaum etwas mit meinem Alltag als Allgemeinmediziner zu tun, und ich versuche, mich an meine Ausbildung zu erinnern. Und daran, wie ich Connor Sonntag Nachmittag untersucht habe.

»Das kommt extrem selten vor, Connor. Meist nur in Fällen mit …«

»Aber du weißt es nicht mit Sicherheit! Alle sagen, dass ich es war, und vielleicht haben sie recht.« Seine Hände zittern. »Wo ist Emily, Dad? Warum war sie nicht in dem Haus, in das sie wollte? Warum ist sie nicht nach Hause gekommen? Und warum war ihr Blut auf meinem gefälschten Ausweis?«

»Warum erzählst du uns nicht erst einmal, woran du dich erinnern kannst. Vielleicht können wir den Abend dann gemeinsam rekonstruieren?«

Unser Sohn stößt die Luft aus und beginnt mit seinem Bericht. Wer auf der Party war, wen er aus der Schule kannte, wie Zac, Drew und Olivia waren, was Emily gesagt und wie sie gewirkt hat. Es gab Gerüchte, dass Mädchen auf Partys Drogen in den Drink gemischt worden waren. Drogen wie jene, die wir in Connors Zimmer gefunden haben.

»Deshalb bin ich mit an den Beacon Hill gegangen«, erklärt er. »Falls Emily dasselbe passiert.«

Ich sehe die kleine Gruppe vor mir: zwei beste Freundinnen und zwei Cousins.

Und einer, der nicht dazugehörte.

»Du glaubst, dass Drew die Mädchen unter Drogen gesetzt haben könnte?«

Connor zuckt mit den Schultern und sieht mich nicht an.

»Er … ich weiß auch nicht. Vielleicht. Aber er bekommt mehr oder weniger immer, was er will, versteht ihr?«

»Hast du Beweise?«

Connor schüttelt den Kopf.

Wir sitzen einen Moment lang schweigend beieinander und denken darüber nach, was seine Worte möglicherweise zu bedeuten haben. Ich schlucke schwer. Es wurden seit Monaten Mädchen auf Partys und anderen Zusammenkünften unter Drogen gesetzt, und wir hatten keine Ahnung davon. Vielleicht wäre es anders, wenn mein älteres Kind ein Mädchen wäre, aber Connor hielt es entweder nicht für wichtig, oder er wollte nicht, dass wir überreagieren – was wahrscheinlicher war. Er hat uns nichts davon erzählt, genauso, wie wir der Polizei nichts von den Drogen erzählt haben, um unseren Sohn zu schützen. Es ist ein Kreislauf aus Lügen, Schweigen und Halbwahrheiten und einem verschwundenen Mädchen in dessen Mitte.

»Was ist mit der Polizei?«, frage ich. »Hat sie eingegriffen?«

Er schüttelt den Kopf.

»Was, wenn Emily etwas darüber gewusst hat?«, meint Laura leise. »Vielleicht hat sie etwas herausgefunden, was Drew vor ihr verheimlichen wollte. Er könnte versucht haben, sie einzuschüchtern.«

Connor will gerade antworten, als eine Diele im Flur knarrt. Wir drehen uns zur Küchentür herum, die einen Spaltbreit offen steht.

Ich stehe auf und öffne sie.

Harriet steht im Flur und hält Toffee wie ein Baby in den Armen. Sie sieht mit großen Augen zu mir hoch, und ich kann ihr unmöglich böse sein, dass sie uns belauscht hat.

Ich seufze. »Wie lange stehst du schon hier, Harry?«

»Toffee wollte zu euch.«

»Wie viel hast du gehört?«

Sie zuckt mit den Schultern. »Alles.« Dann setzt sie den Hund ab, schlüpft durch die Tür und läuft zu ihrem Bruder. Sie umarmt ihn ungelenk, das Kinn auf seiner Schulter, und tätschelt seinen Rücken. Toffee folgt ihr, lässt sich neben Connor nieder und sieht leise winselnd zu ihm hoch.

Harriet streichelt dem Hund über den Kopf. »Connor, weißt du noch, als Toffee einen ganzen Schokoriegel gefressen hat und ihm der Magen ausgepumpt werden musste? Als er vom Tierarzt kam, hat er ganz schrecklich gestunken.« Sie krault den Hund unterm Kinn. »Nicht wahr, Toff?«

Connor schnaubt, und seine Lippen verziehen sich zum ersten Mal seit Tagen zu einem Lächeln. »Es war echt ekelig.«

Toffee bellt zustimmend.

»Ich werde dir helfen«, sagt Harriet. »Ich werde beweisen, dass du das, was die Leute behaupten, nicht getan hast.«

Connors Lächeln verblasst, und der Moment der Leichtigkeit verzieht sich wie Rauch.

»Mum, Dad.« Harriet wendet sich an uns. »Ich will helfen. Sagt mir, was ich tun soll.«

»Das ist wirklich süß von dir«, erkläre ich. »Aber eigentlich ist das etwas für Erwachsene und …«

»Ich bin kein *Baby* mehr, Dad. Ich bin zwölf.« Sie verschränkt die knochigen Arme vor der Brust. »Ich kann das. Ich kann Nachforschungen anstellen.«

Ich überlege, was meine Tochter übernehmen kann, damit sie beschäftigt ist und sich nicht ausgeschlossen fühlt.

»Social Media«, sage ich schließlich. »Du kannst die Facebook-Seite für uns im Auge behalten, die für die Suche nach Emily erstellt wurde, und uns berichten, was dort vor sich geht. Du kannst mein iPad dafür verwenden.«

»Echt jetzt?« Sie sieht mich an, als hätte sie noch nie etwas Dämlicheres gehört. »Facebook ist doch bloß etwas für Rentner und Verschwörungstheoretiker.«

»Und du kannst uns helfen, indem du niemandem erzählst, was du gerade gehört hast. Außerdem wäre es nett, wenn du Toffee mit in den Garten nimmst und mit ihm spielst.«

Harriet seufzt genervt und stapft aus dem Raum. Toffee trottet hinter ihr her.

Ich schließe die Küchentür, dann nimmt Laura unser Gespräch wieder auf. Sie fragt Connor, was die Drogen noch mit Emilys Verschwinden zu tun haben könnten. »Ist Emily so etwas schon mal passiert?«

Er schüttelt den Kopf. »Ich glaube nicht. Zumindest hat sie mir nichts davon erzählt. Es gab Gerüchte, dass einer Freundin von ihr in den Osterferien Drogen in den Drink gemischt wurden. Die Freundin war am ersten Tag nach den Ferien krank.« Er malt Anführungszeichen in die Luft. »Aber es wurde nie bestätigt.«

»Wer war das Mädchen?«

»Ich weiß es nicht genau.« Er schluckt. »Aber einige vermuteten, dass es Olivia war.«

Laura beugt sich nach vorne. »Ist ihr etwas zugestoßen?«

»Ich habe doch gesagt, dass ich es nicht weiß«, erwidert er. »Ich war nicht mal zu der Party eingeladen. Es war alles schrecklich geheim, und niemand sollte darüber reden, was bedeutete, dass die ganze Schule genau das Gegenteil tat. Aber niemand wusste, was wirklich passiert ist.«

Laura denkt einen Moment lang nach. »War sie nicht mal Zacs Freundin?«, fragt sie. »Ich erinnere mich, dass er über sie gesprochen hat.«

Connor nickt zögernd. »Ja, zwischendurch mal. Sie haben etwa um dieselbe Zeit Schluss gemacht.«

Laura wirft mir mit erhobenen Augenbrauen einen schnellen Blick zu.

Unser Sohn gähnt zum zweiten Mal innerhalb kürzester Zeit, und seine Augen fallen beinahe zu, was mich daran erinnert, wie wenig Schlaf er letzte Nacht abbekommen hat.

»Du solltest dich hinlegen«, sagt Laura zu ihm.

Er nickt, und wir sehen zu, wie er sich erschöpft hochstemmt und mit langsamen Schritten aus dem Raum und die Treppe hochgeht.

Ich schließe die Tür hinter ihm, setze mich wieder zu meiner Frau, greife nach ihrer Hand und drücke sie. Keiner von uns sagt ein Wort. Wir beide wissen, dass wir DS Shah nichts von den Drogen erzählen dürfen. Es gibt keine Möglichkeit, die Polizei darauf aufmerksam zu machen, dass sie sich die Sache mit den unter Drogen gesetzten Mädchen näher ansehen sollte, weil es vielleicht einen Zusammenhang mit Emilys Verschwinden gibt.

Oder doch?

52

Ich öffne meinen Laptop und gehe auf die Log-in-Seite für das Praxispersonal. Die Handgriffe sind so vertraut, dass ich nicht weiter darüber nachdenken muss.

Bitte geben Sie Ihren Usernamen und das Passwort ein.

Theoretisch wird jeder Log-in protokolliert, egal, ob er in der Praxis oder von zu Hause aus erfolgt, und auch jeder Zugriff auf Patientenakten wird dem jeweiligen Benutzer zugeordnet. Aber es ist ein altes System, das einige Schwachstellen hat, die vor allem auf seine menschlichen Nutzer zurückzuführen sind. Wenn vorübergehend Aushilfsärzte bei uns arbeiten, um zum Beispiel bei Krankenständen auszuhelfen, nutzen diese einen Gäste-Log-in, der jede Woche neu eingerichtet werden sollte. Was aber nicht passiert, seit an einem hektischen Morgen drei Aushilfsärzte nicht auf die Daten zugreifen konnten, weil der Log-in nicht klappte und Dutzende Patienten stundenlang warten mussten. Seit damals gibt es eine Handvoll Benutzernamen und Passwörter, die an Aushilfen ausgegeben und nicht verändert werden.

Und eine dieser Kombinationen steht auf einem Post-it, das ganz hinten in meinem Kalender klebt.

Meine Finger schweben über der Tastatur.

Laura ist im Garten bei Harriet, und Connor schläft tief

und fest in seinem abgedunkelten Zimmer. Ich bin allein in der Küche.

Was ich vorhabe, ist unethisch, vorschriftswidrig und vermutlich sogar illegal. Genug, um mir damit große Schwierigkeiten mit der Ärztekammer einzuhandeln. Aber ich habe die Regeln bereits einmal gebrochen, als ich Einsicht in Emilys Krankenakte genommen habe, und die Polizei hat Kontakt mit der Praxis aufgenommen, nachdem ich gestern bei den Ruskins war, auch wenn ich noch nicht weiß, welche Konsequenzen sich daraus ergeben werden.

Trotzdem bereitet es mir Unbehagen, wie schnell sich meine Skrupel in Luft aufgelöst haben.

Ich gebe die Angaben auf dem Post-it ein und drücke *Enter*. Falls irgendjemand nachsieht, wird er lediglich die Gast-ID sehen und nicht meine. Natürlich kann man meine IP-Adresse zurückverfolgen, aber nur, wenn man genau recherchiert. Und wenn man weiß, wonach man sucht.

Ich öffne Olivias Krankenakte, werfe einen schnellen Blick auf die Einträge der letzten sechs Monate und finde auf den ersten Blick nichts Außergewöhnliches, bloß Antibiotika gegen eine Ohrenentzündung und ein Rezept für Migränetabletten.

Da! Am 9. April war Olivia in der Praxis zur »Blutabnahme und allgemeinen Untersuchung«. Ich überfliege die Anmerkungen des behandelnden Arztes. In ihrem Blut wurden keine Spuren von GHB gefunden, und auch ein Test auf Ketamin und Rohypnol verlief negativ, wobei diese Drogen sich normalerweise innerhalb vierundzwanzig Stunden abbauen, was mit ein Grund ist, warum Verbrechen, die damit in Zusammenhang stehen, so schwer zu beweisen und strafrechtlich zu verfolgen sind. Die Party fand vermutlich am Freitag oder Samstag statt, und Olivia kam erst am Montag in die Praxis. Die einzige illegale Substanz, die festgestellt wurde, war Cannabis, dessen Wirkstoff mehrere Wochen im Körper nachweisbar bleibt.

Abgesehen davon, ist Olivia anscheinend gesund, wenn auch leicht untergewichtig für ihre Größe und ihr Alter.

Ich notiere mir ihre Adresse, dann schließe ich das Programm.

Die Doppelhaushälfte befindet sich in einer nichtssagenden Sackgasse, die vor einem Wirtschaftspark voller Lagerhäuser und Werkstätten endet. Es ist ein kleiner Bau aus den Sechzigern, und aus den Rissen in der Auffahrt sprießt Löwenzahn. Ich klingle drei Mal, bis sich die Tür endlich einen Spaltbreit öffnet und Sophie de Luca misstrauisch herausblickt. Sie hat ungepflegte, schulterlange blonde Haare mit dunklem Ansatz, trägt ein pinkes Trägershirt, Shorts und Flipflops und ist stark gebräunt. Ihr Gesichtsausdruck wirkt verstohlen, als hätte ich sie bei etwas Verbotenem erwischt.

»Oh«, sagt sie und sieht blinzelnd in die Nachmittagssonne. »Hey.«

»Hallo«, erwidere ich fröhlich und stelle mich vor. »Können wir uns vielleicht kurz unterhalten?«

Sie mustert mich einen Moment lang, als könnte sie mich immer noch nicht richtig zuordnen. Ihre Augen sind blutunterlaufen, und der Arzt in mir stellt sofort die Diagnose *Gewohnheitstrinker*. Ich habe einige Alkoholiker in der Praxis, die bereits frühmorgens nach Alkohol stinken, aber hier ist nichts Verdächtiges zu riechen. Sophie ist jünger, als ich erwartet habe, vielleicht Mitte dreißig. Sie muss selbst noch ein Teenager gewesen sein, als sie Olivia zur Welt gebracht hat.

»Unterhalten?«, wiederholt sie nervös, und ihre Finger umklammern den Türrahmen. Ihr pinker Nagellack ist an mehreren Stellen abgesplittert.

»Nur fünf Minuten.«

Im nächsten Moment scheint sie endlich zu begreifen, wer ich bin. »Hören Sie, wenn es um neulich geht, es tut mir leid, dass ich einfach so davongefahren bin. Aber Alex Saxton hat mich mit der Scheiße, die er von sich gegeben hat, echt fertiggemacht.« Sie sieht an mir vorbei, um einen Blick auf die Straße zu werfen. »Wie geht es Ihrem Jungen?«

Die Frage überrascht mich, und ich frage mich, wie viel sie weiß und ob die Nachrichten über Connors neuerliche Verhaftung und die Befragung bereits die Runde gemacht haben.

»Gut.« Die Lüge kommt mir mühelos über die Lippen.

»Connor ist ein guter Junge. Er hat Olivia mehr als einmal abends nach Hause begleitet. Er hat Ihnen wohl gesagt, wo wir wohnen?«

Ich nicke lächelnd. »Wegen Connor und den anderen … darf ich eine Minute lang reinkommen?«

Sie öffnet die Tür und führt mich in ein kleines Wohnzimmer, in dem sich zwei müde aussehende Lehnsessel, ein Sofa und ein breiter, leise gedrehter Fernseher drängen. Die Fenster stehen offen, aber es hängt trotzdem ein seltsamer, süßlichwürziger Geruch in der Luft. Sophie deutet auf das Sofa und lässt sich in einen der abgewetzten Lehnsessel sinken.

Dann erzählt sie, dass Olivia bei einem Fototermin ist und für einen neuen Artikel über Emilys Verschwinden posiert.

»So geht es die letzten Tage die ganze Zeit, die Presse kann gar nicht genug von meinem Mädchen bekommen«, meint sie schnaubend. »Wenn die wüssten.«

»Wenn sie was wüssten?«

»Die Wahrheit.« Ihre Stimme trieft vor Verachtung. »Über Emily Ruskin. Und wie sie *wirklich* ist.«

53

Sie war die beste Freundin, die Olivia je gehabt hatte. Und die schlimmste.

Emily war wie die Sonne, warm und hell und wunderschön, der flammende Fixstern ihres eigenen kleinen Universums, um das sich alle anderen blassen Gestirne dankbar versammelten.

Man genoss jeden Augenblick in der Wärme ihrer Strahlen, wenn sie einen nahe genug heranließ.

Aber sie konnte einen auch verbrennen.

Das wusste Olivia besser als irgendjemand sonst.

Trotzdem wollte sie Emily um jeden Preis beschützen und sie nur für sich alleine haben. Sie wollte ihre ganze Aufmerksamkeit, und sie wollte sie mit niemandem teilen. Sie wollte ihre Schwester sein – eine viel bessere als die beiden hochnäsigen Zwillinge. Sie und Emily waren Freundinnen fürs Leben, das wusste sie bestimmt.

Olivias Gefühle für Emily waren intensiver als alles, was sie je für einen Jungen empfunden hatte. Sie konnte es ihrer Mum nicht erklären, und auch sonst niemandem. Sie konnte nicht genug von Emily bekommen. Sie war wie eine leckere Torte oder eine Flasche vom teuersten Champagner, Olivia brauchte immer mehr und mehr, auch wenn sie nicht mehr konnte und tief im Inneren wusste, dass es nicht gut für sie war. Sie redete sich ein, dass es keine Rolle spielte, weil ihre Beziehung rein war und tiefer ging als eine romantische Liebelei. Nicht, dass sie das Emily jemals gesagt hätte.

Sie hatte Emily gesagt, dass sie beide es alleine schaffen würden, ohne die Hilfe der anderen. Nur sie beide, wie Sansa und Arya Stark in Game of Thrones. Aber so war Emily nun mal nicht. Sie brauchte ein Publikum, alle Augen mussten auf sie gerichtet sein, auch wenn sie ihre Bewunderer gar nicht beachtete. Sie genoss es, wenn die Jungs ihr zu Füßen lagen, auch wenn sie nur das eine wollten. Sie saugte die Aufmerksamkeit in sich auf wie ein Schwamm, auch wenn alle anderen um sie herum verdursteten.

Es war, als würde Olivia alleine nicht reichen.

Und manchmal machte sie das so … wütend? Nein, nicht unbedingt wütend, aber … doch, es machte sie wütend! Der Zorn und der Frust waren so dunkel und gewaltig, dass es manchmal nur half, die kleine Rasierklinge aus dem Versteck unter der Matratze zu holen und sich ein paar Schnitte zuzufügen, bis der Druck nachließ. Die brennende Reinheit des Schmerzes half besser als irgendetwas sonst.

Olivia wartete am vereinbarten Treffpunkt auf ihre Freundin. Auf dem Pfad hinter dem Haus im teuersten Winkel der Straße, wo die Party stattfand. Von hier aus ging es direkt zum Wald am Beacon Hill, und man hatte einen guten Ausblick auf den Garten. Es war beinahe Mitternacht, aber die Party war noch in vollem Gange. Die Lichter brannten, die Musik wummerte, vom Pool hallten Geschrei, Gelächter und Geplansche zu ihr hoch. Teenager, die eine warme Sommernacht feierten.

Olivia rückte den Rucksack auf ihren Schultern zurecht und

legte gedankenverloren die Hand auf ihre hintere Hosentasche, wo sie den silbernen Flachmann spürte, den sie zum sechzehnten Geburtstag von ihrer Mum bekommen hatte. Sie warf einen Blick auf die Uhr. Es war fast so weit.

Sie sah Schatten im Garten, und eine Gestalt trat durch das Tor an der Hinterseite und kam den Pfad entlang auf sie zu. Olivia erkannte Emily an der Art, wie sie ging und wie sie die Haare nach hinten warf. Sie ging voran, und hinter ihr folgten drei größere Gestalten. Drei Jungs.

Einer war Drew Saxton, den sie an seinem selbstsicheren Schlendern erkannte, und der andere war vermutlich Connor Boyd, der immer irgendwo in Emilys Nähe war. Erst, als die Gruppe näher kam, erkannte sie den dritten Jungen, und Ärger stieg in ihr hoch. Zac Boyd. Olivias Ex konnte Emily noch nie ausstehen. Was Emily aber auch dann nichts ausgemacht hätte, wenn sie es gewusst hätte.

Emily begrüßte sie mit einer Umarmung. »Hast du alles dabei, Schätzchen?«

»Ja«, erwiderte Olivia. »Bist du bereit?«

»Klar. Legen wir los.«

Die Mädchen führten die Truppe an, und die drei Jungs folgten ihnen über das Feld, während die Geräusche der Party immer leiser wurden.

Vor ihnen ragte der Wald am Beacon Hill in den Himmel, ein beinahe unheimlicher Anblick. Die Nacht war wolkenlos, der Mond war nur als dünne Sichel zu sehen, und die Straßenlaternen unter ihnen verbanden sich zu sanften orangefarbenen Schlangen.

Olivia war schon oft hier gewesen, aber meist tagsüber oder am Abend, wenn es zumindest nicht ganz so dunkel gewesen

war. Viel früher war sie ab und zu mit Emily zum Schlittenfah-
ren hergekommen. Und an einem klaren Tag konnte sie unter
den Tausenden Häusern sogar ihr Zimmerfenster finden. Weit
weg von Emilys Haus, und das in jeder erdenklichen Hinsicht.

Sie hörte Zacs leise Stimme hinter sich.

»Sieh nicht aufs Handy«, sagte er vermutlich zu seinem Cou-
sin. »Das Licht vom Display stört deinen Nachtblick. Die Augen
können sich dann nicht an die Dunkelheit gewöhnen.«

»Ich muss nur diese eine Nachricht abschicken.«

»Du schreibst deinen Eltern, dass du schon zu Hause bist?«

»Die merken ohnehin nichts«, erwiderte Connor leise. »So-
lange ich schreibe, ist alles gut.«

Zacs Antwort war zu leise, um sie zu verstehen. Drew trat an
Emilys andere Seite, schob einen Arm um ihre Mitte und zog sie
an sich. Sie schlug seine Hand nicht weg, sondern ging im Gleich-
schritt neben ihm. Dann flüsterte Drew Emily etwas ins Ohr,
und die beiden lachten schnaubend und drehten sich zu Connor
um, als wollten sie nachsehen, ob er die kleine Intimität bemerkt
hatte.

Olivias Wangen brannten vor Zorn. Sie hatte wie immer das
Gefühl, auf dem Abstellgleis zu stehen, sobald die Jungs began-
nen, um ihre beste Freundin herumzuschwirren. Drew war so
überzeugt von sich selbst, dass er nicht bemerkte, wie es Emily
nur um die Aufmerksamkeit ging, die sie eine Zeit lang genoss,
bevor sie ihn wieder auf Abstand hielt. Das hatte sie schon einige
Male getan, aber er akzeptierte kein Nein.

»Was ist eigentlich in dem Rucksack, Olivia?«, fragte Drew.
»Sieht schwer aus.«

»Eine Überraschung«, erwiderte sie kühl.

»Mysteriös. Das gefällt mir.«

Die Dunkelheit umfing sie, als sie den Wald betraten, und zwischen den Bäumen schien sie undurchdringlich. Tagsüber konnte man sich hier ganz gut orientieren, zumindest in dem Teil des Waldes, der dem Eingang am nächsten lag, aber jetzt fand nicht einmal das Mondlicht den Weg durch das dichte Blätterdach.

Emily drehte sich um, und alle hielten inne.

»Heute Nacht wird echt cool«, sagte sie. »Ich habe eine Überraschung für euch. Aber zuerst müsst ihr etwas für mich tun.«

»Was?«, fragte Zac.

»Ihr müsst mir zuerst versprechen, dass ihr es tut.« Auf der Party hatte Emily ziemlich betrunken gewirkt, aber Olivia wusste, dass es nur Teil der Inszenierung gewesen war. Teil der Geschichte, die ihrer Familie am nächsten Tag zugetragen werden und den Effekt steigern würde, den sie erzielen wollte: ein betrunkenes, emotionales Mädchen im Teenageralter, das womöglich etwas Dummes getan hatte. Mittlerweile klangen Emilys Worte vollkommen klar. »Erst dann können wir richtig loslegen.«

Drew schnaubte. »Ich verspreche gar nichts, Em, bevor du nicht …«

»Okay, Emily«, fiel Connor ihm ins Wort. »Was sollen wir tun?«

Sie ließ den Blick von einem zum anderen wandern. »Ihr müsst eure Handys ausmachen«, sagte sie schließlich.

»Warum?«, wollte Zac wissen. »Und wie sollen wir dann etwas sehen?«

»Macht sie aus, und ihr werdet es herausfinden.«

Vier Telefone wurden pflichtschuldigst ausgemacht, während Emily mit verschränkten Armen zusah. Dann teilte Olivia kleine schwarze Taschenlampen aus, die sie im Rucksack dabeihatte.

Emily schaltete ihre an. »Gut«, erklärte sie aufgeregt. »Dann los.«

Drew legte einen Arm um ihre Schultern, und die beiden schritten voran in die Dunkelheit. Die dünnen Strahlen ihrer Taschenlampen tanzten über Bäume und Sträucher, und der Duft von Emilys Parfüm lag in der Luft. Sie flüsterte und kicherte erneut mit Drew und ignorierte ihre beste Freundin.

Olivia schloss den Rucksack und schwang ihn sich auf den Rücken, dann eilte sie hinterher. Sie war mittlerweile überzeugt, dass das hier sehr viel besser gelaufen wäre, wenn sie beide es alleine durchgezogen hätten. Zwei beste Freundinnen, die alles füreinander getan hätten und eine gemeinsame Mission hatten. Aber stattdessen hatte Emily die dämlichen Jungs eingeladen, um eine große Show daraus zu machen.

Drew, der doch nur mit ihr ins Bett wollte.

Zac, der sie hasste.

Und Connor, der sie auf ein derart hohes Podest gestellt hatte, dass er nie an sie herankommen konnte.

Emily und Olivia brauchten keinen von ihnen. Sie brauchten bloß einander.

Olivias Gedanken drehten sich im Kreis, während sie weitergingen. Emily und Drew voran, Connor und Zac hinterher und Olivia in der Mitte – alleine und froh über die Dunkelheit.

Nach etwa zehn Minuten kamen sie zu einer kleinen Lichtung mit drei umgestürzten Bäumen, die um eine Feuerstelle angeordnet waren. Olivia holte ein Feuerzeug aus dem Rucksack, und Emily hielt es an das Holz, das Olivia vor ein paar Stunden aufgeschichtet hatte und sofort Feuer fing.

Einen Moment lang standen sie alle regungslos da und sahen zu, wie die Flammen züngelten, Zweige knisternd verbrannten und Rauch in die Nacht stieg. Außerhalb des Kreises, den der Schein des Feuers bildete, herrschte Finsternis, als hätte sich ein schwarzer Schleier über alles gelegt. Als existierte nichts außerhalb dieses Kreises. Als wären sie die einzigen fünf Menschen auf dieser Erde. Vielleicht sogar die letzten.

Olivia betrachtete Emilys makellos gebräuntes Gesicht, das im Licht des Feuers erstrahlte. Die beste Freundin, die sie jemals gehabt hatte, und die einzige, die sie brauchte.

Manchmal liebte sie sie so sehr, dass sie es kaum noch ertrug.

Vielleicht war heute die Nacht der Nächte, in der Olivia ihr endlich zeigen konnte, wie viel ihr diese Freundschaft wirklich bedeutete.

Und dass sie die Einzige war, auf die sich Emily verlassen konnte.

54 Ich versuche, mich aufzurichten, doch die altersschwachen Federn des Sofas lassen es kaum zu. Das hätte ich absolut nicht erwartet.

»Ich habe Emily nie persönlich kennengelernt«, erkläre ich. »Aber die Polizei scheint sehr besorgt. Für eine Sechzehnjährige wird sie schon ziemlich lange vermisst.«

»*Vermisst.*« Das Wort trieft vor Sarkasmus. »Ja, klar.«

Seit vier Tagen dreht sich unser Leben fast ausschließlich um Emily Ruskin, und ihr Name wurde zur nationalen Schlagzeile, doch das hier ist das erste Mal, dass ich etwas Negatives über sie höre. Es herrscht eine regelrechte Schlammschlacht, was Cathy betrifft, die als schlechte Mutter angeprangert wird, während die Polizei und viele Eltern – darunter mein eigener Bruder – meinen Sohn mehr oder weniger offen eines schrecklichen Verbrechens beschuldigen. Emily selbst war hingegen immer unantastbar, ein Kind, das vermisst wird und dadurch zum perfekten Mädchen erhoben wurde.

»Sie meinen also … dass sie gar nicht vermisst wird?« Ich schätze, Oliva hat ihrer Mutter von Emilys Plan erzählt. »Aber wo ist sie Ihrer Meinung nach?«

Sophie schnaubt erneut. »Emily tut, was am besten für Emily ist, das war schon immer so. Sie ist eine verdammte

Expertin in diesen Dingen. Glauben Sie mir, sie treibt sich irgendwo mit einem Jungen herum, es fehlt ihr ja nicht an Verehrern. Sie liebt es, im Zentrum der Aufmerksamkeit zu stehen.« Sie kommt langsam in Fahrt, als hätte sie schon seit Tagen darauf gewartet, endlich alles loszuwerden, aber kein Publikum dafür gefunden. »Das Mitleid, die Medien, die rund um die Uhr berichten, die *Scheiße* darüber, was für ein nettes Mädchen sie doch ist. Das ist alles ein großer Witz.«

Aufregung packt mich. *Emily tut, was am besten für Emily ist.* Ich wünschte, es wäre so, auch wenn unglaublich viel Hass in Sophies Worten liegt. Es wäre ein Lichtblick für Connor, für Cathy, für uns alle.

»Dann mögen Sie Emily nicht sonderlich?«

»Ob ich sie mag?« Sophie verzieht das Gesicht, als hätte sie etwas Schlechtes gerochen. »Nein, ich mag sie nicht. In meiner Schule gab es auch solche Mädchen. Aber ich erzähle Ihnen jetzt mal etwas über die sogenannte beste Freundin meiner Tochter. Und wie sie wirklich ist.«

Sie öffnet eine Dose Fisherman's Friend, die auf dem Tisch steht, verteilt Tabak sowie ein wenig dunkles Dope auf ein Blättchen und dreht sich eine Tüte. Die ganze Prozedur dauert etwa dreißig Sekunden.

Nachdem sie den Joint mit einem pinken Feuerzeug angemacht hat, nimmt sie einen tiefen Zug und streckt ihn mir entgegen. »Wollen Sie auch?«

Ich schüttle den Kopf. Es scheint mir surreal, dass ich hergekommen bin, um mit ihr über Drogen zu reden, und nun sitzt sie mir gegenüber und raucht Gras. Ganz zu schweigen davon, dass sie Patientin in meiner Praxisgemeinschaft ist. Andererseits hat sich in den letzten vier Tagen so vieles surreal angefühlt, dass das hier kaum noch ins Gewicht fällt. Wenigstens kenne ich jetzt den Grund, warum in Olivias Blut Spuren von Cannabis gefunden wurden.

Sophie bemerkt meinen Blick.

»Ich brauche das für die Nerven«, erklärt sie. »Gegen die Angstzustände. Aber keine Sorge«, fügt sie hinzu und bläst den Rauch aus. »Ich mache das nur, wenn Olivia nicht da ist, und normalerweise auch nicht tagsüber, aber ich habe gerade keinen Job, und ihr Dad ist im Hinblick auf die Hypothekenzahlungen für das Haus genauso nutzlos wie sonst auch.«

Sie lässt etwas Asche in einen Kaffeebecher rieseln und lehnt sich zurück. Dann erzählt sie mir von der Geburtstagsparty im *Grosvenor Pub* vor ein paar Monaten. Kurz vor der Party war ein Mädchen unter Drogen gesetzt worden, und alle wurden aufgefordert, ihre Drinks nicht unbeaufsichtigt zu lassen, wenn sie zur Toilette oder auf die Tanzfläche gingen, und keine Einladungen von Kerlen anzunehmen, die sie nicht kannten. Außerdem wurde den Mädchen geraten, sich zu Gruppen zusammenzuschließen und aufeinander achtzugeben.

»Es war die einzige Regel, die Olivia zu befolgen hatte. Sie musste immer mit jemandem zusammen sein, zumindest zu zweit, je mehr, desto besser. Sie musste es mir versprechen. Denn falls ihr doch einmal etwas ins Glas gemischt wurde, hatte sie immer noch eine Freundin, die darauf achtete, dass nichts passierte.«

Ich nicke aufmunternd. »Connor hat erzählt, dass damals etwas vorgefallen ist.«

»Ja, Ihr Junge war auch da«, fährt sie fort, und ich versuche zu ignorieren, dass es dem widerspricht, was Connor uns vor kaum einer Stunde erzählt hat. Sophie nimmt einen weiteren

Zug und stößt den Rauch aus. »Jedenfalls gingen Emily und Olivia gemeinsam auf die Party und waren schrecklich aufgeregt. Sie wollten aufeinander aufpassen. Das war der Deal. Und der Grund, warum ich Livvy überhaupt gehen ließ.«

»Was ist passiert?«

»Kurz nach halb elf bekam ich einen Anruf von der Mutter des Geburtstagskindes, die ich kaum kannte. Olivia war zusammengesunken vor der Damentoilette gefunden worden und war nicht ansprechbar. Jemand meinte, mein Mädchen habe vielleicht zu viel Wodka getrunken oder vielleicht etwas genommen. Vielleicht sei aber auch etwas anderes passiert. Das wusste niemand so genau.«

»Wo war Emily?«

Sophie verzieht wütend das Gesicht. »Unterwegs mit irgendeinem Jungen. Draußen im Biergarten, alleine in einer Ecke. Sie war gerade mal zehn Minuten bei Olivia geblieben, bevor sie sich den Kerl geschnappt hat und auf und davon ist. Olivia war allein, und da wurde ihr etwas in den Drink getan.« Sie deutet mit dem Joint auf mich. »*So eine* ist Emily Ruskin. Eine falsche Schlange, wie ihre Mutter.«

»Mein Gott«, sage ich. »Das tut mir leid.«

»Ich bin hin und habe sie abgeholt. Ich war so scheißwütend und habe ihnen eine Szene gemacht. Sie ist mein einziges Kind, und seit ihr Dad sich aus dem Staub gemacht hat, gibt es nur uns beide.« Sie klopft erneut Asche in den Kaffeebecher. »Und gerade, als ich Olivia hochziehen und über die Treppe nach unten zum Auto schleppen will, stürmt Cathy um Punkt elf Uhr zur Tür herein, wie eine verdammte Primadonna, und verlangt, dass Emily sofort nach Hause kommt. Sie hat sie praktisch aus dem Pub gezerrt, alles andere war ihr egal. Kein

Wort über Olivia oder den Zustand, in dem sie sich befand. Sie schrie bloß herum, dass Emily um elf zu Hause hätte sein sollen. *Dass Vertrauen verdient werden muss* und diese Scheiße. Mutter und Tochter haben sich auf dem Parkplatz angebrüllt, aber keiner hat gefragt, wie es meinem Mädchen geht.«

»Aber Olivia hat Emily verziehen?«

»Ja.« Sie schnaubt. »Weiß der Himmel, warum. Es gab danach einen riesigen Streit, Geschrei am Telefon, Tränen, Geheule und großes Drama. Olivia weigerte sich, aus dem Zimmer zu kommen. Es war echt scheiße für sie, aber ich dachte, es hätte wenigstens etwas Gutes und sie würde erkennen, wie Emily Ruskin wirklich ist. Sie auf den Mond schießen. Aber da habe ich mich getäuscht. Ein paar Wochen später war alles wie immer, und sie waren wieder beste Freundinnen. Emily ist wie eine Droge, von der meine Tochter einfach nicht loskommt.«

Sie wirft einen Blick auf den Joint zwischen ihren Fingern und hebt eine Augenbraue, als wäre ihr die Ironie des letzten Satzes durchaus bewusst.

Ich warte kurz, ehe ich die Frage stelle, wegen der ich hergekommen bin.

»Haben Sie nach der Party die Polizei eingeschaltet?«

»Ich wünschte, ich hätte es getan, aber Olivia hat mich angefleht, es nicht zu tun.« Sie nimmt einen letzten Zug. »Wir waren beim Arzt zur Untersuchung und Blutabnahme, aber es kam nichts heraus. Offenbar baut der Körper dieses Zeug sehr schnell ab.«

Ich nicke langsam, als hätte ich noch nichts von den Untersuchungen gehört. »War Drew Saxton auch auf der Party?«

»Ja, der wird überall eingeladen, soweit ich weiß.« Sie runzelt die Stirn. »Warum? Glauben Sie, dass er derjenige war?

Dass dieser kleine Dreckskerl den Mädchen Drogen unterjubelt?«

»Keine Ahnung, aber sein Name taucht immer wieder auf.« Ihr Blick lässt mich sofort bereuen, dass ich Drew ins Spiel gebracht habe. »Aber das bleibt vorerst lieber unter uns.«

Sie drückt den Joint im Kaffeebecher aus. »Klar.«

Zurück im Auto, bleibe ich einen Moment mit heruntergelassenen Fenstern sitzen und sauge die frische Luft ein. Ich habe an der Uni zum letzten Mal Gras geraucht und fühle mich benebelt, obwohl ich bloß im selben Raum war. Ich nehme ein paar Schlucke von dem lauwarmen Wasser, das ich im Handschuhfach aufbewahre, und versuche, meine Gedanken zu ordnen.

Wenn Sophie recht hat, hat Emily ihre beste Freundin im Stich gelassen, als diese sie am dringendsten gebraucht hätte. Sie hat sie wehrlos zurückgelassen, obwohl ein Typ frei herumlief, der Mädchen was ins Glas mixte und den man bis jetzt noch nicht geschnappt hat. Aber Olivia hatte ihr offenbar trotzdem vergeben. Sie wollte immer noch Emilys Freundin sein. Ihre beste Freundin.

Auch wenn es bedeutete, wieder in Emilys Schatten zu schlüpfen. Als zweite Version, die nicht ganz so hübsch, nicht ganz so selbstsicher und nicht ganz so beliebt bei den Jungen und auch bei den anderen Mädchen war. Zwei beste Freundinnen aus zwei gegenüberliegenden Stadtteilen, die etwas Seltsames verband.

Emily ist wie eine Droge, von der meine Tochter einfach nicht loskommt.

Olivia hat Emily vergeben. Vergeben und vergessen.

Aber was, wenn nicht?

Was, wenn der ohnehin bereits schmale Grat zwischen Liebe und Hass plötzlich gebröckelt ist? Olivia war die Einzige, die vorab von Emilys Plan wusste und mit allen Details vertraut war. Was, wenn Olivia ein falsches Spiel gespielt hat? Vielleicht hat sie nur darauf gewartet, sich zu rächen und Emily zu zeigen, wie es ist, wenn man hilflos und alleine und einem anderen Menschen völlig ausgeliefert ist?

Was, wenn es außer Kontrolle geraten ist?

55

Ich fülle ein Glas mit Wasser und trinke die Hälfte in einem Zug leer, während ich aus dem Küchenfenster in den Garten hinausblicke. Harriet sitzt mit ihrem Laptop im Schatten, hat die Kopfhörer auf und tippt hoch konzentriert.

Als ich mich umdrehe, steht Laura hinter mir. Sie hält ihr iPad in der Hand, ihre Wangen sind gerötet und die Lippen aufeinandergepresst.

»Hey«, begrüße ich sie. »Ich hatte gerade ein sehr interessantes Gespräch mit Sophie …«

»Ich nehme an, dass du das hier noch nicht gesehen hast?« Sie drückt mir das iPad in die Hand und verschränkt die Arme. »Was, zum Teufel, hast du dir dabei *gedacht?*«

Ich runzle die Stirn, als mein Blick auf die Website eines bekannten, landesweiten Boulevardblattes fällt. In der Mitte prangt eine Collage aus drei Bildern. Das erste zeigt mich vor einem Einfahrtstor, das zweite Cathy in der Tür, während ich darauf zugehe, und für das dritte hat man mich bei meinem Rückweg zum Auto abgelichtet. Mein Magen zieht sich zusammen, und ich habe das Gefühl zu fallen, obwohl ich immer noch hier stehe. Mein Gesicht ist zwar verpixelt, aber das ist nur ein schwacher Trost, als ich die Schlagzeile lese:

VATER DES HAUPTVERDÄCHTIGEN ALS
MEDIKAMENTENLIEFERANT BEI TV-STAR

Ich überfliege die ersten Absätze, und die Übelkeit nimmt mit jedem Wort zu.

> Wie unser Blatt exklusiv enthüllt, war der mysteriöse Besucher bei TV-Star Cathy Ruskin niemand Geringerer als der Vater eines Verdächtigen im Falle ihrer verschwundenen Tochter.
>
> Freunde und Familie versammeln sich um Cathy, 44, seit ihre sechzehnjährige Tochter Emily nach einer feuchtfröhlichen Party nicht nach Hause kam.
>
> Trotzdem waren Zaungäste entsetzt, als der Vater des Verdächtigen gestern mit einem Päckchen vor ihrer Tür stand. Ein Zeuge zu unserem Mann vor Ort: »Es sah aus wie eine Tüte mit verschreibungspflichtigen Medikamenten.«

Mein Gesicht wurde vermutlich unkenntlich gemacht, weil sie eine Verbindung zwischen mir und Connor herstellen konnten, der als Minderjähriger Anspruch auf Anonymität hat. Aber die Leute in der Nachbarschaft – und alle, die mich kennen – werden trotzdem sofort wissen, um wen es sich handelt. Wie ist dieser Reporter darauf gekommen? Woher kennt er meinen Namen und konnte mich mit den Ermittlungen in Zusammenhang bringen? Andererseits: Wenn der Lokalreporter Dineen solche Dinge herausfinden kann, können es andere vermutlich auch.

»Verdammt.« Ich schlucke schwer und scrolle weiter. »Was soll das?«

»Was hattest du dort verloren? Woher wissen die überhaupt, dass Connor ein Verdächtiger ist?« Laura tritt einen Schritt näher und rümpft die Nase. »Du meine Güte, hast du etwa Gras geraucht?«

»Das war Olivias Mum, Sophie«, erkläre ich. »Sie hat sich einfach einen Joint gedreht, während wir uns unterhalten haben. Da konnte ich nicht einfach gehen, nicht wahr?«

»Du stinkst«, sagt sie und tritt zurück.

»Genau wie dieses Geschreibsel.« Ich deute auf das iPad. Der Artikel enthält zwar keine Falschinformationen, trotzdem wirken die Wortwahl, die Schlagzeile und die ganze Aufmachung, als hätte es sich bei meinem Besuch um einen illegalen Drogendeal gehandelt. »Das ist Mist.«

»Aber du warst dort? Bei ihr zu Hause?«

»Ja, aber …«

»Bist du von allen guten Geistern verlassen?«, unterbricht sie mich laut.

»Hör mal, das war gestern Nachmittag, da wusste ich noch nicht, dass Connor noch einmal befragt werden wird und sie es auf ihn abgesehen haben. Ich dachte, Emily würde bald wieder auftauchen. Ich wollte helfen und hatte keine Ahnung, dass so viele Presseleute vor der Tür campen würden.«

Sie schüttelt den Kopf. »Wem wolltest du helfen?«

»Cathy Ruskin. Ihrer Familie.«

»Wie wäre es, wenn du unserem *Sohn* helfen würdest? Anstatt noch mehr Aufmerksamkeit auf ihn zu lenken. Anstatt mit einer Tüte Medikamente herumzuschleichen wie ein Dealer, der die Nachbarschaft versorgt.«

»Es waren Medikamente, die ihrer Familie verschrieben wurden. Dinge, die sie brauchten.«

»Du hörst mir nicht zu. Das alles spielt doch keine Rolle!«
Laura holt tief Luft und bemüht sich um Ruhe. »Es zählt nur,
wie es aussieht.«

Ich scrolle weiter nach unten. Es gibt ein zweites Foto,
das Connor und mich vor etwa einem Jahr zeigt. Wir stehen Schulter an Schulter auf dem Fußballfeld, die Knie voller
Schlamm, und halten einen kleinen »Man of the Match«-
Pokal in den Händen. Auch hier sind unsere Gesichter verpixelt.

Ich deute auf das Foto. »Wo haben sie das her?«

»Facebook«, erklärt Laura betreten. Ihre Wut ist verraucht.
»Ich habe es letztes Jahr gepostet, aber bereits meine Pri-
vatsphäre-Einstellungen geändert, sodass nur noch Freunde
meine Bilder sehen können.«

Es hatte offensichtlich nicht lange gedauert, bis die Presseleute mich mit Connor und uns beide mit Laura in Verbindung gebracht haben, und vermutlich war es für eine Ein-
schränkung ihres Profils bereits zu spät. Wenn sie ein Foto
kopiert haben, haben sie sich zweifellos auch andere für später
gesichert. *Mein Gott.* Was haben sie noch über uns als Familie
herausgefunden? Was haben wir noch öffentlich gemacht?

Laura schließt seufzend das iPad und legt es mit dem Display nach unten auf den Küchentisch. »Erzähl mir von dem
Treffen mit Sophie.«

Ich berichte Laura noch immer von Olivias toxischer Freundschaft mit Emily, als ich eine Nachricht von Kay Barber-Lomax
erhalte. Sie enthält einen Link zu dem Artikel, den wir bereits
kennen, und nur zwei Wörter.

Nicht ideal.

Ich will gerade antworten, da läutet mein Handy. Es ist die Anwältin.

Sie hält sich nicht mit einer Begrüßung auf. »Ich nehme an, Sie kennen den Artikel bereits?«

»Ja«, sage ich, und die Gewissheit, meinen Sohn verraten zu haben, lastet schwer auf mir. »Was meinen Sie? Ist es sehr schlimm?«

»Nun, es ist jedenfalls nicht gut, um es mal so auszudrücken.«

Sie fragt, was ich bei Cathy Ruskin zu suchen hatte, und macht mir unmissverständlich klar, dass sich so etwas unter keinen Umständen wiederholen darf. Mich selbst ins Rampenlicht zu stellen, hilft Connor keinesfalls, und alles, was Emily Ruskin angeht, wird derzeit von den Medien beleuchtet, in der Hoffnung, einen neuen Anhaltspunkt zu finden. Auch wenn unsere Gesichter verpixelt sind, scheint sich der Artikel aufgrund Connors Minderjährigkeit sehr knapp an der Grenze zur Unzulässigkeit zu bewegen. Wenigstens gibt sie zu, dass ich das Pech hatte, ins Sommerloch zu fallen, wo es sonst kaum etwas zu berichten gibt.

Als sie mich genug gemaßregelt hat, erzähle ich ihr von meinem Gespräch mit Sophie de Luca und der möglichen Verbindung zu anderen Mädchen im selben Alter, die in den letzten Monaten auf Partys unter Drogen gesetzt wurden. Ich wähle meine Worte mit Bedacht, denn der Grat zwischen *zu* genauen und *ausreichend* genauen Angaben ist schmal. Wir haben zwar Drogen in Connors Zimmer gefunden, aber ich glaube immer noch nicht, dass er verantwortlich ist für das, was diesen Mädchen zugestoßen ist.

»Gibt es einen Weg, DS Shah oder einen ihrer Mitarbeiter

auf diesen Umstand aufmerksam zu machen? Falls Emily herausgefunden hat, wer den Mädchen die Drogen untergejubelt hat, könnte sie das in Gefahr gebracht haben.«

»Sie halten also Drew Saxton für den Schuldigen?«

»Sein Name taucht immer wieder auf. Und er war einer der fünf Jugendlichen, die Samstagnacht dabei waren.«

Barber-Lomax denkt einen Moment lang nach. »Gibt es noch einen Grund, warum Sie sich so für diese Drogen interessieren?«, fragt sie vorsichtig. »Irgendetwas, was Sie mir sagen wollen?«

Ich schlucke und denke an den Beutel, der zurzeit unter einem Stapel alter Bankbelege ganz oben in meinem Schlafzimmerschrank versteckt ist. Kann sie vielleicht Gedanken lesen?

Laura wollte die Drogen loswerden, die Fische entleeren und verbrennen. So tun, als hätten sie nicht existiert. Aber ich wollte sie behalten, bloß für den Fall … *Aber für welchen Fall?*, fragte Laura mich entnervt, und ich hatte keine Antwort. Andererseits ist der Beutel ein Beweisstück und möglicherweise der Anfang einer Reihe von Ereignissen, die mit einem verschwundenen Mädchen, polizeilichen Ermittlungen und Connors verpixeltem Gesicht in einer landesweiten Boulevardzeitung endeten.

Ich erzähle Barber-Lomax nichts von unserem Fund. »Es kommt mir einfach vor, als könnte es da eine Verbindung geben.«

»Ich kann es zumindest inoffiziell weitergeben«, lenkt sie ein. »Mal sehen, ob es Früchte trägt. Aber da weder im Wald noch sonst wo Drogen gefunden wurden, wird es vermutlich keine Priorität haben.«

Barber-Lomax legt auf, und Laura sieht mich mürrisch an.

»Wie viel weißt du eigentlich über diese Drogen?«, fragt sie. »Aus ärztlicher Sicht, meine ich.«

»Ich habe ein wenig recherchiert.«

»Kann man sie überdosieren?«

Ich nicke. »Ja, sogar recht einfach. Vor allem, wenn Alkohol im Spiel ist. Das ist allgemein das Problem bei illegalen Drogen. Sie können viel stärker sein, als man annimmt. Alles, was das Zentralnervensystem beeinflusst, ist potenziell gefährlich. GHB ist im Prinzip ein Beruhigungsmittel, das den Herzschlag und die Atmung verlangsamt, zu viel davon ist also eine ganz schlechte Idee.«

»Sie könnten also auch tödlich sein?« Ich nicke, und sie fährt fort: »Was, wenn Emily unter Drogen gesetzt wurde, bevor sie losgezogen ist? Wenn die Drogen erst Wirkung gezeigt haben, als sie bereits ganz allein im Dunkeln unterwegs war?«

Ich denke daran, was Connor uns erzählt hat. Fünf Teenager, die im Wald um ein flackerndes Lagerfeuer herum geraucht und getrunken haben. Wie schwer wäre es für einen von ihnen gewesen, Emilys Drink zu präparieren?

»Möglich wäre es«, antworte ich. »Aber wo ist sie dann jetzt?«

Harriet kommt mit dem Laptop in der Hand in die Küche, und wir verstummen.

Ich nehme das iPad und scrolle zu den Kommentaren unter dem Artikel. Drei Viertel davon sind negativ und reden davon, dass Cathy Ruskin bekommt, was sie verdient. Um mich oder Connor geht es kaum, sämtlicher Hass richtet sich gegen Cathy. Was nichts daran ändert, dass ich mir selbst in den Hintern treten könnte, weil ich mich in eine derartige Lage gebracht habe. Ich schüttle den Kopf und schließe die Website.

Harriet hat sich wie vereinbart um die Facebook-Seite

#FindEmily gekümmert, und sie dreht ihren Laptop in meine Richtung und gibt mir eine kurze Zusammenfassung. Die Hauptverantwortliche für den Inhalt scheint Olivia zu sein, und sie ist offenbar schwer beschäftigt damit, auf Kommentare zu antworten und Interviewanfragen zu bearbeiten. Es ist nicht zu übersehen, dass Olivia in den letzten Tagen ihre Berufung gefunden hat. Sie genießt offensichtlich die Aufmerksamkeit als beste Freundin des vermissten Mädchens und gibt sich den Medien gegenüber als die schmerzerfüllte Stimme aller Klassenkameradinnen und Klassenkameraden. Das Bild von ihr mit dem übergroßen Foto von Emily ist das am meisten geteilte Bild auf Social Media, in der Presse und im Fernsehen.

Olivia ist beinahe genauso berühmt wie die Vermisste selbst.

Nein, sage ich mir selbst. *Sie will nur helfen.* Trotzdem nagt der Verdacht, den ich seit dem Verlassen ihres Hauses vor einer Stunde in mir trage, weiter an mir.

Harriet redet noch immer und erzählt von einer Mahnwache mit Kerzen heute Abend, zu der sie gehen möchte. Offenbar treffen sich die Teilnehmer um sieben am Eingang zum Wald am Beacon Hill.

»Ich begleite dich«, erkläre ich.

Laura stemmt die Hände in die Hüften. »Ist das angesichts des heutigen Artikels eine gute Idee?«

»Ich werde mich ganz unauffällig verhalten«, verspreche ich. »Ich will bloß sehen, wer sonst noch kommt.«

Sie wirkt nicht wirklich überzeugt.

»Versuche einfach, dich zurückzuhalten, okay? Und was auch passiert, rede auf keinen Fall mit der Presse.«

56

Als wir ankommen, hat sich bereits eine große Gruppe versammelt, und Kerzen flackern wie Glühwürmchen in der heraufziehenden Dämmerung.

Etwa hundertfünfzig Eltern und Kinder, Teenager, Leute mit Kinderwagen und Hunden warten am Eingang zum Wald am Beacon Hill, unterhalten sich leise, nicken Freunden und Nachbarn zu und erweisen dem ernsten Grund, aus dem sie hergekommen sind, die Ehre. Die Sonne geht langsam unter, die Bäume werfen bereits lange Schatten.

Ich habe Harriet auf dem Weg noch einmal erklärt, wie wichtig es ist, nicht aufzufallen, uns von Kameras und den Presseleuten fernzuhalten und keine Aufmerksamkeit auf uns zu ziehen. Sie meinte bloß: »Ich weiß, Dad«, als wäre sie es gewöhnt, sich unter dem Radar zu bewegen. Trotzdem hat sie den Schirm ihrer Lieblingskappe von Minecraft tief in die Stirn gezogen, und ich trage eine blaue Baseballkappe und eine Sonnenbrille. Es stand nicht zur Debatte, ob Connor mitkommt, und Laura wollte ihn nicht allein zu Hause lassen, auch wenn er nach unserem tränenreichen Gespräch am Morgen noch nicht wieder aus dem Zimmer gekommen ist.

Die Stimmung in der Menge ist seltsam, eine eigenartige Mischung aus erzwungener Vertrautheit und einer deutlich spürbaren Anspannung. Jeder Blick, jedes Hallo, jeder Gruß an einen Nachbarn geschieht in dem Wissen, das sich niemand eingestehen will: *Das hier könnte jedem von uns passieren.* Harriet umklammert meine Hand. Es macht sie nervös, wenn sie von zu vielen Erwachsenen umringt wird. Wir halten uns am Rand der Menge, haben aber dennoch eine gute Sicht auf die Familie Ruskin, die sich in der Mitte des Halbkreises versammelt hat.

Cathy hat sich bei Karl untergehakt, auf der anderen Seite stehen ihre beiden Töchter. Die eine tupft sich die Augen mit einem Taschentuch trocken, die andere versteckt sich hinter einer dunklen Jackie-O-Sonnenbrille und wirkt teilnahmslos.

»Sie sind wunderschön, nicht wahr?« Harriet klingt weder ehrfürchtig noch eifersüchtig, es ist einfach eine Anmerkung. Etwas, das sich nicht bestreiten lässt.

»Ehrlich gesagt, weiß ich immer noch nicht, wer wer ist«, erkläre ich leise.

»Megan steht neben ihrer Mum, die mit der Sonnenbrille ist Georgia.«

Ich werfe ihr einen beeindruckten Blick zu, doch sie zuckt bloß mit den Schultern. »Und Karl, der böse Stiefvater Creepy Crosby.«

»Harry«, ermahne ich sie kaum hörbar. »So etwas kannst du nicht sagen. Nicht hier.«

»Aber es stimmt doch«, erklärt sie ernst. »Er ist unheimlich.«

Neben den Ruskins steht Alexander Saxton, ein ruhiger und selbstsicherer Begleiter, dem die Sorge ins Gesicht geschrieben steht. Er gibt einem TV-Korrespondenten ein Interview, die Hände wie zum Gebet gefaltet.

Die vier Familienmitglieder, Saxton und etwa ein Dutzend Teenagermädchen, die von Olivia de Luca angeführt werden, tragen *Find Emily*-T-Shirts mit einem Bild der lächelnden Vermissten und der Telefonnummer der Polizei. Sie gehören alle zum selben Team. Einige Mädchen teilen Kerzen aus und entzünden sie, andere reichen Flyer mit genauen Informationen darüber weiter, wo Emily zuletzt gesehen wurde und wohin man sich mit Hinweisen wenden kann. Harriet nimmt eine Kerze entgegen, während mein Blick auf DS Shah fällt, die etwas abseits steht und in ihrem grauen Hosenanzug einen starken Gegensatz zu den in Shorts und T-Shirts gekleideten Teilnehmern darstellt.

Direkt vor der Familie hat sich eine Meute aus Fotografen und Kameramännern versammelt, die hinteren stehen sogar auf kleinen Trittleitern, um besser sehen und filmen zu können.

Cathy hebt die Hand zum Gruß, und das Gemurmel verstummt.

»Danke an alle, die heute gekommen sind, um für Emily da zu sein«, beginnt sie unter dem Klicken und Blitzen der Kameras. »Eure Unterstützung bedeutet uns so unheimlich viel, und alleine das Wissen, dass unsere Freunde und Nachbarn alles tun, um uns zu helfen, hat uns durch die schrecklichen letzten Tage gebracht.«

Ich lasse den Blick über die Menge schweifen, und ihre Worte werden zu einem Summen im Hintergrund. Es ist befremdlich, wie schnell derartige Plattitüden an Bedeutung verlieren, wenn man sie drei oder vier Tage lang ständig zu hören bekommt. Das Tragische daran ist, dass es nichts Neues zu sagen gibt, weil Emily noch immer verschwunden ist. Es sind drei ganze Tage vergangen – oder sogar vier, wenn man den Sonntag hinzunimmt –, und die Familie ist der Wiedervereinigung noch keinen Schritt näher gekommen. Vielleicht können wir alle nur ein gewisses Maß an Kummer und Mitgefühl ertragen und wechseln deshalb den Sender, blättern eine Seite weiter oder scrollen nach unten zu Nachrichten, die weniger schmerzhaft sind.

Ein finsterer Gedanke bahnt sich seinen Weg aus den dunkelsten Winkeln meines Gehirns.

Was, wenn Connor der Grund ist, warum wir heute alle hier sind?

Was, wenn er lügt?

Nein, nicht Connor. Nicht mein Sohn.

Ich erschaudere und schüttle den Gedanken ab. Harriet sieht fragend zu mir hoch und umfasst meine Hand noch fester. Ich schenke ihr ein verkniffenes Lächeln und richte den Blick wieder auf die Familie Ruskin.

Die Zwillinge stehen Arm in Arm einen halben Schritt hinter ihrer Mutter und weinen mittlerweile beide. Karl Crosby steht offenbar kurz vor dem Zusammenbruch. Sein Gesicht ist grau und unrasiert, sein *Find Emily*-T-Shirt zerknittert und schweißnass. Cathy scheint der Klebstoff zu sein, der die ganze Familie zusammenhält. Ich zwinge mich, ihr wieder konzentriert zuzuhören, und bin wieder einmal beeindruckt von ihrer Kraft und ihrem Durchhaltevermögen.

»... also danke ich euch erneut, dass ihr heute Abend bei uns seid«, wiederholt sie mit zitternder Unterlippe. »Dass ihr mit uns gemeinsam für Emilys Rückkehr betet. Bitte behaltet uns weiter in euren Gedanken und Gebeten, bis sie wieder bei uns ist.«

Es folgt verhaltener Applaus, als wären sich die Anwesenden nicht sicher, wie sie auf eine solche Rede reagieren sollen. Die Medienvertreter strömen nach vorne und verwickeln Cathy und ihre Töchter in die nächsten Interviews.

Das leise Gemurmel beginnt erneut, die Leute stehen planlos herum und machen ein paar Fotos. Offenbar will niemand zuerst nach Hause gehen. Mein Blick fällt auf Olivia, die von zwei Reportern belagert wird. Sie stellen ihr Fragen, die sie diese Woche wohl schon Hunderte Male gehört hat. Sie ist makellos gestylt, hat die blonden Haare geglättet und zeigt keine Anzeichen von Müdigkeit oder Genervtheit. Die Aufmerksamkeit scheint ihr richtig gutzutun, und sie blüht auf wie eine Blume, die endlich genug Sonne abbekommt. Gerade erzählt sie etwas über eine Veranstaltung, die sie für Freitagabend geplant hat.

Ich sehe mich nach meinem Bruder um, als eine schlanke, hochgewachsene Gestalt neben mich tritt.

»Ich habe versucht, Sie zu warnen«, sagt eine männliche Stimme. »Wegen des Artikels.« Es ist Dineen, der Regionalreporter. Er trägt ein schwarzes, kurzärmeliges Hemd, Jeans, seine lederne Umhängetasche und eine verspiegelte Fliegerbrille. »Der Kerl hat vor dem Haus herumgefragt, wer Sie sind und in welcher Verbindung Sie zu der Familie stehen. Haben Sie die Karte nicht bekommen, die ich in Ihren Briefkasten geworfen habe?«

»Warum wollten Sie mich warnen?«

Dineen zuckt mit den Schultern. »Es gefällt mir nicht, wenn gute Bürger derart durch den Dreck gezogen werden. Den Leuten von den nationalen Zeitungen ist es egal, wem sie auf die Füße treten, weil sie wissen, dass sie Sie vermutlich nie mehr wiedersehen werden.« Er legt sich eine Hand auf die Brust. »Wir von den Regionalmedien bemühen uns hingegen stets, alles richtig zu machen, weil wir Ihnen früher oder später sicher erneut über den Weg laufen werden.«

Langsam brechen die ersten Leute auf, während die anderen immer noch planlos herumstehen, die ernsten Gesichter vom Schein der Kerzen erhellt und begierig darauf, *mehr* zu tun. Etwas, das wirklich hilft, anstatt einer verzweifelten Familie bloß Anteilnahme zu schenken.

»Es war im Prinzip nicht mal eine Geschichte«, versichere ich eher mir selbst als ihm.

Dineen deutet auf die versammelte Menge. »Es ist der vierte Tag, und es gibt keine wesentlichen Fortschritte. Alle wollen unbedingt etwas Neues, etwas Frisches. Irgendetwas.« Er lehnt sich verschwörerisch näher heran. »Wir sind an diesem seltsamen Punkt angekommen, an dem noch alle den riesigen Elefanten im Raum ignorieren.«

»Wovon reden Sie?«

»Na ja, wie schon gesagt ist heute Tag vier.« Er senkt die Stimme. »Am vierten Tag geht es nicht mehr wirklich darum, sie lebend zu finden. Nach den ersten vierundzwanzig Stunden schwinden die Chancen in Fällen wie diesen exponentiell. Mittlerweile wird nach einer Leiche gesucht, und jeder weiß es, aber niemand wagt, es auszusprechen.«

»Das glaube ich nicht.« Ich schüttle den Kopf. »Es muss noch Hoffnung geben. Was würden wir sonst hier tun?«

»Die Leute werden von Tragödien angezogen, das war schon immer so und wird auch immer so sein. Es aus der Nähe zu sehen und sich zu denken: *Gott sei Dank betrifft es mich nicht.*«

»Das ist ziemlich zynisch.«

Er zuckt mit den Schultern. »Das ist die menschliche Natur.«

Harriet starrt voller Abscheu zu dem Reporter hoch. Dineen winkt ihr zu, aber sie reagiert nicht.

»Toffee und ich sehen uns ein wenig um«, erklärt sie mir. »Vielleicht finden wir Florence irgendwo.«

»Bleib da, wo ich dich sehen kann«, antworte ich. »Und geh nicht zu weit weg.«

Sie macht sich auf die Suche nach ihrer Freundin, und Toffee zerrt an der Leine.

Dineen hebt sein Telefon in die Höhe und schießt mehrere Fotos von der Menge. »Ich finde bei solchen Treffen vor allem interessant, wer *nicht* hier ist. Meinen Sie nicht auch?«

»Ich war noch nie bei so etwas«, erkläre ich. »Moment mal, Sie zitieren mich doch nicht, oder?«

»Nein, keine Sorge.« Er steckt das Handy weg und hebt die Hände. »Das ist alles *off the record.*«

Ich schaffe es, zehn Sekunden nichts zu sagen. Ich will mich nicht auf dieses Spiel einlassen, aber ich kann nicht widerstehen. »Also, wer ist nicht gekommen?«, frage ich und blicke mich um. »Es sieht doch so aus, als wäre halb West Bridgford hier.«

Er lehnt sich so nahe heran, dass ich den Kaffee in seinem Atem riechen kann. »Drew Saxton.«

Mein Sohn ist ebenfalls nicht hier, genauso wenig wie mein Neffe, aber ich will den Reporter nicht mit der Nase darauf stoßen.

»Und was bedeutet es Ihrer Meinung nach, dass Drew nicht hier ist?«

»Offenbar hat ihn seit Tagen niemand gesehen. Seine Eltern sperren ihn weg. Er hat Hausarrest.«

Ich sehe ihn stirnrunzelnd an. »Woher wissen Sie das?«

»Das kann ich Ihnen gerne verraten.« Er zwinkert mir zu. »Aber dann müsste ich Sie umbringen.« Als ihm klar wird, was er da gerade gesagt hat, fügt er eilig hinzu: »Tut mir leid, das war unter den gegebenen Umständen nicht ganz angemessen. Sagen wir einfach, ich weiß es aus einer überaus verlässlichen Quelle.«

Er klingt wie einer dieser Verschwörungstheoretiker. *Ich weiß aus überaus verlässlicher Quelle, dass es nie eine Mondlandung gab.*

Ich will mich bereits entschuldigen und nach Harriet sehen, als der Reporter eine Hand auf meinen Arm legt.

»Ich habe auch interessante Informationen über Mr Saxton senior.« Er kommt erneut näher. »Den Gerüchten zufolge steht er kurz vor dem Ruin.«

57

Dineen grinst, als er sieht, dass er mein Interesse erneut geweckt hat.

»Ja, wirklich.« Er nickt. »Man sieht es ihm nicht an, aber seine Geschäfte stehen an der Kippe. Drei Vorzeigeprojekte wurden während der Pandemie eingemottet, und seitdem sitzt er in einem Loch, aus dem er sich nicht mehr herausziehen kann. Noch ein Flop, und er verliert alles.« Er hebt die Faust und öffnet sie wie zu einer Explosion. »Alles futsch.«

Ich denke an Alexanders riesiges Haus in der nobelsten Straße der Stadt, an die drei protzigen Autos in der Einfahrt, die Überwachungskameras, die teure Uhr. Er ist das Sinnbild des Wohlstands, ein erfolgreicher Geschäftsmann, der weiß, wie man Geld verdient – und wieder ausgibt. Hängt das alles wirklich am seidenen Faden, und er versucht bloß, über die Wahrheit hinwegzutäuschen?

Oder ist das eine weitere Verschwörungstheorie?

»Sagt wer?«, frage ich.

»Ich bin schon lange bei der *Post,* mein Freund, und habe einige Jahre davon mit Recherchen zu Saxtons Machenschaften verbracht. Da gibt es so manches trübe Gewässer, das kann ich Ihnen sagen. Es ist eines meiner kleinen Nebenprojekte. Noch ist nichts für mich herausgesprungen, aber wenn es erst einmal so weit ist, wird es gigantisch. Es wird einschlagen wie eine Bombe. Wenn Saxton fällt, fallen viele Leute mit ihm.«

Ich werfe einen Blick über die Schulter, um sicherzugehen, dass uns niemand belauscht. »Wovon genau hängt der Erfolg oder Misserfolg ab?«

Dineen deutet nach unten auf den Boden unter unseren Füßen. »Von den Häusern«, sagt er und nickt wissend, »die genau hier gebaut werden sollen. Das Siedlungsprojekt Beacon Hill, für das er schon seit Jahren um eine Genehmigung kämpft. Es ist sein Rettungsring. Entweder wird es durchgewunken – oder seine Firma geht unter.«

»Dann schreiben Sie die Story doch, wenn Sie das alles bereits herausgefunden haben.«

Er lächelt wissend. »Noch nicht. Ich brauche Beweise, sonst fressen mich seine Anwälte zum Frühstück.« Sein Blick fällt auf Olivia. »Aber jetzt hole ich mir besser noch ein paar neue Zitate für die heutige Abendausgabe. Es war nett, Sie wiederzusehen, Dr. Boyd.« Er holt ein Notizbuch und einen Stift aus seiner Umhängetasche und mischt sich unter die anderen Presseleute und Kameras, die sich um die Familie versammelt haben.

Zum ersten Mal, seit wir hergekommen bin, stehe ich alleine am Rand der Versammlung. Ich fühle mich so ausgeschlossen und isoliert wie noch nie. Ich hätte nicht herkommen sollen. Sophie de Luca ist ebenfalls nirgendwo zu sehen, was mich nach unserem Gespräch heute Nachmittag und ihrer Meinung zu der Freundschaft zwischen Emily und ihrer Tochter auch nicht überrascht. Dafür entdecke ich meinen Bruder auf der anderen Seite. Er steht ebenfalls am Rand und hat die Hände in die Hosentaschen gesteckt. Er scheint alleine, Zac sehe ich nicht.

Wir sind also beide auf uns gestellt, am Rande dieser Mahnwache für ein vermisstes Mädchen. Und wir haben beide mehr zu verlieren, als wir ertragen können.

Ich hebe die Hand, um ihm zuzuwinken, und unsere Blicke treffen sich einen Moment lang, doch seine Hände bleiben in seinen Hosentaschen. Dann wendet er sich ab und geht.

Harriet und Toffee kommen mit einem zweiten Mädchen und einem weiteren kleinen Hund auf mich zu.

»Dad?«, fragt meine Tochter fröhlich. »Kann ich mit Florence, Marmite und ihren Eltern nach Hause gehen? Ihre Mum und ihr Dad sind gleich dort drüben, und wir kommen direkt an unserem Haus vorbei. Es macht ihnen nichts aus.« Sie deutet auf ein Paar, das etwas entfernt steht.

Mir kommt mit einem Mal der Gedanke, dass unsere Nachbarschaft kein sicherer Ort mehr ist. Es ist vielmehr ein Ort, an dem sechzehnjährige Mädchen verschwinden. Vielleicht sogar ein Ort, an dem man die Kinder nicht mehr aus den Augen lässt.

Ich unterdrücke den Wunsch, sie zurückzuhalten, und versichere mir, dass Harriet nichts passieren kann, wenn sie mit einer Freundin und deren Eltern nach Hause geht.

»Solange ihr zusammenbleibt«, sage ich. »Und schreib mir, wenn du zu Hause bist, ja?«

»Gehst du noch nicht?«

»Bald.«

Ich sehe den beiden Mädchen nach, wie sie sich plappernd auf den Weg machen, und Florence' Dad hebt die Hand zum Gruß, bevor sie den Hügel hinunter verschwinden. Auch andere Besucher gehen nach Hause, nur Cathy steht immer noch im Zentrum der Aufmerksamkeit. Leute scharen sich um sie, legen ihr eine Hand auf den Arm oder umarmen sie. DS Shah steht ganz in der Nähe und unterhält sich mit einigen Eltern. Ich denke an Dineens Kommentar über Alexander Saxton. *Den Gerüchten zufolge steht er kurz vor dem Ruin.*

Wenn sein Sohn tatsächlich etwas mit Emilys Verschwinden an genau dieser Stelle zu tun hat, wird die Negativpresse allein ausreichen, um jede Chance auf eine Genehmigung des Bauprojektes am Beacon Hill zunichtezumachen.

Ich grüble immer noch darüber nach, als ich eine schmale Gestalt entdecke, die sich langsam von den anderen entfernt. Es ist Georgia Ruskin. Sie hat sich einen dunkelblauen Hoodie über ihr *Find Emily*-T-Shirt gezogen, und ihre Haare sind unter der Kapuze nicht zu erkennen, aber die Sonnenbrille verrät sie. Sie tippt eilig auf ihrem Handy herum. Es ist seltsam, sie alleine, ohne ihre Familie zu sehen, aber vielleicht ist ihr die Mahnwache einfach zu viel geworden.

Dann passiert etwas Interessantes.

Sie steckt ihr Handy weg und setzt sich in Bewegung. Doch anstatt zu den anderen zurückzugehen, geht sie in Richtung Wald. Einen Moment später ist sie am Tor angelangt, duckt sich unter dem polizeilichen Absperrband hindurch und verschwindet zwischen den Bäumen.

Wohin willst du, Georgia? Suchst du etwas?

Ich folge ihr.

58

An beiden Pfosten des Eingangstores kleben Flugblätter mit der Aufschrift *WO IST EMILY RUSKIN?* und Emilys Gesicht auf Augenhöhe etwaiger Besucher, die sich durch das Absperrband nicht abschrecken lassen. Ein weiteres wurde auf der Ankündigungstafel direkt dahinter befestigt, gleich neben einer Ankündigung der *Freunde des Beacon Hill*, auf der sie ihr nächstes Treffen bekannt geben.

Zwischen den Bäumen ist es dunkler, und ich nehme die Sonnenbrille ab. Georgia ist direkt vor mir und bewegt sich eilig einen Pfad entlang, der tiefer in den Wald führt. Sie scheint ihr Ziel genau zu kennen. Über uns zwitschern Vögel die letzten Lieder des Tages, und meine Schritte sind auf dem festgetretenen Boden kaum zu hören.

Ich beschleunige, um den dunkelblauen Hoodie nicht aus den Augen zu verlieren. Georgia holt ihr Handy aus der Tasche und hält es sich ans Ohr, doch ich bin zu weit weg, um sie zu verstehen. Kurz darauf biegt sie nach links und verlässt den Pfad. Auch jetzt zögert sie nicht und sieht sich auch nicht um. Sie kennt diesen Wald sehr viel besser als ich.

Ich folge ihr, während es immer dunkler wird. Sie überquert die Lichtung mit den marineblauen, verbrannten Blazern im Lagerfeuer. Ich und mein Bruder waren Sonntagmorgen hier, um nach Zac zu suchen. Als wir noch nicht wussten, dass er sicher und geborgen in Connors Bett schlief. Und als wir keine Ahnung hatten, dass es Emily war, die dringend Hilfe benötigte.

Etwa hundert Meter später wird Georgia neben einem umgestürzten Baum langsamer und sieht nach rechts und links. Sie hält inne und steht einen Moment lang regungslos da. Ich verstecke mich hinter einer breiten Eiche und blicke verstohlen dahinter hervor. Georgia geht in die Hocke und legt eine Hand auf die Erde, als wollte sie etwas erspüren. Dann steht sie auf und geht langsam im Kreis, während sie mit der Schuhspitze in der Erde wühlt und den Blick die ganze Zeit auf den Boden gerichtet hält, als suchte sie nach etwas, das sie hier vergessen oder verloren hat. Vielleicht wollte sie aber auch nur an den Ort zurück, an dem alles begonnen hat, und hat gehofft, eine Spur ihrer jüngeren Schwester zu entdecken.

Sie zieht die Nase hoch, ihre Schultern beginnen zu beben, und mir wird klar, dass sie weint.

Sofort muss ich an Dineens Worte denken. *Mittlerweile wird nach einer Leiche gesucht, und jeder weiß es, aber niemand wagt, es auszusprechen.*

Der Gedanke trifft mich wie ein Schwall kaltes Wasser.

Im nächsten Moment piept mein Handy mit einer neuen Nachricht, und der Ton hallt viel zu laut durch den stillen Wald. Georgias Kopf fährt hoch, und ich ducke mich hinter der Eiche und ziehe das Telefon aus der Tasche. Die Nachricht kommt von Harriet.

> Bin gut zu Hause angekommen.
> Toffee hat ein Eichhörnchen gejagt!
> Mum will wissen, wann du kommst?

Ich stelle das Handy auf lautlos und stecke es zurück in die Tasche meiner Shorts.

Als ich den Blick hebe, ist Georgia verschwunden. Wie kann das sein? Sie war doch gerade noch hier?

Ich lehne mich etwas weiter hinter dem Baum hervor, doch sie ist nirgendwo zu sehen.

Ich warte eine Minute, ob sie wieder auftaucht, doch alles bleibt still, und schließlich trete ich hinter dem Baum hervor und gehe zu der Stelle, an der sie angehalten hat. Die Wurzeln des umgestürzten Baumes ragen in die Höhe wie Eingeweide, die von einer riesigen Hand herausgerissen wurden.

Warum ist Georgia ausgerechnet hierhergelaufen? Es wird immer dunkler, doch ich sehe mich trotzdem weiter um. Suche nach aufgewühlter Erde oder anderen verräterischen Spuren. Aber da ist nichts.

Ein Knacken hinter meinem Rücken lässt mich herumfahren. Schwere Schritte nähern sich über die knirschenden Blätter und versuchen gar nicht erst, leise zu sein. Einen Moment lang frage ich mich, wie Georgia so schnell und unbemerkt zurückkehren konnte, doch dann fällt mein Blick auf eine stämmige Gestalt, die durch die Bäume auf mich zukommt.

Es ist Karl Crosby.

Er tritt aus dem Schatten und in das letzte Licht der untergehenden Sonne. Sein Gesicht ist hochrot, und die Adern an seinem Hals treten wie Stahlseile hervor. Er wirkt stinksauer. Nach einem kurzen Blick nach rechts und links und einem über die Schulter, um sicherzugehen, dass niemand da ist, holt er aus und schlägt zu.

Für einen derart stämmigen Mann ist er erstaunlich flink. Der Schmerz in meinem Kiefer ist so stark, als wäre eine Bombe in meinem Mund explodiert. Vermutlich verliere ich sogar einen Sekundenbruchteil lang das Bewusstsein, denn weder merke ich, dass ich falle, noch spüre ich, wie ich auf dem Boden aufschlage. Gerade noch stand ich aufrecht im Wald, jetzt liege ich flach auf dem Rücken. Ein pochender Schmerz hat von meinem Gesicht und der Hälfte meines Kopfs Besitz ergriffen.

Ich schmecke Blut. *Steh auf.* Ich hebe den Kopf, und Schwindel packt mich, sodass ich ihn sofort wieder nach hinten auf die Blätter sinken lasse. Durch den Nebel aus Schmerz und Angst steigt die Erinnerung an den Telefonanruf empor, den Georgia getätigt hat, als ich ihr durch den Wald gefolgt bin. Ich war wohl doch nicht so unsichtbar, wie ich dachte.

Crosby steht mit geballten Fäusten über mir und starrt voller Verachtung auf mich hinab. Er wirkt wie ein wildes Tier, und da ist ein urtümliches Funkeln in seinen Augen, als würde er gerne noch einmal zuschlagen und gar nicht mehr damit aufhören. Georgia tritt hinter ihn, das Gesicht ängstlich verzogen. Zwei Silhouetten vor den aufragenden Bäumen und dem dunkler werdenden Himmel. Eine junge Frau und ihr Stiefvater, die kaum zwölf Jahre trennen.

Crosby beugt sich zu mir und stemmt die fleischigen Hände in die Knie. »Warum bist du ihr gefolgt?«, faucht er. »Was für ein Irrer folgt einem jungen Mädchen in den Wald?«

»Ich will helfen, Emily zu finden, so wie alle anderen auch.«

»Ja, *klar.*« Seine Stimme trieft vor Sarkasmus. »Aber Georgia wollte eine Minute alleine sein, fort von all den Menschen. Blöd für dich, dass ich da war, um sie zu beschützen.«

»Ich war neugierig und wollte sehen, was sie …«

»Du bist ein Irrer«, erklärt er. »Genau wie dein Sohn.«

Ich schlucke die Übelkeit hinunter. »Mein Sohn ist unschuldig.«

»Dein Sohn ist eine verdammte Zeitbombe, und du bist genauso schlimm, weil du ihn deckst.« Er schüttelt den Kopf. »Er sollte endlich anständig genug sein und der Polizei sagen, was er mit Emily gemacht hat.«

»Er hat ihr nichts getan.« Jedes Wort sendet einen weiteren brennenden Schmerz durch meinen Kiefer. »Er würde niemals irgendjemandem etwas tun.«

»Ach, und übrigens«, fährt Crosby fort und lehnt sich näher heran. »Wenn du ein Problem mit mir hast, sei Manns genug und komm zu mir, anstatt hinter meinem Rücken anonyme E-Mails zu verschicken und Scheiße über Dinge zu verbreiten, die nie passiert sind. Wie ich hörte, ist die Polizei kurz davor, die Schlinge um deinen Jungen zuzuziehen, also spielen deine erbärmlichen Lügen ohnehin keine Rolle.« Er verzieht zornerfüllt das Gesicht. »Und ja, ich weiß, dass du den Cops geschrieben hast, also streite es gar nicht erst ab. Wenn ich jemals wieder mitbekomme, dass du mich anschwärzt, kenne ich keine Gnade, verstanden?« Er kommt noch näher, und Speichel spritzt aus seinem Mund. »Und wenn du meinen Mädchen noch einmal zu nahe kommst, dann bringe ich dich um.«

DONNERSTAG

59

DS Shah sitzt im Auto, als ich sie anrufe, und ich höre Straßenlärm und Motorengeräusche im Hintergrund.

»Sie wollen mir also sagen, dass Karl Crosby Sie niedergeschlagen hat?« Sie klingt frisch und munter. »Gestern Abend?«

Ich selbst habe kaum geschlafen und lag stundenlang wach, während sich meine Gedanken im Kreis drehten und mich an die schrecklichsten Orte brachten. Mein Kinn ist blutunterlaufen und pulsiert schmerzhaft. Als ich verletzt und voller Erde nach Hause kam, bestand Laura darauf, mir einen Eisbeutel aufs Gesicht zu packen und mir einen Whisky in die Hand zu drücken. Heute Morgen habe ich mir schließlich selbst Paracetamol verschrieben.

»Ja, aber deshalb rufe ich nicht an.« Ich nehme einen weiteren Schluck Kaffee. Die Verletzung macht selbst diese kleine Bewegung schmerzhaft. »Nach der Mahnwache ist Georgia Ruskin in den Wald, an einen ganz bestimmten Platz und ...«

»Mr Crosby sagt nämlich etwas ganz Ähnliches. Bloß, dass Sie es waren, der ihn angegriffen hat.«

»Wie bitte?«

»Er hat mich gestern Abend noch angerufen. Georgia war nach der Mahnwache völlig fertig und ist in den Wald, um alleine zu sein. Aber nach einer Weile hatte sie das Gefühl, verfolgt zu werden, und rief Karl an. Sie haben die junge Frau in die Enge getrieben, und als Mr Crosby kam, wurden Sie gewalttätig, und er musste sich verteidigen.«

Es erinnerte mich an Connors Erzählung von den Vorkommnissen am Lagerfeuer. Drew wollte sich Emily aufdrängen, aber Connor zog ihn von ihr herunter. Bloß, dass Drew nachher behauptete, dass es umgekehrt gewesen sei.

Ein verzerrtes Spiegelbild der Realität.

Wirf deinen Feinden genau die Dinge vor, die du selbst getan hast, stifte Verwirrung und erhebe wirre Anschuldigungen, bis es praktisch unmöglich ist, die Wahrheit herauszufinden. Das scheint in letzter Zeit immer öfter vorzukommen.

»Ich habe Verletzungen, die das Gegenteil beweisen.« Wie auf mein Stichwort hin beginnt mein Kiefer erneut zu pochen. »Komme ich Ihnen wie ein Mann vor, der in Raufereien gerät? Er hat gedroht, mich umzubringen. Er ist gefährlich. Und wenn Sie sich seine Vergangenheit ansehen, werden Sie einige besorgniserregende Geschichten über frühere Jobs als Lehrer finden. Jobs, die er jedes Mal überstürzt abbrechen musste.«

Sie gibt ein Geräusch von sich, das ich nicht deuten kann, und ich frage mich, ob sie ebenfalls weiß, dass die anonyme Mail von mir stammte. Mittlerweile ist es mir sogar schon egal. »Vielleicht sollten Sie ihn zu einer Befragung aufs Revier holen und zu den Ereignissen am Samstagabend befragen.«

»Das ist nicht nötig«, erklärt sie ruhig. »Er hat ein Alibi für die fragliche Zeit.«

»Von wem?«

»Das hat Sie nicht zu interessieren.«

»Egal, es interessiert mich trotzdem.«

Sie seufzt. »Sagen wir: Sein Alibi ist wasserdicht.«

»Sie meinen, es kommt von Cathy?«

»Ich meine, dass es Sie nichts angeht.« Sie lässt den Satz einen Augenblick lang wirken. »Hören Sie, bei dieser Sache gestern Abend steht Ihr Wort gegen seines, fürchte ich.«

»Georgia Ruskin war auch dabei.«

»Georgia ist laut Mr Crosby zu aufgelöst, um mit uns darüber zu sprechen. Aber wenn Sie Anzeige erstatten wollen, werde ich einen Kollegen abstellen, der Ihre Aussage hier auf dem Revier aufnimmt. Wie Sie wissen, haben wir im Moment viel um die Ohren, ich kann Ihnen also nicht versprechen, dass es ganz oben auf unserer Liste landen wird.«

Ich schüttle frustriert den Kopf und erkläre ihr, dass ich von einer Anzeige absehen werde. Stattdessen bringe ich die Sprache noch einmal auf die besondere Stelle im Wald am Beacon Hill, die Georgia aufgesucht hat, und auf meinen Verdacht, dass sie etwas gesucht haben könnte.

»Ich kann Sie hinführen«, schlage ich vor. »Mit Spürhunden, Ortungsgeräten oder was auch immer Sie haben. Ich weiß noch, wie man hinkommt. Es ist gleich neben einem umgestürzten Baum. Es muss dort Beweise geben, die Ihnen bei den Ermittlungen helfen. Vielleicht etwas … Vergrabenes.«

Wobei ich, ehrlich gesagt, befürchte, dass es bereits zu spät ist. Crosby hat breitbeinig und mit verschränkten Armen zugesehen, wie ich mich gestern vom Boden hochgestemmt habe, und mir überdeutlich zu verstehen gegeben, dass er mich nicht alleine an diesem Ort lassen würde. Er kann jederzeit zurückgebliebene Beweise vernichtet haben. Ist Georgia hin, weil sie den Verdacht hat, dass ihr Stiefvater etwas über Emily weiß? Oder hat Georgia selbst etwas mit deren Verschwinden zu tun?

»Das ist nicht nötig«, erwidert Shah knapp. »Wir haben bereits das ganze Gebiet durchsucht und keine möglichen Ablegeorte gefunden.«

Einen Moment lang glaube ich, ich hätte mich verhört.

»Okay, aber … wie wäre es, wenn Sie noch einmal nachsehen?« Ich versuche, mir meinen Frust nicht anmerken zu lassen. »Jetzt, wo ich diese neuen Informationen habe, kann ich Sie direkt hinführen.«

Shah seufzt. »Danke, Dr. Boyd, aber wie wäre es, wenn Sie weiter Medikamente verschreiben und mich meine Arbeit als Polizistin machen lassen?«

Sie verabschiedet sich mit dem Hinweis, zu einer Besprechung zu müssen, und legt auf. Ich werfe das Handy leise fluchend auf meinen Schreibtisch. Warum ist die Polizei derart begriffsstutzig? Sind sie wirklich so fixiert auf Connor, dass sie keine anderen Möglichkeiten in Betracht ziehen?

Ich muss gleich vier Stunden lang in die Praxis, aber es ist nur ein halber Tag als Vertretung eines Kollegen, ich sollte also gegen dreizehn Uhr rauskommen. Ich nehme mir vor, am Nachmittag in den Wald zurückzukehren, wenn es hell ist.

Vielleicht finde ich, wonach Georgia gesucht hat – immerhin weiß ich jetzt genau, wo ich hinmuss.

Zur Abwechslung halte ich meine Termine relativ genau ein und habe bei meinem letzten Patienten des Tages bloß zehn Minuten Verzögerung. Ich konnte mich den Vormittag über kaum konzentrieren, fertigte Patienten im Eiltempo ab, ging sämtlichen Fragen zu dem Bluterguss in meinem Gesicht aus dem Weg und warf nach jedem Patienten einen schnellen Blick auf mein Handy. Nachdem der letzte Patient gegangen ist, mache ich mir einige flüchtige Notizen, ignoriere die ungelesenen Mails, die sich in meinem Postfach stapeln, und schalte den PC aus.

Ich hole mein Handy aus der Schublade, und mein Herz macht einen Satz, als ich zwei verpasste Anrufe und drei ungelesene Nachrichten in den letzten Minuten sehe, die alle von Connor stammen. Nach der Nacht in der Zelle erschien es uns nicht fair, ihn weiter im Haus einzusperren, und er hat tatsächlich über Platzangst geklagt.

Ich male mir das Allerschlimmste aus. Wurde er erneut verhaftet? In diesem Moment vibriert das Handy in meiner Hand, und Connors Name erscheint auf dem Display.

»Dad?« Er klingt panisch. »Ich brauche dich. Kannst du kommen und mich holen?«

»Was ist passiert? Wo bist du?«

»Kannst du bitte einfach kommen? Schnell!«

»Ja, klar. Ich gehe gerade aus dem Büro zum Auto, okay?« Ich greife nach dem Schlüssel und stoße dabei die Kaffeetasse auf dem Schreibtisch um. »Geht es dir gut? Bist du verletzt? Sind andere Leute in deiner Nähe?«

»Ich habe Angst, Dad.« Seine Stimme klingt wie Glas, das jeden Augenblick zerbrechen könnte. »Es ist jemand hinter mir her.«

60

Sie spionierte nicht. Nicht wirklich.

Es war, als würde man die Straße entlanggehen und durch fremde Fenster blicken, um zu sehen, was die Leute sich im Fernsehen ansahen oder welche Tapete sie hatten, und das tat Mum andauernd, also konnte es nicht so schlimm sein. Außerdem hatte sie ihre Eltern reden gehört. Sie stimmte ihnen zu, und am Ende, wenn sie die Wahrheit erkannt hatten, würden sie vermutlich denken, es sei von Anfang an ihre Idee gewesen. So verhielten sich Erwachsene für gewöhnlich.

Und ihr Bruder? Der sah es nicht. Er konnte im Moment überhaupt nichts klar sehen. Der präfrontale Cortex war bei Sechzehnjährigen noch nicht voll ausgebildet, und der rationale Teil des Gehirns befand sich in einem täglichen Kampf gegen das für dieses Alter typische impulsive, emotionale und risikofreudige Verhalten.

Ihre Mum und ihr Dad waren zu sehr mit ihren Sorgen um Connor beschäftigt, um auf sie zu hören. Sie dachten, sie sei zu jung, um etwas Nützliches beitragen zu können.

Natürlich war das, was sie tat, nicht ganz legal.

Aber das würde schon bald keine Rolle mehr spielen. Sobald sie beweisen konnte, was sie herausgefunden hatte, würde sie es Mum und Dad zeigen. Und allen anderen.

Bis dahin musste es ihr kleines Geheimnis bleiben.

Harriet überprüfte die digitalen Brotkrumen ein drittes Mal. Es war alles da: Pulsfrequenz, Schritte, verbrauchte Kalorien. Erhöhte Werte in allen Bereichen mit besonderen Spitzen zwischen zehn Minuten nach ein Uhr morgens und drei Minuten nach zwei Uhr, die auf eine besondere Anstrengung hinwiesen.

Jemand war in den frühen Sonntagmorgenstunden sehr beschäftigt gewesen.

61

Mein Magen zieht sich zusammen.

»Wer folgt dir, Connor?« Ich klemme das Handy zwischen Wange und Schulter, während ich die Tür zu meinem Behandlungszimmer schließe. »Karl Crosby?«

»Was?« Ich höre ein Rauschen, und seine Stimme klingt leiser, als würde er die Lippen ganz nah ans Handy halten. »Ich bin in die Stadt, um mal aus dem Haus zu kommen und den Kopf freizukriegen, da ist mir aufgefallen, dass mir ein paar Leute folgen. Einer war mit mir im Bus, einer sitzt in einem Auto, und einer ist als Fahrradkurier unterwegs. Sie lassen mich nicht aus den Augen. Ich bin mir sicher, dass es Cops sind.«

»Sag mir, wo du bist, dann komme ich dich holen.« Wir telefonieren weiter, während ich zu meinem Auto haste. Er klingt verängstigt, ja sogar panisch, als wäre er kurz davor, etwas Dummes zu tun. Ich rede auch während der Autofahrt weiter, und obwohl er nichts sagt, ist es mir wichtig, diese schwache Verbindung zu meinem Sohn aufrechtzuerhalten. Er hat sich wieder in Bewegung gesetzt und schlendert mit dem Telefon am Ohr durch die geschäftigen Einkaufsstraßen der Innenstadt.

Ich lege erst auf, als ich ihn auf einer Bank in der Nähe des

Einkaufszentrums entdecke. Er hat die Kapuze seines Hoodies tief ins Gesicht gezogen und die Hände in den Hosentaschen vergraben und sieht kaum auf, als ich mich neben ihn setze.

»Ich habe versucht, sie abzuschütteln, aber sie sind immer noch da«, sagt er und deutet unauffällig mit dem Kopf auf einen silbernen Ford Mondeo, der am Straßenrand parkt. Hinter dem Steuer sitzt ein Glatzkopf Ende dreißig mit einem Handy am Ohr. Er redet, lächelt immer wieder und sieht dabei nicht in unsere Richtung.

»Schau ja nicht hin«, fährt Connor fort, »aber die Frau in dem Bushäuschen hinter deiner rechten Schulter gehört auch zu ihnen. Es haben schon drei Busse gehalten, aber sie ist in keinen eingestiegen.«

Ich drehe mich beiläufig um und lasse den Blick über die wenigen Leute an der Bushaltestelle schweifen. Ein paar Rentner, ein junger Mann im Anzug, eine Mutter mit einem Kleinkind und eine blonde Frau in einer Jeansjacke, die ein Werbeplakat mit dem neuesten iPhone mustert.

»Ich sagte doch, du sollst nicht hinschauen!«, zischt Connor.

»Aber wir wissen nicht, ob sie tatsächlich von der Polizei sind. Sie könnten auch …«

»Doch, das sind sie!«, presst er zwischen aufeinandergebissenen Zähnen hervor. »Warum folgen sie mir, Dad?«

Ich will es nicht laut aussprechen. Falls er recht hat, gibt es nur eine logische Erklärung: *Sie warten darauf, dass du dich selbst belastest, mein Sohn. Dass du Beweise entsorgst. Dass du sie zu Emily oder ihrer Leiche führst.* Ich frage mich, ob DS Shah ihn deshalb wieder laufen hat lassen und daher kein Interesse an der Spur hatte, die ich ihr nach Georgias Ausflug in den Wald präsentiert habe. Vielleicht war von Anfang an geplant, dass Connor sie irgendwann zu Emily führt.

Vielleicht hat mein Sohn aber auch aufgrund der ständigen Belastung eine Paranoia entwickelt.

»Ich schwöre dir, dass die Frau an der Bushaltestelle mich seit mindestens zehn Minuten beobachtet«, erklärt Connor leise.

Ich drehe den Kopf noch einmal in ihre Richtung. Sie ist Anfang dreißig, trägt die Haare zum Zopf gebunden und eine Sonnenbrille.

Sie hat tatsächlich etwas Seltsames an sich und kommt mir irgendwie bekannt vor.

Bilde ich es mir nur ein?

Im nächsten Moment fällt ihr Blick eine Sekunde lang auf uns … und da weiß ich es.

Sonntagnachmittag. Auf dem Polizeirevier.

Detective Constable Jude Loughlin, die mit Harriet im Großraumbüro war, während Connor befragt wurde. Wir haben nur ein paar Worte gewechselt, aber ich erinnere mich an sie. Der grauenvolle Tag hat sich in allen Einzelheiten in mein Gedächtnis gebrannt.

Ich mustere sie noch ein wenig genauer, bis auch der letzte Zweifel ausgeräumt ist. Sie ist es definitiv.

Natürlich könnte es Zufall sein.

Aber nicht heute.

»Ich glaube, langsam packt sie die Verzweiflung«, meine ich zu meinem Sohn. »Komm, ich parke gleich um die Ecke. Fahren wir nach Hause.«

Auf dem Weg aus der Stadt behalte ich den Rückspiegel die

ganze Zeit über im Auge. Der Ford Mondeo folgt uns mit einigen Autos Abstand, bis wir in unsere Straße einfahren, dann biegt er ab und verschwindet. Connor sitzt die ganze Strecke über zusammengesunken auf dem Beifahrersitz und hat sich die Kapuze tief ins Gesicht gezogen.

Zurück im Haus, läuft er ins Wohnzimmer und blickt nervös aus dem Fenster zu den Autos hinaus, die in unserer Straße parken, bevor er die Vorhänge vorzieht und den Raum in warmes Dämmerlicht hüllt.

»Mach, dass die weggehen, Dad. Sag ihnen, dass es nicht …«

Das Festnetztelefon klingelt, und er zuckt zusammen. Ich gehe ran und höre mir die ersten Worte einer automatisierten Nachricht über einen Steuernachlass an, bevor ich auflege.

»Bloß ein Werbeanruf«, beruhige ich ihn. »Hör mal, lass uns in die Küche gehen, und ich mache dir etwas zum Essen.«

Er schüttelt den Kopf. »Ich gehe auf mein Zimmer.«

Ich trete vors Haus und sehe die Straße auf und ab. Alles wirkt normal für einen Donnerstagnachmittag. Niemand sitzt in einem parkenden Auto oder steht rauchend an der Ecke.

Laura und Harriet haben sich mit ihren Laptops, mehreren Notizblöcken, losen Blättern, Fotos, Stiften und Zeitungsausschnitten am Küchentisch ausgebreitet und unterhalten sich leise. Sie sehen beide auf, als ich ins Zimmer trete.

»Wie geht es ihm?«, fragt Laura besorgt.

»Müde«, antworte ich und lege den Autoschlüssel auf die Anrichte. »Verängstigt. Niedergeschlagen. Sieht so aus, als ließe die Polizei ihn beschatten.«

»Wie bitte? Echt jetzt?«

»Ich habe sie selbst gesehen.«

»Ist das nicht Belästigung?«

»Sie würden sich vermutlich damit rechtfertigen, dass sie nur ihren Job machen, aber ich bin mir nicht ganz sicher. Jedenfalls ist im Moment niemand zu sehen. Und Connor ist auf seinem Zimmer.«

»Wie geht es deinem Gesicht?«, fragt Laura.

»Unverändert.« Ich deute auf das Chaos am Küchentisch. »Was macht ihr beide da?«

Sie sehen zuerst einander und dann wieder mich an. »Wir haben einige Dinge entdeckt«, erklärt meine Frau. »Und sie werden dir nicht gefallen.«

Harriet dreht ihren Laptop in meine Richtung. Sie hat einen Artikel der *Daily Mail* geöffnet, die Fotos zeigen die Ruskins gestern bei der Mahnwache. Die Schlagzeile lautet:

**POLIZEI ZIEHT DAS NETZ UM
HAUPTVERDÄCHTIGEN ENGER**

Ich überfliege die ersten paar Zeilen.

Eine Verhaftung im Fall der vermissten Emily Ruskin steht laut Polizei kurz bevor.

Das Netz um den Hauptverdächtigen – einen Schulfreund der sechzehnjährigen Emily – zieht sich immer enger zusammen. Eine Quelle sprach von maßgeblichen Ermittlungsfortschritten und einer bevorstehenden Verhaftung.

Übelkeit steigt in mir hoch. Ist diese Quelle DS Shah selbst, die uns weiter unter Druck setzt? Jemand aus der Führungsetage, der verzweifelt zeigen will, dass Fortschritte gemacht werden?

Oder hat sich der übereifrige Reporter alles bloß ausgedacht, weil es nichts Neues zu berichten gab?

Vielleicht ist es eine Mischung aus allen drei Möglichkeiten. Jedenfalls fühlt es sich an, als liefe uns die Zeit davon.

»Die meinen Connor, oder?«, fragt Harriet. »Werden sie ihn verhaften? Ich wollte den Artikel nicht in unsere Familien-WhatsApp-Gruppe stellen, damit er ihn nicht sieht.«

»Das hat er vermutlich ohnehin schon, Schatz.« Ich hole ein Glas und fülle es mit Leitungswasser. »Mach dir nicht zu viele Gedanken über diese Artikel, wir haben keinen Einfluss darauf.«

Meine Tochter nimmt ihren Laptop unter den Arm und hüpft vom Stuhl. »Ich gehe auf mein Zimmer und mache dort weiter.«

Ich sehe sie fragend an. »Womit?«

»Ach, du weißt schon.« Sie zuckt mit den Schultern. »Detektivarbeit.«

Ich sehe ihr nach und warte, bis sie die Treppe nach oben verschwunden ist, bevor ich mich wieder an meine Frau wende. »Also, was hast du noch herausgefunden?«

Laura deutet auf ihren Laptop. »Wir haben uns in den sozialen Medien umgesehen, und – o mein Gott – da draußen gibt es massenweise abscheuliche Leute, die grauenhafte Dinge über Cathy und Emily verbreiten.«

»Ich weiß. Die Trolle machen Party.«

»Aber es hat mich auf eine Idee gebracht. Cathy Ruskin hat ihre meisten Fans – etwa fünfzigtausend – auf Instagram, also habe ich mich darauf konzentriert. Ich habe mich jetzt einige Stunden durch die letzten Posts gearbeitet und mich auf die Suche nach den schlimmsten Kommentaren gemacht.«

»Und?«

Meine Frau deutet auf einen Stuhl. »Setz dich, Andy. Du siehst total fertig aus.«

Ich bleibe stehen. »Schieß einfach los.«

Sie seufzt. »Okay. Wir haben die ganze Zeit versucht dahinterzukommen, was hier eigentlich los ist, nicht wahr? Warum und für wen Connor als Sündenbock herhalten muss. Du hast Dinge über Drew und Alexander Saxton ausgegraben, wir haben überlegt, ob Olivias Hassliebe zu Emily außer Kontrolle geraten ist. Und dann waren noch die Dinge über Karl Crosbys zwielichtige Vergangenheit, die ich lieber nicht erfahren hätte.« Sie verzieht angewidert das Gesicht. »Aber möglicherweise haben wir etwas übersehen. Etwas, das die ganze Zeit über direkt vor unserer Nase passierte.«

62 Meine Kehle ist staubtrocken, und ich nehme einen Schluck Wasser. »Wovon redest du?«

»Setz dich«, schlägt meine Frau erneut vor. »Dann zeige ich es dir.«

Ich ziehe zögernd einen Stuhl heraus und lasse mich neben ihr nieder. Sie dreht den Laptop, damit ich den Bildschirm ebenfalls sehen kann, und öffnet Cathys Instagram-Account.

»Sieh dir das an.« Sie wählt einen Beitrag aus, den Cathy vor wenigen Wochen gepostet hat. Cathy und Karl liegen auf Sonnenstühlen an ihrem Pool und sehen entspannt und glücklich aus. Meine Frau scrollt nach unten und macht mich auf mehrere besonders hasserfüllte Kommentare aufmerksam.

Hoffentlich bekommst du Hautkrebs, du Schlampe.
Ich und mein Pädo-Freund beim Chillen am Pool.

»Es gibt sogar noch wesentlich schlimmere«, klärt Laura mich auf.

»Warum blockiert Cathy diese Leute nicht einfach?«

»Weil sie ihnen damit Aufmerksamkeit zollt und ihnen zeigt, dass sie etwas bei ihr erreicht haben. Es ist wie ein Ehrenabzeichen für diese Leute. *Ich wurde von Cathy R blockiert!*

Außerdem sind sie zehn Minuten später mit einem neuen Account und einem neuen Usernamen wieder da. Das hat sie mal in einem YouTube-Interview erklärt.«

Ich erinnere mich an den Hashtag *#BeccaNorris* und die Anschuldigungen, dass Cathy dasselbe mache wie diese Mutter in Worchester, die behauptet hat, ihre Tochter wäre entführt worden, um das Lösegeld einzukassieren.

»Das ist ja widerlich«, bemerke ich.

»Stimmt.« Laura deutet erneut auf ihren Laptop. »Aber es hat mich auf eine Idee gebracht. Was, wenn die Person, die Emily entführt hat, einer dieser Hater ist? Vielleicht hatte jemand es satt, dass Cathy trotz der vielen negativen Kommentare immer noch supererfolgreich und glücklich ist, eine tolle Familie hat und sich nicht unterkriegen lässt? Vielleicht war dieser jemand so frustriert und wütend, dass er den Kampf gegen sie ins echte Leben verlagern wollte? Dass er nicht mehr nur grauenhafte Kommentare posten, sondern sie *wirklich* verletzen wollte? Und deshalb Emily entführt hat?«

»Das scheint etwas weit hergeholt.« Ich massiere mein Kinn. »Und die Polizei hat es vermutlich bereits überprüft.«

»Das bezweifle ich«, widerspricht meine Frau. »Die Polizeicomputer arbeiten mit Betriebssystemen, die beinahe so alt sind wie Harry.«

»Woher weißt du das?«

»Von Harry«, antwortet meine Frau schulterzuckend.

Sie öffnet ein weiteres Fenster auf ihrem Laptop und ruft eine Tabelle mit Usernamen, Avataren, Zeitmarkern und Links auf. »Aber egal. Ich habe mir alle Posts der letzten zwei Monate angesehen und eine Liste der schlimmsten und beharrlichsten Hater erstellt, die ich wiederum in drei Gruppen unterteilt habe. Beiläufige Gemeinheiten, ausdrückliche Beleidigungen und tatsächliche körperliche Drohungen.«

Die erste Gruppe ist gelb markiert und beinhaltet seitenweise Usernamen, die zweite ist orange und umfasst etwa fünfzig Personen.

Die letzte und rot markierte Gruppe befindet sich ganz unten. »Das sind die Schlimmsten von allen«, erklärt Laura. »Etwa fünfzehn Personen, die regelmäßig kommentieren und Cathy, Karl oder die Kinder entweder indirekt oder direkt bedrohen.«

Ich überfliege die Usernamen, die allesamt keine Rückschlüsse auf die Person dahinter zulassen. Im echten Leben sind diese Leute vermutlich unauffällige Durchschnittsbürger, aber online hetzen sie gegen die ganze Welt und das Leben und kotzen sich aus. Ich überlege, ob einer der Usernamen eine Assoziation in mir hervorruft, doch da ist nichts.

»Aber diese User sind alle anonym, oder?«

»Nicht unbedingt. Jeder davon kann mit einer realen Person verknüpft werden.«

»Schon, aber ...«

»Also habe ich mir eine Software gekauft, die hauptsächlich von der Polizei und Technologieunternehmen genutzt wird, von der es aber auch eine Version für Privatuser gibt. Du weißt doch, was eine IP-Adresse ist, nicht wahr?« Ich nicke, und sie fährt fort: »Es ist eine Nummer, die jedes Gerät im Internet eindeutig identifiziert, und diese Software macht IP-Adressen sichtbar. Sie ist wie ein Polizeihund, der sich durch das Netz schnüffelt, Muster erkennt, Verbindungen herstellt und am Ende die IP-Adresse mit einer tatsächlichen Adresse verknüpft.«

»Es ist also eine Methode, den anonymen Trollen die Maske vom Gesicht zu reißen?«

»Genau.« Sie deutet auf die fünfzehn rot markierten Usernamen. »Es hat einen ganzen Tag gedauert, um die Länder zu bestimmen, aus denen heraus diese User agieren. Drei davon konnte ich überhaupt nicht zuordnen, vier stammen aus Nordamerika und Asien, weshalb ich sie ausschließen konnte. Genauso wie einen Nutzer aus Polen und einen aus Zypern. Es bleiben also noch sechs übrig, die hier in Großbritannien sitzen, nämlich unter anderem in Cornwall und East Sussex, also ziemlich weit entfernt. Es gibt allerdings auch zwei Accounts, die sich in einem Zwanzig-Meilen-Radius um Nottingham befinden, und ich schätze, dass diese User eher dazu neigen, ihre Drohungen aufs nächste Level zu heben, weil sie Cathy Ruskin vielleicht sogar persönlich kennen.«

Es ist ein weiterer heißer Nachmittag, dennoch läuft es mir eiskalt den Rücken hinunter. »Und du hast die beiden Adressen bestimmt?«, frage ich.

Sie klickt weiter, bis eine Adresse in der Nachbarstadt aufscheint, die etwa eine zwanzigminütige Autofahrt von uns entfernt ist.

»Bei dieser Adresse«, erklärt sie, »handelt es sich um ein Pflegeheim. Die meisten Bewohner sind über siebzig.«

Ich sehe einen netten alten Opa vor mir, der mit der Decke über den Knien im Aufenthaltsraum sitzt und grauenhafte Drohungen im Internet verbreitet, um sich die Zeit zu vertreiben. »Okay, aber es ist nicht sehr wahrscheinlich, dass ein Greis plötzlich zum Kidnapper wird, oder?«

»Nein, das dachte ich mir auch.« Sie zögert, und ihre Hand

schwebt über dem Touchpad ihres Laptops. »Weshalb nur noch eine Adresse übrig bleibt.«

Sie klickt auf den letzten Usernamen, und der Straßenname ploppt auf.

Es ist eine Adresse, die mir schon seit Jahren wohlbekannt ist. Die Adresse eines Hauses, das ich beinahe so gut kenne wie mein eigenes – sie gehört zum Haus meines Bruders.

63

Das Haus pulsierte im Takt der Musik, die riesigen Lautsprecher wummerten, es roch nach verschüttetem Cider, süßem Parfüm und würzigem Gras.

Die Party war ganz okay, und es waren die üblichen Verdächtigen anwesend: Die peinlichen Antialkoholiker hatten sich in einer Ecke des Esszimmers zusammengerottet, die Raver tanzten im Wohnzimmer, ein weinendes Mädchen saß in einer Ecke und wurde von einer Freundin getröstet, ein Typ war betrunken auf dem Sofa eingeschlafen, ein paar halbstarke Fußballer feierten in der Küche, und zwei Rugby-Spieler zockten mit nacktem Oberkörper Beerpong – wobei sie sich fragte, warum sich die Rugby-Kerle ständig die Shirts vom Leib reißen mussten. Draußen im Garten kotzte jemand ins Blumenbeet, ein Pärchen knutschte auf einer Bank, und auf einer weiteren Bank saßen die Kiffer und kicherten.

Am Tag nach einer Party wie dieser gab es normalerweise massenhaft Gerüchte, wer mit wem zusammen gewesen war, wer sich übergeben musste und wer allen die Show gestohlen hatte. Aber nicht morgen. Morgen würde es nur ein Gesprächsthema geben: nämlich sie selbst, Emily Ruskin. Alle würden sich fragen, wohin sie verschwunden und was mit ihr passiert war. Ein aufgeregtes Schaudern durchlief sie bei dem Gedanken, dass im Moment nur sie selbst und Olivia wussten, was passieren würde. Es war ein gutes Gefühl – beinahe, als würde man Gott spielen –, und sie wollte es so lange wie möglich genießen, doch sie wusste, dass es langsam Zeit wurde, die Dinge ins Rollen zu bringen.

Drew, der neben ihr auf der Bank saß, plapperte noch immer, aber sie hörte gar nicht hin. Es ging mal wieder darum, dass sein Haus größer und teurer war als dieses oder jenes, dass sie ein Kino und ein Fitnesscenter im Keller hatten, ein Poolhaus und einen Tennisplatz.

Connor kehrte aus der Küche zurück und tappte vorsichtig mit drei Gläsern in den Händen über die Terrasse.

»Pfirsichschnaps im ersten Glas, Wodka Lemon rechts und Wodka-Cola …«

»Weißt du, was, Connor …?«, unterbrach ihn Emily, nahm das rechte Glas und trank einen großen Schluck. »Ich habe es mir anders überlegt. Es macht dir doch nichts aus, wenn du den Schnaps trinkst, oder?«

»Nein, kein Thema«, erwiderte Connor schulterzuckend und setzte sich neben sie.

Drew nahm den anderen Wodka und stürzte das halbe Glas in einem Zug hinunter.

»Cheers, mein Freund«, meinte Connor, wobei er das letzte Wort unfreundlich betonte und das Glas in seiner Hand so fest umklammerte, dass die Knöchel weiß hervortraten.

»Weißt du, was, Connor?« Emily beugte sich zu ihm und hauchte ihm einen Kuss auf die Wange. »Eines Tages wirst du jemanden zu einer sehr glücklichen Frau machen.«

»Danke«, meinte Connor mit einem schiefen Lächeln. »Glaube ich zumindest.«

Er schien sich unsicher, ob es ein Kompliment oder eine Verarsche gewesen war, aber offenbar war es ihm egal. Sie legte die Hand auf seinen Oberarm und drückte ihn.

»Seit wann bist du so muskulös?« Sie lachte. »Du warst früher richtig dürr, aber jetzt wirst du langsam zum Muskelprotz.«

»Keine Ahnung«, murmelte er und wurde rot. »Ich war ab und zu mal im Fitnessstudio.«

Sie ließ die Hand noch ein wenig länger auf seinem Arm ruhen und sah lächelnd zu ihm hoch, als wäre ihr gerade etwas eingefallen. »Hey, ein paar von uns gehen noch zum Beacon Hill. Willst du mitkommen?«

»Klar.« Connor warf einen Blick auf Drews Arm, der lässig über ihren Schultern lag. »Warum nicht.«

»Du bekommst doch keine Schwierigkeiten mit deinen Eltern, oder? Meine Mum ist echt scheiße, wenn es darum geht, rechtzeitig zu Hause zu sein.«

»Nö.« Connor warf einen Blick auf die Uhr. »Ich schreibe ihnen eine Nachricht. Ist keine große Sache.«

»Perfekt.« Sie gab Connor ihr Glas und erhob sich. »Ich muss noch mal, bevor wir gehen. Du passt doch auf meinen Drink auf, oder?«

»Klar.« Connor nahm das Glas mit dem leuchtend roten Lippenstiftabdruck am Rand.

Emily ließ die beiden Jungs in unangenehmes Schweigen gehüllt auf der Bank zurück und schob sich durch die anderen Gäste im Wintergarten und in der Küche bis in einen langen Flur, wo eine Gruppe Jungen auseinandertrat, um sie durchzulassen. Sie stieg die mit dickem cremefarbenem Teppich ausgelegte Treppe nach oben, die von erdigen Schuhabdrücken über-

sät war. Die Toilette befand sich am Ende des oberen Flurs, und die Tür stand offen.

Ein Mädchen lag zur Seite gedreht auf dem Boden. Ihre Augen waren geschlossen, der Mund stand offen, ihr blasses Gesicht war von einem dünnen Schweißfilm bedeckt, und Speichel sickerte aus ihrem Mund auf die Badetücher, die jemand unter ihren Kopf geschoben hatte. Zac Boyd kniete auf der einen Seite des Mädchens, ein weiteres Mädchen in einem pinken, abgeschnittenen Top und einem kurzen Rock auf der anderen.

»O mein Gott!« Emily ging vor den Füßen des am Boden liegenden Mädchens in die Knie. Es war im selben Jahrgang wie sie. »Das ist doch Rosie, oder?« Sie legte eine Hand auf Rosies nackten Fußknöchel. Die Haut war warm und feucht.

»Rosie McKnilay«, bestätigte Zac, ohne sich zu Emily umzudrehen.

»Armes Ding. Ist ihr übel geworden?«

»Ich habe sie so gefunden«, antwortete Zac. »Auf dem Boden. Jemand hat ihr was in den Drink getan. Sie ist komplett hinüber.«

Unter Drogen gesetzt. Emily erinnerte sich mit einem Schaudern an das einzige Mal, dass sie so etwas erlebt hatte. Das Mädchen hatte in der Ecke gelegen, und die Haare hingen ihm ins Gesicht. Die Roofies in ihrem Drink hatten sie in einen Zombie verwandelt. Sie konnte nicht denken, sich nicht wehren, sich nicht erinnern. Konnte nicht sprechen und kaum noch gehen.

Und es war nicht irgendein Mädchen gewesen, sondern Olivia.

»Scheiße«, hauchte sie. »Hast du eine Ahnung, wer das war?«

»Ich bin mir nicht sicher«, knurrte Zac. Er klang feindselig, und Emily konnte nicht sagen, ob sich seine Wut gegen sie rich-

tete oder gegen jemand anderes. »Aber ich kann es mir gut vorstellen.«

Emilys Herz schlug schneller, als sie daran dachte, dass jemand hier auf dieser Party – jemand, den sie vermutlich sogar kannte – Rosie das angetan hatte.

»Wer?«

Zac drehte sich um und sah sie zum ersten Mal an. Er bemühte sich erst gar nicht, seine Abscheu zu verbergen. »Wie ich hörte, passiert diese Scheiße immer mal wieder in den Clubs, aber nicht hier. Nicht in einem Privathaus.«

»Sie hatte Glück, dass du sie rechtzeitig gefunden hast«, meinte das Mädchen in dem pinkfarbenen Top.

Zac erhob sich. »Bist du sicher, dass du keinen Krankenwagen rufen willst?«

Rosies Freundin schüttelte eilig den Kopf. »Wir sollten gar nicht hier sein, sondern längst schlafen. Unsere Mums würden ausflippen, wenn sie davon erfahren.«

»Bleibst du bei ihr?«

»Ja, ich passe auf sie auf, und dann schaffe ich sie nach Hause.« Sie legte schützend die Hand auf Rosies Schulter. »Danke, Zac.«

Er nickte knapp, dann verließ er die Toilette, ohne Emily eines weiteren Blickes zu würdigen.

»Soll ich … irgendetwas tun?«, fragte Emily. »Jemanden holen, vielleicht?«

Das Mädchen sah den leeren Flur entlang. »Ayisha, vielleicht?«

»Klar.«

»Im Gästezimmer gibt es noch ein Bad mit Toilette.« Sie deutete den Flur entlang. »Falls du deshalb hochgekommen bist.«

Emily erhob sich und zog die Tür hinter sich zu, dann machte sie sich auf den Weg ins Gästezimmer. Ihr Blick fiel auf einen riesigen Fernseher, ein breites Doppelbett, auf dem massenhaft Jacken und zusammengerollte Schlafsäcke lagen, und da war ... Zac Boyd.

Er stand auf der anderen Seite des Bettes und richtete sich gerade auf. Als er Emily sah, zog er eilig die Hand unter einem Stoß Jacken hervor. Er wirkte verstohlen und trotzig zugleich.

Emilys Blick huschte von ihm zu der offenen Badezimmertür. Das Zimmer dahinter war dunkel und leer. »Musst du ins Bad?«

»Nein.« Zac schob die Hand in die Hosentasche seiner Jeans. »Ich musste nur etwas holen.«

Dann drückte er sich an ihr vorbei.

64 Ich starre auf die Adresse auf dem Bildschirm.

Das Haus, in das mein Bruder und seine Frau gezogen waren, als Zac in den Kindergarten kam, um später im Umkreis einer guten Schule zu wohnen, obwohl sie es sich kaum leisten konnten. Das Haus, in dem wir uns oft zum Essen oder auf einen Drink getroffen, Geburtstage gefeiert und auf Zac aufgepasst haben. Das Haus, in dem mein Bruder seine Frau in den letzten Wochen ihres Lebens gepflegt hat.

»Das kann nicht stimmen«, erkläre ich tonlos. »Es ist sicher ein Fehler im System.«

Laura wartet einen Augenblick, bevor sie antwortet. Sie weiß, dass ich mich an einen Strohhalm klammere. »Du meinst, von Millionen möglichen Adressen hat das Programm sich ausgerechnet diejenige ausgesucht, deren Bewohner Emily kennt, mit ihr zur Schule geht und Samstagnacht mit ihr im Wald war?«

Ich suche nach einer logischen Erklärung, doch es gibt keine.

»Aber warum sollte er so etwas tun?«, frage ich stattdessen. »Warum postet er diese Kommentare?«

Meine Frau zuckt mit den Schultern. »Spielt das eine Rolle?«

»Zeig mir den Instagram-Account.«

Laura öffnet ein weiteres Fenster und den Account von *Chuckie74_xx.* Keine Posts, neununddreißig Follower, einundachtzig gefolgte Accounts, vor vier Monaten erstellt. Das Profilbild zeigt Hellboy, einen rotgesichtigen Dämon mit abgefeilten Hörnern.

»Aber es könnten beide sein«, sage ich leise. »Zac oder Rob. Wir wissen nicht, wer.«

»Richtig«, bestätigt Laura. »Wir haben nur die Adresse, an der sich der Computer befindet.«

Ich glaube es trotzdem nicht. Zumindest will ich es nicht glauben. Aber vielleicht ist das auch dasselbe.

Doch nicht der Sohn meines Bruders. Mein Neffe und Patenkind.

»Es bedeutet nicht automatisch, dass er tatsächlich etwas getan hat«, erkläre ich schließlich.

Meine Frau schiebt den Laptop zurück und legt eine Hand auf meine. Sie scheint ihre Worte genau abzuwägen.

»Du hast doch vor einigen Tagen erzählt, dass Zac schon einmal alleine im Wald am Beacon Hill übernachtet hat.«

Ich ziehe meine Hand zurück. »Was soll das heißen?«

»Er kennt den Wald vermutlich besser als manch anderer. Die Wege, die Pfade. Auch bei Nacht.«

»Und weiter?« Ich versuche, nicht zu wütend zu klingen.

»Ich will damit nur sagen, dass du den Tatsachen ins Auge blicken musst, Andy. Dein Bruder geht dir aus dem Weg, als hättest du eine ansteckende Krankheit. Redet hinter deinem Rücken mit Alexander Saxton. Zac wollte dich nicht einmal ins Haus lassen, als du das letzte Mal dort warst. Und er war an diesem Sonntagmorgen ziemlich durcheinander. Trotzdem hat er der Polizei haarklein erzählt, was Connor wann gemacht hat, was einer der Gründe ist, warum sie ihn verdächtigen.« Sie deutet auf den Laptop und das Profil von *Chuckie74_xx*. »Und jetzt das. Diese Kommentare sind unglaublich niederträchtig. Denk mal nach, Andy.«

Ich starre meine Frau an, und meine Gedanken schweifen zu all den Dingen, die ich verdrängt habe, seit ich Sonntagmorgen mit meinem Bruder im Wald war. Warum er so aussah, als hätte er die ganze Nacht nicht geschlafen. Warum er dieses weiße Oberteil gefunden hatte, auf dem sich – wie sich mittlerweile herausgestellt hat – Emilys Blut befand.

Vielleicht hatte er es gar nicht gefunden. Vielleicht hatte er es selbst dort abgelegt.

»Aber Zac war die ganze Nacht mit Connor zusammen«, erkläre ich. »Sie waren ...«

»Nein«, unterbricht mich Laura. »Connor hat gegenüber der Polizei angegeben, dass sich die fünf Teenager kurz vor ein Uhr getrennt haben. Connor und Zac waren zusammen, aber dann ist Connor zurück, um nach Emily zu sehen. Von da an war Zac allein unterwegs. Aber er ist erst um neunzehn Minuten nach zwei zu uns gekommen, er hat also für einen fünfzehnminütigen Spaziergang fast eineinhalb Stunden gebraucht. Das ist eine lange Zeit.«

Ich konnte noch nie mit meiner Frau diskutieren. Sie scheint immer so sicher und hat so klare, überzeugende Argumente. Trotzdem schüttle ich den Kopf. »Ich werde meinen Bruder und meinen Neffen nicht ans Messer liefern.«

Laura schlägt mit der flachen Hand auf den Tisch, und es gibt einen lauten Knall, der mich zusammenzucken lässt. »Darüber sind wir doch längst hinaus!«, schreit sie. »Die Polizei steht kurz davor, unseren Sohn erneut zu verhaften. *Unser*

Kind. Sie nehmen ihn mit, und falls er angeklagt wird, kommt er nicht einmal auf Kaution frei. Sie sperren ihn für die nächsten Monate ein, während er auf seinen Prozess wartet.«

»Es muss einen anderen Weg geben, den wir …«

»*Du* warst derjenige, der *mich* überzeugt hat, dass jemand unserem Sohn eine Falle gestellt hat! Und es waren *dein* Bruder und *dein* Neffe, die Sonntagabend vorbeikamen, weil Zac angeblich seine Geldbörse vergessen hatte und deshalb in Connors Zimmer musste. Wo wir am nächsten Tag die Drogen gefunden haben. Ist das auch so ein unglaublicher Zufall? Denn wenn unser Sohn tatsächlich hereingelegt wurde, haben wir den Schuldigen vielleicht schon gefunden, und du musst endlich aufwachen, bevor es zu spät ist.« Ihre Wangen glühen vor Zorn. »Zumindest musst du der Polizei eine überzeugende Alternative vorlegen. Es wird Zeit, sich zu entscheiden, Andy. Die Familie deines Bruders oder deine eigene.«

Ich sehe sie an.

Was ist das Gefährlichste auf dieser Welt?

Eine Mutter, deren Kind bedroht wird.

Sie will Connor beschützen, koste es, was es wolle.

Ich schlage die Hände vors Gesicht. »Das ist ein Albtraum.«

Schweigen senkt sich über uns, und es ist so absolut, dass es den ganzen Raum und das ganze Haus erfüllt und alles erstarren lässt.

Bis Laura etwas leiser weiterspricht: »Warum haben wir Connor bei seiner ersten Befragung ein Alibi gegeben? Wir waren uns nicht sicher, ob er rechtzeitig zu Hause war, aber wir haben es trotzdem getan. Alle beide.«

Ich breite die Hände aus, als wäre die Antwort glasklar. »Weil wir nicht wollten, dass er in Schwierigkeiten gerät.«

»Ganz genau. Und das hier ist nichts anderes.«

»Natürlich ist es etwas anderes! Ein Mädchen wird seit vier Tagen vermisst, und die Polizei denkt, dass ihm etwas zugestoßen ist!«

Sie schüttelt den Kopf. »Aber unsere Priorität ist noch dieselbe. Es ist derselbe Instinkt, der dazu geführt hat, dass wir ihm dieses Alibi gegeben haben.« Sie deutet auf den Laptop. »Das hier ist ein Silberstreif am Horizont. Ein Hinweis, der die Polizei umstimmen könnte. Die Alternative ist, dass die Zukunft unseres Sohnes vor die Hunde geht. Er geht ins Gefängnis, und sein Leben ist ruiniert. Und das willst du einfach so zulassen? Denn ich werde es nicht tun.«

»Du redest davon, meiner Familie ein Messer in den Rücken zu rammen.« Übelkeit steigt in mir hoch. »Es würde meinen Bruder umbringen.«

»Ich rede hier vom Leben unseres Sohnes.«

»Ich weiß«, sage ich leise. »Das weiß ich doch.«

Sie wendet einen Moment den Blick ab, und als sie mich wieder ansieht, sind ihre Augen kalt wie Eiskristalle.

»Wenn du nicht damit zur Polizei gehst, tue ich es.«

»Nein.« Ich stehe auf. »Noch nicht. Lass mich zuerst mit meinem Bruder reden.«

65

Mein Bruder ist nicht zu Hause und geht auch nicht ans Telefon. Die Sekretärin des Ingenieurbüros, in dem er als Konstrukteur arbeitet, sagt mir, dass er krankgeschrieben ist und hoffentlich morgen wiederkommt.

Ich spüre ihn schließlich in seinem Lieblingslokal in der Nähe seines Hauses auf.

Es ist später Nachmittag, und das Pub ist nur spärlich besucht. Es ist zu spät zum Mittagessen und zu früh für ein paar Drinks nach der Arbeit. Mein Blick fällt auf einige ältere Männer, die mit ihren Pints an der Bar sitzen, und auf einen Buchclub, bestehend aus mehreren Frauen mittleren Alters, die mit ihren Paperbacks an einem Tisch Platz genommen haben. Drei Jungen, die kaum älter sind als Connor, spielen Pool unter einem an der Wand befestigten Fernseher, auf dem ein Pferderennen läuft.

Mein Bruder sitzt alleine in einer Nische ganz hinten und starrt konzentriert auf sein Handy. Ich schiebe mich auf die gegenüberliegende Bank. »Ich habe nach dir gesucht. Aber du gehst ja nicht ans Handy.«

Er nimmt einen Schluck aus dem halb leeren Glas Bier. Er hat immer gerne getrunken, aber mittlerweile frage ich mich, ob er Alkoholiker ist.

Noch etwas, das mir ganz offensichtlich entgangen ist.

»Ich war beschäftigt.« Seine Augen sind glasig, wie so oft bei Leuten, die schon über den Tag etwas trinken. »Aber jetzt hast du mich ja gefunden, *Bro*.«

»Wir müssen uns über Zac unterhalten«, fahre ich fort und ignoriere seine zynische Antwort. »Über Samstagabend. Du verhältst dich seltsam und gehst mir und Connor aus dem Weg, als gehörten wir nicht mehr zur Familie, und ich will wissen, wieso.«

Er legt sein Handy mit dem Display nach unten auf den Tisch. »Aus demselben Grund, warum du Scheiße aus dem Leben anderer Leute ausgräbst und zu viele Fragen stellst. Um meinen Sohn zu beschützen.«

»Wäre es nicht besser, du würdest andere vor *ihm* schützen?«

Er runzelt wütend die Stirn. »Wie bitte?«

Sonntagmorgen begann alles mit einem Anruf von Rob, vielleicht endet es jetzt auch mit ihm.

»Als wir uns am Sonntag im Wald getroffen haben, hast du absolut scheiße ausgesehen. Als wärst du die ganze Nacht wach gewesen.«

»Na und? Ich war verkatert. Es war immerhin Wochenende.«

»Nein, ich kenne dich, wenn du verkatert bist. Das war es nicht. Es sah aus, als hättest du kein Auge zugetan.«

Er starrt mich über den Tisch hinweg an, und ich sehe, wie sehr ihm diese Woche zugesetzt hat. Der Dreitagebart, die dunklen Ringe unter den Augen, die graue Haut.

»Manchmal kann ich eben nicht schlafen.« Er nimmt einen weiteren großen Schluck von seinem Pint.

»Warst du unterwegs? Hat Zac dich angerufen? Bist du zu ihm in den Wald am Beacon Hill? Hast du ihm geholfen?«

»Womit geholfen?«

Ich hole Luft. »Mit Emily.«

Das war's. Ich habe es gesagt. Worte, die nie wieder rückgängig gemacht werden können.

Rob sieht mich blinzelnd an. »Wovon redest du da?«

»Ich glaube, du weißt ganz genau, wovon ich rede.«

Er schüttelt den Kopf. »Ist das dein Ernst? Hast du ein paar Medikamente aus der Praxis eingeworfen, oder was?«

Ich lasse nicht locker. »Und die ganze Suche nach ihm, unser Ausflug in den Wald? Worum ging es dabei? War das nur ein Ablenkungsmanöver? Eine falsche Fährte, um eure Spuren zu verwischen?«

Seine Augen werden schmal, und erste klare Gedanken scheinen den Nebel des Alkohols zu durchdringen. »Was redest du da, Andy? Das ist doch verrückt.«

»Ich sage dir jetzt mal, was verrückt ist.« Ich lehne mich näher an ihn heran. »Die Tatsache, dass einer von euch beiden Cathy Ruskin so abgrundtief hasst, dass er sie seit Monaten auf Social Media mit unglaublich bösartigen Kommentaren überschüttet. Drohungen, dass ihre Familie in der Hölle schmoren wird. Dass sie ein Parasit ist. Eine Blenderin. Ein verachtenswerter Fake. Warst du das? Oder Zac?«

»Warum sagst du mir nicht, wer es war, Andy?«, erwidert er. »Du weißt ja ohnehin alles besser.«

Ich mustere meinen Bruder und sehe mich selbst in seinem Gesicht. Ich habe so viel mit diesem Mann gemeinsam, und nun lügen wir beide für unsere Kinder. Wir sind bereit, unsere Söhne bis zum letzten Atemzug zu verteidigen.

Die Antwort ist offensichtlich.

»Es ist Zac, oder?«

Rob zeigt keinerlei Reaktion, weder Wut noch Verlegenheit, und er scheint auch nicht überrascht. Er lehnt sich bloß zurück und sieht mich an. Es dauert einen Moment, dann verstehe ich.

»Und du wusstest es, nicht wahr? Du wusstest, was er tat. Wusstest von diesem abgrundtiefen Hass. Mein Gott! Wie lange schon?«

Er stürzt den Rest seines Pints hinunter, springt auf, nimmt sein Handy und verschwindet durch die Seitentür hinaus auf den Parkplatz.

Ich eile hinter ihm her und fange die Schwingtür gerade noch ab, bevor sie mir ins Gesicht knallt. »Hat Zac beschlossen, den Worten Taten folgen zu lassen?«, rufe ich ihm hinterher. »Aber an Cathy ist er nicht rangekommen, deshalb hat er sich jemanden vorgenommen, der ihr nahesteht?«

Er geht mit großen Schritten weiter und ignoriert mich. Ich laufe ihm hinterher.

»Hey.« Ich lege ihm eine Hand auf den Arm. »Ich rede mit dir, Rob! Wusstest du, dass Zac Cathy online bedroht?«

Er schüttelt mich ab und geht weiter.

Ich packe ihn an der Schulter. »Ich habe keine Zeit für so etwas!«, rufe ich. »Connor hat keine Zeit …«

Er fährt herum und haut schnell und voller Zorn zu. Der Schlag wirft mich zu Boden, mein Kopf dröhnt.

Mein Bruder beugt sich mit wutverzerrtem Gesicht zu mir. Es ist das Gesicht eines Fremden. »Natürlich wusste ich es, verdammt noch mal.«

Er wendet sich ab. Er will mich einfach sitzen lassen, und

in mir erwacht ein Zorn, den ich seit unserer Kindheit nicht mehr gespürt habe. Es ist der Zorn eines jüngeren Bruders, der immer kleiner, leichter und langsamer ist und niemals mit dem älteren mithalten kann. Ich stehe auf, laufe los und werfe mich von hinten auf meinen Bruder Rob. Dann reiß ich ihn zu Boden, und im nächsten Moment wälzen wir uns schlagend und tretend auf dem Bürgersteig. Wir haben uns seit dreißig Jahren nicht mehr geprügelt, und selbst damals waren es keine ernsten Kämpfe. Da war kein Blut, keine blauen Flecken, keine lockeren Zähne.

Es war nicht so wie das hier.

Rob gewinnt die Oberhand, fixiert meine Arme mit den Knien am Boden und packt mich am Kragen. »Du willst wissen, warum er sie hasst?« Ich rieche seinen sauren Atem. »Weil sie eine verdammte Lügnerin ist! Ein Scharlatan. Die Schlimmste von allen. Eine Schlange, die aus einer Tragödie Kapital geschlagen hat, um ihre Karriere voranzutreiben.«

Ich sehe ihn verwirrt an. »Wovon redest du überhaupt?«

»Du kennst sie doch, oder? Du weißt, was letztes Jahr passiert ist?«

»Ich musste erst nachlesen. Sie hat als Schauspielerin im Fernsehen …«

»Ihre Karriere war am Ende«, zischt er. »Sie bekam keine Rollen mehr und gehörte zu diesen traurigen Ex-Stars, die kaum noch in den Regionalmedien und erst recht nicht landesweit Erwähnung finden.« Er hält einen Moment inne. »Und dann die Hiobsbotschaft: Krebs.«

Sein Griff wird schwächer, der Kampfgeist verlässt ihn. Er gibt ein ersticktes Schluchzen von sich, lässt meinen Kragen los, rollt sich von mir und setzt sich neben mir auf den Boden.

Ich richte mich mühevoll auf. »Davon habe ich auf ihrer Wikipedia-Seite gelesen.«

»Sie hat es eine Zeit lang geheim gehalten und ist erst damit an die Öffentlichkeit, als der Krebs dank einer neuen Wunderheilmethode aus den USA besiegt war. Sie hatte alle Haare und jede Menge an Gewicht verloren, aber es war dennoch ein Wunder. Ein ehemaliger Star, der sich zurückgekämpft und gegen alle Wahrscheinlichkeit überlebt hat. Die Klatschblätter konnten plötzlich nicht mehr genug von ihr bekommen. Was für ein inspirierendes Schicksal, hübsch verpackt auf Social Media, die ganze Reise bis hin zur Genesung. Sie ist Gast bei zahlreichen Diskussionssendungen und Podcasts, und plötzlich wird sie für eine Realityshow mit lauter C-Promis gebucht.«

Er steht auf und klopft sich den Dreck von der Hose, und ich mache dasselbe.

»Sie gewinnt, spendet das Geld an eine Brustkrebsstiftung, und die Medien *lieben* sie. Wie Phönix aus der Asche. Ein Stern, der immer weiter steigt, bis sie schließlich für ein zehnteiliges Netflix-Drama engagiert wird, das diesen Herbst auf die Schirme kommt.«

»Ein gelungenes Comeback.«

»Das kann man wohl sagen.« Er sieht mich an, und die monatelang aufgestaute Wut tritt aus sämtlichen Poren. »Es gibt nur ein Problem.«

»Und das wäre?«

»Es ist alles ein großer Schwindel. Viele Leute glauben, sie hätte sich das mit dem Krebs nur aus den Fingern gesaugt. Sehr viele Leute.«

Ich kann nicht glauben, was ich da höre. Mein vernünftiger

großer Bruder, der auf eine Verschwörungstheorie hereinfällt, die aus den Tiefen des Internets ans Tageslicht gekrochen ist. »Einschließlich dir?«, frage ich. »Und Zac?«

»Du brauchst es bloß zu googeln. Wer fliegt zur Behandlung in eine Privatklinik in den USA? Wer unterzieht sich einer Geheimmethode, anstatt auf das Gesundheitssystem hier zu vertrauen? Um erst damit an die Öffentlichkeit zu gehen, wenn alles vorbei ist? Sie hat nie wirklich *krank* ausgesehen, nicht so wie Vanessa, als sie um ihr Leben gekämpft hat. Als hätte sich ihr Körper gegen sie verschworen. Vertrau mir, ich weiß, wie so etwas aussieht.«

Ich denke an meine Schwägerin während der Chemotherapie, wie ihre Haut immer grauer wurde, obwohl der Medikamentencocktail den Krebs kaum in Schach halten konnte. Wie sie in sich zusammensank und vor unseren Augen immer kleiner und schwächer wurde. Und jetzt fällt mir auch wieder ein, wie Cathy Ruskin mir gegenüber behauptet hat, viel auf das nationale Gesundheitssystem zu geben und ihm zu Dank verpflichtet zu sein.

»Du glaubst, Cathy Ruskin hat die Krebserkrankung nur erfunden, um wieder ins Fernsehen zu kommen?«

»Ja.«

»Aber falls das jemand beweisen kann, würde man sie kreuzigen und …«

»Ihre Karriere nahm gerade Fahrt auf, als Vanessa ihre Diagnose erhielt. Kannst du dir vorstellen, wie grauenhaft es ist, jemandem dabei zuzusehen, wie er diese abartige, schreckliche Krankheit als PR-Strategie nutzt?« Er lehnt sich näher heran, und Speichel landet auf meinen Wangen. »Diese Krankheit, die Vanessa mit fünfundvierzig dahingerafft hat?

Das Schlimmste, was unserer Familie je passieren konnte, als Werkzeug missbraucht, um die Karriere wieder in Schwung zu bringen? Das Grauenhafteste war allerdings, dass Nessa Cathys Posts über Resilienz und Ehrlichkeit angesichts dieser schweren Krankheit *geliebt* hat. Sie fand es schön, dass sie ganz in der Nähe wohnte, dass wir sie bei Schulfesten sahen und dass sie sich sogar mit ihr unterhalten konnte. Vor allem, nachdem der Krebs bei Nessa diagnostiziert worden war.«

»Es tut mir leid«, sage ich. »Ich hatte keine Ahnung.«

In seinen Augen stehen Tränen. »Stell dir vor, du bist ein Teenager und hast gerade deine Mutter verloren«, fährt er fort. »Stell dir vor, wie wütend du wärst. Wie außer dir vor Zorn. Natürlich hasst Zac Cathy, und ja, ich wusste, was er postet. Aber das heißt noch lange nicht, dass er ihrer Tochter etwas angetan hat.«

Wir stehen uns einen Moment lang schwer atmend und ungläubig blinzelnd gegenüber. Zwei Brüder, die sich blind aufeinander verlassen konnten und sich gerade auf dem Parkplatz vor dem Pub geprügelt haben.

»Sonntagabend«, sage ich leise. »Als ihr bei uns vorbeigekommen seid. Du hast gesagt, dass Zac seine Geldbörse in Connors Zimmer vergessen hat. Aber das stimmte nicht, oder?«

Er wischt sich wütend die Tränen aus den Augen. »Nein«, sagt er. »Das stimmte nicht.«

»Er hat die Drogen in Connors Zimmer deponiert, nicht wahr? Das GHB in den kleinen Plastikfischen.«

Rob schluckt. »Nein.«

»Was dann? Er hat sie hineingeschmuggelt, um Connor zu belasten. Damit die Polizei bei der Hausdurchsuchung …«

»Nein«, wiederholt er. »Er hat den Beutel nicht in Connors Zimmer deponiert. Er hat ihn gesucht.«

»Wie meinst du das?«

»Er hatte die Drogen bei sich, als er am Sonntag zu euch kam und in Connors Bett geschlafen hat. Offenbar sind sie ihm aus der Tasche gerutscht, aber das hat er erst am Sonntagabend bemerkt. Er ist ausgeflippt und meinte, er müsste sie unbedingt finden und loswerden, also sind wir zu euch. Zac ist rauf in Connors Zimmer, aber er konnte den Beutel nicht finden.«

»Ich glaube dir kein Wort.«

»Glaub, was du willst, aber es ist die Wahrheit, das schwöre ich.«

»Warum hast du mir das am Sonntag nicht einfach gesagt?«

»Ja, klar.« Er schüttelt den Kopf, wie er es immer getan hat, als wir noch Kinder waren und ich etwas besonders Naives gesagt hatte. »*Übrigens, Andy: Kann ich bitte die Drogen meines Sohnes wiederhaben, falls ihr sie gefunden habt? Danke dir!* Natürlich habe ich es dir nicht gesagt!«

Er tritt drohend vor mich, aber ich weiche keinen Deut zurück.

»Warum, zum Teufel, hatte Zac überhaupt Drogen bei sich?«

»Es ist besser, wenn du das nicht weißt.«

»Hatte Connor in letzter Zeit deshalb so viele Geheimnisse vor uns?« Ich hole tief Luft. »Hat Zac den Mädchen die Drogen in die Drinks gemischt?«

»Ich habe dir doch gesagt, dass es besser für dich und für Connor ist, wenn ihr es nicht wisst. Belass es einfach dabei.«

»Das kann ich nicht, Rob. Nicht, solange dieses Damoklesschwert über Connors Kopf schwebt.«

Er starrt mich mit seinen blutunterlaufenen Augen an, und es kommt mir vor, als wäre er in den letzten Tagen um zehn Jahre gealtert. Schließlich sacken seine Schultern nach unten, und seine zu Fäusten geballten Hände lockern sich.

»Also, was wirst du jetzt tun?«, fragt er mit rauer Stimme. »Erzählst du es der Polizei?«

»Ich weiß es nicht. Vielleicht.«

Er mustert mich eine gefühlte Ewigkeit lang, dann wendet er den Kopf und spuckt Blut aus.

»Nun, in diesem Fall würde ich sagen, dass du tust, was immer du tun musst.« Er macht sich auf den Weg, doch dann dreht er sich noch einmal um und sieht mir ein letztes Mal in die Augen. »Genau wie ich.«

66   Die Worte meines Bruders hallen noch durch meinen Kopf, als ich wenig später alleine durch den Wald stapfe. *Stell dir vor, du bist ein Teenager und hast gerade deine Mutter verloren. Stell dir vor, wie wütend du wärst. Natürlich hasst Zac Cathy.* All die Wut und die Schuldgefühle, die er seit Vanessas Diagnose mit sich herumschleppt und die er in den Monaten seit ihrem Tod in sich hineingefressen hat, sind aus ihm herausgebrochen. Die Wut auf die Krankheit, auf Cathy Ruskin, die Medien, sich selbst und auf die unglaubliche Ungerechtigkeit.

Ich beschließe, Rob noch eine Chance zu geben, ehe ich die Polizei informiere.

Das ist das Mindeste, was ich tun kann.

Ich stehe am Rand der kleinen Lichtung zwischen üppigen Ginsterbüschen und Brennnesseln und neben dem umgestürzten Baum, dessen dicke Wurzeln in die Luft ragen. Der Nachmittag geht langsam in den Abend über, aber es dringt noch genügend Sonnenlicht durch das Blätterdach, sodass ich mich genauer umsehen kann. Der Wald hier ist über hundert Hektar groß, und ich frage mich, wie gründlich alles durchkämmt wurde. Ich weiß, dass die Polizei Anfang der Woche in der Nähe der Lower Farm Lane, wo Emily ihr Fahrrad versteckt hatte, mit der Suche begonnen hat, aber wie genau haben sie es hier an der nördlichen Seite des Waldes genommen, wo die fünf Teenager Samstagnacht ums Feuer gesessen und getrunken haben? Wie genau wurde diese Lichtung unter die Lupe genommen, auf der Georgia nach der Mahnwache in Tränen ausgebrochen ist? Und warum war sie überhaupt hier? Hat sie ebenfalls Karl Crosby in Verdacht?

Ich drehe konzentrische Kreise, die mich immer näher zur Mitte der Lichtung führen, und halte den Blick auf den Boden gerichtet. Ich suche nach weiteren Plastikfischen, wie wir sie in Connors Zimmer gefunden haben. Nach Anzeichen, dass sie hier oben verwendet wurden. Ich suche nach Dingen, die nicht hierhergehören, nach einem Fleck Erde, an dem vielleicht gegraben und der wieder festgetreten wurde. Am Ende stehe ich in der Mitte der kleinen Lichtung und sehe mich um. Ich gebe meinen Augen Zeit, alles aufzunehmen, bevor ich nach einem langen Ast greife und das Unterholz zur Seite schiebe, um darunter nach verborgenen Hinweisen zu suchen, die einem zufällig Vorbeikommenden entgehen würden. Ich bewege mich auf allen vieren über den Boden, als mein Handy zum sechsten oder siebten Mal den Eingang einer neuen Nachricht verkündet, also setze ich mich schließlich auf und komme erst einmal zu Atem. Als ich das Handy heraushole, sehe ich, dass meine Hände voller Erde sind, die sich bereits unter meinen Fingernägeln sammelt.

Die ersten beiden Nachrichten stammen von Harriet:

> Wo bist du?
> Ich muss mit dir reden.

Die anderen sind von meiner Frau.

> Was hat Rob gesagt?

> Hast du der Polizei schon
> von Zac erzählt?

> Was hat die Polizei gesagt?

> Wo bist du? Ruf mich an.

Die letzte Nachricht ist keine Frage, sondern eine Drohung.

> Sag mir, dass du mit DS Shah reden
> wirst, sonst mache ich es.

Die Zeit ist um.

Vielleicht haben Georgia und Karl bereits alle belastenden Beweise gefunden, mitgenommen und entsorgt. Vielleicht gibt es nur noch mikroskopisch kleine Spuren, die lediglich ein Team der Spurensicherung finden kann. Vielleicht klammere ich mich auch wieder mal nur an den letzten Strohhalm. Ich will weitersuchen, aber mir ist klar, dass ich damit bloß das Unvermeidliche hinauszögere. Den Moment, in dem ich DS Shahs Nummer wähle, um ihr von unserem Verdacht gegenüber Zac zu erzählen.

Und gegenüber meinem Bruder.

Denn wenn Emily wirklich etwas passiert ist, wo steckt dann ihre Leiche? Wenn die Polizei sie bisher nicht gefunden hat, wo kann sie sein? Falls sie jemand fortgeschafft hat, muss dieser jemand ein Auto gehabt haben, und keiner der Teenager ist alt genug, um einen Führerschein zu besitzen. Natürlich wäre es möglich, dass sich einer von ihnen das Auto der Eltern geschnappt hat, ohne dass sie es mitbekommen haben, aber es war mitten in der Nacht, sie waren alle betrunken und high, und es ist relativ unwahrscheinlich, dass einer von ihnen in der Verfassung war, das Auto der Eltern zu stehlen, in die Lower Farm Lane zu fahren, die Leiche in den Kofferraum zu hieven und sie irgendwo loszuwerden, um das Auto schließlich unbemerkt wieder zurückzubringen, ohne einen Unfall zu bauen oder von der Polizei angehalten zu werden.

Was bedeutet, dass es einen erwachsenen Fahrer gegeben hat. Einen Komplizen.

Ich wische mir die Hände, so gut es geht, sauber, sehe mich ein letztes Mal um und verlasse die Lichtung.

Das Absperrband am Eingang zum Wald hängt schlaff von einem Baum, die Flugblätter mit Emilys Konterfei darauf sind bereits von der Sonne ausgeblichen. Ich bleibe einen Moment lang stehen und blicke hinunter auf die Straßen und Häuser, die sich in Richtung Norden erstrecken. Tausende Menschen leben hier. Tausende Teenager. Doch am Ende führt die Spur womöglich zu meiner eigenen Familie. Zum Sohn meines Bruders. Ganz egal, wie sehr ich einen anderen Schuldigen finden wollte.

Ich hole mein Handy hervor und schreibe Laura.

> Ich rufe jetzt an.

Ich drücke *Senden* und werde das Gefühl nicht los, gerade etwas Unverzeihliches getan und eine Verbindung zerstört zu haben, die sich nie mehr kitten lässt. Ich frage mich, ob mein Bruder jemals wieder mit mir reden wird.

Aber es muss sein. Für Connor. Ich muss alles tun, um ihn zu beschützen. *Alles.*

Trotzdem fühle ich mich wie ein Verräter, als ich DS Shahs Nummer wähle und das Handy ans Ohr drücke. Es klingelt einige Male, und gerade, als ich zu hoffen wage, dass sich bloß die Mobilbox meldet, höre ich DS Shahs Stimme. Statt mich zu begrüßen, meint sie bloß: »Kann ich Sie zurückrufen, Dr. Boyd?«

»Ich muss Ihnen etwas Wichtiges mitteilen. Über … meinen Neffen.« Ich schlucke die aufsteigende Übelkeit hinunter. »Über seine Beziehung zur Familie Ruskin. Es könnte wesentlich für Ihre Ermittlungen sein.«

Ich höre, wie sich eine Tür öffnet und schließt. Die Hintergrundgeräusche verstummen, und sie scheint in einem Flur zu stehen.

»Okay«, sagt sie. »Ich bin gerade sehr beschäftigt, aber ich wollte Sie ohnehin nachher anrufen.«

»Es ist wirklich wichtig«, fahre ich fort. Ich muss es loswerden, ehe mich der Mut verlässt. »Wir haben herausgefunden, dass Zac seit Monaten Hasskommentare unter Cathy Ruskins Instagram-Beiträgen postet. Seine Mutter ist ihrer Krebserkrankung erlegen, und er glaubt, dass Cathy ihre Krankheit nur erfunden hat. Es gibt einige sehr konkrete Drohungen gegen die gesamte Familie, und unter anderem auch gegen Emily und ihre Schwestern.«

»Anonyme Drohungen?«

»Ja, aber wir wissen, dass sie von ihm stammen. Und wir dachten, dass Sie diese Information haben sollten, um Ihre Ermittlungen weiterzuführen. Ich schicke Ihnen gleich einige Screenshots des Accounts, den er verwendet. Dann sehen Sie es selbst.«

Mein Handy piept mit einem weiteren eingehenden Anruf, und ich werfe einen Blick auf das Display. Es ist Harriet.

»Einen Moment, bitte«, meine ich an DS Shah gewandt. »Ich bin gleich zurück.«

Ich wechsle die Leitung, um mit meiner Tochter zu sprechen. »Harry, ist alles in Ordnung?«

»Dad?« Ihre Stimme klingt leise und weit fort. »Wo bist du? Ich muss dringend mit dir reden.«

»Nicht jetzt, Harry. Ich stecke gerade in einem sehr wichtigen Anruf.«

»Ich wollte dir nur sagen, dass …«

»Hör mal, ich rufe dich gleich zurück, okay?« Ich beende den Anruf. »DS Shah? Sind Sie noch da?«

»Ja.«

»Also, was halten Sie davon, dass Zac Cathys Familie bedroht hat?«

»Wie gesagt, ich wollte Sie ohnehin noch anrufen«, sagt sie langsam, und es klingt, als würde sie jedes Wort abwägen. »Ihr Sohn ist hier bei uns auf dem Revier.«

Es ist, als hätte sich der Erdboden unter meinen Füßen aufgetan. »Wovon reden Sie? Connor ist zu Hause.«

»Nein«, widerspricht sie. »Er ist hier.«

»Warum?« Ich drücke das Handy fester ans Ohr. Das Plastik glüht beinahe. »Haben Sie ihn wieder verhaftet?«

»Es wäre besser, wenn Sie vorbeikommen. Wie schnell schaffen Sie es?«

»Sagen Sie mir einfach, warum er bei Ihnen ist!«

»Ihr Sohn Connor«, beginnt DS Shah langsam und bedacht, »hat gerade den Mord an Emily Ruskin gestanden.«

67

Die Erde unter mir scheint zu schwanken, als das Entsetzen darüber, was sie gerade gesagt hat, langsam von mir Besitz ergreift.

Ihr Sohn Connor hat gerade den Mord an Emily Ruskin gestanden.

Es folgt die Trauer um ein junges Leben, das für immer verloren ist. Um ein Mädchen, das nie wieder nach Hause kommen wird. Um eine Familie, die nie wieder dieselbe sein wird. Um eine Mutter, deren Herz gebrochen wurde.

Und schließlich der selbstsüchtige Gedanke, der damit einhergeht. Der untrennbar damit verbunden ist. *Nicht mein Sohn.*

Nicht Connor. Nicht der süße Junge, der zu uns ins Bett gekrochen kam, wenn er einen Albtraum hatte. Der Junge, der seine kleine Schwester endlose Stunden lang huckepack durchs Haus getragen hat. Der Teenager, der Anwalt werden will, um anderen zu helfen.

Ich schlucke. »Das kann nicht sein.« Ich habe Hunderte Fragen, aber keine kommt mir über die Lippen. »Er ist … ich weiß auch nicht. Er ist verwirrt und weiß nicht, was er sagt. Das muss ein Irrtum sein.«

»Nein, es ist kein Irrtum, Dr. Boyd. Seine Angaben waren klar und äußerst präzise.«

Meine Beine drohen unter mir nachzugeben, und ich klammere mich an den Zaun am Eingang. Meine Hände zittern. *Das passiert nicht wirklich.*

»Aber das *kann* nicht sein«, wiederhole ich. »Doch nicht Connor. Er wäre niemals zu so etwas fähig.«

»Ich war gerade bei ihm«, erklärt DS Shah. »Er hat ein umfassendes Geständnis abgelegt. Freiwillig und unaufgefordert.«

»Warum ist er überhaupt auf dem Revier? Haben Sie ihn verhaftet?«

»Nein«, antwortet sie ruhig. »Er ist vor einer Stunde aus freien Stücken aufgetaucht und hat am Empfang nach mir gefragt. Er hat sein Recht auf einen Anwalt ausgeschlagen, wir haben allerdings darauf bestanden, dass er trotzdem mit dem Bereitschaftsanwalt spricht, um sicherzustellen, dass er sich seiner Rechte bewusst ist. Er hat erklärt, dass er auch darauf verzichtet, im Beisein der Eltern mit uns zu sprechen, weshalb wir ihm einen Sozialarbeiter als verantwortlichen Erwachsenen zur Seite gestellt haben.«

»Sie hätten uns trotzdem informieren müssen!« Ich fahre mir der zitternden Hand durch die Haare.

»Ich informiere Sie jetzt.«

Meine Wut verpufft angesichts ihrer nüchternen Antwort, und zurück bleibt lediglich Furcht. Ich muss nachdenken. Und ich muss meinem Sohn in die Augen sehen und mit ihm reden, um zu verstehen, warum er das getan hat. Ich eile stolpernd den unebenen Pfad über das Feld entlang.

»Aber warum jetzt? Warum heute?« Das Feld ist nur wenige Hundert Meter breit, aber es scheint ein quälend langer Weg zurück zu meinem Auto. »Warum nicht gleich am Sonntag, als Sie ihn zum ersten Mal verhört haben?«

»Das hat er nicht näher erklärt.«

»Sagen Sie mir, was er gesagt hat. Wort für Wort.«

Sie schweigt einen Moment lang und wählt ihre Worte erneut mit Bedacht. »Er sprach von einem Unfall. Dass er es nicht absichtlich getan hat.«

Ich halte inne, und die Luft entweicht aus meiner Lunge, als hätte mir jemand einen Tritt in die Brust verpasst.

Ein Unfall.

»Was noch?«

Offenbar hat Connor in den bisherigen Verhören die Wahrheit gesagt – bis zu dem Moment, als er im dunklen Wald auf Emily traf. Er wollte allein mit ihr reden und sie davon überzeugen, ihren Plan aufzugeben. Er wollte sie bloß noch einmal sehen. Doch als er sie schließlich eingeholt hatte, drehte sie sich unvermittelt zu ihm um, er erschrak und holte instinktiv mit der Hand aus. Emily fiel in einen Graben und knallte mit dem Kopf gegen einen Baumstumpf. Es floss jede Menge Blut, und sie erlangte das Bewusstsein nicht wieder.

»Er meinte, er wäre in Panik geraten«, fährt Shah fort. »Als er bemerkte, dass sie nicht mehr atmete.«

Übelkeit steigt in mir hoch, als ich mich an Connors Worte nach dem ersten Verhör am Sonntag erinnere.

Ich bin in Panik geraten.

Genau das hat er gesagt, nachdem er die ursprüngliche Geschichte zu Protokoll gegeben hatte. Die Version, in der er ein normaler Teenager war und kein Mörder. Ein Satz, der beide Versionen wie ein roter Faden verbindet.

Ich bin in Panik geraten.

Ein roter Faden, der von der Lüge zur Wahrheit führt.

DS Shah spricht von einem möglichen seichten Grab an

einer bestimmten Stelle am Waldrand und von einem Team, das morgen bei Tagesanbruch mit der Suche danach beginnen wird. »Connor bleibt die Nacht über in Untersuchungshaft und wird morgen um neun Uhr dem Richter vorgeführt, der eine erste Anklage erheben wird, bevor der Fall dann zu einem späteren Zeitpunkt vor Gericht landet.«

Was bedeutet, dass nicht viel mehr als zwölf Stunden bleiben, bis er endgültig in die Mühlen der Justiz gerät. Sie verschwenden wirklich keine Zeit.

»Er hat … das nicht getan«, wiederhole ich zum dritten oder vierten Mal, doch es ist bloß elterliches Leugnen.

Shahs Stimme bleibt gelassen. »Er hat gerade gestanden, dass er es getan hat. Wir haben seine Aussage auf Tonband, nachdem er über seine Rechte informiert und ihm ein Erwachsener als Beistand zur Verfügung gestellt wurde.«

»Ich glaube ihm nicht.«

Ihr Schweigen spricht Bände: *Es spielt keine Rolle mehr, ob Sie ihm glauben oder nicht.*

Ich komme an einem Mann mit Hund vorbei, dessen Kind dieselbe Schule besucht wie meine, und er hebt erstaunt die Hand zum Gruß, als ich mit dem Handy am Ohr an ihm vorbeistolpere. Ich achte nicht auf ihn und laufe weiter. Es muss doch etwas geben, was ich sagen oder tun kann, um den Verlauf dieses Gesprächs zu ändern.

»Hören Sie …« Ich klammere mich an eine medizinische Erklärung, eine Spontandiagnose, die zumindest irgendwie Sinn ergibt. »Connor stand in der letzten Woche unter enormem Stress. Die Leute zeigen mit dem Finger auf ihn, für sie war er immer schon schuldig. Der gewaltige Druck wurde ihm zu viel, und er hat einen Zusammenbruch erlitten. Einen psychotischen Anfall, in dem er nicht mehr zwischen Realität und Einbildung unterscheiden kann.« Ich bin mittlerweile völlig außer Atem und keuche ins Telefon. »Offenbar interessiert hier niemanden, dass er Samstagnacht eine Kopfverletzung erlitten hat. Er gehört in ein Krankenhaus, nicht auf ein Polizeirevier.«

»Es wird zu gegebener Zeit ein psychologisches Gutachten erstellt werden, das natürlich vor Gericht berücksichtigt werden wird«, erklärt Shah.

Mir ist klar, dass sie mir nicht glaubt. Ich bin mir nicht einmal sicher, ob ich mir selbst noch glauben kann.

»Dann haben Sie bisher also noch keine Leiche gefunden …?«

»Ich muss jetzt weiter«, sagt sie. »Wir sind gerade mitten in einem Briefing. Auf Wiedersehen, Dr. Boyd.«

Sie legt auf, und ich bleibe alleine und keuchend auf dem Feld zurück. In der Ferne zwitschern immer noch die Vögel im Wald, ansonsten herrscht eine unheimliche Stille, nachdem mein Leben gerade wie nach einem Bombeneinschlag in die Luft geflogen ist. *Mein Sohn.* Die letzten fünf Tage haben wir alles dafür getan, ihn zu beschützen, ihn abzuschirmen und einen anderen Schuldigen zu finden. Aber demzufolge, was ich gerade erfahren habe, lebte der Täter die ganze Zeit über unter unserem eigenen Dach.

Ich wähle die Nummer meiner Frau und laufe los.

68

»Er will Sie nicht sehen«, erklärt DC Harmer meiner Frau. »Er will niemanden sehen.«

Laura steht bereits vor dem Empfang, die Hände in die Hüften gestemmt, und liefert sich ein erbittertes Streitgespräch mit dem groß gewachsenen Detective, als ich das Polizeirevier betrete. Sie ist direkt von zu Hause hierhergefahren und war daher vor mir hier, und es ist ihr anzusehen, dass sie immer noch dasselbe Entsetzen, dieselbe Ungläubigkeit und dieselbe verzweifelte Wut plagen wie in dem Moment, als ich ihr am Telefon von Connors Geständnis erzählt habe. Harmer ist gute dreißig Zentimeter größer als sie, doch sie lässt sich nicht einschüchtern. Sie verliert selten die Beherrschung, aber falls doch, gleicht sie einer Naturgewalt.

»Ich bin seine *Mutter!*«, erklärt sie und deutet anklagend mit dem Finger auf den Polizisten. »Ich habe das verdammte Recht, mein Kind zu sehen, wenn mir danach ist!«

Die anderen Anwesenden im Eingangsbereich verfolgen die Diskussion interessiert.

DC Harmer hebt die Hand zu einer – seiner Meinung nach – beschwichtigenden Geste, die Laura allerdings nur noch wütender macht. »Warum beruhigen Sie sich nicht erst einmal und …«

»Sagen Sie mir nicht, dass ich mich beruhigen soll, verdammt noch mal!« Sie stößt mit dem Zeigefinger gegen seine Brust. »Es ist ungeheuerlich, was Sie meinem Sohn antun!«

»Er war sehr bestimmt, was diesen Punkt betrifft, Mrs Boyd«, erwidert der Detective und tritt einen halben Schritt zurück. »Ihr Sohn steht weder unter Drogen- noch unter Alkoholeinfluss, er wurde medizinisch untersucht, seinen Grundbedürfnissen wurde Rechnung getragen, und er hat angegeben, heute Abend niemanden sehen zu wollen. Nicht einmal seine Eltern.«

»Weil er weiß, dass wir ihn zur Vernunft bringen würden«, erklärt sie. »Wir würden ihm diesen Schwachsinn ausreden.«

»Das ist gut und schön, Madam, aber wir können ihn nicht zwingen …«

»Er ist doch Ihr Insasse, oder nicht? Er muss tun, was Sie ihm sagen?« Sie verschränkt die Arme vor der Brust. »Ich gehe hier nicht weg, bevor ich meinen Sohn gesehen und mit ihm geredet habe.«

Ich berühre sanft ihren Arm. Ihr ganzer Körper ist gespannt wie ein Drahtseil. »Hey.«

Sie zuckt zusammen und scheint mich erst jetzt zu bemerken. In ihren Augen sehe ich, was ich im Herzen fühle.

Nicht Connor. Nicht das.

Es wird erst begreiflich sein, wenn wir es aus Connors Mund gehört haben.

Lauras Augen blitzen. »Sie behaupten, dass Connor uns nicht sehen will, Andy«, faucht sie zornerfüllt und so laut, als wollte sie, dass es alle auf dem Revier hören. »Also dachte ich, du könntest deinen neuen Freund, diesen Journalisten, anrufen und ihm erzählen, dass die Polizei unser Kind in Einzelhaft gesteckt hat und nicht einmal seine Mutter zu ihm lassen will.«

DC Harmers Blick huscht von Laura zu mir und wieder zurück. »Das wäre in dieser Phase alles andere als hilfreich«, erklärt er.

»Hören Sie«, sage ich leise. »Wir bleiben beide hier stehen, bis wir Connor mit eigenen Augen gesehen und mit ihm gesprochen haben.« Unsere Blicke treffen sich. »Zehn Minuten. Mehr verlangen wir nicht.«

Der Detective lässt seufzend die Hände sinken. »Ich rede noch mal mit meiner Vorgesetzten«, lenkt er schließlich ein und wendet sich der Sicherheitsschleuse zu. »Nehmen Sie doch Platz, und ich werde sehen, was ich machen kann.«

Fünfzehn Minuten später sitzen wir in einem kleinen Verhörzimmer, und Connor tritt durch die Tür. Er trägt einen schlabbrigen grauen Trainingsanzug, der ihm ein wenig zu groß ist, Socken und keine Schuhe. Ich nehme an, dass sie seine Kleider ins Labor gebracht haben. Laura schiebt ihren Stuhl zurück und schließt ihn in die Arme, als wollte sie ihn nie wieder loslassen. Er erwidert die Umarmung ungelenk, und ich bin mir nicht sicher, wer hier wen tröstet.

DC Harmer tritt vor die Tür, die er einen Spaltbreit offen lässt, und nimmt im Flur vor dem Zimmer Aufstellung.

Nachdem Laura Connor losgelassen hat, setzt sie sich neben mich, und er nimmt uns gegenüber Platz. Er wirkt kleiner, wie ein verlorenes Kind, das in der Welt der Erwachsenen gelandet ist. Ich versuche, eine Veränderung zu erkennen, etwas, das anders ist, nachdem er das Schlimmste gestanden hat, was ein Mensch einem anderen antun kann. Äußerliche

Anzeichen eines Zusammenbruchs, einer vorübergehenden Psychose, die ihn zu dem falschen Geständnis verleitet hat. Eine plötzliche Entspannung, nachdem er nicht mehr lügen muss.

Doch er wirkt weder erleichtert noch resigniert.

Wenn überhaupt, scheint er aufgewühlter als je zuvor. Seine Bewegungen sind fahrig, der Blick huscht hin und her, und er sieht ständig über die Schulter, wie um sicherzugehen, dass Harmer direkt vor der Tür wartet. Vielleicht versucht er bereits, sich an diese neue Welt zu gewöhnen. Vielleicht hat er erkannt, dass er einen Weg eingeschlagen hat, von dem es kein Zurück gibt.

Wir sitzen einander einige Augenblicke lang schweigend gegenüber und warten darauf, dass jemand den Anfang macht.

Am Ende ist es Laura. »Wir holen dich hier raus.«

Connor nickt und hält den Blick dabei gesenkt, als glaubte er ihr nicht.

Ich deute auf die Tür und den Detective dahinter. »Behandeln sie dich angemessen?«

Er nickt noch einmal. »Ja.«

Erneutes Schweigen senkt sich über uns. Es ist, als wollte er so wenig wie möglich sagen und alles so schnell wie möglich hinter sich bringen.

»Connor«, beginne ich schließlich leise. »Erinnerst du dich, was ich neulich zu dir gesagt habe? Dass wir dich niemals weniger lieben werden, egal, was du tust oder sagst? Niemals. Ich will, dass du das nie vergisst.«

»Es tut mir leid, Mum und Dad«, erwidert er schlicht. »Alles, was ich getan habe.«

Ich lege eine Hand auf seine. »Du hast gesagt, es wäre ein Unfall gewesen.«

»Erzähl uns, was du den Detectives erzählt hast«, meint Laura plötzlich. »Sieh uns an und sag uns, was du getan hast. Sag uns, was passiert ist.«

Connors Blick huscht zu mir und zurück zu seiner Mutter. »Ich habe sie umgebracht«, sagt er. »Ich habe Emily getötet. Im Wald. Aber ich wollte es nicht.«

Seine Stimme klingt klar und deutlich. Die Worte aus seinem Mund zu hören, ist unendlich viel schlimmer, als es von DS Shah erzählt zu bekommen. Wie ein Messer, das sich in mein Herz bohrt.

Doch Laura schüttelt den Kopf. »Nein«, erwidert sie schlicht.

Ich sehe sie an. »Wie meinst du das?«

»Nein«, sagt sie erneut. »Ich glaube dir nicht, Connor.«

»Ich war dabei«, erwidert Connor, ohne zu zögern. »Du nicht.«

»Du musst nicht …«

»Ich weiß, was ich getan habe, Mum.« Er steht auf. »Ich muss es mir eingestehen.«

Ich erhebe mich ebenfalls und umarme ihn. »Wir holen dich hier raus, Connor. Und bis dahin pass bitte gut auf dich auf, ja? Wir sehen uns morgen.«

Ich bringe die Worte *vor Gericht* nicht über die Lippen.

Er wendet sich ab, verlässt das Zimmer ohne ein weiteres Wort und verschwindet durch eine blaue Stahltür am Ende des Flurs. Harmer schließt sie hinter ihm ab, und die Bolzen gleiten mit einem metallischen Klicken an ihren Platz.

»Das ergibt keinen Sinn.« In Lauras Augen stehen Tränen. »Ich verstehe das einfach nicht.«

Ich lege einen Arm um ihre Schulter, während wir DC Harmer in den Eingangsbereich folgen. Wir biegen um eine Ecke, und plötzlich steht uns DS Shah gegenüber. Sie hat einen Stapel Akten unter dem Arm und dunkle Ringe unter den Augen.

Laura tritt vor sie und deutet mit dem Finger auf die Polizistin. »Das ist ein verdammter Schwachsinn, und das wissen Sie!«

»Wie bitte?« Die Polizistin runzelt die Stirn.

»Sie waren das!«, fährt Laura fort. »Sie haben Connor so lange unter Druck gesetzt, bis er es nicht mehr ertragen hat. Sie haben ihm Leute hinterhergeschickt, die ihn beschatten. Sie haben die Bevölkerung gegen ihn aufgehetzt. Und Sie haben den Medien Informationen zugespielt, dass eine Verhaftung kurz bevorsteht. Bis er am Ende eingeknickt ist, nicht wahr?«

Shahs Gesichtsausdruck entgeht mir nicht. »Stimmte das mit der bevorstehenden Verhaftung überhaupt?«, frage ich.

»Im Prinzip schon …«

»Dann wollten Sie ihn also ohnehin verhaften, er hat Ihnen nur die Arbeit erspart?«

Ein weiterer seltsamer Ausdruck huscht über ihr Gesicht, den ich allerdings nicht deuten kann. »Wir standen kurz davor, ihn wieder aufs Revier zu holen, ja.« Sie wirft einen Blick auf die Uhr. »Aber wenn Sie mich jetzt bitte entschuldigen würden? Ich muss die Familie Ruskin informieren, bevor die Presse davon Wind bekommt.«

Sie setzt sich wieder in Bewegung.

Lauras Wut ist verglüht. Ihre Schultern beginnen unter meinem Arm zu beben, und sie bricht in Tränen aus. Ich umarme sie, und wir klammern uns aneinander.

»Es wird alles gut«, flüstere ich und streichle beruhigend ihren Rücken. »Wir schaffen das, okay? Die Anwältin wird wissen, was zu tun ist.«

Auf der Uhr am Ende des Flurs ist es 6:52 Uhr. Acht Minuten vor sieben an einem sonnigen Donnerstagabend im Juni. Doch für uns ist es der Augenblick, an dem ein neues Leben beginnt. Eine dunkle Reise, die keiner von uns jemals antreten wollte.

Laura wirft gedankenverloren und schniefend einen Blick auf ihre Armbanduhr, bevor sie nach ihrem Handy greift und mich mit neu erwachtem Entsetzen in den Augen ansieht.

»Wo ist eigentlich Harriet?«

69

Harriet geht nicht an ihr Handy.

Und auch nicht ans Festnetztelefon zu Hause.

O Gott. Ich war so beschäftigt mit Zac, meinem Bruder und Connors plötzlichem Geständnis, dass ich gar keinen weiteren Gedanken an meine Tochter verschwendet habe. Ich hatte das Handy auf lautlos, während wir mit Connor gesprochen haben, und als ich jetzt einen Blick darauf werfe, sehe ich zwei verpasste Anrufe von Harriet. Aber keine Nachricht. Lauras Gesicht wird noch blasser, als sie mir erzählt, wie sie nach meinem Anruf panisch zum Polizeirevier aufgebrochen ist und Harriet allein zu Hause gelassen hat. Sie zeigt mir die hastige Nachricht an unseren Nachbarn Arthur mit der Bitte, zu uns zu gehen und bei Harriet zu bleiben. Er hat sie noch nicht einmal gelesen. Auch Laura hat mehrere verpasste Anrufe von Harriet und eine einzige Nachricht, bei der mir der Atem stockt.

> Bin mit Toffee unterwegs
> zu Onkel Rob.

Ich höre Robs letzte Worte, bevor wir nach unserer Rauferei auf dem Parkplatz hinter dem Pub getrennte Wege gingen:

Ich würde sagen, du tust, was immer du tun musst. Genau wie ich.

Genau wie ich.

Was hat er ihr vorgegaukelt? Wie hat er sie in die Falle gelockt?

Robs Handy klingelt und klingelt, bis die Mailbox drangeht. Ich hinterlasse panisch eine Nachricht, während wir aus dem Polizeirevier auf den Parkplatz und zu unseren Autos stürzen. Laura versucht es unter der Festnetznummer, doch auch da meldet sich niemand.

Ich gebe Gas, schieße über gelbe Ampeln und schlängle mich durch den Verkehr, während ich die ganze Zeit über nach einem kleinen rothaarigen Mädchen Ausschau halte und vor jeder Kurve und jeder neuen Straße bete, dass ich es sehe und es eine vernünftige Erklärung für alles hat.

Aber natürlich weiß ich, dass wir uns nicht einfach so über den Weg laufen werden. Es ist zu viel passiert, um das hier als Zufall abzutun. Ich denke an unser kurzes Telefonat im Wald, während DS Shah auf der anderen Leitung wartete. Harriet wollte mir etwas sagen, aber ich habe sie unterbrochen und vergessen, sie auf der Fahrt ins Polizeirevier zurückzurufen. Das war vor über einer Stunde, und seitdem habe ich keine Nachricht mehr von ihr bekommen. Sie hat nicht geschrieben, dass sie zu Hause ist, oder gefragt, wo ich bin. Hoffentlich ist bloß ihr Akku leer, oder sie hat ihr Handy in ihrer Tasche vergessen. Vielleicht hatte sie es aber auch satt, immer wieder vergeblich bei mir anzurufen.

Ich bin beinahe bei meinem Bruder angekommen, als mein Handy läutet und die panische Stimme meiner Frau aus der Freisprecheinrichtung dringt.

»Sie geht einfach nicht ans Handy.« Laura unterdrückt ein Schluchzen. »O Gott, Andy, was ist hier los? Warum ist sie zu Rob? Soll ich auch hinkommen?«

»Nein. Du fährst nach Hause, falls sie dort auftaucht. Ich bin fast da.«

Ich parke am Randstein vor der Einfahrt meines Bruders und sprinte zur Eingangstür. Ich klingle und hämmere gleichzeitig an die Tür, doch nichts rührt sich.

»Rob!« Ich hämmere weiter, bis meine Hand schmerzt. »Mach die Tür auf! Ich weiß, was du getan hast! Ich weiß, dass du sie hast!«

Immer noch nichts. Ich klingle und klopfe weiter, dann laufe ich zum Gartentor. Es ist abgeschlossen, aber bereits ziemlich altersschwach, und als ich dagegentrete, splittert das Holz, und ich trete hindurch. Ich haste durch den kleinen Garten zur Hintertür. Auch sie ist verschlossen. Ich hämmere gegen das Glas und rufe nach meinem Bruder, doch erneut ist niemand zu sehen oder zu hören. Ich sehe mich um, bis mein Blick auf einen alten Ziegelstein neben dem gemauerten Grill fällt, und greife danach, um ihn durch das Küchenfenster zu schleudern.

Doch im nächsten Moment halte ich inne. *Was mache ich da?* Es gibt einen Ersatzschlüssel, falls sich Rob oder Zac versehentlich aussperren. Ich hole ihn unter dem gelben Blumentopf hervor, öffne die Tür, trete in die Küche und lausche.

»Rob?« Ich gehe weiter in den Flur. »Harriet? Wo seid ihr?«

Doch ich höre nur den Widerhall meiner eigenen Stimme. Das Esszimmer und das Wohnzimmer sind genauso verwaist wie der Rest, und nachdem ich die Treppe nach oben geeilt bin, werfe ich auch noch einen Blick in die drei Schlafzimmer, das Bad und die Abstellkammer.

Ich haste keuchend zurück nach unten und versuche, nicht weiter auf mein wild klopfendes Herz zu achten, während ich mich verwirrt umsehe. Mein Blick fällt auf eine schmale weiße Tür in der Küche.

Der Keller.

Ein modriger Geruch nach feuchten Ziegeln und alter Farbe schlägt mir entgegen, als ich die Tür aufreiße und über die groben Steinstufen nach unten in die Dunkelheit steige. Ich drücke den Lichtschalter. Nichts.

»Harriet?«, rufe ich in den schwarzen Keller hinein und taste mich vorsichtig weiter. »Ich bin's, Dad. Kannst du mich hören?«

Ein leises Rascheln. Ich bücke mich, um mir den Kopf nicht an der niederen Decke anzuschlagen, dann mache ich die Taschenlampe auf meinem Handy an und leuchte in den Keller. Spinnweben, verrostete Farbdosen, Werkzeuge, ein altes Fahrrad ohne Vorderreifen und die leuchtenden Augen einer Maus, die im Schatten verschwindet.

Meine Tochter ist nicht hier.

Ich war mir so sicher, doch nun habe ich das Gefühl, als könnte ich meinem eigenen Verstand nicht mehr trauen.

Ich steige gerade die Treppe nach oben, als mein Handy klingelt. Es ist eine unbekannte Nummer. *Bitte lass es Harriet sein, die bei einer Freundin ist, deren Eltern mich anrufen, um uns zu sagen, dass es ihr gut geht.*

»Hallo«, meldet sich eine männliche Stimme. »Sie kennen mich nicht, aber ich habe Ihre Nummer von …«

»Ist Harriet bei Ihnen?«

»Wie bitte?«

»Meine Tochter, Harriet Boyd. Sie ist nicht nach Hause gekommen, und sie geht nicht an ihr Handy.«

Der Mann scheint bestürzt. »Oh … nein, tut mir leid, davon weiß ich nichts.«

Ich erkenne die Stimme nicht. Er klingt älter, in den Fünfzigern oder Sechzigern, mit einem kaum merklichen Akzent.

»Woher haben Sie meine Nummer?«, frage ich, ehe mir klar wird, dass ich keine Zeit für das hier habe. »Egal. Ich muss jetzt auflegen, falls Harriet sich meldet.«

Ich nehme das Telefon vom Ohr und will gerade den Knopf drücken, als er sich erneut zu Wort meldet. »Es geht um Ihren Hund«, erklärt er zögernd. »Er ist hier bei mir.«

Ich versuche zu begreifen, was er mir damit sagen will, doch seine Worte dringen nur langsam durch den Nebel aus offenen Fragen, die durch meinen Kopf schwirren. »Wie bitte?«

»Sie haben doch einen Hund? Toffee? Ich habe Ihre Nummer von seinem Halsband.«

Panik packt mich, als ich mich an Harrys letzte Nachricht erinnere. Sie hat den Hund mitgenommen. Natürlich hat sie das. Und wo Toffee ist, ist Harry vermutlich auch nicht weit.

Der Anrufer plappert noch immer weiter. »Er ist hier herumgestreunt und schien sich selbst leidzutun. Wissen Sie, wir hatten einen Spaniel, Missy. Sie ist auch mal davongelaufen, aber Gott sei Dank hat sie jemand aufgelesen, auf ihrem Halsband nachgesehen und war so liebenswürdig, mich anzurufen. Sie war völlig verdreckt, aber wer weiß, was ihr noch passiert wäre, wenn dieser nette Mensch …«

»Jaja, schon gut«, unterbreche ich ihn. »Haben Sie ihn jetzt bei sich?«

»Ja, ich habe ihn, aber er will die ganze Zeit wieder davonlaufen. Ist ein lebhafter kleiner Racker, was?«

»Wo genau sind Sie?«

»Nun …« Er zieht die Luft ein. »Kennen Sie diese kleine Straße? Die Lower Farm Lane? Es gibt dort einen Pfad, der in den Wald am Beacon Hill führt …«

Ich sprinte zurück zu meinem Auto und hole im Laufen den Schlüssel heraus. »Bleiben Sie, wo Sie sind. Ich komme zu Ihnen.«

70

Ich fahre die Lower Farm Lane entlang und nähere mich dem südlichen Eingang zum Wald am Beacon Hill, als ich einen Mann Ende sechzig mit einem weißen Bart am Straßenrand sehe, der mir mit seinem Gehstock zuwinkt. Ich trete auf die Bremse und halte an Ort und Stelle an.

»Haben Sie mich angerufen?« Ich laufe auf ihn zu. »Haben Sie meinen Hund?«

Er sieht mich verlegen an, und mir wird plötzlich klar, dass er alleine ist. Toffee ist nirgendwo zu sehen.

»Tut mir leid«, sagt er. »Ich dachte, ich hätte ihn am Halsband, aber der kleine Kerl hat sich erschrocken und ist auf und davon ...«

»Haben Sie auch ein Mädchen gesehen?«, frage ich atemlos. »Zwölf Jahre alt, dürr, kurze rote Haare, etwa einen Meter fünfzig groß? Oder einen Mann in meinem Alter und meiner Größe in einem schwarzen T-Shirt und Jeans?«

»Tut mir leid«, sagt er erneut. »Aber der Hund war alleine unterwegs.«

»Rufen Sie die Polizei!« Ich laufe los. »Meine Tochter wurde entführt. Sie heißt Harriet Boyd!«

Seine Fragen verklingen hinter mir, als ich den Pfad in den Wald entlanghetze. Hier ist es dunkler, die Dämmerung senkt sich langsam über die Bäume, und Schatten verdrängen das Licht.

Ich und mein Bruder. Zurück im Wald am Beacon Hill.

Dort, wo alles begonnen hat. Vor vier Tagen, die mir wie eine Ewigkeit erscheinen.

»Harriet!«, rufe ich laut nach rechts und links, während ich weiterhaste. »Harriet!«

Doch meine Stimme verhallt zwischen den Bäumen, und nichts rührt sich. Hat Rob sie wirklich hierhergebracht? Ist sie irgendwo in diesem Wald, an einem versteckten Ort, und harrt demselben Schicksal entgegen, das auch Emily getroffen hat? Die Angst in mir ist unbeschreiblich.

»Harriet!«

Schlingpflanzen und Brombeerdornen greifen nach meinen Beinen, meine Füße stolpern über den ausgetretenen Pfad.

Ich halte keuchend an dem kleinen Bach inne und rufe erneut ihren Namen. Ist sie vielleicht ins Wasser gestürzt? Sie ist keine sehr gute Schwimmerin. *O Gott!* Ich laufe zur Mitte der Brücke und lasse den Blick über das blubbernde Wasser und die grauen Steine zu beiden Seiten des Bachbettes schweifen.

Nichts.

Der Wald auf der anderen Seite ist noch dunkler und dichter. Die Dämmerung zieht immer schneller auf, und Dunkelheit senkt sich wie eine dicke Decke über die Bäume. Ich denke zurück an Montag, als ich das letzte Mal mit Harriet hier war. An den Polizeihubschrauber über unseren Köpfen und die Suchmannschaft, die den Wald durchkämmte.

Ich versuche, meinen keuchenden Atem unter Kontrolle zu bringen. Warte. Lausche.

Da.

Das Geräusch ist so leise, dass ich mich frage, ob ich es mir nur einbilde. Ich bewege mich langsam nach rechts, dann höre ich es erneut. Ein vertrauter, sich wiederholender Ton, den ich schon Tausende Male gehört habe. Leise, aber beharrlich.

Hundegebell.

Toffee.

Ich laufe stolpernd und schlitternd darauf zu, schlage mich durch die Bäume und Büsche.

»Harriet!«, rufe ich. »Toffee!«

Durch die Bäume sehe ich die Umrisse moosbewachsener Steinmauern. Die alte Holzfällerhütte, die so mit Unkraut und Schlingpflanzen verwachsen ist, dass sie beinahe wie ein Teil des Waldes erscheint, und aus deren eingefallenem Dach ein Baum ragt. Die Hütte, von der Harriet seit jeher behauptet, dass es darin spukt. Der letzte Ort, an den sie freiwillig gehen würde. Mein Blick fällt auf das zerfetzt herabhängende polizeiliche Absperrband. Hier wurde vor vier Tagen Emilys Rad gefunden.

Das Bellen erklingt erneut. Dieses Mal lauter.

Mein Herz klopft viel zu schnell, mein Kopf pocht, und die Angst jagt wie Eiswasser durch meine Adern, sodass ich die kratzenden Äste, den Schweiß in meinem Nacken und den brennenden Schmerz in meiner Brust nicht einmal spüre.

Bitte mach, dass es Harriet gut geht. Bitte.

Toffee steht neben der Tür der alten Hütte. Er läuft auf mich zu, als er mich sieht. Sein Bellen wird eindringlicher, und er springt aufgeregt an mir hoch. Mein Magen zieht sich zusammen, als ich sehe, dass die Leine immer noch an seinem Halsband hängt. Meine Tochter wollte ihn nicht gehen lassen.

Einen Augenblick später lässt er von mir ab und trottet in die Hütte. Ich folge ihm und wiederhole mein leises Gebet.

Bitte mach, dass es Harriet gut geht.

Es gibt keine Tür, bloß ein dunkles, von Unkraut umwuchertes Loch in der Wand. Ich trete hindurch und direkt in ein Spinnennetz, das sich über mein Gesicht legt. Etwas krabbelt durch meine Haare und meinen Hals hinunter. Ich wische das Netz und die Spinne weg und versuche, etwas in der übel riechenden Dunkelheit zu erkennen.

Etwas liegt in der gegenüberliegenden Ecke. Ein Umriss zwischen dem Schmutz, dem Unrat und den über den Boden kriechenden Schlingpflanzen.

Nein, nicht etwas. *Jemand.*

Eine Gestalt. Ein Kind, das regungslos auf dem Rücken liegt. Aber das Mädchen ist nicht Harriet.

Und es geht ihm nicht gut.

71

Die Haut ist fleckig und grau im dunklen Dämmerlicht, das in die Hütte fällt. Die blonden, verknoteten Haare bedecken ihr Gesicht wie ein Schleier. Die Arme sind zu beiden Seiten ausgestreckt, die leblosen gekrümmten Finger sind voller Erde, die Nägel schmutzig und abgebrochen. In der Luft hängt der Geruch nach Erde, Unrat, Fäulnis und Verfall. Nach Tod.

O Gott. Nein.

Ich gehe neben ihr in die Knie und berühre ihren Arm. Die Haut ist kalt. Der Gedanke, dass es sich hier um einen Tatort handelt und ich nichts anfassen sollte, steigt aus den Tiefen empor. Ich strecke trotzdem langsam die Hand aus und streiche eine Haarsträhne aus ihrem Gesicht, um das Undenkbare, das Unerträgliche zu bestätigen. Das, was ich bereits weiß.

Emily Ruskin.

Ich setze mich nach hinten und schlage mir die Hand vor den Mund. Toffee steht winselnd hinter mir und stupst mit der Nase gegen meine Schulter, doch meine Gedanken befinden sich im freien Fall und drehen sich taumelnd im Kreis. Die Polizei hat die Hütte und das Gebiet durchsucht, nachdem Emily verschwunden war. Was bedeutet, dass *danach* jemand hier gewesen sein muss, um sie zurück in den Wald zu bringen und mögliche Beweise zu vernichten. Vielleicht sogar heute. Aber warum hier? Wie lange bleibt eine Leiche an einem Ort wie diesem unentdeckt? Das Innere der Hütte ist von außen nicht einsehbar, aber früher oder später, nach ein oder zwei Tagen, hätte sie sicher jemand gefunden. Vielleicht war der Mörder in Eile oder wurde gestört, sodass er sie nicht tiefer in den Wald bringen konnte.

Vielleicht ist er immer noch hier. Und Harriet ebenfalls.

Ich kann nichts mehr für Emily tun, aber meine Tochter …

Ein weiteres Geräusch dringt an meine Ohren. Leise und weit entfernt, aber herrlich und zugleich Furcht einflößend vertraut. Ich erhebe mich taumelnd, weiche von Emilys Leiche zurück und stolpere beinahe über einen Stapel verrottetes Holz, bevor ich durch den Türstock hinausstürze und dankbar die frische Luft einsauge. Dann halte ich inne und lausche. Ich habe ganz sicher etwas gehört.

»Harriet!«, rufe ich, während ich mich im Kreis drehe und zwischen den dunklen Bäumen nach meiner Tochter Ausschau halte. »Wo bist du?«

Ich warte und lausche nach einer Antwort. Das Echo meiner eigenen Stimme scheint mich zu verhöhnen.

»Dad!« Die Stimme ist leise, als wäre sie Hunderte von Metern entfernt, aber ich weiß, dass sie ganz in der Nähe sein muss. Auf der anderen Seite des Baches, wo der Boden langsam ansteigt. »Dad!«

»Harriet! Ich komme!«

Toffee schießt bellend in die Richtung davon, aus der ihre Stimme kommt, und ich folge ihm durch die Bäume, über die kleine Brücke und auf die andere Seite, während ich immer noch Harriets Namen rufe.

Harriet ist verstummt.

Ich laufe weiter, bis der Pfad endet und ich mich durch Brennnesseln und dornige Brombeeren schlagen muss. Meine Lunge brennt wie Feuer, als würde sie gleich explodieren, doch ich halte nicht inne und rufe weiter nach ihr, während ich immer höher nach oben gelange. Meine Tochter ist hier, und sie ist in Gefahr. In größerer Gefahr als je zuvor in ihrem Leben.

Da.

Eine Gestalt zwischen den Bäumen? Oder ein Schatten?

»Harriet!«

Neben dem Gerippe einer gewaltigen, knorrigen Eiche, die umgestürzt auf dem Boden liegt, entdecke ich endlich das blaue T-Shirt und die roten Haare meiner Tochter.

»Dad!«

Mein Herz macht einen Satz und setzt einen Moment lang aus. Die Erleichterung ist so überwältigend, dass meine Beine beinahe unter mir nachgeben, als ich auf sie zulaufe.

»Es tut mir leid, Dad«, schluchzt Harriet, und Tränen schimmern in ihren Augen. »Er hat sich auf uns gestürzt, und da ist Toffee davongerannt, und ich ...«

»Wer hat sich auf dich gestürzt?«

Ich höre, wie etwas hinter mir durch die Luft zischt.

Ich will mich umdrehen, doch ich bin zu langsam. Es ist zu spät ... und mein Hinterkopf explodiert in einem brennenden Schmerz.

72

Ich gehe zu Boden, rolle mich auf den Rücken und hebe die Hände, um mich vor einem weiteren Schlag zu schützen. Der Schmerz in meinem Hinterkopf ist unerträglich und alles verzehrend. Ich kann keinen klaren Gedanken fassen. Ein Schrei steigt meine Kehle empor, und ich beiße die Zähne zusammen und befühle vorsichtig meinen Hinterkopf. An meinen Fingern klebt Blut. Mein Blick verschwimmt immer wieder, trotzdem sehe ich die Gestalt, die auf mich herabblickt.

Dunkle Jeans, ein schwarzes Sweatshirt, eine schwarze Sturmhaube. Eine behandschuhte Hand mit einem Ast, der so dick ist wie mein Handgelenk.

Übelkeit packt mich, und ich schließe die Augen. Der Schmerz reißt mich beinahe mit sich.

Dann höre ich Harriets Flüstern, ihre Worte dringen wie durch einen langen, hallenden Tunnel zu mir.

»Es tut mir leid, Dad«, wiederholt sie weinend. »Es ist alles meine Schuld. Ich hätte nicht herkommen sollen. Ich wollte herausfinden, was mit Emily passiert ist. Ich wollte bloß Connor helfen. Mir war nicht klar, wie gefährlich das ist.«

»Wie bist du …« Jedes Wort schickt eine weitere Welle des

Schmerzes durch meinen Kopf. »Wie bist du hierhergekommen?«

Sie schluckt ein Schluchzen hinunter. »Mit Onkel Rob.«

»Hat er deinen Bruder erpresst? Hat er Connor gedroht, dir etwas anzutun, wenn er den Mord nicht gesteht?«

Die vermummte Gestalt presst eine behandschuhte Hand auf Harriets Mund. Ihre Augen weiten sich angsterfüllt.

Ich setze mich auf. »Finger weg von meiner Tochter.«

Die Hand drückt noch fester zu.

Ich stemme mich hoch und komme auf die Beine. »Ich sagte, du sollst die verdammten Finger von meiner Tochter lassen!«

Zum ersten Mal seit Beginn dieser Albtraumwoche hat meine Angst eine Gestalt angenommen und steht leibhaftig vor mir. Diese Person hat versucht, meinem Sohn einen Mord anzuhängen und ihn und meine Familie zu ruinieren. Diese Person hat die Leiche eines Mädchens in einer alten Hütte entsorgt, als hätte es keinerlei Bedeutung. Die Wut in mir ist zum ersten Mal so groß, dass sie alles andere überschattet. Den Schmerz, die Angst, die Vernunft.

Toffee spürt es ebenfalls. Er schießt als zornerfüllter brauner Blitz mit gefletschten Zähnen und bösartig knurrend hinter einem Baum hervor und auf Harriets Angreifer zu. Dieser lässt meine Tochter einen Moment los und holt mit dem dicken Ast aus. Der kleine Hund duckt sich unter dem Schlag hindurch und schnappt knurrend in die Luft.

Der Unbekannte ist nur einen Sekundenbruchteil abgelenkt, aber das reicht.

Ich stürze mich auf ihn, bevor er den Ast erneut gegen mich erheben kann, und wir rollen ineinander verkeilt durch die

Brennnesseln und Brombeersträucher den Hügel hinunter. Die Welt dreht sich wie in einem Kreisel, während wir aufeinander einschlagen und -treten. Erst ein kleiner Graben bremst unsere Talfahrt, und ich liege auf dem Rücken unter dem Angreifer, dessen dunkle Augen aus den Schlitzen der Sturmhaube blitzen. Seine Hände legen sich um meinen Hals, und er drückt zu. Fester und fester, bis ich keine Luft mehr bekomme. Ich versuche, ihn abzuwerfen, kämpfe gegen den Druck an, doch der Schmerz und die Übelkeit ergreifen erneut von mir Besitz.

Der Druck auf meinen Hals wird größer. Der Sauerstoff knapper.

Meine Augenlider werden schwer. Alles verblasst.

Nein. Ein Adrenalinschub lässt mich die Augen öffnen, und ich wehre mich noch einmal mit aller Kraft, trete und winde mich, bis meine Muskeln vor Anstrengung brennen.

Aber es hat keinen Sinn. Es reicht nicht.

Der Druck lässt nicht nach. Mein Blick wandert zu dem Blätterdach über uns. Die Äste wogen sanft im Wind. Der Abendhimmel leuchtet in einem dunklen Tintenblau. Ein einzelner Stern blitzt auf. Dunkelheit breitet sich vom Rand meines Sehfeldes aus, die Welt wird grau und verblasst …

Ich werde sterben.

Doch dann höre ich plötzlich ein Geräusch. Ein seltsames Klatschen, als wäre etwas Schweres, Weiches auf den Boden gekracht.

Der Druck um meinen Hals lässt nach, und ich schnappe keuchend und röchelnd nach Luft, während ich versuche, den schweren, leblosen Körper von mir zu schieben, der auf mir gelandet ist. Der Angreifer rollt stöhnend zur Seite, und mein

Blick fällt auf Harriet, die mit entsetzt aufgerissenen Augen neben mir steht und einen scharfkantigen Stein in der Größe eines halben Ziegels in der Hand hält.

Ich setze mich auf und lege keuchend und röchelnd eine Hand auf meinen Hals.

Harriet hebt den Stein erneut über den Kopf, jederzeit bereit, erneut zuzuschlagen.

»Warte«, krächze ich und erhebe mich taumelnd. Ein plötzlicher Schwindel lässt mich beinahe erneut zu Boden gehen, doch ich schlucke schwer und halte inne, bis er vergeht. »Nur einen Moment, Harry.«

Sie senkt den Stein, behält ihn aber immer noch in der Hand.

Der Angreifer liegt hilflos wie eine auf den Rücken gedrehte Krabbe vor uns und wimmert mitleiderregend. Jeder Atemzug scheint eine weitere Welle des Schmerzes durch seinen Körper zu jagen.

Ich beuge mich hinunter, packe die Sturmhaube mit blutigen Fingern und reiße sie ihm wütend vom Gesicht.

Vor mir liegt Alexander Saxton und sieht blinzelnd zu mir hoch.

73

»Dann waren Sie das also!«, rufe ich immer noch krächzend. »Sie stecken hinter allem. Sie wollten meinem Sohn einen Mord anhängen.«

Saxton stöhnt erneut, und seine Augen schließen sich beinahe. »Ich wollte bloß *meinen* Sohn beschützen. Genau wie Sie.«

»Sie wussten, dass Connor der perfekte Sündenbock sein würde.«

Ihm entfährt ein schmerzerfülltes Schluchzen. »Ich brauche einen Arzt.«

Ich stelle einen Fuß auf seine Schulter und wende mich an meine Tochter. »Harry, kannst du die Polizei rufen? Und einen Krankenwagen?«

Tränen laufen über ihre kalkweißen Wangen. »Ich habe mein Handy verloren, als er sich auf uns gestürzt hat, Dad. Tut mir leid.«

Ich klopfe meine Taschen nach meinem eigenen Telefon ab, als ich eine Bewegung im Wald wahrnehme. Eine Gestalt kommt langsam und humpelnd den Hügel herauf und auf uns zu. Der Umriss und die Art, wie sie sich bewegt, sind mir vertraut.

Mein Bruder.

Blut läuft aus einer Wunde am Haaransatz über sein Gesicht.

»Rob!«, rufe ich. »Was ist passiert? Bist du okay?«

Doch anstatt mir zu antworten, geht er zu dem am Boden liegenden Saxton und tritt ihm mit voller Kraft in die Rippen, sodass dieser einen erstickten Schrei ausstößt.

»Aufhören«, fleht Saxton. »Bitte!«

»Du Arschloch teilst gerne aus, was?« Rob wischt sich das Blut aus den Augen. »Aber mit dem Einstecken hast du's nicht so.«

Er tritt noch einmal zu, und die Luft entweicht keuchend aus Saxtons Lunge. Ich sollte meinen Bruder davon abhalten und ihn von Saxton wegziehen, aber ich habe das Gefühl, dass er es durchaus verdient hat. Und noch viel, viel mehr. Rob tritt ihn noch ein letztes Mal, um das Maß vollzumachen, dann geht er neben ihm in die Knie, zieht Saxtons teuren Ledergürtel aus dessen Hose und dreht den stöhnenden Mann auf den Bauch. Er reißt Saxtons Hände grob auf dessen Rücken und zieht den Gürtel über den Handgelenken stramm. Dann zieht er ihm die Schuhe aus und schleudert sie in den Wald.

»Das ist viel zu eng. Du schneidest mir das Blut ab«, protestiert Saxton und stöhnt.

»Du hast sie wie Müll in der Hütte entsorgt«, knurrt Rob. »Ich sollte den Gürtel um deinen verdammten Hals legen.«

»Und was ist mit deinem Sohn?«

»Wage es nicht, seinen Namen in den Mund zu nehmen«, droht Rob.

»Dein Sohn ist der Grund, warum wir überhaupt hier sind!«

»Halt die Fresse!«

»Er ist an allem schuld«, erklärt Saxton.

»Ich sagte, du sollst deine verdammte Fresse halten!« Die Stimme meines Bruders trieft vor Zorn.

»Mein Sohn ist nicht perfekt, das weiß ich besser als jeder andere. Aber deiner ist es genauso wenig. Also, warum hat Zac es getan?«

Rob antwortet nicht und weigert sich auch, mir in die Augen zu sehen.

»Wovon redet er?«, frage ich ihn. »Was hat Zac getan?«

»Der labert doch bloß Scheiße«, presst Rob zwischen aufeinandergebissenen Zähnen hervor. »Wie schon die ganze Woche über. Hör nicht auf ihn, er will dich nur manipulieren.«

Saxton reckt den Kopf in die Höhe, um meinen Bruder anzusehen. »Du weißt, dass es stimmt! Zac hat am Samstagabend versucht, Drew etwas in den Drink zu geben.«

»Sei still«, murmelt Rob. »Oder soll ich noch mal zutreten?«

Aber Saxton wirkt beinahe hysterisch. »Wegen dieser Fehde zwischen Drew und Connor! Es sollte die Rache dafür sein, dass er sich mit Connor geprügelt hat, nicht wahr? Oder wollte er Drew nur aus dem Weg schaffen, damit Connor endlich eine Chance bei Emily bekam?«

Ich hebe die Hand. »Moment mal, wollen Sie behaupten, dass Drew am Samstagabend unter Drogen gesetzt wurde?«

Saxton dreht den Kopf noch ein Stück weiter, bis sich unsere Blicke treffen.

»Nein.« Seine Stimme bebt. »Drew war das *Ziel*, aber die Drinks wurden vertauscht, und Emily hat den gepanschten Alkohol erwischt. Bevor sie zu ihrem kleinen Ausflug in den Wald aufbrach …«

Rob versetzt Saxton einen weiteren brutalen Tritt. »Ich sagte, du sollst deine verdammte Fresse halten!«

Saxton wimmert und bricht in ein keuchendes Schluchzen aus.

Ich lege meinem Bruder eine Hand auf die Schulter. Sein blutverschmiertes Gesicht ist so voller Wut, Angst und Verzweiflung, dass ich ihn kaum wiedererkenne. Aber meine Gedanken drehen sich einzig und allein um die Leiche, die in der Hütte entsorgt wurde, nur wenige Hundert Meter von uns entfernt.

»Stimmt das?«, frage ich leise. »Stimmt es, was er sagt?«

»Natürlich nicht. Dass du das überhaupt fragst …«

»Ich will es bloß aus deinem Mund hören. Von meinem Bruder.«

Rob starrt mich einen Moment lang an, sein Blick scheint in der Dämmerung undurchdringlich. »Ich habe die Polizei bereits verständigt.« Er wendet sich ab, stellt sich breitbeinig über Saxton und versichert sich, dass der Gürtel fest genug sitzt.

Ich werfe ebenfalls einen schnellen Blick auf den am Boden liegenden Mann. Die Wunde am Kopf blutet noch, und er hat offensichtlich große Schmerzen, aber er ist bei Bewusstsein und klar, und er atmet ohne Probleme.

»Kannst du ein paar Minuten bei ihm bleiben?«, bitte ich meinen Bruder. »Ich muss zurück zur Hütte, wo …« Ich deute den Hügel hinunter.

»Okay.«

»Und es wäre vielleicht besser, ihn nicht mehr zu treten. Vorerst.«

Rob nickt wortlos.

Ich nehme Harriets Hand fest in meine, und wir machen uns zusammen auf den Weg nach unten, über die Brücke und durch die Bäume zu der Holzfällerhütte. Toffee trottet gemächlich neben uns her.

Ich halte wenige Meter vor der Hütte inne und lege Harriet eine Hand auf die Schulter. »Du wartest hier, bis die Polizei kommt, okay?« Ich übergebe ihr Toffees Leine. »Bleib in der Tür stehen, wo ich dich sehen kann, aber komm nicht in die Hütte.«

Sie wirft einen ängstlichen Blick über die Schulter und den Hügel hoch, wo Alexander Saxton gefesselt in einer Erdgrube liegt.

»Mach dir keine Gedanken wegen ihm«, beruhige ich sie sanft. »Rob lässt ihn nicht aus den Augen. Dir kann nichts mehr passieren.«

Sie nickt zögerlich.

Ich trete vorsichtig in die Hütte und gehe erneut neben Emily in die Knie. Ich will ihr helfen, irgendetwas tun, obwohl ich weiß, dass es zu spät ist – viel zu spät – und ich sie am besten nicht anrühre. In meinen zwanzig Jahren als Arzt habe ich mich noch nie so nutzlos gefühlt. So hilflos. Ich darf sie nicht einmal abdecken, um ihr etwas Würde zu verschaffen, weil dadurch wichtige forensische Spuren verwischt werden könnten. Es muss alles ordnungsgemäß ablaufen.

Aber ich kann hier bei ihr bleiben und auf sie achtgeben, bis die Polizei kommt. Das ist das Mindeste.

Emily wirkt winzig. Dürr und zerbrechlich mit Blättern in den matten blonden Haaren, die ihr Gesicht bedecken. Sie ist fast noch ein Kind. Ihre Haut ist bleich und fleckig, ich sehe getrocknetes Blut an ihren Lippen. Sie trägt ein schmutziges weißes T-Shirt und weite Shorts und ist barfuß. Dazu hat sie deutliche Verletzungen an den Unterarmen und Handgelenken.

Mein Kopf beginnt, schmerzhaft zu pochen. Der Adrenalinschub lässt nach, und ich spüre einen Kloß im Hals. Ein Schluchzen, das langsam meine Kehle emporsteigt. Ich habe erst einmal eine Leiche aus der Nähe gesehen, vor mehr als zwanzig Jahren während meines Medizinstudiums. Ein Mann, der seinen Körper der Forschung zur Verfügung gestellt hatte und in einem sterilen Raum auf dem Untersuchungstisch lag. Nicht vergleichbar mit dem hier. Ich beiße die Zähne zusammen und schlucke die aufsteigenden Emotionen hinunter. *Nicht jetzt. Nicht hier, vor Harriet.* Dazu ist später noch Zeit.

»Dad?«, fragt Harriet hinter mir. »Ist sie …«

Ich rutsche etwas zur Seite, damit sie die Leiche nicht sieht.

»Nicht näher kommen.« Ich drehe mich mit erhobener Hand um. »Bleib, wo du bist.«

»Ist Emily tot?«, fragt sie leise.

»Hey, du hast bessere Augen als ich, Harry. Könntest du bitte zum Beginn des Pfades gehen und nach der Polizei Ausschau halten? Aber so, dass ich dich immer noch sehen kann.«

»Ich will aber bei dir bleiben.«

Ich nicke. »Okay. Na gut. Wir warten zusammen.«

Meine Tochter sieht die Blaulichter zuerst. Ein entferntes Flackern durch die Bäume. Motorengeräusche. Krachende Autotüren. Eilige Schritte. Gebrüllte Befehle, die immer lauter werden. Ich werfe einen letzten Blick auf das Mädchen in der Ecke der Hütte und gebe ihm, seiner Familie und seiner Mutter das wortlose Versprechen, das Richtige zu tun.

Im nächsten Moment geschieht das Unmögliche. Das Unbegreifliche.

Eine Bewegung, die so unerwartet ist, dass ich entsetzt zurückweiche.

Emilys Augen öffnen sich flatternd.

74

BEFRAGUNGSPROTOKOLL ALEXANDER SAXTON (AS)

16. Juni, Beginn: 23:04 Uhr
Durchführende Beamtin: DS Priya Shah
Weitere Anwesende: Bereitschaftsanwalt Matthew Francis

DS Shah: Sie kennen die Anklagepunkte, Mr Saxton. Gibt es etwas, was Sie uns zum jetzigen Zeitpunkt sagen möchten?

AS: [weint]

DS Shah: Können wir fortfahren?

AS: [unverständliches Murmeln]

DS Shah: Mr Saxton?

AS: Ja. [unverständliches Murmeln] Bringen wir es hinter uns.

DS Shah: Beginnen wir damit, was in der Nacht von Samstag, dem 11. Juni, auf Sonntag, den 12. Juni, im Wald am Beacon Hill passiert ist, und konzentrieren wir uns am besten auf die Zeit zwischen ein Uhr und halb drei Uhr morgens.

AS: [weint] Drew hat mich angerufen.

DS Shah: Und?

AS: Er war in Panik. Hatte einen totalen Nervenzusammenbruch.

DS Shah: Wie spät war es, als er anrief?

AS: Etwa ein Uhr. Er hatte sie im Wald gefunden. Bewusstlos. Vollkommen hinüber. Kaum …

DS Shah: Wen?

AS: Emily. Er ist ihr in den Wald gefolgt und fand sie neben einem Baum sitzend. Er hat sie geküsst und … so weiter … bis er bemerkte, wie hinüber sie war. Sie atmete kaum noch, ihr Puls war sehr schwach, und er hat sie überhaupt nicht wachbekommen. Sie hatte ganz offensichtlich eine Überdosis erwischt. Drew dachte, sie würde sterben.

DS Shah: Warum hat er keinen Krankenwagen gerufen?

AS: Weil er dachte, man würde ihm die Schuld geben. Wegen der Gerüchte, dass Mädchen Drogen in ihre Drinks gemischt wurden, und dem Getuschel, dass Drew dahintersteckt.

DS Shah: Tat er das denn?

AS: Es hätte geheißen: ohne Feuer kein Rauch, nicht wahr? Und dann hätten Sie auch noch seine DNA auf ihr gefunden, und das wäre es für ihn gewesen. Er hat die Nerven verloren, war vollkommen hysterisch. Meinte, er müsste ins Gefängnis und sein Leben wäre vorbei.

DS Shah: Also sind Sie hingefahren, um Ihrem Sohn zu helfen?

AS: Ja.

DS Shah: Wie war Emilys Zustand zu diesem Zeitpunkt?

AS: Schlimm. Wirklich schlimm. Ich wusste, dass ich etwas unternehmen musste. Sie atmete kaum noch.

DS Shah: Blutete sie?

AS: [weint]

DS Shah: Mr Saxton?

AS: Es war ein wenig Blut zu sehen, aber nicht viel. Drew meinte, sie hätte sich beim Fallen auf die Lippe gebissen.

DS Shah: Was ist dann passiert?

AS: Wir wollten sie gerade in mein Auto verfrachten, als noch jemand aufgetaucht ist. Wir haben gewartet, bis er nahe genug war, dann habe ich ihn mit einem Ast niedergeschlagen.

DS Shah: Und dieser jemand war Connor Boyd?

AS: Weiß der Himmel, warum er ihr gefolgt ist. Aber dann kam mir der Gedanke, ihn zu benutzen, um unsere Spuren zu verwischen.

DS Shah: Sie haben also Connor Boyds gefälschten Ausweis genommen und etwas von Emilys Blut darauf verteilt, um ihn anschließend im Wald zurückzulassen?

AS: Ja.

DS Shah: Und später haben Sie Emilys Telefon in einem Mülleimer am Grundstück der Boyds deponiert?

AS: [unverständliches Murmeln]

DS Shah: Könnten Sie bitte lauter sprechen?

AS: Ja, das habe ich.

DS Shah: Sie haben sich also um Connor Boyd gekümmert und Emily zu ihrem Auto gebracht. Wie ging es danach weiter?

AS: Ich wollte sie in die Notaufnahme bringen, aber dann wurde mir klar, dass es zu riskant war. Dass man dort zu viele Fragen stellen würde. Man würde Drew die Schuld an dem Tod des Mädchens geben, und die Auswirkungen auf mich und meine Familie … es wäre eine Katastrophe gewesen. Ich habe überlegt, sie einfach vor der Tür abzulegen und davonzufahren, aber dort sind überall Kameras, und man hätte Drew sofort ausfindig gemacht. Und mich.

DS Shah: Also sind Sie stattdessen nach Hause gefahren?

AS: Ja.

DS Shah: Und was haben Sie dort mit Emily gemacht?

AS: Mein Haus … es ist vollunterkellert. Es gibt dort unten einen Fitnessraum, ein Gästezimmer, eine Speisekammer, Vorratsräume und ein Büro. Das Heimkino ist schallisoliert, also haben wir sie dorthin gebracht. Wir nutzen es ohnehin kaum. Wir machten kein Licht, haben ihr die Augen verbunden, und ich trug eine Sturmhaube, damit sie mein Gesicht nicht erkennt. Wir wollten warten, bis sie tot ist und dann … überlegen, wie es weitergehen soll.

DS Shah: Aber sie hat überlebt.

AS: Letzten Endes. Sie war fast einen ganzen Tag lang bewusstlos, aber Montagmorgen ist sie aufgewacht. Sie machte einen Wahnsinnsradau, polterte und schrie nach ihrer Mum. Ich hielt alle Türen geschlossen und drehte die Musik im Haus auf, damit niemand etwas hörte.

DS Shah: Und Sie haben sie unter Drogen gesetzt.

AS: [weint]

DS Shah: Ersten Untersuchungen zufolge wurden ihr in den letzten Tagen wiederholt ZNS-Depressiva verabreicht. Haben Sie sie auf diese Art ruhiggestellt?

AS: Montagabend wurde mir klar, dass ich im Arsch war.

DS Shah: Wie meinen Sie das?

AS: Ich konnte sie nicht im Haus behalten, aber ich konnte sie auch nicht gehen lassen. Ich konnte sie bloß irgendwo aussetzen und hoffen, dass nie jemand eine Verbindung zu mir herstellen würde, oder ich konnte sie …

DS Shah: Oder Sie konnten sie umbringen.

AS: Das konnte ich nicht. [unverständliches Murmeln] Ich bin kein Mörder. Also habe ich sie heute Abend zurück in den Wald gebracht und dort abgelegt. Aber dann kam plötzlich die kleine Boyd mit ihrem Onkel ... und jetzt sind wir hier.

DS Shah: Ja, jetzt sind wir hier. Aber wenigstens haben Sie sich nicht für die zweite Möglichkeit entschieden. Emily lebt, und sie wird wieder gesund.

AS: Ich möchte noch zwei Dinge klarstellen. Fürs Protokoll.

DS Shah: Ich höre.

AS: Es war alleine meine Idee. Emily im Keller unterzubringen, die Drogen. Drew hatte damit nichts zu tun.

DS Shah: Okay. Und das Zweite?

AS: Drew schwört, dass er nicht derjenige war, der ihr etwas in den Drink gemixt hat.

DS Shah: Ich verstehe.

AS: Er hat zugegeben, Drogen mit auf die Party genommen zu haben, aber er wollte sie nur zusammen mit seinen Kumpels ausprobieren. Sie waren in seiner Jacke, die er im Obergeschoss abgelegt hatte, aber jemand hat sie ihm gestohlen. Er meinte, es wäre Zac gewesen. Zac Boyd. Er muss sie Emily gegeben haben.

DS Shah: Haben Sie Beweise dafür?

AS: Ist das nicht Ihr Job? Beweise heranzuschaffen?

DS Shah: Nun, da Sie schon davon reden, wir haben die ersten Ergebnisse der Hausdurchsuchung, Mr Saxton. In Drews Zimmer gab es einiges von Interesse. Wollen Sie uns dazu vielleicht noch etwas sagen?

AS: [weint]

DS Shah: Brauchen Sie eine Pause, Mr Saxton?

AS: [unverständliches Gemurmel]

DS Shah: Die Befragung wird um 23:13 Uhr unterbrochen.

Protokoll Ende

FREITAG

75

DS Shah reicht mir einen Styroporbecher mit heißem Tee.

Wir befinden uns erneut auf dem Polizeirevier, aber dieses Mal gibt es kein Aufnahmegerät, es werden keine Rechte verlesen, und keine Anwältin sitzt bei uns in dem beengten Zimmer. Es ist nach Mitternacht, aber es herrscht geschäftiges Treiben. Alle Befragungszimmer sind besetzt, Türen knallen, überall hört man Schritte, Stimmen, Telefone, und auf dem Parkplatz vor dem Gebäude drängen sich Kamerateams und Reporter.

Ich komme direkt aus dem Krankenhaus, wo mich ein extrem jung aussehender Assistenzarzt untersucht und eine leichte Gehirnerschütterung diagnostiziert hat. Abgesehen davon und von mehreren Blutergüssen, bin ich allerdings okay, soll einige Tage zu Hause bleiben und Schmerzmittel nehmen, bis die Schwellung zurückgegangen ist. Im Moment würde ich am liebsten nach Hause fahren und in mein Bett fallen, aber DS Shah hat beschlossen, die Nacht durchzumachen, und darauf bestanden, mit mir zu sprechen, sobald ich untersucht wurde.

Sie hat ein energiegeladenes Leuchten in den Augen, das den erfolgreichen Abschluss eines Falles widerspiegelt. Das Opfer wurde gerettet, der Verantwortliche ist hinter Gittern.

Der Leidensweg der Familie Ruskin hat ein glückliches Ende gefunden, an das niemand so richtig geglaubt hat.

Emily ist im Krankenhaus. Dehydriert, unterernährt, zerschunden und desorientiert. Ihre lückenhaften Erinnerungen an die letzten Tage gleichen sehr realen Träumen davon, sich alleine im Dunkeln verirrt zu haben und mit verbundenen Augen gefesselt in einem Raum zu liegen, wo ihr von schweigenden Gestalten Essen und Wasser gebracht wurde, das sie dringend nötig hatte, um ihren Durst zu stillen, auch wenn sie – schon am Ende des ersten Tages – wusste, dass es eine Substanz enthielt, die sie schläfrig, gefügig und vergesslich machte.

Trotzdem glauben die Ärzte laut DS Shah an eine baldige Genesung.

Rob ist ebenfalls im Krankenhaus. Seine Wunde musste genäht werden, und er soll über Nacht bleiben, aber ich weiß schon jetzt, dass er diesen Rat nicht befolgen wird.

Alexander Saxton befindet sich in einer Zelle am Ende des Flurs, sein Sohn sitzt in der Zelle daneben.

Laura und Connor sind mit DC Harmer im Befragungsraum gegenüber. Connor wurde bereits entlassen, und sie dürfen nach Hause, aber Laura weigert sich, das Revier ohne ihre beiden Kinder zu verlassen.

Harriet sitzt neben mir und umklammert den Becher mit ihrer heißen Schokolade mit beiden Händen.

»Bitte erkläre es mir noch einmal, Harriet«, beginnt Shah freundlich. »Ich möchte sicher sein, dass ich alles richtig verstanden habe.«

Harriet nimmt einen Schluck. »Es war die Tür«, meint sie schließlich, als wäre damit alles gesagt.

»Die Tür?«

»Ja.«

»Okay«, erwidert Shah. »Aber wie bist du darauf gekommen? Was hat dich darauf gebracht, danach zu suchen?«

»Ich habe nicht wirklich danach gesucht. Ich habe mir einfach alles angesehen, was ich im Netz finden konnte. Ich habe mit Drew und den Fotos begonnen, die er von der Party am Samstag gepostet hat, und von dort habe ich mich einige Monate nach hinten gearbeitet. Danach kamen die anderen Gäste der Party an die Reihe. Alles, was sie auf Instagram, TikTok, in ihren Storys und sonst wo geteilt haben. Ich habe so viele Leute wie möglich ausfindig gemacht, weil ich dachte, ich würde vielleicht irgendetwas finden.«

Shah macht sich Notizen. »Wonach genau hast du gesucht?«

Harriet zuckt mit den schmalen Schultern. »Nach Hinweisen. Um Connor zu helfen.«

»Klingt nach jeder Menge Arbeit.«

»Ich habe etwa fünfzig Leute gecheckt, die auf der Party waren, und alle Bilder, Posts und Kommentare durchforstet, genauso wie alles, was auf die *FindEmily*-Seite auf Facebook gestellt wurde. Dann habe ich bei den Eltern weitergemacht. Emilys Mum, Creepy Crosby …«

»Aber nicht mit deinem Cousin?«, fragt Shah. »Seine Posts hast du nicht gecheckt? Oder die deines Onkels?«

»Natürlich nicht.« Harriet runzelt die Stirn. »Nach Olivia und ihrer Mum bin ich schließlich bei Drews Dad gelandet.«

Jetzt, wo sie darüber spricht, wundert es mich nicht im Geringsten. Harriet war schon immer so. Sie verbeißt sich in ein Problem, bis sie es gelöst und von Grund auf verstanden hat.

In den zahllosen Stunden, die sie in den letzten Tagen mit ihrem Laptop in ihrem Zimmer verbracht hat, hat sie wie besessen nach einem Muster gesucht. Nach dem einen Puzzleteil, das nicht an seinem Platz war.

»Ich habe mir seine Videos auf YouTube angesehen. Die meisten sind echt öde, es geht bloß um Häuser und Baustellen und so ein Zeugs. Trotzdem habe ich sie mir angesehen. Und natürlich auch das Video, in dem er über Emily redet. Mehrmals. Bis es mir aufgefallen ist.«

Shah dreht ihren Laptop, damit wir es beide sehen können. Alexander Saxton sitzt in der Mitte des Bildschirms, gebräunt und perfekt gestylt in einem weißen Leinenhemd, das Gesicht voller Sorge. Hinter ihm sieht man das riesige, luxuriöse Wohnzimmer, das dem Lebensstil eines Millionärs mehr als würdig ist. Der Traum eines jeden Architekten.

Harriet deutet auf die Ecke des Bildes. »Da. Sehen Sie.«

Ich nippe an meinem Tee und lehne mich näher heran, da meine Brille irgendwo im Wald verloren gegangen ist. Mein Blick fällt auf eine Tür hinter Alexanders Schulter. In meinen Augen sieht sie völlig unauffällig aus. Vermutlich führt sie in irgendeinen anderen Teil des Hauses. Auf jeden Fall ist sie geschlossen. »Das ist doch nur eine Tür, Harry.«

»Ja, genau dieselbe wie auf den drei anderen Videos, die er seit Emilys Verschwinden gedreht hat. Er hat ein Bild aus dem Video mit demselben Hintergrund auch auf Instagram und Twitter gepostet. Er gibt gerne mit seinem großen teuren Haus und all den teuren Dingen darin an.«

Ich nicke. »Da hast du recht.«

»Ich habe mir, wie gesagt, auch alle anderen Videos angesehen, angefangen bei dem ersten, gleich nach dem Einzug ins

Haus. Es sind achtundvierzig Videos vor demselben Hintergrund.«

DS Shah betrachtet sie mit offener Bewunderung. »Und die Tür war nie geschlossen?«

»Nein«, sagt Harriet. »Kein einziges Mal. Auf keinem der achtundvierzig Videos. *Alle* Türen im Haus stehen offen. Das hat offenbar etwas mit der Luftzirkulation und dem thermischen Gleichgewicht zu tun. Ich dachte: Okay, das ist interessant, und habe mich auf die Suche nach einem Plan für das Haus gemacht. Drews Dad hat ihn vor vier Jahren bei einem Wettbewerb eingereicht, und er befindet sich immer noch online. Alle Stockwerke, inklusive Keller. Die Tür führt nämlich dahin. Und ich dachte mir: Warum macht er plötzlich die Tür zu, obwohl er es vorher nie gemacht hat?«

Ich schüttle voller Bewunderung den Kopf über mein zweitgeborenes Kind, das so beharrlich daran gearbeitet hat, seinem Bruder zu helfen. Und Emily. Das alles dafür getan hat, Alexander Saxton zu überführen und die Lügen ans Tageslicht zu bringen, die er uns allen seit dem Beginn dieses Albtraums aufgetischt hat. Ich kann immer noch nicht glauben, dass er den Nerv hatte, ein Treffen unter besorgten Eltern abzuhalten, um die Bemühungen bei der Suche nach einem vermissten Mädchen zu koordinieren – während sich besagtes Mädchen die ganze Zeit unter ihnen in seinem Keller aufhielt.

Saxton hat uns alle benutzt. Mich, meinen Bruder und auch Sophie de Luca. Er hat uns genauso benutzt wie die Medien und seine einflussreichen Freunde, um sich als besorgter Unterstützer der Familie darzustellen, als beharrlicher Organisator, der alle Kräfte der Stadt vereint, um Emily zu finden. Ein

Bild, das er über das Netz auch den Tausenden Fans auf Social Media zukommen ließ.

Und das letztlich zu seinem Untergang wurde.

76

»Also habe ich Drews Dad eine E-Mail geschickt«, fährt Harriet fort. »Ich habe behauptet, ich hätte ein Überwachungsvideo, das Emily zeigt, und einen Link angehängt. Natürlich hat er den Link geöffnet und mit ihm das mitgeschickte Programm installiert, das mir Zugriff auf seinen Laptop verschafft hat.«

Ich schenke ihr ein schmallippiges Lächeln. »Ich bin mir nicht ganz sicher, ob das hundertprozentig legal war, Harry.«

DS Shah zuckt mit den Schultern. »Ich denke, wir können getrost über den Trojaner hinwegsehen, den Harriet eingeschleust hat, Dr. Boyd. Angesichts dessen, was Ihre Tochter herausgefunden hat.«

Harriet verbrachte Stunden damit, Saxtons Daten zu durchforsten, bis sie schließlich auf die Nadel im Heuhaufen stieß, nämlich auf die Daten seiner Smartwatch, die diese regelmäßig in die Cloud hochlädt. Das Gerät verzeichnete einen erhöhten Puls und deutlich gesteigerte Aktivität in der Nacht von Emilys Verschwinden mit mehreren Spitzen um 1:30 Uhr, vermutlich die Zeit, in der Emily bewusstlos zum Auto und schließlich vom Auto ins Haus geschleppt wurde.

Über den Tracker, den sie ebenfalls mithilfe des Trojaners auf Saxtons Handy installiert hatte, konnte sie zusätzlich seine

Bewegungen verfolgen, und als sie am vergangenen Abend sah, dass er unterwegs in den Wald am Beacon Hill war, beschloss sie, ihm zu folgen. Da sie allerdings weder mich noch ihre Mum erreichen konnte, bat sie meinen Bruder, sie hinzubringen.

Saxton schickte Connor in der Zwischenzeit mehrere Nachrichten, um ihn zu einem falschen Geständnis zu zwingen. Er verwendete dazu denselben Telegram-Account, den Emily Samstagabend eingerichtet hatte. Den Anfang machte ein Bild von Emily mit verbundenen Augen, an Händen und Füßen gefesselt und mit einem Messer an der Kehle.

Dann folgten genaue Anweisungen.

> Gestehe, oder sie stirbt.

> Erzähle irgendjemandem davon, und sie stirbt.

> Verpatze es, und sie stirbt.

> Du hast eine Stunde. Gib Bescheid, wenn es erledigt ist.

> Denk daran, ich kann sie jederzeit überall hinbringen.

»Wir glauben, dass er es absichtlich so getimt hat«, erklärt DS Shah. »Er hat Emily in den Wald zurückgebracht, während Connor sein Geständnis ablegte und sich alle auf ihn konzentrierten. Die Nachrichten waren so programmiert, dass sie innerhalb von zehn Sekunden wieder verschwanden, aber Saxton hat vergessen, das Foto von seinem Handy zu löschen.«

Laura steckt den Kopf zur Tür herein. »Es hieß, ich dürfte die Kinder mit nach Hause nehmen? Die beiden müssen dringend ins Bett.«

»Natürlich«, erwidert Shah. »Ich würde sagen, wir sind hier fertig.«

Harriet springt von ihrem Stuhl und umarmt mich.

»Wir sehen uns nachher«, verspreche ich ihr leise. »Es dauert nicht mehr lange.«

Laura wirft mir ein schwaches Lächeln zu und führt unsere Kinder durch den Flur davon.

DS Shah steht auf und schließt die Tür, ehe sie noch einmal mir gegenüber Platz nimmt.

»Die Spurensicherung war bereits in Saxtons Haus und hat einige interessante Dinge gefunden.« Sie streckt mir ihr Handy entgegen, und mein Blick fällt auf das Bild einer runden silbernen Dose, deren Deckel geöffnet ist. In ihr befinden sich etwa zehn kleine Plastikfische, die mit einer durchsichtigen Flüssigkeit gefüllt sind. »Haben Sie so etwas schon einmal gesehen?«

Ich gebe vor, das Bild genau zu betrachten, und mein Herz beginnt zu rasen.

»Nein«, sage ich so gleichmütig wie möglich. »Noch nie.«

Sie durchbohrt mich mit ihrem Blick.

»Sicher?«

»Vielleicht … in einem japanischen Sushi-Restaurant?« Ich zucke mit den Schultern. »Für die Sojasoße oder so?«

Sie hebt eine Augenbraue und steckt das Handy zurück in ihre Jackentasche.

»Wir glauben, dass die Fische GHB enthalten, das auch als Clubdroge oder Vergewaltigungsdroge bekannt ist. Wir haben die Dose vor etwa einer Stunde unter einem losen Dielenbrett in Drew Saxtons Zimmer gefunden.«

»Okay.« Ich schlucke schwer, mein Hals ist plötzlich staubtrocken.

»Die Sache ist die«, fährt Shah fort. »Alexander Saxton behauptet, dass jemand anders Emilys Drink mit Drogen versetzt hat. Genauer gesagt, soll es Ihr Neffe, Zac Boyd, gewesen sein.«

Das Blut schießt durch meine Adern, und mein Kopf beginnt, schmerzhaft zu pochen. »Zac würde so etwas niemals tun.«

»Wissen Sie, ich frage mich immer noch, warum Ihr Sohn noch einmal zurück in den Wald ist, um nach Emily zu sehen.«

»Das hat er Ihnen doch gesagt. Er hatte einfach ein ungutes Gefühl bei der Sache.«

»Wissen Sie, was ich glaube? Ich glaube, Connor ist die ganze Woche unseren Fragen ausgewichen, weil er seinen Cousin nicht mit hineinziehen wollte. Ich glaube, Ihr Neffe hat Ihrem Sohn auf dem Heimweg gestanden, was er getan hat. Er hat gesehen, wie die Drinks vertauscht wurden und wie Emily den Becher mit der doppelten Dosis getrunken hat. Er hatte Angst, dass sie alleine im dunklen Wald an einer Überdosis sterben würde. Dass er sie womöglich umgebracht hat. Also hat er es Connor erzählt, und Ihr Sohn ist sofort zurück, um zu helfen. Um seine erste große Liebe zu finden und sie zu retten. Zac bot dafür an, an seiner statt nach Hause zu gehen und sich in sein Bett zu legen.«

Ich schweige.

»Also, was glauben Sie, Dr. Boyd?« Sie lehnt sich über den Tisch. »Glauben Sie, dass Zac derjenige war, der die ganze Sache ins Rollen gebracht hat?«

»Ich glaube«, erwidere ich langsam, »dass hier Zacs Wort gegen Saxtons steht.«

»Vielleicht.«

»Und Sie haben die Drogen in Drews Zimmer gefunden.«

»Das haben wir.«

»Nun.« Ich zucke mit den Schultern. »Dann haben Sie ja Ihre Antwort.«

Sie lehnt sich zurück. »Ich habe mir schon gedacht, dass Sie das sagen werden.«

»Mein Neffe ist ein guter Junge, der ein echt schlimmes Jahr hinter sich hat.«

»Ich weiß.«

Sie hält meinen Blick fest und wartet darauf, dass ich noch etwas sage. Als ich nichts dergleichen tue, nickt sie knapp und schließt ihr Notizbuch. Dann steht sie auf und streckt mir die Hand entgegen.

»Andy, ich fürchte, Sie müssen morgen noch einmal kommen. Sie und Connor. Um alles ein weiteres Mal durchzugehen und sicherzustellen, dass wir sämtliche losen Enden aufgedröselt haben. Und Harriet brauchen wir ebenfalls.«

»Natürlich.«

Ich wende mich ab, doch sie ist noch nicht fertig.

»Wissen Sie«, fährt sie fort. »Was Ihre Tochter getan hat … es ist unglaublich. Sie sollten stolz auf sie sein.«

»Das bin ich.« Ich nicke, und meine Kehle ist wie zugeschnürt. »Jeden Tag.«

»Ich wette, sie wird ständig unterschätzt, oder?«, fragt sie, und dann lächelt sie zum ersten Mal, seit ich sie kenne. Es ist ein warmes, ehrliches und unbeschwertes Lächeln, und einen Moment lang ist sie keine Polizeibeamtin, sondern nur eine gewöhnliche Frau, der man auf der Straße begegnet.

Ich erwidere das Lächeln. »Gute Nacht, Detective.« Dann wende ich mich ab, verlasse den kleinen Befragungsraum und trete aus dem Polizeirevier hinaus in die kühle Nacht.

DREI MONATE SPÄTER

77

Der Ton des Fernsehers ist heruntergedreht, und ich sehe nicht wirklich hin.

Neben mir auf dem Arm des Lehnstuhls liegen ein Buch und die Zeitung. Und mein Handy.

Doch ich beachte auch sie nicht weiter. Mein Blick ist auf die Uhr an der Wand gerichtet. Und ich warte.

Ich werfe einen weiteren Blick auf meine Armbanduhr. Zehn Minuten nach elf.

Connor muss erst um 11:30 Uhr zu Hause sein, und er hat bereits eine Nachricht geschrieben, dass er auf dem Weg ist.

Zac und er haben sich gut in der Oberstufe eingelebt und neue Freunde gefunden. Der Schulwechsel hat ihnen beiden gutgetan. Sie haben einen Schlussstrich unter die Ereignisse im Sommer gezogen und ihre Freundschaft wieder gekittet, und nun blicken sie in die Zukunft anstatt zurück auf diese fünf grauenhaften Tage im Juni, als eine ihrer Klassenkameradinnen sich allein auf den Weg in den dunklen Wald machte.

Mittlerweile ist auch Cathy Ruskins Serie auf Netflix herausgekommen, ich habe sie mir angesehen, sie ist gar nicht so schlecht. Die Publicity nach Emilys Rettung, ihre Genesung und Wiedervereinigung mit ihrer Mutter haben die Sendung an die Spitze der Streamingcharts katapultiert. Die Verschwörungstheorien rund um Cathys Krebserkrankung sind zwar nicht verschwunden, aber die Medien haben sie auch nicht aufgegriffen, vor allem nicht nach dem Schrecken, den sie während der Entführung ihrer Tochter durchleiden musste. Kein Journalist wagt sich an diesen Teil der Geschichte, und zumindest für den Moment bleibt Cathy unantastbar.

Emily hat sich laut den Medien vollständig von ihrem Martyrium erholt. Sie besucht eine kleine Privatschule, wo sie ihre Mittlere Reife wiederholen und sich danach auf das Abitur vorbereiten kann.

Karl Crosby kam in der allgemeinen Aufmerksamkeit, die sich nach Emilys Rückkehr auf die Familie Ruskin richtete, nicht ganz so gut weg. Es gab mehrere Artikel zu seiner durchwachsenen beruflichen Vergangenheit und zu seinem Umgang mit minderjährigen Schülerinnen. Cathy und er trennten sich kurz darauf, außerdem kehrte er im September nicht wieder an die Schule zurück. Soweit ich weiß, hat ihm die Direktorin nahegelegt, sich eine andere Stelle zu suchen, um jeglichen Skandal von vornherein zu vermeiden.

Der Lokalreporter Christian Dineen hatte recht, was Alexander Saxton betraf, allerdings aus einem anderen Grund.

Saxton befindet sich in Untersuchungshaft und sieht sich einer Reihe von Anklagepunkten gegenüber, darunter Kidnapping, Freiheitsberaubung und illegale Verabreichung von Betäubungsmitteln. Ganz zu schweigen von den beiden Anklagen wegen Körperverletzung, die er gegen mich und meinen Bruder begangen hat. Obwohl Saxton alles dafür getan hat, die gesamte Schuld auf sich zu nehmen, erwartet sein Sohn Drew eine ähnliche Anklage.

Mehr als zweihundert Leute waren auf der von Olivia de

Luca für Emily organisierten Willkommen-zu-Hause-Party, auf der Olivia eine herzerwärmende Rede über ihre beste Freundin hielt.

Soweit ich weiß, stehen Olivia und Emily einander immer noch sehr nahe. Tatsächlich habe ich sie erst vor ein paar Tagen beim Kaffeetrinken in der Stadt gesehen, wo sie zweifellos die weiteren Schritte ihrer Kampagne gegen das unbemerkte Verabreichen von Partydrogen planten. Vor allem Olivia scheint Gefallen am Führen von Kampagnen und neues Selbstvertrauen als Gesicht einer guten Sache gefunden zu haben. Sie fühlt sich offensichtlich wohler in ihrer eigenen Haut, trägt die Haare mittlerweile kürzer und ist zu ihrer natürlichen Haarfarbe zurückgekehrt, anstatt sie als Imitation ihrer Freundin blond zu bleichen.

DS Shah konnte Harriets Rolle in den Ermittlungen erfolgreich vertuschen, nachdem polizeiliche IT-Spezialisten bei ihren Ermittlungen dieselben Daten auf Saxtons Laptop »gefunden« hatten.

Und mein Bruder … mein Bruder redet endlich wieder mit mir. Es liegt noch ein langer Weg vor uns, aber ich versuche, positiv zu denken. Hoffentlich stehen wir irgendwann an demselben Punkt wie vor dieser schrecklichen Woche, in der wir uns gegeneinander gewandt haben.

Wir haben nie wieder über diese Nacht geredet.

Laura hat die Drogen, die wir in Connors Zimmer gefunden hatten, die Toilette hinuntergespült und die Plastikfische verbrannt.

Ich werfe einen weiteren Blick auf die Uhr. Connor hat noch ein paar Minuten bis zu seinem Zapfenstreich.

Laura wollte nicht, dass ich wach bleibe und ständig auf die

Uhr schaue. Connor kam seit jener schicksalhaften Nacht im Juni nie wieder zu spät nach Hause, und er hat mir versprochen, es auch heute Abend nicht zu tun. Ich weiß, dass ich ihm vertrauen kann.

Trotzdem bleibe ich wach und warte auf ihn. Nur, bis ich seinen Schlüssel im Schloss höre.

Nur noch ein wenig länger.

Nur, um sicherzugehen.

DANKSAGUNG Bei manchen Büchern fließen die Wörter geradezu aufs Papier, und die Geschichte entwickelt sich während des Schreibens, bis der erste Entwurf fertig ist. Man tritt einen Schritt zurück, um es sich anzusehen, und nickt lächelnd, weil es genau so geworden ist, wie man es sich vorgestellt hat, und die Wörter größtenteils bereits am richtigen Platz stehen. Das Buch ist wie ein unbearbeitetes Stück Holz, das geschnitzt und gehobelt zu einer neuen Form gefunden hat, die immer schon unter der Oberfläche darauf gewartet hat, ans Tageslicht zu treten.

Dieses Buch war anders.

Es waren jede Menge Nachbearbeitung, erneutes Schnitzen und Meißeln und sehr viel Feinschliff nötig, um ihm die Form zu geben, die es haben sollte. Deshalb – und aus vielen anderen Gründen – bin ich meiner Lektorin Sophie Orme für ihre Anleitung und ihre Fachkenntnis dankbar. Sie hat mir den Weg gezeigt und mir dabei geholfen, dieses Buch auf so viele Arten besser zu machen, dass ich sie hier nicht alle aufzählen kann. Danke auch an meine unglaubliche Agentin Camilla Bolton, deren Inputs in allen Stadien wesentlich für die Entstehung des Buches waren, das Sie nun in den Händen halten.

Wie immer hat das Team von Bonnier Books unbeschreibliche Arbeit geleistet, um mich zu unterstützen, und mein besonderer Dank gilt hier Felice McKeown, Ciara Corrigan, Eleanor Stammeijer, Francesca Russell und Kate Parkin, aber auch der talentierten Emma Rogers, die ein weiteres umwerfendes Cover gestaltet hat. Danke an die Literaturagentur *Darley Anderson,* allen voran an Georgia Fuller, Jade Kavanagh, Kristina Egan, Mary Darby, Rosanna Bellingham und Sheila David, die fantastische Arbeit leisten und meine Geschichten jedes Jahr noch mehr Leser:innen näherbringen.

Ebenfalls danken möchte ich Dr. Helen Eeckelaers, die meine Fragen zum Berufsalltag eines Allgemeinmediziners beantwortete, und Chris Wall von *Cartwright King Solicitors,* der mir in juristischen Belangen zur Seite stand. Danke an Tracy und Andy Cruickshank für ihre Einblicke in das Lehrerdasein und an Alice und Cathy, die wahren Besitzerinnen von Toffee und Chester, die auch die seltsamsten Hundefragen beantwortet haben.

Es gab einige Bücher, die mir besonders nützlich erschienen. *A Comprehensive Guide to Arrest und Detention* von Stephen Wade und Stuart Gibbon half mir, mich in der komplizierten Welt der Polizeiarbeit zurechtzufinden, *The Secret Doctor* von Dr. Max Skittle gab Einblicke in das tägliche Leben eines Allgemeinmediziners, und Natalia Antonova lieferte mir mit ihrer Website und ihrem Blog *Natalia Explains the Apocalypse* eine Einführung in das Thema *Open Source Intelligence (OSINT)* und öffnete mir die Augen dafür, wie viele Informationen in jedem einzelnen online veröffentlichten Bild versteckt sind.

Leser:innen, die mit Nottingham und Umgebung vertraut sind, haben vielleicht einige Orte wiedererkannt, obwohl ich die Straßen und Begebenheiten rund um den Vorort West Bridgford für das Buch angepasst habe. Sharphill Woods war das Vorbild für das Naherholungsgebiet Beacon Hill, das ich allerdings um einiges größer gestalten musste, um die Geschichte glaubhaft zu machen. Danke an meine Kinder Sophie und Tom, die mir einiges über Sharphill erzählten, unter anderem auch über das Ritual, am letzten Schultag die Schulblazer zu verbrennen.

Dieses Buch ist meiner Frau Sally gewidmet, die vor vielen Jahren als Erste meine Geschichten las und mich zum Weitermachen ermuntert hat. Sie gehört immer noch zu meinen Erstleser:innen und liefert mir ein unglaublich einsichtsvolles Feedback. Ich weiß, wie glücklich ich mich schätzen darf, dass wir in diesem Jahr unser fünfundzwanzigjähriges Jubiläum feiern können. Trotz der seltsamen Dinge, die manchmal in meinem Kopf vorgehen, hält sie es nach wie vor mit mir aus und richtet mich immer auf, wenn ich es brauche (außer dieses eine Mal im *Dairy Queen*). Auf die eine oder andere Art findet sie sich auf jeder einzelnen Seite wieder. Alles Liebe zur Silberhochzeit!